博 斯 系 列

黑色回声

The
Black Echo

[美] 迈克尔·康奈利（Michael Connelly） 著

陈静芳 译

湖南文艺出版社 HUNAN LITERATURE AND ART PUBLISHING HOUSE　博集天卷 CS-BOOKY

目录
Contents

Chapter 1
五月二十日
星期日 / 001

Chapter 2
五月二十一日
星期一 / 063

Chapter 3
五月二十二日
星期二 / 114

Chapter 4
五月二十三日
星期三 / 167

Chapter 5
五月二十四日
星期四 / 197

Chapter 6
五月二十五日
星期五 / 254

Chapter 7
五月二十六日
星期六 / 307

Chapter 8
五月二十七日
星期日 / 339

Chapter 9
五月二十八日
星期一，阵亡将士纪念日 / 362

尾声 / 383

五月二十日
星期日

男孩在黑暗中看不见，但是无妨。经验与长久的练习告诉他，一切都没问题，美好而顺利。他动作平稳地移动整只手臂，同时轻轻转动手腕，让油漆继续喷出。没滴漏，很好。

他听见被压缩出的气体嗞嗞作响，感觉油漆从罐里源源不断地喷出，这令他觉得舒坦。那气味令他想起口袋里的袜子，他真想来一剂，还是等会儿吧。他想先一口气完成这道笔画，不想停住。

但是他停住了——在喷漆罐的嗞嗞声中，他还听见了引擎声。他左右张望，没看见车灯，唯有银白色月亮在水库里映出的倒影，和水坝中央机房门上那个灯泡的暗淡光芒。

但他的确没听错，汽车的引擎声逐渐靠近，男孩认为那应该是辆卡车。此刻，他依稀听见轮胎碾过环绕水库的碎石路面的嘎吱声，越来越近。都快凌晨三点了，竟然有人到这儿来。为什么？男孩起身，将喷雾罐扔过围墙，丢向水库的方向，他听见罐子当啷一声落在水库旁的草丛内。他从口袋里拿出袜子，决定猛吸一口，给自己壮壮胆。他将鼻子埋入袜内，深深地吸着上面的漆味。他踉跄着往后退，眼皮不自主地眨动，然后将袜子扔过围墙。

　　男孩扶起摩托车，越过马路，往山脚下推去。那里的草长得很高，还有桃金娘和松树。此处很适合躲藏，而且能看清来者。此刻，引擎声更响了，车肯定会在几秒钟后出现，却仍未见车灯光束，他觉得有点怪，然而此刻跑也来不及了。

　　他将摩托车放倒在高高的草丛里，并用手稳住转动的前车轮。接着他蜷缩在地上，等着看来者是谁。

　　哈里·博斯听见上空某处传来一阵轰鸣。他周围一片黑暗，然而就在这片黑暗之上，有一架直升机在亮光处盘旋。它为什么没有降落？为什么没有救援？博斯走过烟雾弥漫的阴暗隧道，手电筒的电池快没电了。越往前走，光线越微弱。他需要后援，他得加快脚步，他必须在光线熄灭之前抵达隧道口，他正独自一人行走于黑暗之中。他听见直升机又绕了一圈。为什么没有降落？他需要的救援在哪里？直升机螺旋桨低沉的轰鸣缓缓远离，他感觉恐惧袭来，又加快了速度往前爬，擦伤的膝盖正流着血。他一只手拿着光线微弱的手电筒，另一只手则撑在地上保持身体平稳。他并未回头，因为他知道敌人就在后方那漆黑的浓雾中。虽然看不见，但敌人就在那里，正逐渐逼近。

　　厨房里的电话响起，博斯立即醒来。他数着铃声，不知是否错过了前面的一两声铃响，不知答录机是否已接起电话。

　　然而并没有，来电未被答录机接起，而且铃声在响了八次之后结束了。他心不在焉地想着这惯例是从哪儿来的，为什么不是六次？为什么不是十次？他揉揉眼睛，环顾四周，之后又在客厅的椅子上睡着了。这把活动躺椅算是这间装饰简陋的屋子的重心，他视它为值班椅。然而这个说法并不贴切，因为他时常在椅子上睡着，即使不值班时也一样。

　　晨光穿过窗帘缝隙投射在褪色的松木地板上，博斯看见灰尘微粒慵懒地飘浮于玻璃拉门附近的光束中。他旁边桌上的台灯亮着，靠墙摆放的电视音量极低，正在播放星期日早晨的一档宗教节目。值班椅旁的桌上放着陪他度过不眠之夜的伴侣：纸牌、杂志和平装本推理小说——这几本小说他只是草草翻过便搁在一旁。桌上有一包揉皱的烟和三个不同牌子的空啤酒瓶——它们原本装在各自所属的六瓶装啤酒组内。博斯衣着整齐，就连那条皱巴巴的领带也由银制领带夹固定在白衬衫上。

他把手伸向腰间的皮带，然后又绕到后腰的位置，等待着。传呼机响起时，他立刻把那恼人的哔声关掉。他将传呼机从皮带上拽下来，看着上面的号码，并不觉得惊讶。他从椅子上站起身，伸展四肢，活动了一下颈部和背部。他走到厨房，电话就在厨房的长桌上。拨电话之前，他从夹克口袋里拿出笔记本，记下时间：星期日早晨八点五十三分。响了两声后，对方接起电话，说："洛杉矶警局好莱坞分局，我是佩尔奇警官，有什么需要帮忙的吗？"

博斯说："等你说完这一长串，人都断气了。让我和值班警长谈。"

博斯在橱柜里找到一包未拆封的烟，点上了今天的第一支。他稍微冲洗了下玻璃杯，装了点水，然后拿出同样放在橱柜里的塑料罐，倒出两颗阿司匹林。吞服第二颗药时，名叫克劳利的警长终于接起了电话。

"什么，你不会正好去教堂了吧？我给你家打了电话，没人接。"

"克劳利，什么事？"

"哦，我知道昨晚电视上那件事已经派你去处理了，但还有别的活，你和你的搭档恐怕这一星期都不能休息了。好莱坞那边发现的尸体得由你们处理，就在通往穆赫兰水坝的路上。你知道那地方吗？"

"我知道。还有什么？"

"巡逻车已出动，还通知了法医和技术人员。我派去的手下还不清楚情况，只知道有具尸体，躺在大型排水管内近十米处。他们不想进入排水管，以防破坏任何有可能是犯罪现场的地方，你知道的，我已请他们传呼你的搭档，但他还没回复，电话也没人接，我以为你们俩在一块呢；然后我又一想，不可能，他不是你喜欢的那种类型，你也不是他的菜。"

"我会联络他。假如他们没进入排水管内，怎么知道那是尸体，而不是有人躺在里面睡觉？"

"哦，他们稍微探进排水管，然后拿树枝之类的东西上上下下戳了他，那家伙全身都硬了，硬得就像新婚之夜的那玩意。"

"他们不想破坏犯罪现场，却拿树枝胡乱戳尸体，这可真棒。警局提高入学标准，招收到的就是这些天才吗？"

"喂，博斯，我们接到报案，总得派人去看看吧？难道你希望我们把所有报告有死尸的电话都直接转到命案组，让你们自个儿查清楚吗？你们肯定不到一星期就受不了了。"

博斯将烟蒂捻熄在不锈钢洗手台内，望向厨房窗外。他往山坡下望去，看见一辆观光游览车穿梭于环球影城巨大的米黄色摄影棚之间。片场有一栋延伸至整个街区的大型建筑物，它的一面墙漆成了天蓝色，上面还有朵朵白云点缀；洛杉矶天色不佳时，墙面即可充当外景。

博斯问："怎么接到消息的？"

"是匿名报案电话，凌晨四点刚过打来的，接线员表示是用大道上的公共电话拨打的。这人半夜在外面鬼混，发现了排水管内的东西。他不肯透露姓名，只说排水管内有尸体。指挥中心有录音。"

博斯有些恼火，他从柜子里拿出阿司匹林药罐放进口袋，边想着报案电话，边打开冰箱探头看，里面没有他想吃的东西。他看了看手表。

"克劳利，既然报案电话是四点打来的，你为什么过了将近五小时才通知我？"

"博斯，听我说，我们只接到一通匿名电话，而且接线员表示对方还是个毛头小子，我可不打算为了这种信息，三更半夜派手下去查看排水管。有可能是恶作剧，有可能是圈套，什么可能都有。所以我等天亮、这边事情稍缓之后才派了几个手下过去。我也快下夜班了。我一直在等他们的消息，然后联络你。还有什么要问的？"

博斯真想问克劳利是否想过，不论是凌晨四点还是早上八点，管道里都是漆黑一片。但他决定作罢，问了又有什么用呢？

"还有什么要问的？"克劳利重复道。

博斯想不起其他事，于是克劳利径自填补了沉默。

"哈里，这可能只是只毒虫把自己搞死了，根本不需要警方调查，这种案件层出不穷。难道你忘了我们去年从同一个排水管拉出一具这样的……呃，那是在你被调到好莱坞分局之前的事了……所以呢，你知道，我的意思就是有人进入了相同的排水管——那些居无定所的人常在那儿过夜——而且那家伙吸毒，给自己打了过量毒品，就这样翘辫子了。只不过上回我们很晚才发现尸体，太阳照射了几天，他在里面都熟了，烤得像火鸡似的，就是闻起来没那么香。"

克劳利说完哈哈笑着，博斯没作声。

值班警长继续说："上回我们将那家伙拉出来时，针头还在他手臂上。这回肯定也一样，只是桩烂差事，没什么看头。你过去看看，中午就能回家，睡个午觉，或许还有时间看道奇队①的比赛。下周末正好是阵亡将士纪念日，不排你的班，连休三天假。所以帮我这个忙吧，过去看看他们有什么发现。"

博斯思索片刻后正准备挂上电话，想起一件事，然后开口道："克劳利，你刚才说上回尸体发现得晚是什么意思？你怎么知道这回尸体发现得早？"

"我派去查看情况的属下表示，这具尸体一点臭味也没有，只有些许尿液，肯定刚死不久。"

---

① 洛杉矶道奇队，美国职业棒球大联盟中著名劲旅。

"通知你的属下，我十五分钟后到，告诉他们别再搞乱我的犯罪现场了。"

"他们——"

博斯知道克劳利又想替自己的属下辩解，于是挂上电话讨个耳根清净。他又点燃一根烟，走到门口拾起台阶上的《洛杉矶时报》。他将沉甸甸的星期日报纸在厨房长桌上摊开，心想又有多少棵树被砍了。他找到房地产副刊，逐页翻阅，终于找到"山谷之尊房地产"的大幅广告。他手指顺着"开放看房"清单寻找，终于找到一则标着"请致电杰里"的广告。他拨打了电话号码。

"山谷之尊房地产，请问有什么需要我帮忙的吗？"

"请找杰里·埃德加。"

几秒钟过去了，博斯听见电话转接的咔嗒声，最后他的搭档终于接起了电话。

"我是杰里，请问有什么需要我帮忙的吗？"

"杰里，我刚接到通知，咱们又有新案子了，在穆赫兰水坝，你没带传呼机。"

"该死。"埃德加说，接着是一阵沉默。博斯几乎可以听见他正思索着：我今天要带三批客人看房子。沉默继续，博斯在脑海中想象电话彼端的情景：埃德加身穿高档西装，蹙着眉，一副又得少赚好几把银子的表情。"什么案子？"

博斯转述了刚从警方那儿得知的极少信息。

"如果你希望我独自接这案子也没问题，"博斯说，"假如长官问起，我会替你诌个借口，转告他，你正忙着处理电视台那家伙的事，所以由我负责处理排水管内的尸体。"

"嗯，我知道你会帮我，不过没问题，我这会儿就出发，只是得先找个同事顶一下班。"

他们约好在案发地点碰头，博斯挂上电话。他开启答录机，并从柜子里取了两包烟放入外套口袋里。他伸手到另外一个柜子里拿出尼龙枪套，里面装着一把口径九毫米的史密斯－威森手枪——雾面处理，不锈钢，内装八发 XTP 子弹。博斯想起曾在警察杂志上看到的那则广告。"终极杀伤力——子弹击中目标时冲击力扩大至一点五倍，能穿透身体深处，留下最大伤口路径。"写这句广告词的人说得没错。一年前，博斯在六米开外的地方一枪击毙了一名男子；子弹从右腋下射入，一路穿透心肺，从左乳头下方穿出。XTP，最大伤口路径。他将枪套扣在皮带右侧，以便用左手拔枪。

他进入浴室——忘了买新牙膏，只好直接用牙刷刷牙。他用蘸了水的梳子梳了几下头发，凝视着镜中那个四十岁男人泛红的眼睛。接着，他细看自己棕色鬓发之间持续冒出的银灰发丝。甚至连胡子也开始变灰了，他刮胡子时发现洗手池里有灰色胡楂。他伸手抚摸下巴，决定不刮胡子，连领带都没换就踏出家门。他知道客户不会介意。

博斯在穆赫兰水坝的栏杆上找到一块没有鸽子粪的地方，将手肘撑在上面。他嘴里叼着烟，从山间的夹缝里俯瞰下方的城市。天空是火药般的灰色，烟雾犹如合身的裹尸布一样笼罩在好莱坞上方。市中心有少数几栋高楼大厦穿透这层毒雾冒出头来，而其他地方皆在烟雾笼罩之下。那景象有如一座鬼城。

徐徐暖风中飘荡着一丝化学气味，片刻之后，他分辨出那是马拉硫磷的气味。他在广播里听到直升机昨晚升空喷洒抗果蝇农药的消息，从北好莱坞往下一路喷洒至卡胡恩哥大道。他想起昨晚的梦境，还有那架未降落的直升机。

蓝绿色的好莱坞水库在他后方延伸，该市六千万加仑^①的饮用水被好莱坞两山丘之间峡谷的老旧水坝封住。水库湖面与山壁的交界处有一道将近两米宽的干土带，令人想起洛杉矶已连续四年干旱了。三米高的铁丝网栅栏沿堤岸围起整座水库。博斯抵达时先观察了这道防线，心想这栅栏究竟是用来保护这端的人们，还是那端的饮用水。

博斯在皱巴巴的西装外套了一件蓝色的连身工作服，腋下和背部的汗水湿透了两层衣服，他头发潮湿，小胡子也垂了下来。他进入排水管内看过了，此刻一股温热的圣塔安那热风如轻抚般吹干了他颈后的汗水，今年这风来得可真早。

哈里·博斯块头不大，不到一米八，身材瘦削，报纸上称他的体格瘦而结实。他体形虽然不大，但连身工作服下面的肌肉有如尼龙绳索般强壮，头发上的银丝明显左侧偏多，那双深棕色眼睛极少透露出他的情感或意图。

那根排水管位于地面上，近五十米长，沿着通向水库的道路延伸。废弃的管子里里外外都生了锈，内部被人作为栖身之所，外部则被涂鸦者当成喷漆画布。博斯不明白废弃的排水管到底有什么用处，水库管理员主动告诉他，排水管是用来挡泥的。管理员表示，暴雨可能导致山丘泥土松动，造成泥巴下滑进水库。那排水管约一米粗，是不知名的地方项目或烂尾工程留下的，如今放置在可能发生塌方之处，作为水库首要且唯一的防线。排水管由约一厘米粗的钢筋捆住固定，下方嵌入水泥中。

博斯套上连身工作服后进入排水管内，衣服背后印着白色字母：LAPD——洛杉矶警局。他从后备厢里拿出工作服套上时，发现它可能比他想要保护的西装更干净。但他还是穿上了，这是他的习惯。身为警探，他讲求方法，作风老派，还有点迷信。

---

①   英美制容量单位，英制 1 加仑等于 4.546 升，美制 1 加仑等于 3.785 升。

　　他手持手电筒爬进那湿气厚重、会引发幽闭恐惧症的圆柱筒内时，感觉喉头紧缩，心跳加快，腹内一阵熟悉的空虚感攫住了他：恐惧。待他打开手电筒，黑暗与不安之感逐渐退去，他开始工作。

　　此刻他已站在水坝上，吸着烟，思索着一些事情。克劳利警长说得没错，排水管内的那名男子确实已经死亡。但有一点他说错了，此案没那么简单，博斯不可能来得及回家睡午觉或收听 KABC 电台的道奇队比赛转播。事情不对劲，博斯爬进排水管内不到三米就知道了。

　　首先，管道内没有线索，或者说，没有可供判断的痕迹。管道底部有一层黄褐色干泥，四处尽是乱丢的纸袋、空酒瓶、棉花球、用过的针筒、报纸铺成的床——显然是流浪汉与吸毒者留下的垃圾。博斯借着手电筒的光查看这一切，同时慢慢靠近尸体。他并未发现死者留下任何清晰可见的痕迹。死者头朝管道内躺着，这不对劲。如果死者当初是自己爬进管子的，按理说会留下一些痕迹；假如死者是被人拖进水管内的，应该也会有些蛛丝马迹。但什么都没有，而这只是个开始，接下来还有更多令博斯不解的疑云。

　　他来到死者身边，发现死者的衬衫——黑色开领套头衫——被向上拉起来，盖住头部，致使双臂被卡在里面。博斯见过无数死者，很清楚人在临死前做出任何事情都不足为奇。他曾处理过一桩自杀案件：朝自己头部开枪的死者，在死前还换了裤子，原因显然是不希望被人发现自己死后浸泡在排泄物中。但博斯仍觉得管道内死者的衬衫与双臂的位置不太合理，按现场迹象来看，死者有可能是被人拉着领子拖进排水管内的。

　　博斯并未触碰尸体或将衬衫从其脸部拉开。他注意到死者是白人男性，表面上看不出致命伤在何处。博斯检视完尸体后小心翼翼地从上方跨过——脸与死者仅相距十五厘米左右——然后继续走完排水管剩余的三四十米，仍旧未发现任何痕迹或有用的证物。二十分钟后，博斯回到阳光下。他派犯罪现场勘查员多诺万进入排水管内，详细记录废弃垃圾的位置并拍摄案发现场。多诺万闻言满脸惊讶，他本以为这只是吸毒过量致死的普通案子，可以当场结案早早收工。博斯猜他肯定买了道奇队球赛的门票。

博斯将排水管分派给多诺万后，点了支烟，走到水坝栏杆前眺望那饱受污染的城市，陷入沉思。

他在栏杆处依稀听见好莱坞高速公路上的车流声。站在这么远的地方，交通噪声显得很温和，犹如一片平静的海洋。透过峡谷间的缝隙，可以望见一个蓝色游泳池和西班牙式建筑的红瓦屋顶。

水坝上，一个身穿白色无袖上衣和柠檬绿运动短裤的女子慢跑经过他身边。她腰带上扣着随身听，一条细细的黄色耳机线将声音传输到她头上的耳机内。她似乎沉浸于自己的世界，没注意到前方聚集着警察，跑到水坝尽头看见犯罪现场围着的黄色警戒带才回过神来。印着"禁止通行"的警戒带以两种语言让她止步，她原地慢跑片刻，金色长发被汗水沾湿，贴在肩膀上。她看着警察，大部分警察也正注视着她；然后她转身回头，又经过博斯身边。他的目光追随着她，注意到她在跑过水坝机房时偏移了路径，似乎在避开某物。他前去查看，发现路面上有碎玻璃，抬头看见机房门上方的灯泡破了。他在心里提醒自己，别忘了询问管理员最近是否检查过灯泡。

博斯回到栏杆边上时，下方闪过几道影子。他低头看见一只土狼在水坝前方的树下，在覆盖着松针与垃圾之间的地上嗅闻着。那只动物体形不大，皮毛肮脏，有几处毛发完全脱落了。城市保护区内已经没几只土狼了，它们只能捡拾荒者剩下的残食。

"他们准备将他拉出来了。"背后有个声音说。

博斯转身，看见一名被派到犯罪现场的警察。博斯跟随他离开水坝，俯身从警戒带下方钻入，回到排水管旁边。

　　一阵夹杂着咕哝声与沉重喘息声的杂音，从满是涂鸦痕迹的排水管开口处传来。一位赤膊男子从排水管内倒退着出来，结实的背部满是污迹，还有几处刮痕。他拉出一张黑色厚塑料布，尸体就躺在上面。死者依然脸朝上，头部和双臂由被拉起的黑色衬衫遮住。博斯左右张望寻找多诺万的身影，发现他正忙着将录像机放回蓝色的犯罪现场专用车的后备厢。博斯走上前。

　　"你再进去一趟，将里面所有物品分装到证物袋内，包括垃圾碎片、报纸、罐子、袋子，我还看见一些针筒、棉花和瓶子。"

　　"没问题，"多诺万回答，等了片刻又说，"你怎么说我怎么做，只是，呃……博斯，你真觉得情况不对劲吗？有必要这么大费周章吗？"

　　"恐怕得等解剖结果出来后才知道。"

　　博斯正要走开，又停下脚步。

　　"听我说，多诺万，我知道今天是星期日，呃……谢谢你帮忙。"

　　"没问题，反正有加班费。"

　　赤膊男子与一位法医鉴定人员紧挨尸体旁坐着，两人都戴着白色橡胶手套。这名法医鉴定人员是拉里·萨凯，博斯认识他多年，但一点也不喜欢他。他身旁的地上放着一个打开的塑料工具箱。他从盒内拿出一把解剖刀，在尸体侧面划了一道两三厘米长的开口，就在左臀上方，但并无血液从切口流出。接着他从盒内拿出一支温度计，放在弧形探针末端。他将探针插入切口内，手法专业但粗鲁地转动它，并往上推至肝脏。

　　赤膊男子做了个厌恶的表情，博斯注意到他右眼外缘有一颗蓝色泪珠文身。博斯觉得此时这滴泪很应景，算是死者所能得到的同情极限了。

　　"要判定死亡时间可难了，"萨凯说，他仍然低着头做事，"排水管随气温上升变热，会影响死者肝脏温度下降的速度。奥西托刚才在管道内测量温度，二十七摄氏度，十分钟后是二十八摄氏度，因此我们无法确定尸体或排水管内的温度。"

博斯说："所以呢？"

"所以我无法在此向你提供确切数据，我得把尸体带回去慢慢计算。"

博斯问："你的意思是，将尸体带回去交给知道如何计算的人处理吗？"

"解剖之后就知道结果了，老兄，别担心。"

"提到验尸，今天由谁操刀？"

萨凯并未回答，他忙着处理死者的脚，他分别抓起两只脚并扭动脚踝。接着他双手移向大腿，来到大腿下方，分别抬起两只脚，观看膝盖弯曲状况。然后他双手挤压尸体腹部，仿佛在搜查是否有违禁品似的。最后他伸手至衬衫内，试图转动死者头部——转不动。博斯知道死后僵硬是从头部开始，接着遍及身体至四肢末端。

"此人颈部僵硬，"萨凯说，"腹部也差不多，不过四肢还算灵活。"

萨凯从耳后拿出一支铅笔，将橡皮的一端抵着尸体侧面的皮肤压挤。靠近地面的半边身体呈紫红色，仿佛身体里盛着一半红酒。那是尸斑，心脏停止跳动时，血液会往低处流。萨凯用铅笔挤压紫色皮肤时，皮肤并未变白，这是血液已完全凝滞的迹象，表示死亡时间已有数小时之久。

"尸斑很明显，"萨凯说，"根据这一点加上僵硬，我判断这家伙的死亡时间可能在六至八小时之间。博斯，你这会儿心急也没用，待我们判定温度之后才会有进一步的数据。"

萨凯说这话时并未抬起头，他和那个叫奥西托的男子开始将死者的绿色工作裤口袋往外翻。口袋内空无一物，大腿上的大口袋也一样。他们将尸体翻了个个儿，搜查后面的口袋。博斯弯下身子细看死者裸露的背部，皮肤上满是污迹且有紫色尸斑，但并没有可以断定尸体被拖拽过的擦伤或其他痕迹。

"博斯，裤子内没东西，也无身份证件。"萨凯说话时依旧没抬头。

然后他们小心地将蒙在死者头部的衬衫翻回身上。死者头发凌乱，多半呈灰白色。胡须蓬乱，看起来约莫五十岁，不过博斯推断此人实际上只有四十岁左右。衬衫胸前口袋内有东西，萨凯将物品取出，端详片刻，然后将它放入由搭档准备好搁在一旁的塑料袋内。

"太好了，"萨凯边说边将袋子交给博斯，"吸毒器具，这样一来就轻松多了。"

接着萨凯将死者眯缝着的眼皮完全拨开，蓝色眼珠上覆有一层乳白色薄膜，两个瞳孔都收缩了，孔径和铅笔芯的粗细差不多。它们空洞地望着博斯，那黑色的空虚的小瞳孔。

萨凯在笔记夹板上做记录，他对此案已有自己的结论。做完记录，他拿出旁边工具箱内的印台和指纹卡，把死者左手的手指沾上印泥，在卡片上按下指纹。博斯佩服他动作之迅速与专业，但萨凯突然停住了。

"嘿，你看。"

萨凯轻轻掰动死者的食指，它可以轻易地被转动至各个方向。指关节明显断了，却无肿胀或出血迹象。

萨凯说："看来是在死后弄断的。"

博斯弯腰靠近，仔细观察。他从萨凯手中接过死者的手，用自己没戴手套的双手触摸检查。他看了一眼萨凯，又看看奥西托。

"博斯，少来，"萨凯大吼，"别那样看他，他很清楚程序，他可是我一手训练出来的。"

博斯并未多费口舌提醒萨凯，就在几个月前，他驾驶法医公务车时，将一具绑在有轮担架上的尸体掉落在文图拉高速公路上。当时还是交通高峰时段，担架滚下了兰克希姆大道出口，在加油站撞上一辆汽车的尾部。由于法医公务车内有不透明玻璃纤维隔板，萨凯抵达太平间才发现尸体丢失了。

博斯将死者的手交还给法医人员。萨凯转向奥西托并用西班牙语问了他一个问题，奥西托棕色的小脸严肃起来并摇头否定。

"他在里面根本没碰那家伙的手，所以你最好等解剖结果出来后再下定论，别径自猜测。"

萨凯采集完死者指纹，将卡片交给博斯。

"将手包好，"博斯对他说，尽管并没有这个必要，"还有脚。"

博斯起身，扇动着卡片让印迹快干，另一手拿着萨凯给他的装着证物的塑料袋。里面有一支被橡皮筋绑住的注射针、一个小玻璃药瓶，装着半满的看似脏水的东西，还有一团棉花和一盒火柴。这是吸毒器具，看起来很新，针头干净，无锈蚀痕迹。至于那团棉花，博斯猜测是过滤用的，只使用过一两次，棉花纤维上有棕色结晶体残留。他翻转塑料袋，检查火柴盒内部，发现只缺了两根火柴。

此时多诺万从排水管内爬出来，他头戴有头灯的矿工专用安全帽，一只手拿着几个塑料袋，袋内分别装着泛黄的报纸、食物包装纸以及压扁的啤酒罐；另一手拿笔记夹板，用图标记下在管道内发现各项物品的地点。安全帽上挂着蜘蛛网，汗水流过他的脸颊，沾湿了罩住口鼻的呼吸面罩。博斯举起装着吸毒器具的袋子，多诺万停下脚步。

博斯问："你在里面找到'炉子'了吗？"

"妈的，他是毒虫吗？"多诺万说，"我早就知道，我们究竟在白忙些什么？"

博斯没回答，继续等多诺万回答他的问题。

"没错，我的确找到一个可乐罐。"多诺万说。

犯罪现场勘查人员多诺万看了看手中的塑料袋，然后举起其中一包交给博斯，里面装着切成两半的可乐铝罐。罐子外观颇新，用刀切成两半；下半部分倒扣过来，凹陷的罐底充当锅子来加热海洛因和水，这是吸毒者的"炉子"。大部分吸毒者已不再使用汤匙，随身携带汤匙有可能被捕，罐子则更容易获取和处理，用完即可丢弃。

博斯说："我们必须尽快取得吸毒器具和'炉子'上面的指纹。"多诺万点头，然后拿着塑料袋走向警车。博斯的注意力回到法医身上。

博斯问："他身上没刀，对吧？"

"没错，"萨凯说，"为什么这么问？"

"必须有刀才行。没有刀，犯罪现场就不算完整。"

"那又如何，反正这家伙吸毒。吸毒的人彼此偷窃很正常，刀可能被他朋友拿走了。"

萨凯用戴着手套的手卷起死者的衬衫袖子，露出两臂上如网络状的疤痕，有旧针孔和脓疮感染留下的坑疤。在死者左手肘弯曲处有一个刚留下不久的针孔，而且皮下有一大片黄紫色淤青。

"找到了，"萨凯说，"依我看，这家伙在手臂上打了满满一剂，然后就一命呜呼了。博斯，正如我所说，这纯粹是吸毒过量案。看来你今天可以早下班，去看道奇队的比赛放松一下了。"

博斯再次蹲下凑近看。

他心想，也许萨凯猜得没错，但他还不想草草了结此案，因为有太多可疑之处：管道内没有痕迹、衬衫被拉过头顶、手指关节断了，而且没有刀。

"为什么所有针孔痕迹都是旧的，只有这一个新的？"他问，更像是在自言自语。

"谁知道呢？"萨凯还是回答了，"或许他停了一阵子，后来又决定再开始。反正毒虫就是毒虫，没什么好说的。"

博斯凝视死者手臂上的疤痕，注意到左侧二头肌处，就在卷起的袖子下方的皮肤上有蓝色字迹，他看不清楚上面写了什么。

他指着说："把袖子往上拉。"

萨凯将袖子卷至肩膀处，露出一块蓝红两色的文身。图案是一只双脚站立的卡通鼠，疯狂、粗俗地狞笑着，露出尖牙。老鼠一只爪子握着手枪，另一只爪子拿着印有"×××"图案的酒瓶。卡通图案上下两端的文字由于时间太久加上皮肤的生长显得模糊不清，萨凯试着辨认内容。

"上面写着'Force'——不，是'First Infantry'（第一步兵团），这家伙是越战老兵。底下的字不对……不是英文，'Non……Gratum……Anum……Ro……'——我不知道那是什么意思。"

博斯说："Rodentum。"

萨凯看着他。

"蹩脚的拉丁文，"博斯告诉他，"意思是连老鼠都不如，他是越战'地鼠'。"

"真的假的？"萨凯说，打量着尸体和那排水管，"反正他也算在地道里了结一生了，不是吗？可以这么说。"

博斯伸出手，将遮住死者额头与空洞眼珠的灰白色乱发拨到一旁。他并没有戴手套，其他人纷纷停下手边的工作，观看这不太卫生或者说是极不寻常的行为。但博斯丝毫不理会他们，他久久凝视那脸庞，一句话没说，对周遭一切充耳不闻。他发现自己认识这张脸，正如他认识那文身图案一样。一位年轻男子的形象在他脑海中闪过：瘦削、古铜色皮肤，头发理得超短，看起来生龙活虎，而非如今毫无生命迹象的样子。博斯起身，掉头就走。

他猛地转身，正好与杰里·埃德加撞了个满怀；埃德加刚抵达现场，正屈身向前靠近尸体。两人皆有些错愕地往后退了一步。博斯伸手摸摸额头，比他高大的埃德加则伸手摸了摸下巴。

"妈的，博斯，"埃德加说，"你没事吧？"

"没事。你呢？"

埃德加检查手上是否有血迹。

"没事，不好意思。你他妈的为什么突然跳起来？"

"我也不知道。"

埃德加的目光越过博斯的肩膀望向尸体，然后跟随搭档离开人群。

"抱歉，博斯，"埃德加说，"我等了一小时，终于等到同事来替我带客户看房子。好吧，快告诉我这案子怎么回事。"

埃德加说话时依旧揉着下巴。

"还不确定，"博斯说，"我要你找一辆配有车载电脑的警车，而且要确定里面的电脑没坏，查查系统内是否有比利·梅多斯的犯罪资料——呃，比利是昵称，你查威廉·梅多斯好了。大约一九五〇年出生，住址得从车辆管理局那里查。"

"这是死者？"

博斯点头。

"身份证上没有住址吗？"

"没找到身份证，是我认出他了。你去系统里查查吧，最近几年应该有记录，至少有吸毒之类的记录，是凡奈斯分局经手的。"

埃德加从容不迫地走向成排停放的警车，找到一辆仪表板上装有车载电脑的。他个头高大，因此姿态显得缓慢，但博斯从经验得知，要赶上埃德加这硬汉的步伐可不容易。埃德加身穿一套剪裁完美、有白细线条的棕色西装，头发理得极短，皮肤几乎像茄子般光滑黝黑。博斯见埃德加走远，不禁猜测他是否算准时间故意晚到，以免得套上连身工作服爬入排水管，把这身行头弄得皱巴巴的。

博斯来到自己的车前，从后备厢里取出拍立得，然后走回尸体旁边，双脚跨立于尸体两侧，弯下腰拍摄死者的面部照片。他觉得三张应该足够了，然后将相机吐出来的照片放在排水管顶上等待显影。他入神地凝视着那张脸，看着岁月留下的痕迹。他回想当年第一步兵团所有"地鼠"从西贡①一家文身店出来时，那张脸带着几分醉意，咧嘴而笑时的情景。筋疲力尽的美国大兵们花了四小时完成文身，他们在胳膊上刺了同样的

---

① 即今越南胡志明市。

图案，成为生死与共的兄弟。博斯仍记得大伙在一起时梅多斯有多开心，也记得他们一起经历过的恐惧。

　　此时萨凯和奥西托摊开一个沉重的黑色大塑料袋，博斯让到一旁。袋子中间有条拉链，尸袋被摊开后，法医人员抬起梅多斯，将他放入袋内。

　　"真像他妈的瑞普·凡·温克尔①！"埃德加走过来说。

　　萨凯拉上袋子拉链，博斯注意到梅多斯的几根灰色鬈发被拉链夹住了。梅多斯不会介意，他曾告诉博斯，自己注定有一天会躺进尸袋内，所有人都如此。

　　埃德加一手拿着小笔记本，另一手握着高仕牌金笔。

　　"威廉·约瑟夫·梅多斯，一九五〇年七月二十一日出生。是你要找的人吗？"

　　"没错，是他。"

　　"嗯，你猜得没错，记录里果然有好多他的案子，不光有吸毒，还有银行抢劫、抢劫未遂、持有海洛因，大概一年前还曾在水坝这儿非法逗留。他的确曾因吸毒被抓过几次，包括在你刚才提到的凡奈斯分局处理的那次。你怎么认识他？他是你的线人吗？"

　　"不是。你查到住址了吗？"

　　"他住河谷区，在酿酒厂附近的塞普尔韦达，那儿的房屋出售率低得很。既然他不是线人，你怎么会认识他？"

　　"已经很久没见他了，最近才有联系，我似乎是在另一个世界认识他的。"

　　"什么意思？你什么时候认识他的？"

　　"我最后一次见到梅多斯差不多是二十年前了，他——我们是在西贡

---

①　美国作家华盛顿·欧文所著短篇小说《瑞普·凡·温克尔》中的人物，在小说中瑞普·凡·温克尔因偷饮了仙酒，一睡就是二十年。

认识的。"

"嗯，这么算来的确有二十年了。"埃德加走到拍立得照片旁，低头看着梅多斯在三张照片中的面孔，"你和他很熟吗？"

"不算熟，在那种地方，你总会认识一些人。大家学习全心信赖对方、将生命托付给彼此，然后一切结束时才发现其实对大部分人根本不了解。我回美国后没再见过他，只是去年曾和他通过一次电话。"

"你是怎么认出他来的？"

"刚开始没认出来，然后我看见他手臂上的文身，才发现他有点眼熟。我猜他这样的人不容易被忘记，至少我还记得。"

"我觉得……"

他们两人陷入片刻的沉默。博斯努力思索该如何处理，思绪却不断绕着这巧合打转，为什么碰巧是他被派到命案现场，发现昔日战友梅多斯的尸体？埃德加打破了沉默。

"跟我说说，为什么你认为这个案子不单纯？你给多诺万派了一大堆活，我看他忙得不可开交。"

哈里·博斯告诉埃德加他的疑虑，包括排水管内无明显可供识别的痕迹、衬衫被拉起来蒙在头上、手指关节折断，而且现场没有刀。

"没有刀？"他的搭档问。

"要有工具才能将罐子切成两半当'炉子'——假如那'炉子'是他的。"

"说不定他带着'炉子'进去，可能他死后别人进去拿走了刀，要是有刀的话。"

"嗯，也有可能，只不过排水管内并无任何可供我们判断的痕迹。"

"从他的案底来看，是个不折不扣的毒虫。你认识他时，他就这样吗？"

"差不多，他自己吸毒，也卖给别人。"

"那就对了嘛，这种长期吸毒的人，谁都猜不透他们的想法，不知道他们是真想戒毒还是继续堕落。哈里，这种人早晚会迷失。"

"但是他戒了——至少我认为是这样，他手臂上只有一个新的针孔。"

"哈里，你刚才说从西贡回来后没再见过他，怎么知道他戒了？"

"我确实没见过他，但与他交谈过。去年他给我打过电话，大概七八月吧，当时他在凡奈斯被缉毒组逮捕了。我不知道他通过什么渠道得知了我是警察，可能是看到了报纸，于是打电话到警局找我。他从凡奈斯监狱打来，问我能否想办法把他弄出去。当时他只需要被关三十天，但他表示健康情况已跌到谷底，真的没法在监狱里继续撑下去……"

博斯没说完就停住了，片刻后埃德加催促他。

"然后呢……快说呀，后来你帮他了吗？"

"我相信他了，我去找逮捕他的警员谈，我记得那个人叫纳克斯。然后我打电话请塞普尔韦达退伍军人协会帮忙，安排梅多斯参加戒毒治疗。纳克斯同意了，他自己也是越战老兵，他请律师要求法官监外执行，后来梅多斯顺利进入专收越战老兵的戒毒诊所治疗。我在大约六个星期后问了下那边，他们表示他已结束疗程，戒了毒，而且情况良好。至少他们是这么告诉我的，说他进入了第二阶段，看心理医生，参加团体咨询……那通电话之后，我没再与梅多斯通过话，他也没再打电话给我，我也没试着找他。"

杰里·埃德加低头看着自己的笔记本，博斯发现那一页是空白的。

"哈里，听我说，"埃德加说，"无论如何，那也是快一年前的事了，对吸毒者而言是很长的一段时间，是吧？谁知道呢，说不定他之后又吸上了，吸了再戒，戒了再吸，不过那不是重点。重点是，就我们手上掌握的有限线索，你打算怎么做？"

博斯问："你相信巧合吗？"

"我不知道。我——"

"这世上没有巧合。"

"哈里，我不知道你在说些什么。但你知道我怎么想吗？我看不出这件案子有任何明显的疑点。依我看，这家伙爬入排水管内，四周一片漆黑，他可能看不清楚，在手臂上注射了过量毒品一命呜呼了，就这么简单。或许当时有人和他在一起，出去时自行抹去了痕迹，还顺手拿走了他的刀。有上百种可能——"

"杰里，有时疑点并不明显，问题就在这儿。今天是星期日，大家都想早早下班回家，去打高尔夫球，或是卖房子、看球赛，反正不会有人在乎，一切照常进行即可。你难道看不出这正是他们打的如意算盘吗？"

"'他们'是谁？"

"杀死梅多斯的人。"

博斯沉默了片刻，他无法说服任何人，甚至包括他自己。他不该指望埃德加有什么敬业精神，埃德加工作满二十年后就会退休，然后在警员专刊上刊登名片大小的广告——"洛杉矶警局退休警员为您服务，同事可享特殊优惠"——然后靠着卖圣费尔南多谷、圣塔克拉利塔谷、安蒂洛普谷或挖土机正准备开挖的某谷区的房子，每年赚取大把钞票。

"为什么要进排水管？"博斯说，"你说他住河谷那儿，在塞普尔韦达，为什么大老远跑来这儿？"

"谁知道啊？那家伙是毒虫。或许是他老婆将他赶出了家门，或许是他死在了某个地方，一帮狐朋狗友将尸体拉到这儿丢了省事，免得还要多费口舌向警方解释。"

"即便如此，这也违法。"

"嗯，没错，但是等你找到愿意为这种事立案的检察官，再通知我吧。"

"他的注射器很干净，是新的，而且手臂上其他针孔都是旧痕，我觉得他没有复吸，至少并不频繁。事情就是不对劲。"

"呃，我说不好……你也知道，现在艾滋病什么的这么严重，他们当然会尽量使用干净的器具。"

博斯盯着自己的搭档，好像根本不认识他似的。

"哈里，听我说，我的意思是，此人二十年前是你的战友，但现在已经成了毒虫，你无法解释他的所作所为。我不清楚你怎么看待吸毒器具或排水管内有无痕迹的问题，但我觉得此案不值得我们大费周章调查。这就是一般的案子，不用浪费我们的周末时间去查。"

博斯选择了暂时退让。"我打算去一趟塞普尔韦达，"他说，"你跟我一起，还是回去带客户看房子？"

"我会做我该做的事，"埃德加低声说，"就算我们意见不同，也不代表我会懈怠职务。对工作我从不马虎，以后也不会。如果你看不惯我的作风，咱们明天一早找长官，请他换搭档好了。"

博斯闻言立即为自己的一时失言感到抱歉，但并未开口道歉。他说："好吧，你先过去，看看他家中是否有人，我把现场处理完就过去和你碰头。"

埃德加走到排水管前，拿走其中一张照片。他将梅多斯的照片放入外套口袋后，没再对博斯说什么，径自沿着通道往下走，朝自己的车走去。

博斯脱下工作服，将它叠好放入后备厢，然后看见萨凯与奥西托动作粗鲁地将尸体放上担架，推入蓝色厢型车内。他边看边思索着该如何让法医优先处理此案，至少明天就能拿到解剖结果，而不用等到四五天之后。他在萨凯打开驾驶座车门时赶了过去。

"博斯，我们要走了。"

博斯一手抓住车门，不让萨凯上车。

"今天谁负责解剖？"

"这个吗？今天不会有人处理。"

"萨凯，今天谁值班？"

"萨拉查，但他没时间处理这家伙。"

"为了这案子我刚和我的搭档争论了半天，没气力再跟你重复一遍。"

"博斯，你听着。我从昨晚六点开始值班，这已经是第七个命案现场了。有驾车枪击逃逸案、浮尸案，还有一件性侵案。一大堆人等着我们，一刻也没休息。光凭你认为这可能是命案，不代表我们会优先处理。就听你搭档这一次，此案会按一般程序处理，大概星期三或星期四进行解剖，最晚星期五，我保证。而且毒物分析报告最坏也要十天才会出来，你知道的。所以还急个什么？"

"是'最快'，不是'最坏'。"

"去你的。"

"反正你告诉萨拉查，我要他今天做初步检查，我晚一点会过去。"

"天哪，博斯，你有没有听我说？我们停尸间里排了一大堆被确认为凶杀案受害者、必须尽快解剖的尸体，萨拉查真没时间处理这桩除了你之外，现场人员都认为是吸毒过量致死的案子。事实摆在眼前，你要我怎么跟他说？"

"让他看手指，告诉他排水管内没有痕迹，你怎么说都行。告诉他死者吸毒经验丰富，不可能注射过量。"

萨凯将头一仰，靠在厢型车的侧板上，边笑边摇头，仿佛刚听到三岁孩童说笑似的。

"你知道他会如何回答我吗？他会说，不论这些毒虫多有经验，最后都免不了搞死自己。博斯，你倒是说说有多少毒虫撑得到六十五岁？根本没有。到头来他们都栽在毒品手上，没有例外，排水管里的这家伙也一样。"

博斯转身环视四周，确定没有其他人在旁边观看或偷听谈话内容，然后回过身去面对萨凯。

"你转告萨拉查我待会儿去找他就是了，"他平静地说，"假如初步检查未发现任何疑点，那就算了，到时你可以把尸体放在停尸间走廊的最末端，或者干脆停放在兰克希姆的加油站。萨凯，到时你想怎么做都行，但是请你把我的话转告他，决定权在他而不在你。"

博斯放开车门往后退。萨凯上车后砰地关上车门，发动引擎，隔着窗玻璃久久凝视着博斯，然后摇下车窗。

"博斯，你真他妈的讨人厌。最快明天早上，这已经是极限了，今天不可能。"

"明天第一顺位优先处理吗？"

"你别再烦我们了，行不行？"

"第一个解剖？"

"行，行，第一个。"

"那好，我不打扰了，明天见。"

"老兄，你明天不会见到我，我轮休在家睡大觉。"

萨凯摇上车窗，开动厢型车。博斯退到边上，让车通过。车驶远之后，博斯回头看那排水管，此刻他才真正注意到上面的涂鸦。刚才他看见排水管外侧满是喷漆涂鸦，但未细看，此时他仔细观察每一笔潦草字迹，其中许多因时代久远已褪色模糊——上面是一些早已被淡忘或者确实被实践过的威胁的话，还有"弃守洛杉矶"这样的口号，或是"臭氧""轰炸机""装甲车"以及其他许许多多字迹。其中一个涂鸦吸引了他的目光，只有三个字母，在距离排水管末端三四米远的地方——Sha。这三个字母是一笔喷出来的。S 起笔处为锯齿状，然后绕出一个嘴巴的形状，大张着，虽不见牙齿外露，但博斯能感觉到它们的存在。这幅作品似乎并未完成，尽管如此，仍画得极好，风格独特且干净利落。他拿起拍立得对准它拍了张照片。

博斯走向警车，把照片放入口袋。多诺万正将设备放回车里的架子上，证物袋则放入纳帕谷红酒的木箱内。

"你在里面有没有发现点过的火柴？"

"嗯，有找到一根不久前点的，"多诺万说，"燃烧到末端。大约在排水管内三米处。我在图表上做了标示。"

博斯拿起笔记夹板，上面有张纸，纸上标示了排水管内尸体与其他收集到的物品所在的位置，博斯发现火柴距离尸体大约四点五米。然后多诺万拿起一个塑料证物袋给博斯，火柴就在袋内底部。"我会让你知道这根火柴是否来自死者身上那一盒，"他说，"你也正在想这一点吧。"

博斯说："那些警察呢？他们有什么发现？"

"东西都在那儿，"多诺万边说边指着一个木箱，箱内还有一些塑料证物袋，装着巡警们在排水管周围近五十米范围内搜寻到的东西，每个袋子上都标示了物品找到时的位置。博斯把袋子一个个拿出来，仔细检查里面的东西，大部分是垃圾，可能与排水管内的尸体毫无关联。其中有报纸、破衣碎布、一只高跟鞋、一只白袜子，上面沾着已经干了的蓝色油漆，之前曾被嗅闻过。

博斯拿起一个证物袋，里面装着喷罐盖子。另一个袋子装着喷漆罐，Krylon 牌，喷漆罐的标签上写着"水蓝色"。博斯掂掂袋子，感觉罐内还有喷漆。他将袋子拿到排水管旁，打开，用一支笔按压喷嘴，在"Sha"字迹旁喷出一道蓝彩。他喷得太多，油漆沿着水管壁的曲面往下淌，滴落在碎石地面上，但博斯看得出二者颜色相符。

他思索片刻。为什么当初喷漆的人会把才用了一半的喷漆罐丢弃？他看了眼证物袋上的字样，发现拾获地点在水库边上。有人原本打算将罐子丢入湖中，但扔得不够远。他再次思索，这是为什么？他蹲在排水管旁，仔细观察那些喷漆字母。他判断对方并未完成原本想写的信息或名称，当时有突发事件，导致那人停止喷漆并将喷漆罐连同盖子和吸嗅袜丢过栅栏。是警察吗？博斯拿出笔记本记下，提醒自己午夜过后要打电话询问克劳利，查查当时是否有夜班警员在水库区域巡逻。

如果不是警察导致对方匆忙将罐子丢过栅栏呢？说不定那人目睹了尸体被人运送到排水管的过程？博斯想起克劳利说过有匿名报警电话，还是个小伙子。打电话的报警者会不会就是当时正在喷漆的人？博斯拿着喷漆罐回到犯罪现场的公务车旁边，将它交给多诺万。

"采完吸毒器具和'炉子'上的指纹后，再取一下这罐子上的指纹，"他说，"这可能是目击证人的东西。"

多诺万说："没问题。"

博斯开车驶出山区，从巴勒姆大街的岔路开上北行的好莱坞高速公路。他经过卡胡恩哥大道，之后转入文图拉高速公路往西行驶，然后又转入圣地亚哥高速公路朝北行驶，只花了大约二十分钟就开过了十六公里的路。今天是星期日，车流量少。他在洛斯科出口下了高速，向东又开过几个路口，来到位于蓝顿路的梅多斯家附近。

塞普尔韦达区与洛杉矶大部分近郊地区一样，好的坏的地段都有，博斯并不期待在梅多斯住的那条街上看到修剪整齐的草坪，或是停在路旁的沃尔沃汽车。不出所料，该区公寓老旧，一楼的窗户都装着铁栅栏，每一个车库门上都喷着涂鸦。空气中弥漫着从洛斯科大道酿酒厂飘来的刺鼻气味，有如凌晨四点的酒吧。

梅多斯生前住在一栋建于二十世纪五十年代的 U 形公寓楼内；在那个年代，空气中尚无毒品的味道，街角也没有令人惧怕的小混混，人们对于未来抱着希望。大楼中庭中央原本建有水池，但早已被沙子和脏东西填满。如今只见腰果形的水池里长满枯草，周围被一圈肮脏的水泥地面环绕。梅多斯住在楼上靠边的一间公寓，博斯爬上楼梯时，听见高速公路上不断传来车流声。7B 房间的门没锁，博斯推门而入，里面是一间狭小的单人公寓，他看见埃德加正倚着桌子，在笔记本上写东西。埃德加说："这地方真不赖，是吧？"

"是啊，"博斯边说边环视四周，"家里没人吗？"

"没有。我问了隔壁邻居，她从前天开始就没见到有人出入。她说住这间公寓的男子告诉她，他姓费尔斯，而不是梅多斯。很怪，对吧？她说他一个人住，搬来这儿大约一年，和邻居少有往来，她只知道这些。"

"你给她看照片了吗？"

"嗯，她认出了他，不过她不太喜欢看死人照片。"

博斯走入通往浴室和卧室的短走廊，说："是你打开的门锁吗？"

"不，门本来就没锁。妈的，我还敲了半天，正打算回车上拿工具开锁，又想干脆先试试拧门把手吧。"

"然后门就开了？"

"没错。"

"你和房东谈过了吗？"

"房东不在。本应该在的，但她可能出门吃午餐或喝酒去了。我想我在这儿遇到的人好像都是酒鬼。"

哈里·博斯回到客厅，环视四周，屋内家具不多：绿色的长沙发被推到靠墙的位置，对面的一把沙发椅同样倚墙而立，旁边地毯上摆着一台小型彩色电视，餐厅里三把椅子围绕着一张亮面餐桌。第四把椅子放在墙边。博斯看着长沙发前满是烟痕的旧茶几，茶几上有一个积满烟蒂的烟灰缸和一本填字游戏集，还有摊开的纸牌——是一局尚未完成的单人纸牌游戏——和一本电视节目表。博斯不知道梅多斯是否抽烟，他记得在梅多斯尸体上并未找到香烟。他在心里默记，之后别忘了查这一点。

埃德加说："博斯，这地方被翻过了，不只门没锁，还有其他不对劲的地方，这里整个地方都被搜遍了。他们手脚还算利落，但仍看得出痕迹，对方很匆忙，你去看看床和衣柜就明白我说的了。我再去找房东一次，说不定她回来了。"

　　埃德加走了，博斯经过客厅走到卧室，一路上闻到了尿味。卧室内有张无床头的大床靠墙摆放，床上方的白色墙上有团褪色污渍，大约在梅多斯坐起身时头靠的位置。床对面的那堵墙边摆着一个老旧的六斗橱，廉价的藤制床头柜上有一盏台灯。此外，卧室内并无其他东西，连镜子也没有。

　　博斯首先检查了那张床。床面凌乱未加整理，枕头和床单在床中央堆成一团。博斯注意到床单一角夹在褥子和弹簧床垫之间，位于床左侧中间的位置，这显然不是铺床造成的。博斯将床单那一角从褥子底下拉出来，让它搭在床沿上。他掀起褥子，看了看下方，然后将它放回原处，床单那一角又被压在褥子与床垫之间了。埃德加说得没错。

　　接着他把六斗橱的抽屉一个个打开，里面的衣物（内衣裤、黑白色袜子和几件 T 恤）都叠得整整齐齐，似乎没被翻动过。他在关左侧底层的抽屉时，发现不太顺利，无法完全关紧。他将那个抽屉整个拽出来，接着把其他抽屉也全部拉出。他拉出所有抽屉后，逐个检查抽屉底部，看是否有东西粘在上面。结果什么也没有。他将抽屉放回原位，不断变换顺序，直到所有抽屉都能顺畅地完全关上为止。全部放好后，抽屉的摆放顺序与之前不同，现在才是正确的顺序；由此可知，曾有人将抽屉全部拉出来，检查抽屉底部和后面，但放回时弄错了顺序。

　　接着他踏入壁橱间，发现梅多斯只使用了四分之一的可用空间。地上有两双鞋，一双是黑色锐步慢跑鞋，沾满了泥沙、灰尘，显得很脏；另一双是系带式工作靴，看起来最近刚清洁过且上了鞋油。慢跑鞋上的泥沙也落到了小地毯上。博斯蹲下身子，用手指揉搓那泥沙，感觉像是混凝土。他从口袋里拿出一只小的塑料证物袋，放进去一点沙粒，收好袋子并起身。衣架上挂了五件上衣，一件是直排扣白色棉布衬衫，另外四件是黑色长袖套头衫，就是梅多斯穿的那种。衬衫旁边挂着两条几乎完全褪色的牛仔裤、两条黑色的宽松裤，像是柔道服的裤子。这四条裤子的口袋都被翻出来了。地上有一个塑料洗衣篮，里面堆放着肮脏待洗的黑裤子、T恤、袜子，还有一条平脚短裤。

博斯走出壁橱间，离开卧室，来到走廊边上的浴室里，打开水池上面的柜子。里面有一管用了一半的牙膏、一瓶阿司匹林和一个胰岛素注射器空盒。他关上柜子门时，望着镜中的自己，双眼疲惫不堪。他捋了捋头发。

博斯走回客厅，坐在长沙发上，看着那局未完的纸牌游戏。埃德加走进屋内。

"梅多斯去年七月一日租了这里，"他说，"女房东回来了，她表示原本房租是按月收的，但他一次性付了十一个月的钱，一个月四百美元，总共是将近五千美元的现金。房东表示并未要求他提供推荐函，就直接收了钱。他住在——"

"她说他付了十一个月的房租？"博斯打断了他的话，"难道付十一个月房租，第十二个月会免费赠送吗？"

"不是，我问过了，房东表示是他自己要预付十一个月的租金，说是今年六月一日会搬走。咦，那不就是十天后吗？他说是因为工作搬来此地，房东记得他应该是来自凤凰城，还说自己是市区地铁挖掘工程的排班主管。房东感觉可能工程在十一个月后完工，之后他就搬回凤凰城。"

杰里·埃德加看着笔记，回想刚才与女房东的对话。

"大概就是这些。她也看了那张拍立得照片，认出了他。她说他自称费尔斯，比尔·费尔斯。说他作息时间不正常，好像一直上夜班。上星期，有一天，房东碰巧看到他早回来，从一辆黄褐色吉普车上下来，她没注意车牌号码。但他全身脏兮兮的，看起来像是刚下班。"

他们俩沉默片刻，都在思索着什么。

最后博斯说："杰里，我有个提议。"

"说来听听。"

"你先回家，或者回去工作，随便你，这儿我来处理。我打算到勤务指挥中心调出报案录音带，回警局处理书面报告；还得看看萨凯是否已经通知家属，如果我没记错，梅多斯的老家在路易斯安那州。还有，我已经安排明早八点进行解剖，我也会顺道处理这件事情，你就不用管了，明天处理好昨晚电视台的事就行。他们那边应该没什么问题。"

"所以你决定自己处理烫手山芋，把轻松的差事留给我，他们来采访时那桩变装癖的案子都已经解决了。"

"嗯，我还有另一件事要你帮忙。明天你从河谷区到警局途中，顺便绕到塞普尔韦达退伍军人协会，看看能否说服他们让你翻阅梅多斯的档案，上面可能有些名字对我们会有帮助。正如我之前说的，他在保外就医时看过心理医生并参加了集体治疗，说不定和他聊过的人知道此事内情。我知道这机会不大。如果他们刁难你，打电话给我，我想办法弄搜查证。"

"博斯，这听起来不赖，但我有些担心你。我的意思是，咱俩太久没搭档办案了，而且我知道你可能想办几件漂亮案子重回市中心总局重案组，但我实在不明白你为何对此案如此认真。没错，这地方被翻过，但这并非问题所在；关键是为什么？就目前情况而言，我实在不觉得有任何说不通的地方。在我看来，不过是有人在梅多斯死后弃尸于水库，然后到他家搜寻藏匿的毒品罢了，如果有的话。"

片刻后，博斯说："或许真是如此，但我仍觉得有些地方不对劲。我想继续查查，搞清楚了再说。"

"随便你，我说了，我不介意，反正轻松的是我。"

"我想再仔细看看这里，你可以先走，我明天进办公室之前会先去拿解剖报告，明天见。"

"好的，伙计。"

"对了，杰里。"

"什么事？"

"这案子和调回总局重案组一点关系也没有。"

博斯独自坐在沙发上，一边思索案子，一边扫视着房间。他的目光最后落在前方茶几上。摊开的纸牌。单人纸牌游戏。他看见四张 A 都在上面。他拿起那堆剩余的纸牌翻看，一次翻三张，他看到黑桃 2、黑桃 3 以及红心 2。看来梅多斯当初停下并非因为该局已无路可走，而是在玩牌期间被人打断。

博斯坐不住了，他低头看绿色玻璃烟灰缸，里面的烟蒂都是无滤嘴骆驼牌香烟。这是梅多斯抽的，还是凶手抽的？他起身在房内踱步，空气中那股淡淡的尿味又朝他袭来。他走回卧室，打开六斗橱的抽屉，再次检查里面的衣物，没发现什么异常。他走到窗边，眺望街道对面，那是另一栋公寓楼的背面。街上有一名男子正推着超市购物车，拿着根棍子在垃圾桶里拨来拨去，推车内堆着半车的易拉罐。博斯离开窗边，坐在床上，将头往后靠在墙上，那里的白漆如今已呈现暗淡的灰色，他感觉墙壁十分冰凉。

他对着空气说："给我些提示吧！"

博斯认为梅多斯在玩牌时遭人打断且丧命于此，然后尸体被扔到水库那儿。但是为什么？为何不干脆将他留在此地？博斯又将头往后靠在墙上，环视房间里的一切。就在此时，他注意到墙上有一根钉子，大约在六斗橱上方一米处。钉子和墙面在许久之前一起被漆成白色，难怪他之前没注意到。他起身查看橱柜后方，在橱柜与墙之间七八厘米缝隙处瞥见一个掉落的相框。他用肩膀顶着橱柜，将它推离墙壁，拿起相框。他往后退，坐在床沿细看那张照片。相框的玻璃碎裂，可能是掉落在地面上的缘故，玻璃裂开导致那张十寸的黑白照片稍显模糊，由于年代久远，照片的周围已泛黄褪色。这张照片是二十多年前拍摄的，博斯之所以知道，是因为在玻璃片的两条裂缝之间，他看到自己年轻的脸庞对着镜头露出笑容。

博斯翻过相框，小心翼翼地将固定住背板垫的小插销拨开。他抽出泛黄的照片时，玻璃终于撑不住了，掉落下来碎了一地。他移开双脚避免踩到玻璃，但并未起身。他凝视着照片，照片正面或背面都没有注明拍摄时间或地点，但他知道肯定是在一九六九年年末或一九七〇年年初，因为照片中有些人在那之后丧生了。

照片中共有七个人，全部都是越战"地鼠"，他们光着膀子，骄傲地展现古铜肤色和身上的文身。每个人脖子上挂着的身份牌都用胶带缠住了，以免在地道爬行时发出碰撞的声响。当时他们肯定在古芝区的 E 地段，但博斯不记得是在哪个村了。士兵们在战壕里分列在地道入口两侧，那个洞口并不比梅多斯尸体被发现的那个排水管口大。博斯望着照片中的自己，觉得那笑容有点傻，接着想到，在相机拍下那一刻之后，发生了多少事情啊！然后，他看着照片中的梅多斯——他带着淡淡的微笑，眼神空洞。其他人总是说，梅多斯就算待在一个小房间内，眼神也是那般疏离遥远。

博斯低头看着脚边的碎玻璃，发现了一张粉红色纸片，大约有棒球明星卡片那么大。他捏着纸片边缘拿起来细看，是市区一家当铺的收据，上面写的顾客姓名是威廉·费尔斯，典当物品是一只金镶玉的古董手镯，典当日期在六个星期前，费尔斯当了那条手镯后拿到八百美元。博斯从口袋里拿出证物袋，将纸片放入，然后起身。

由于路上开往道奇球场的车流量很大，博斯花了一小时才驶抵市区，他利用这段时间思索在梅多斯公寓所见的一切。房间确实被人搜过，埃德加说得没错，对方来去匆匆，从裤子口袋都被翻出的样子即可得知。但那个人至少可以把抽屉正确放回，也不至于遗漏相框和藏在照片后面的当铺收据。为什么那么匆忙？他推断是因为当时梅多斯在公寓内已经断气，必须赶快处理尸体。

博斯在百老汇出口下了高速公路，然后往南穿过时代广场，来到位于布拉德伯里大楼的当铺。周末的洛杉矶市区通常如墓园般静谧，他也不指望"快乐哈克"当铺会开门营业，只是好奇，想先看看这个地方，之后再到勤务指挥中心。他开过当铺时，见门外一名男子手拿喷罐，在木板上喷出黑色的"OPEN"字样，板子立在当铺临街橱窗的位置。博斯见板子下方脏兮兮的人行道上碎玻璃散落一地，把车停到了路边。待他走到门口时，喷漆的男子已进入店内。他穿过一道电子眼的光束，安装在悬挂于天花板上的各种乐器之间的某处的电铃响了起来。

店内后方男子喊着："周末不营业。"他站在玻璃柜台上一部镀铬的收款机后面。

"你刚才喷的广告牌上可不是这么说的。"

"没错，但那是明天用的。如果用一大堆纸板盖住橱窗，别人还以为我关门大吉了。我可没关门，照常营业，只不过周末休息罢了，我打算将那板子摆个几天。我喷上'OPEN'，人家才知道我在营业，你知道吧？明天才营业。"

"你是老板吗？"博斯边说边抽出证件，亮了一下警徽，"耽误你几分钟。"

"哎呀，原来是警察啊。怎么不早说？我等你一整天了。"

博斯困惑地环视四周，然后明白了。

"你指的是橱窗吗？我不是来处理这件事的。"

"你这话什么意思？巡逻的警察要我等负责案子的警察来，我一大早五点钟就在这儿等了。"

博斯环视店铺，里面堆满了当铺常见的铜管乐器、没用的电子产品、珠宝和收藏品。"事情是这样的，呃……请问怎么称呼你？"

"奥比纳。奥斯卡·奥比纳，我在洛杉矶和卡尔弗城有两家店。"

"奥比纳先生，通常警探不会在周末处理这种破坏事件，可能连平时也不会管。"

"什么破坏事件？这可是破门而入的重大抢劫案啊！"

"你的意思是有人非法闯入？抢了哪些东西？"

奥比纳指了指收款机两旁的两个玻璃展示柜，柜台的顶层玻璃被砸得粉碎。博斯走近一瞧，看见小件珠宝、看似廉价的耳环和戒指与玻璃碎片混在一起，还有一些天鹅绒珠宝座、镜面展示盘与木制戒指托，原本摆放在上面的珠宝全部不翼而飞。他环视四周，店内并无其他损坏。

"奥比纳先生，我可以打电话给值班警员，看看今天能否派人前来处理，什么时候能到。不过这并非我此行的目的。"

博斯掏出那只装着当铺收据的透明塑料证物袋，举起来给奥比纳看。

"麻烦你把这只手镯拿给我看看。"他说这话时，忽然有一种不祥的预感。当铺老板是个圆滚滚的小胖子，棕色皮肤黑色头发，用一副难以置信的神情望着博斯，两条浓密的眉毛皱在一起。

"您不准备处理我的案子吗？"

"不，先生，我在调查一桩命案。您能不能让我看看这张收据上典当的手镯？之后我会打电话到警局，问问他们今天能否派人来调查这件非法闯入案。谢谢您的合作。"

"哎哟！你们这些人！我什么时候不合作啦？我每星期都寄出清单，甚至还帮警察拍摄典当物的照片。我只要求你们派个人来调查抢劫案，结果竟然来了一个调查命案的警察，我从早上五点就开始在这儿等了。"

"电话借我，我请他们派人过来。"

其中一个损毁的柜台后面的墙上有一个壁挂式电话，奥比纳拿起听筒交给博斯。博斯请店主拨了一个电话号码，在他与洛杉矶总局帕克中心的值班刑警交谈时，店主在记录本上查询了那张收据。值班刑警是位女警，博斯知道她在重案组的职业生涯中从未参与过实际调查行动。她问了博斯的近况后表示已将当铺抢劫案交给当地警局，但她知道今天不会有警探前去处理此案，当地警局归市中心分局管。尽管如此，博斯仍绕过柜台拨了分局电话，无人应答；当电话继续响着无人接听时，博斯开始在那儿自言自语起来。

"你好，我是好莱坞分局的哈里·博斯警探，想查查百老汇大道上'快乐哈克'当铺抢劫案的最新情况……他就在店里。你知道什么时候能来吗？嗯，嗯……对，奥比纳，O-B-I-N-N-A。"

他回头看了看当铺老板，奥比纳点头表示拼法正确。

"对，他就在这儿等……好……我会转告他，谢谢。"

他挂上电话。奥比纳看着他，浓密的眉毛拱起。

"奥比纳先生，今天他们很忙，"博斯说，"警探都出门办案了，但他们会过来一趟，应该再过不久就到了。我已转告值班警员您的大名，让他们尽快赶来。现在可以让我看看那只手镯了吧。"

"恐怕办不到。"

博斯从外套口袋里拿出一包香烟，抽出一支。他已经猜到是怎么回事了。

"你要的手镯已经不在了，"当铺老板说，"我在记录本上查过，我之前将那只手镯摆在这柜子内，因为它极为精致，对我而言相当宝贵。这会儿手镯不见了，我看咱们俩都是抢劫案受害者，您说是吧？"

奥比纳露出微笑，有人与他共同分担不幸，他显然很开心。博斯低头看展示柜底部那片碎玻璃，点点头，说："没错。"

"警探，您晚来了一天，真是可惜。"

"你刚才说只有这两个柜台被抢是吧？"

"没错，敲破玻璃拿了东西就闪人，动作迅速。"

"时间是？"

"警方今天凌晨四点半打电话通知我，警报器就是在那时响起的，我立刻赶来。玻璃窗被打破触发了警报，警察先来的，他们没发现任何人，直到我过来才离去。然后我开始等其他警探来处理，他们这会儿还没来，我得等他们前来调查之后才能清理这些碎玻璃。"

博斯思索着时间顺序，先是有人丢弃了尸体，之后，凌晨四点有人匿名打电话报警；而这家当铺大约在同一时间遭抢，死者当初典当的手镯被抢匪拿走。他告诉自己，这绝非巧合。

"您刚才提到照片，您有典当物品的清单和照片是吗？"

"没错，洛杉矶警局要求我这么做，我将清单交给警局负责的警探。这是法律规定，我也全力配合。"

奥比纳努努嘴，皱着眉头忧伤地望着破碎的展示柜。

博斯说："那照片呢？"

"对，还有照片，管当铺的警探让我拍摄店内最珍贵的典当物品，因为这有助于他们辨认赃物。这并不在法律规定范围内，但我对他们说，没问题，我绝对全力配合。我买了拍立得，并且保留照片，他们可以随时来查看比对。但他们从没来过，根本是随便说说罢了。"

"您有这只手镯的照片吗？"

奥比纳思索这个问题时眉毛再次拱起。

"应该有。"他说，然后经由柜台后方的黑色幕布进入走廊。片刻后，他拿着一个鞋盒回来了，盒内装满了拍立得照片，每张照片上都用回形针别着一个黄色小字条。他在一大堆照片中翻找着，偶尔抽出其中一张，扬起眉毛，然后又将它放回原处，最后，他终于找到了那张照片。

"在这儿。就是这个。"

博斯接过照片细看。

"古董金镶玉手镯，非常精致，"奥比纳说，"我记得它，绝对的上等货，难怪那该死的浑蛋抢匪将它拿走。是二十世纪三十年代，墨西哥造的……我给了对方八百美元，通常我并不会为一件珠宝支付如此高昂的典当价格。我记得以前有一个大个子拿美国职业橄榄球大联盟的冠军戒指来典当，一九八三年那届，很棒的戒指，我付了他一千美元，他并未赎回戒指。"

他举起左手展示那只特大号的金戒指，戒指在他短短的手指上显得更大了。

博斯问："来典当这个手镯的男子呢，你也记得他吗？"

奥比纳表情困惑。博斯见他拱起的眉毛有如两条毛毛虫在朝彼此进攻。他从口袋里拿出一张梅多斯的拍立得照片，递给奥比纳。当铺老板盯着照片看了半天。

片刻后他说："这人已经死了。"那两条毛毛虫似乎吓得发抖，"看样子已经死了。"

"这不用你说我也知道，"博斯说，"我想问的是，来典当手镯的人是不是他？"

奥比纳将照片还给博斯，说："我想应该是。"

"他在典当手镯之前或之后，有没有典当过其他东西？"

"没有。如果有，我会认得他，我想应该没有。"

"我得拿走这张照片，"博斯边说边拿起那个手镯的拍立得照片，"如果您需要取回这张照片，请打电话与我联系。"

他将名片放在收款机上。名片是很廉价的那种，姓名和电话号码都是手写的。博斯从一排班卓琴下方经过，走向前门，看了看手表。他转过身，看到奥比纳正继续翻看盒内的拍立得照片。

"奥比纳先生，警局的值班警员要我转告你，假如警探在半小时内还没到，就请你先回家，他们明天早上会过来。"

奥比纳看着他，不发一语，额头上的两条毛毛虫再次朝彼此进攻。博斯抬头，挂在头顶上方的是一把萨克斯管，擦得锃亮的黄铜弯管映着他的身影，那是一把次中音萨克斯管。然后他转身踏出门，前往勤务指挥中心拿录音带。

　　勤务中心位于市政厅地下室。一台台巨大的开盘式录音机不停地转动着，永不止息地记录下整座城市的呼喊。那通报案电话的接线员是一位黑人女性，打电话报案的是个白人男性，听起来像个孩子。

　　"911 报警中心，您想报案吗？"

　　"呃……呃……"

　　"您是否需要帮忙？有什么情况？"

　　"呃……是的，我要报案，排水管里有个死人。"

　　"您说您发现有人死亡是吗？"

　　"对，没错。"

　　"先生，您说的排水管是？"

　　"他在水坝那儿的排水管里。"

　　"哪个水坝？"

　　"呃……就是水库那儿嘛，在好莱坞标志那里。"

　　"先生，是穆赫兰水坝吗？在好莱坞山上？"

　　"对，就是那儿，你说对了，穆赫兰水坝，我就是想不起那个名字。"

　　"尸体在哪儿？"

　　"那儿有个老旧的大管子，你知道的，平常会有人在里面睡觉，死者就在排水管里。"

　　"您认识死者吗？"

　　"不，我怎么可能认识他啊！"

　　"他在睡觉吗？"

　　"才不是，"那少年紧张地笑着，"他死了。"

　　"你确定？"

　　"我确定，我只是打电话来通知你们，假如你们不想——"

"先生，请问您的名字是？"

"什么意思？你要我的名字做什么？我只是碰巧看见而已，我什么都没做。"

"我怎么知道您不是报假案？"

"你们去查看排水管就知道了，我不知道还能说些什么，我的名字和这件事有什么关系？"

"先生，我们要做记录，您能把名字告诉我吗？"

"呃……不行。"

"先生，您能不能待在那儿等警方过去？"

"不，我已经离开那地方了，我在——"

"先生，我知道，我这儿的电脑显示您目前在好莱坞大道附近戈尔路的公用电话亭。您能否等待警方抵达？"

"你怎么知道——算了，我得走了。你们去查就是了。那人就在那儿，而且已经断气了。"

"先生，我们真的希望——"

通话中断。博斯将录音带放入口袋，沿着来时的路走出勤务中心。

哈里·博斯已经有十个月没来过总局帕克中心的三楼了，之前他在重案组任职将近十年，但被调到好莱坞分局之后，就没回来过。他收到调动通知的当天，他的办公桌就被督察室的刘易斯和克拉克两个蠢材清理一空。他们将他的私人物品丢在好莱坞分局命案组的办公桌上，然后打电话到他家，留言告诉他东西在哪儿。十个月之后，他再次回到这被视为神圣之地的总局精英小组，他庆幸今天是星期日，不会遇见旧日同事，免得尴尬。

三二一室周末没人上班，只有一名看守警员。博斯不认识那人，他指着办公室后方说："我是博斯，好莱坞分局警探，我要使用电脑。"

看守警员是个年轻人，还留着海军陆战队时期的小平头，桌上摊着一本枪支目录。他转头望向办公室后方靠墙摆放的电脑，仿佛要确定它们仍在那儿，然后回头看了看博斯。

他说："应该使用你们自家分局的电脑吧。"

博斯从他身边走过，说："我没时间回好莱坞，二十分钟后还得赶去拿解剖报告。"他说了谎。

"博斯，我听别人提起过你，你还上过电视节目。你以前在这层楼工作嘛，不过那都是八百年前的事了。"

最后那句话如烟雾般悬在空中，博斯告诉自己别在意。他往后走向电脑那边，不禁瞟了一眼以前坐的办公桌，不知现在是谁在用。桌面凌乱，名片架上的名片边缘没有磨损，是崭新的。博斯转身看着那名值班警员，对方仍在观察他。

"你平常上班坐这张桌子吗？"

那小子微笑着点点头。

"小子，这是你应得的，你很适合这地方。看看你那发型，那傻笑，你前途无量啊。"

"你以为你是谁？就因为当初想逞英雄单枪匹马查案子才被踢出这儿……算了，去你妈的，博斯，你已经是过去时了。"

博斯随手把办公桌旁的转椅拖了出来，推到靠墙处放着 IBM 电脑的大桌子前。他启动电脑，片刻后屏幕上出现了琥珀色的字：命案信息自动追踪管理系统——HITMAN。

看到这几个字，博斯微笑起来，几乎每个分队、小组甚至电脑文件系统都以首字母缩写命名，给人以精明强干的印象。对公众而言，缩略词意味着警局为解决问题所付出的行动与大量人力，类似的例子有 HITMAN——杀手、COBRA——眼镜蛇、CRASH——猛击、BADCATS——狂猫、DARE——挑战，总共有几百个。博斯觉得帕克中心肯定有人整天忙着想这些东西。电脑系统用缩略词，甚至一些方案也有缩略词。如果哪个部门没有缩略词，那里的人在警局一定没什么地位。

博斯一进入 HITMAN 系统，屏幕上就跳出了案件查询窗口，他在空格内填入数据，接着输入三个搜索关键词："穆赫兰水坝""吸毒过量""伪造现场"。然后他按下执行键。半分钟后，屏幕上显示出储存在电脑里的近十年来的八千件命案，其中只有六起相关案件。博斯一一调阅了这六起案件的记录，前三起是发生在二十世纪八十年代初的未侦破命案，有三名年轻女子被杀，尸体都是在穆赫兰水坝发现的，均是被勒死的。博斯迅速浏览了案情，然后继续看其他案件，第四起是五年前的水库浮尸案，死者并非溺水死亡，但真正的死因无法确定。其余两件案子都是吸毒过量致死，一件发生在水库公园举行的一场野餐期间。博斯认为案情并无可疑之处，于是继续往下看。最后一起是十四个月前的水管内弃尸案，经调查，死亡原因是吸食了过量的黑焦油海洛因，导致心跳停止。

"据了解，死者生前常去水坝一带并在排水管内过夜，"电脑上显示的信息这么说，"无其他查询结果。"

克劳利早上打电话叫醒博斯时提到的正是此案。博斯按了下键盘，打印最后一桩命案的记录，不过他心里清楚此案和他正在追查的案子关联不大。他退出系统并关闭电脑，然后坐着思索片刻。博斯没有起身，坐在转椅上滑到另一台电脑前，打开电源并输入密码。他从口袋里拿出拍立得照片，边看手镯边输入外观说明，在失窃物品档案中搜索。光是输入外观说明就是一门大学问，他必须猜测当初输入说明的警员可能会使用的描述字眼，因为发生抢劫案或盗窃案时，遗失的大量珠宝首饰的特征都是由其他警员输入的。他输入手镯的简要说明："镶有海豚形玉饰，古董金手镯"，然后按下搜索键，三十秒后电脑显示未找到任何与之相符的结果。他重新输入说明："金镶玉手镯"，然后按下搜索键。这次共有四百三十六个搜索结果，太多了，他必须缩小范围。他又输入："镶有鱼形玉饰，金手镯"，然后按下搜索键。共有六条记录，这还差不多。

电脑显示有四份案件报告和两份警局公告提到了镶有鱼形玉饰的金手镯。这个失窃物品检索系统是一九八三年创建的。博斯对于警局广泛复制数据的情况相当了解，因此很清楚这六条搜索结果很可能出自同一案件或同一条报案记录。他在电脑上调出这些报告的详细内容，发现猜测正确。这些记录说的都是九月发生在市区第六大道和希尔街附近的一桩盗窃案。受害者是住在银湖区的一位七十六岁的女士，名叫海莉耶·比彻姆。博斯试着在脑海里勾勒出该区的位置，但想不起那儿有什么建筑或商家了，电脑上并没有详细的案情介绍，他得翻阅卷宗找出案件档案。不过电脑上倒是有那只金镶玉手镯的大略描述，还提到了比彻姆女士被偷的其他珠宝。问题是电脑上的描述太过笼统，无法判断比彻姆女士遗失的手镯是否就是梅多斯典当的手镯。电脑记录上还提供了几个相关案件记录的编号，博斯掏出笔记本一一记下，看来比彻姆女士遭窃的物品似乎不寻常地引出了一连串案件记录。

接着他又调出那两份局内公告。两份公告皆由联邦调查局发布，第一份的发布时间是在比彻姆遭窃的两星期后。三个月后，比彻姆失窃的珠宝仍没有消息，于是联邦调查局发布了第二份公告。博斯记下公告编号后关闭电脑，他走到办公室另一头的抢劫－商业盗窃小组办公区，沿后墙摆放的钢制档案架上有几十个黑色档案夹，收录了历年来的公告和协查通知。博斯取下标着"九月"的档案夹，开始翻阅搜寻。他很快发现夹子里的公告并未按时间顺序排列，而且也不全是九月发布的。事实上，要想找到那份通告，他可能得翻阅比彻姆遭窃后十个月的全部资料。他从架子上取下一大堆活页夹抱在怀里，然后坐到盗窃组的桌前。过了一会儿，他察觉到有人站在桌子对面。

"你想干吗？"他没抬头就问。

"我想干吗？"值班警探说，"我想知道你他妈的在搞什么鬼，这儿已经不是你的地盘了。你不能就这样大摇大摆地走进来，好像你还是这儿的头儿似的。给我把档案夹放回去，妈的，如果你要查数据，明天过来申请，而且别再说什么解剖的屁话了，你已经在这儿待了半小时了。"

博斯抬头盯着他，他猜这家伙只有二十八九岁，比当年自己进入重案组时还要年轻。要么现在选人的标准降低了，要么重案组已不是当年的重案组了，博斯知道事实上两者都有。他低头继续看文件。

那名警探咆哮道："我在跟你说话呢，浑蛋！"

博斯在桌下抬起一只脚，猛地踢向对面那把椅子。椅子顺势往后滑动，椅背正好打中值班警探的胯部，对方痛得弯腰呻吟，抓住椅子支撑身体。博斯知道这下自己的名声要传开了——哈里·博斯：独行侠、好斗者、杀手。他暗想，来呀，小子，反击呀。但年轻警探压住了怒气与羞辱，只是瞪着博斯。他是那种会拔枪但不一定敢扣扳机的警察。博斯知道这小子会走开的。

小警察摇摇头，摆了一下手，好像在说"真是够了"，朝值班桌走去。

博斯对着他的后背说："去啊，小子，写报告告发我啊。"

那小子低声回应："去你妈的。"

博斯知道自己不用担心，没有第三者在场或录音证据，督察室根本不会管警察告发警察的事。警局并不愿意处理警察各执一词的案子，他们很清楚一个人的话不能证明什么，因此督察室办案通常是两人一组行动。

过了一小时，抽完七支烟后，博斯终于找到那份资料。同一只金镶玉手镯的另一张照片夹在一份长达五十页的报告中，报告内容是位于第六大道和希尔街的西部国家银行盗窃案的案情描述和被盗物品的照片。此刻博斯搞清楚方位了，还记起银行大楼被烟熏黑的墙面玻璃，他从未进入过那家银行。银行盗窃，怎么会有珠宝被盗？这有点说不通。他仔细查看了清单，一长串的失窃物品几乎全是珠宝。歹徒闯入银行作案，时间仓促，很难抢走如此多的珠宝。光是海莉耶·比彻姆一个人就丢了八枚古董戒指、四条项链和四只耳环。此外，所有东西都被列为失窃物品，而非抢劫。他翻阅协查通知部分，想看看案情介绍，但并未找到，上面只有联邦调查局一位联络人的名字：调查专员 E.D. 威什。

博斯注意到，协查通知上犯罪时间一栏标示出三天，盗窃案发生在九月第一个星期的连续三天内。那是劳动节的周末假期，市区的银行都休息三天，肯定是银行的保险柜被偷。是挖地道进去的吗？博斯一边思考，一边靠向椅背。为什么他毫无印象？此类案件通常会在媒体上连续报道，而且警局内部可能会谈论更久。随后他想起，劳动节假期他人在墨西哥，而且连续待了三个星期，银行盗窃案发生时，他正因洋娃娃杀手一案被停职一个月。他身体前倾，拿起电话拨号。

"《洛杉矶时报》，我是布雷莫。"

"我是博斯，看来你还是老样子，星期天也得加班？"

"下午两点到晚上十点，没商量。有什么事吗？自从上次，呃……那个洋娃娃杀手案之后就没你消息了，你在好莱坞分局还习惯吗？"

"还好，暂时待一阵子应该没问题。"他低声说道，以防值班警探偷听到谈话内容。

布雷莫说："是吧，对了，听说你今天早上到水坝那儿处理弃尸案。"

乔·布雷莫负责《洛杉矶时报》警讯版已经很久了，比很多警察入行的时间都长，包括博斯。他对警局无所不知，而且只要打个电话就能获得他想要的消息。一年前他打电话给博斯，让他谈谈对自己被停职停薪二十二天一事的看法，布雷莫甚至比博斯还早一步得知此事。通常洛杉矶警局讨厌《洛杉矶时报》，而《洛杉矶时报》对警局也时有批评，布雷莫却能泰然处于两者之间，许多警察——包括博斯——都信任他。

"没错，是我的案子，"博斯说，"目前还看不出头绪。我得先请你帮个忙。假如事实真如我所想，那么你肯定不想错过内部消息。"

博斯知道并不需要丢出钓饵，但他希望布雷莫明白，案情可能会有重大影响。

布雷莫问："需要我做什么？"

"你知道，去年多亏督察室，劳动节假期我放了长假，不在洛杉矶，所以错过了一个案子，但是——"

"挖地道那件案子吗？你该不会是想问这个吧？就在市中心，大批珠宝遭窃，还有可转让债券、股票，甚至是毒品？"

博斯听见他提到此案时音调一下子抬高了，看来博斯猜对了，的确是挖地道进去的，而且看样子是个大新闻。布雷莫都如此关注，肯定是桩大案。奇怪的是，他十月结束假期回来后并未听到一点消息。

"没错，就是那案子，"他说，"当时我不在，所以错过了，抓到嫌疑犯了吗？"

"没有，还没破案。据我所知，是联邦调查局在负责这案子。"

"我打算今晚去报社看看案子的剪报资料，方便吗？"

"我帮你复印。你什么时候过来？"

"我晚一点过去。"

"看来这案子和早上的弃尸案有关？"

"目前看是这样，或许吧，很难说。而且这是联邦调查局的案子，我打算明天去找他们，所以今晚得先看一下剪报。"

"我等你。"

博斯挂上电话后，低头看着联邦调查局通告里的那张手镯的照片。毫无疑问这正是梅多斯典当的手镯，也就是奥比纳照片上拍的那只。照片上的手镯戴在一位女士满是老年斑的手腕上，三条雕刻的小鱼在波浪形镯子上游着。博斯猜测那就是海莉耶·比彻姆女士的手，当时可能是作为保险存证拍的。他抬头看值班警探，对方仍在翻阅枪支目录。他模仿杰克·尼科尔森①在某影片中的做法，大声咳嗽了一下，同时从活页夹内撕下那页协查通知。小警探抬头看了博斯一眼，然后又低头继续研究枪支弹药。

博斯把协查通知折好放入口袋时，传呼机正好响起。他拿起电话拨通了好莱坞分局的号码，心想局里可能通知他去处理另一具尸体，接起电话的是值班警长亚特·克罗克特。美国历史上有一位开拓者、民族英雄——戴维·克罗克特，因此大家习惯叫他戴维。

他说："博斯，你还在现场吗？"

"我在洛杉矶总局帕克中心查点资料。"

"好，看来你离法医办公室不远。那儿有个叫萨凯的法医鉴定人员打电话来，说要见你。"

"见我？"

"他要我转告你事情有变化，他们今天解剖你负责的案子。事实上，他们现在正在进行解剖。"

博斯五分钟后抵达南加州大学县立医学中心，花了十五分钟找到停车位。法医办公室位于一栋经历一九八七年加利福尼亚大地震而结构受损、无法使用的大楼后方。法医部是一栋两层高的黄色组合式建筑，毫无风格或生命力可言。博斯穿过供活人进入的玻璃门来到前厅时，与县警局的一位警探擦身而过，二十世纪八十年代初博斯参与侦办"夜袭者"案，曾与那人共事过。

博斯笑着打招呼："嘿，伯尼！"

"去你的，博斯，"伯尼说，"你以为我们这些人的案子就不重要吗？"

---

①   美国著名演员，代表作有《飞越疯人院》《闪灵》等。

博斯停下脚步，看着伯尼走向停车场。然后他往前右转，走过政府机关常见的绿色走廊，穿过两道双开门——那气味扑面而来，越靠近越令人难以忍受。那是死亡和工业消毒剂的味道，死亡的气息占了上风。博斯踏入铺有黄色瓷砖的准备室，见拉里·萨凯在里面，正忙着往医院无菌服上套一次性围裙，他已戴上口罩并穿好鞋套。博斯从不锈钢柜台上的纸箱内拿出一套同样的装备，开始穿戴。

"伯尼·斯洛特怎么回事？"博斯问，"什么事惹火他了？"

"还不是因为你，"萨凯回答时并未抬头看他，"他昨天早上接到电话出去办案，有个十六岁的小子枪杀了自己的好友，在兰卡斯特那儿。看样子是意外走火，但还得等我们做完弹道分析和火药测试才能有结论。伯尼想早点结案。我通知他今天稍晚的时候会处理这个案子，所以他来了一趟。问题是我们今天根本没时间处理他的案子，因为萨拉查莫名其妙地坚持要先处理你的案子，谁知道他发什么神经。我把尸体送来后，他看了一下就决定今天处理；我告诉他这样就得延后别人案子，他说那就把伯尼的案子延后，但我没来得及打电话通知他今天别来。他白跑一趟，当然气炸了。你知道他住在钻石岗那边，大老远赶过来的。"

博斯戴上口罩，穿好围裙和鞋套，随萨凯走下瓷砖廊道，来到解剖室。他说："那他应该朝萨拉查发火才是。"

萨凯没回答。他们走向第一张解剖台，比利·梅多斯赤身躺在上面，脖子撑在一块木头上。解剖室内共有六张不锈钢解剖台，上面各躺着一具尸体，每张解剖台边缘都有沟槽，桌角处有排水孔。热苏斯·萨拉查法医背对哈里·博斯和拉里·萨凯，倾身靠近梅多斯的胸膛。

"午安，哈里，等你好久了，"萨拉查说，但并未抬头，"拉里，帮我把这个做一下切片。"

萨拉查直起腰并转身，他戴着橡胶手套，手里拿着一团小肉块和粉红色肌肉组织，然后将它放入一个像蛋糕烤盘似的钢盘内，交给萨凯。

"给我做几个垂直切片，沿着伤口做一个，然后在旁边做两个来比较。"

萨凯拿着钢盘离开，前往分析室。博斯见那块肉是从梅多斯的胸膛、左乳头上方两三厘米处切下来的。

博斯问："有什么发现？"

"还不确定，有待观察。哈里，问题是你有什么发现？现场勘查人员告诉我，你要求今天立即进行解剖，为什么？"

"我跟他说今天安排，只是希望最快明天能进行解剖。"

"没错，他告诉我了，但我有点好奇，哈里，我这人最喜欢悬案了。告诉我，你为什么认为这案子不对劲？"

"只是当时有些细节说不通，"博斯说，"现在有更多细节了。就我掌握的资料来看，应该是谋杀。"

"哪些细节？"

博斯拿出笔记本，边翻边说。他列出了在命案现场注意到的一些异常：断了的手指、排水管内并无明显痕迹，以及衬衫被掀起蒙住头部。

"他的口袋里有一套吸毒器具，我们也在水管内找到'炉子'，但看起来就是不对劲，很像是伪装的命案现场。我认为致死原因是他手臂上那一剂，因为手臂上的其他疤痕都是旧的针孔，他已经多年没注射了。"

"你说得没错，除了手臂上那个新的针孔，只有腹股沟处有新针孔，在大腿内侧，想极力隐瞒毒瘾的人通常会在那里注射。但话说回来，这也可能是他复吸后第一次在手臂上注射。还有什么线索？"

"他生前抽烟，我很确定，但我们并未在他身上找到烟盒。"

"说不定在尸体被发现之前，烟已被其他人捡走？"

"有可能，但为什么只拿走香烟，不拿吸毒器具呢？还有他的公寓也被人翻过。"

"可能是认识他的人，去搜他藏在屋里的毒品。"

"也有可能。"博斯把笔记本往后翻了几页，"过滤用的棉花上有棕色结晶体。我看多了焦油状海洛因，知道它会让棉花呈深棕色，有时甚至是黑色。他手臂上打的东西看来是上等货，有可能是进口货。这和他的经济状况不符，那是有钱人的玩意。"

萨拉查思索片刻后说："哈里，这都只是你的猜测罢了。"

"还有最后一点——我刚开始查这条线索——他曾参与过一桩抢劫案。"

博斯向他叙述了手镯的有关情况，包括在银行保险柜遭窃，然后又在当铺被盗走的经过。虽然萨拉查只负责为案件提供法医检验，但博斯信得过他，而且有时向他透露一些细节对案情有帮助。他们俩在一九七四年相识，当时博斯还是个巡警，萨拉查则刚当上法医助理。那一年，在市中心南部东五十四街，警方与共生解放军①发生枪战，博斯奉命看守现场并维持秩序。攻坚战导致一栋房子陷入火海，五人葬身火窟，萨拉查负责在火场余烬中确认是否有第六位死者——遭绑架的报业大亨女继承人帕蒂·赫斯特。他们在现场待了三天，两人打赌赫斯特是否生还，最后萨拉查放弃了，博斯赢了——赫斯特还活着，而且人在他处。

博斯讲完手镯一事后，萨拉查对于梅多斯之死并不神秘的担心似乎也缓和了，一下子兴奋起来。他转身将装满解剖器具的推车推到解剖台前，打开声控录音机，拿起一把解剖刀和一把普通园艺剪刀，说道："好吧，咱们开始办正事。"

博斯退后几步免得被血溅到，他倚在一张长桌边。桌上有个托盘，里面都是刀子、锯子和解剖刀。他发现托盘侧面的标签上写着：待磨。

萨拉查低头看着梅多斯的尸体，说："死者是成年白人男性，身高一

---

① 1974 年在洛杉矶建立的激进恐怖主义组织，同年 5 月 17 日，当地四百多名警察包围了该组织的据点，并与其展开激烈枪战。

米七五，体重七十五公斤，身体状况大致符合资料上的四十岁。尸体冰冷，未经防腐处理，全身僵直且背部有深色尸斑。"

博斯看着他做解剖，然后注意到长桌上工具盘旁的一个塑料袋内装着梅多斯的衣物。他将袋子拿过来并打开，尿臊味立即袭入鼻孔，他想起梅多斯的公寓里也有这种味道。他戴上橡胶手套，萨拉查则继续描述尸体状况。

"左手食指骨折明显，却无皮外伤、红肿或淤血。"

博斯回过头去，见萨拉查正用解剖刀的手柄摆弄那根折断的指头，同时对着录音机说话，然后他说到皮肤上的针孔。

"大腿内侧上方以及左手臂内侧有皮下注射型的针眼，手臂上的针眼有血样液体渗出，显然是新伤，没有结痂。另一个伤口在左胸膛上方，也有少量血样液体渗出，而且伤口看上去比皮下注射造成的针眼稍大。"

萨拉查用手遮住录音机扩音器并对博斯说："我让萨凯做这个胸部伤口的切片了，看样子很有意思。"

博斯点头，之后转身回到长桌旁，摊开梅多斯的衣物。他听见身后的萨拉查在用园艺剪打开死者的胸膛。

博斯翻出死者身上的每个口袋，查看线头。他将袜子翻过来，并且检查裤子与衬衫内衬，但一无所获。他从"待磨"盘内拿出一把解剖刀，割开梅多斯皮带上的缝线，扯开皮带。依然毫无发现。他听见后方的萨拉查说："脾脏重一百九十克，脾体完好，稍有皱褶，表面呈淡紫色，可见包膜……"

博斯听过几百次这类描述了。法医对着录音机叙述的大部分内容对站在一旁的警探而言通常没多大用处，警探等待的是最后的重点：冰冷的解剖台上的那个人死因是什么？用的什么方法？谁下的毒手？

"胆囊壁很薄，"萨拉查说，"有几毫升绿色胆汁，无胆结石。"

博斯将衣物塞回塑料袋内并封上，然后从第二个塑料袋里倒出梅多斯当时穿的真皮工作鞋，他注意到有红褐色尘土从鞋内散落而出。这再次证明了尸体是被拖入排水管的，鞋跟刮过排水管底部的干泥，将尘土带入鞋内。

萨拉查说："膀胱黏膜完整，里面只有不到六十毫升淡黄色尿液，生殖器官未见异常。"

博斯闻言转身，萨拉查用手盖住录音孔，说："开个法医的玩笑，只是想看看你是否专心听着。有一天你可能得为此做证，到时候可得帮我。"

"我觉得不太可能，"博斯说，"他们可不想因为这种事让陪审团烦死。"

萨拉查启动了一把开颅用的小型圆盘电锯，那声音听起来有如牙医用的电钻。博斯转身检查鞋子，那皮鞋用鞋油仔细擦过且保养良好，橡胶鞋跟仅轻微磨损，右脚鞋底的纹路内卡着一颗白色石头。博斯用解剖刀将它挑出，原来是一小块水泥。他想起梅多斯公寓橱柜里的白色粉尘，地毯上的粉尘或卡在鞋底纹路内的小水泥块，说不定就来自西部银行保险库的水泥外墙。但是银行遭窃已过去九个月了，从鞋子细心保养的程度来看，鞋底怎么还会有当时的水泥？应该不太可能。或许这是他在地铁工程工作时弄到鞋底上的——假如他真的从事过那份工作。博斯将小水泥块放入塑料证物袋，装进衣服口袋，口袋里还放着他这一天收集到的其他证物。

萨拉查说："针对头部与颅骨内部的检验显示，并无外伤或潜在病理问题，也没有先天异常。哈里，现在我要检查那根手指了。"

博斯将鞋子放回塑料袋内，回到解剖台前。此时萨拉查将梅多斯左手的 X 光片放在墙上打亮的灯箱前。

"看到这些碎片了吗？"他边说边指着 X 光片上的白色小亮点，在折断的关节处有三块碎片。"假如是旧骨折，这些痕迹经过一段时间后会融入关节内。X 光片上看不出愈合迹象，我过去看看。"

他走到尸体旁边，用解剖刀在食指关节上部划了一个 T 形的开口。然后他将切口处皮肤翻起来，一边用刀拨着粉红色的肉，一边说："没有……没有……什么都没有。哈里，是死后折断的。你认为可能是我的手下造成的吗？"

"我不知道，"博斯说，"看样子应该不是，萨凯说他和助手很小心，我知道也不是我弄的。为什么皮肤没有外伤？"

"问得好。基于某种原因，手指被折断，外部却无损伤。这个问题我没有答案，但应该不难做到，抓住指头往后硬掰就行。前提是你得有胆这么做，就像这样。"

萨拉查绕过桌子，举起梅多斯的右手，将手指猛地往后一掰。但是他用力不够，未能折断指关节。

"看来比我想象中难，"他说，"或许手指头被某种钝器击中，某种不会在皮肤上留下伤痕的钝器。"

十五分钟后，萨凯拿着载玻片进来时，解剖已结束，萨拉查正在用粗蜡线缝合梅多斯的胸膛，接着他拿起挂在解剖台上方的水管，冲掉尸体上的脏物并弄湿头发。萨凯用绳子将尸体双腿绑紧并把双臂贴着身体绑住，以免它们在不同的尸僵阶段乱动。博斯注意到那绳子绕过梅多斯手臂上的文身，正好勒住了那只老鼠的脖子。

萨拉查用拇指和食指合上了梅多斯的双眼。

"送到冷库去吧，"他对萨凯说，然后转身面对博斯，"咱们看看这些切片。我觉得很奇怪，因为这个伤口比一般海洛因注射器的针眼大，而且位置在胸膛上，这很不寻常。伤口显然是死前造成的——只有轻微出血，但并未形成结痂，应该是在死前很短的时间内发生的，甚至可能在垂死之际。哈里，这说不定就是死因。"

萨拉查将切片拿到解剖室后方长桌上的显微镜前，他选了其中一块放在显微镜载物台上，俯身透过显微镜观察，半分钟后，终于说："有意思。"

他大致观察完其他切片后，又将第一片放回显微镜载物台上。

"是这样的，我在胸膛上的戳孔位置取下一块两三厘米见方的组织，然后切入胸膛下方近四厘米处。这一张取的是垂直切片，显示伤口的走向。你明白吧？"

博斯点点头。

"很好，这就像将苹果剖开露出虫蚀的轨迹一样。切片上显示出伤口走向以及对肌肉组织造成的压迫和损伤，你来看看。"

博斯弯下腰，透过显微镜的目镜进行观察，切片上有一条笔直的伤口，两三厘米深，穿透皮肤进入肌肉组织，越往下越窄，很像是针尖造成的。肌肉呈粉红色，到了伤口末端变为深棕色。

他问："这表示什么？"

"这表示，"萨拉查说，"造成伤口的物体由皮肤进入，穿过筋膜——也就是纤维状的脂肪层，然后直接扎进胸肌。你注意到伤口周围的肌肉颜色加深了吗？"

"我看到了。"

"这是因为那儿的肌肉被灼伤了。"

"灼伤？"

"电击枪，"法医说道，"找那种能发射电极飞镖的，被电击枪射中时，电极飞镖会穿透皮肤，深入体内三四厘米。不过眼前这个案例的情况可能是，电极被人手动按入死者胸膛内。"

博斯思索片刻，电击枪根本无从追踪。此时拉里·萨凯回到解剖室，倚着门边的长桌观看。萨拉查从工具推车上拿起三小瓶血液和两小瓶黄色液体，推车上还有一个小钢盘，里面放着一块棕色物体，博斯凭借在解剖室里观察的经验得知，那是肝脏。

"拉里，这是毒物检测样本。"萨拉查说。拉里·萨凯接过东西再次离去。

博斯说："你说的是酷刑虐待——电击。"

"依我看的确如此，"萨拉查说，"不至于丧命，因为电击强度不够大，但足以令他说出秘密了。使用电击还是相当有用的，许多人这么干过。如果电极由胸口插入，他可能感受到电流直接攻入心脏，整个人动弹不得。他会向对方全盘托出，然后只能眼睁睁看着他们在他手臂上注射满满一剂致命的海洛因。"

"我们有办法证明吗？"

萨拉查低头看着瓷砖地，隔着口罩用手指挠了挠嘴唇。博斯真想来根烟，他已在解剖室里待了将近两小时了。

"证明这些推断吗？"萨拉查问，"无法从医学角度证明，毒物检测要一个星期才能出结果。咱们姑且假设检测结果显示海洛因过量致死。但如何证明是别人在他手臂上注射了海洛因，而非他自己所为？从医学角度而言无法证明。但是我们至少可以指出，在死亡瞬间或死前不久，死者的身体遭受了电击并造成伤害。他被人用酷刑虐待；而且在死亡后，左手食指受到原因不明的伤害。"

他再次在口罩上抓挠，然后说："我可以在法庭上做证，说这是杀人案。综合所有医学证据来看，死者是死于他人之手，但目前尚未找出死因，等毒物检测分析完成后再商量吧。"

博斯在笔记本上写下萨拉查刚才说的话，还得把这些话写进案件报告里。

"当然了，"萨拉查说，"要向陪审团证明这是一起谋杀案，又是另一回事了。哈里，你恐怕得找出那只手镯，看看为什么会有人为了它不惜折磨甚至杀害一个人。"

博斯合上笔记本，脱掉一次性外套。

夕阳将天空照得粉红，有如冲浪者的鲜艳泳衣的颜色。博斯在好莱坞高速公路上向北开，朝家的方向驶去，他看着天空，心想那纯粹是美丽的错觉。这片夕阳的确能让人忘记，这鲜亮的色彩其实是烟尘造成的，事实上每一幅漂亮的图片背后都可能有一个丑陋的故事。

太阳如铜球般挂在驾驶座一侧的后视镜里，他把车载收音机调到爵士音乐台，此刻约翰·科川①正在演奏《灵魂之眼》。他旁边的座位上放着从布雷莫那儿拿到的新闻剪报，装剪报的文件夹被六瓶装亨利牌啤酒压住。博斯在巴勒姆出口下了高速公路，由伍德·威尔森路往上驶入环球影城上方的山丘。他家是一室一厅的木结构悬臂屋，比贝弗利山庄一间车库大不了多少。房子建在山边，由三根钢筋在底部支撑。此处如果地震了，将足以令人胆战心惊，大自然会轻松地拔起那些柱子，让房子像雪橇般翻下山去。不过危险却换来一片美景。博斯站在屋后的门廊朝东北方眺望，能看到伯班克与格伦代尔，还能将帕萨迪纳和阿塔迪纳后方的紫色山峦尽收眼底。山丘上发生火灾时，隐隐攀升的烟雾和橘色烈焰依稀可见。到了深夜，山下高速公路车流声渐渐变得柔和，环球影城的探照灯扫过天空。眺望山谷总能给博斯带来一股力量，一种连他自己都无法解释的感觉。但他知道这是他买下此地且不想离开的原因之一，也是最主要的原因。

八年前，博斯在房价疯涨前买下这座房子，首付款五万美元，之后每月还贷款一千四百美元，这笔钱对他而言不算负担，因为除了还贷款，他的钱只用来买食物、酒和爵士乐唱片。

博斯的首付款来自一家制片公司，公司出钱买下了在一部电视系列剧中使用他姓名的权利——故事根据洛杉矶美容院老板连环杀人案改编，由两位二线演员饰演博斯和他的搭档。他的搭档拿了五万美元，提早领

---

① 美国著名爵士乐手，擅长萨克斯管演奏。

了退休金，搬到恩塞纳达。博斯则用那笔钱买了一间不知是否能撑过下次地震的房子，不过这房子令他有君临天下之感。

尽管博斯久居此地的决心从未动摇，但他目前的搭档、兼职房地产经纪人杰里·埃德加告诉他，这座房子目前市价涨了三倍。每当他们聊到房地产话题时（这话题出现频率极高），埃德加总是建议博斯卖了房子赚一笔，再换更大的房子。埃德加无非想从中捞点好处，但博斯根本没有搬家的念头。

他回到山丘上的家时，天已经黑了，他站在后门廊上喝第一瓶啤酒，俯瞰山下的一片灯光。他坐在值班椅上喝第二瓶啤酒，把文件夹放在大腿上。他整天没吃饭，空腹喝酒使酒精很快就发挥作用，他昏昏欲睡却又有些精神亢奋，身体发出需要食物的信号。他起身走进厨房，做了份火鸡肉三明治，又拿了一瓶啤酒回到椅子上。

他吃完三明治，掸去掉落在文件夹上的面包屑并翻开档案。共有四则刊登于《洛杉矶时报》的西部银行盗窃案的报道，他按照发表顺序阅读内容。第一则只是条快讯，刊登在城市新闻的第三版，内容是案发当天报社得到的仅有的消息，当时洛杉矶警局和联邦调查局根本不想和媒体接触，以免让公众知道事发经过。

警方调查银行盗窃案

有关部门称，劳动节假日期间位于市中心的西部国家银行遭窃，损失财物数量不明。

联邦调查局调查专员约翰·鲁克表示，这件案子目前正由联邦调查局与洛杉矶警局联手进行调查。该银行位于希尔街与第六大道交叉口，据悉银行经理在星期二抵达银行时发现保险箱金库已被歹徒洗劫一空。

鲁克说，警方尚未估算损失财物金额，但根据调查部门的消息，歹徒共盗走了价值超过一百万美元的财物，包括银行客户存放在金库的珠宝和其他贵重物品。

鲁克没有透露窃贼是如何进入金库的，但他提到银行警报系统出现了问题，对此他不愿进一步说明。

西部国家银行发言人在星期二当天拒绝对案情发表评论。警方表示目前尚未展开逮捕行动，也没有发现任何嫌犯。

博斯在笔记本上写下约翰·鲁克的名字，然后阅读篇幅较长的第二则新闻报道。文章发表在第一篇报道见报之后两天，占了城市新闻头版的上半部分。标题有两行大字，还附了一张照片，照片中一男一女站在金库前，低头看着地面上一个维修孔大小的洞口。他们背后是靠墙摆放的一大片保险箱，大部分柜门开着。这篇报道有布雷莫的署名。

银行盗窃案至少损失了两百万美元的物品
盗贼利用假期周末挖地道进入金库

这篇报道在第一条基础上做了扩展，提供了案情细节。作案者从位于希尔街地下的城市排水管道处开始，挖了长达一百四十米的地道进入银行，并使用爆破装置炸开金库地板。联邦调查局表示，整个假期盗贼可能一直待在金库内，用电钻把保险箱一一钻开。这条从排水管道到银行金库的地道，大约是在案发前七八个星期开始挖的。

博斯在笔记本做了标记，提醒自己询问联邦调查局地道是怎么挖的。大部分银行警报系统会监测声音及地面震动，假如对方使用大型挖掘工具，按理说警报系统应该会响。同样令他纳闷的是，为什么爆破装置没有触发警报？

然后他阅读第三篇报道，文章刊登于第二篇报道发表一天后，并非布雷莫所写，不过仍上了城市新闻的头版。文中描述了盗窃案的失主，几十个人在银行门口排队，想知道自己租用的保险箱是否遭到洗劫。联邦调查局的人陪同他们进入金库，然后一一记下他们的陈述。博斯浏览了一遍文章，发现里面在翻来覆去地说同一件事：人们或气愤或难过，或两者兼有，因为原本以为贵重物品存放在银行保险库比摆在家里安全，谁知道反而因此遭窃。海莉耶·比彻姆的名字也出现在文章结尾处，她从银行出来时接受记者访问，表示损失了毕生收藏的珍宝，那是她与已过世的丈夫哈里一起环游世界时买的。报道说，比彻姆女士用一条蕾丝手帕轻拭眼角的泪水。

"我失去了他在法国给我买的戒指，还有一个墨西哥的金镶玉手镯，"比彻姆女士说，"我不知道这些盗贼是谁，他们夺走了我的回忆！"

真够夸张的，天知道最后那句话是不是记者自己加上的。

档案中的第四篇报道刊登在一星期后，出自布雷莫之手，内容很短，被挤到城市新闻版下方报道河谷区新闻的地方。布雷莫报道说，西部国家银行盗窃案的调查由联邦调查局全权负责，起初洛杉矶警局提供支持，但案情线索越来越少，已经转交给联邦调查局。文中再次转述调查专员鲁克的话，鲁克表示，目前局内探员仍在全力调查此案，但案情并无进展，也没发现任何嫌犯，他还说金库失窃物品至今下落不明。

博斯合上文件夹。这案子太大了，调查局不可能像处理普通银行盗窃案那样草草了事。鲁克说没发现任何嫌犯，是真的吗？不知梅多斯的名字是否曾出现在案件调查过程中。二十年前，梅多斯曾在越南南部打仗，也曾住在当地村庄的地道中，他和所有地道士兵一样熟悉爆破作业，但当时是内向爆破；他是否也学到了炸穿银行金库钢筋水泥地板那种外向爆破的技术？此时博斯想到，梅多斯不一定需要知道方法，因为作案者一定不止一人。

他起身从冰箱里拿出另一瓶啤酒，不过在返回值班椅之前先绕到了卧室，从柜子底部的抽屉里拿出一本旧剪贴簿。他回到椅子上，喝了半瓶啤酒后翻开本子。页与页之间夹着一大堆散放的照片，他原本打算将照片整理好贴在本子上，后来就这么不了了之了。他甚至很少翻阅相簿。里面的照片全部泛黄且边缘已呈棕色，纸张因年代久远而变得脆弱，正如那些照片所勾起的记忆。他拿起一张张照片细看，忽然明白了自己为什么没将照片贴在本子上——他喜欢把一张张照片拿在手中，细细感受。

照片都是在越南拍的，和他在梅多斯公寓发现的照片一样，本子内大多也是黑白照片，当时在西贡冲洗黑白照片比较便宜。博斯出现在其中几张照片上，不过大部分是他拿着徕卡牌旧相机拍的。相机是博斯的养父在他离开美国前所赠，算是求和的表示。当时他并不希望博斯参加越战，两人因此起了争执。后来他把相机送给博斯，博斯也接受了。但博斯回国后无意吹嘘越战经历，照片就随手放在剪贴簿内，一直没有整理，也很少翻看。

如果说这些照片中有什么共同的主题，那就是"笑脸"和"地道"。几乎每张照片中，士兵们都傲气十足地站在地道口。他们可能刚刚征服那个地道，从洞口爬出。对外人而言，照片可能显得奇怪或者很有意思；但对博斯而言，这些照片令人恐惧，就像报纸上那种新闻图片——有人被困在汽车残骸里，等待救护人员切开车皮救他们出来。照片中，那些年轻人在经历地狱之行后，对着相机微笑。进入地道宛如进入黑暗世界，每条地道里都是一片黑色的回声，那里只有死亡，没有任何其他东西。尽管如此，他们依然一次又一次朝地道行进。

博斯翻过剪贴簿的一张破损页，看见照片中的比利·梅多斯正望着他。这张照片和博斯在梅多斯公寓里发现的照片几乎是同时拍摄的。照片中是同一群人、同一个战壕和同一条地道，古芝地区 E 段。但博斯并不在这张照片里，因为当时是他拍的。徕卡牌相机捕捉了梅多斯空洞的眼神和僵硬的微笑，皮肤绷紧且苍白如蜡——看来博斯捕捉到了真正的梅多斯。

他放回照片，继续翻看下一张，照片中只有他自己，没有其他人，他清楚地记得当时他将相机架在棚屋内的木桌上并设定了时间，然后走到镜头前。照片中的他光着膀子，窗外的斜阳正好照在他晒得均匀的手臂上，照亮了那块文身。在他后方，依稀可见棚屋铺着稻草的地板上露出一条地道的黑暗入口，就像爱德华·蒙克的名画《呐喊》里那张恐怖的嘴。

博斯凝视照片，他记得那是村庄里的一条地道——他们管那个村子叫 Timbuk2——也是他待过的最后一条地道。照片中他面无表情，黑眼圈明显。事隔多年，如今他看着这张照片依旧笑不出来。双手捧着照片，他用两个拇指心不在焉地摩挲着照片边缘。他盯着照片，直到疲惫与酒精的作用令他昏昏欲睡，如梦似幻。他记得最后一条地道，他记得比利·梅多斯。

当年有三个人进去，却只有两个人活着出来。

那条地道是军队在 E 区一座小村庄例行搜查时发现的，勘察图上并无该村名称，士兵们给它命名为 Timbuk2。村里到处都是地道，根本没有足够的"地鼠"来进行彻底勘察。他们在棚屋的一个米筐下发现地道口时，士官长不想等直升机载地道兵来再行动，想继续推进到其他村子，但他知道必须先摸清地道里的情况。因此士官长做出打仗时许多长官都做过的一个决定：他派手下的三名士兵进入地道，三名刚到越南六个星期的新兵，他们简直吓得屁滚尿流。士官长让他们别走太远，放了炸药之后立即出来，动作要快，而且要彼此照应。那三名菜鸟士兵奉命进入地道，但是半小时之后，只有两个人出来。

那两名士兵说，进入地道后有好多条路通往不同方向，因此他们分头行动。他们正向士官长报告之时，地道口传来隆隆巨响，接着大片烟尘喷出，C-4 炸药爆炸了。后来连里的中尉过来，表示一定要找到那名失踪的士兵，否则军队绝不撤离。全连等了一天，待地道内烟尘完全落定之后，直升机送来两名"地鼠"——哈里·博斯和比利·梅多斯；中尉告诉他们，不管那名失踪士兵是否已经死亡，都要把他弄出来，他不能把自己手下的兵丢在地道里不管。中尉说："找到他，把他带回来，好歹要给他办一场体面的葬礼。"

梅多斯说："我们也不会把自己的兄弟丢在那里不管。"

于是博斯和梅多斯进入地道，发现主入口连着一间连通室，里面放着一筐筐大米，再往后有三条通道。其中两条已被引爆的 C-4 炸药炸毁，第三条地道依然畅通，这正是那名失踪士兵当初选择的路线，他们两人进入通道内。

他们在黑暗中爬行，梅多斯在前，他们尽量少用手电筒，最后来到通道尽头，是条死巷。梅多斯在地道的泥地上四处摸索，终于找到一处暗门。他撬开门，两人向下进入地道迷宫的第二层。梅多斯没说话，用手指着一个方向，然后径自往前爬去。博斯知道两人必须分头行动，于是往另一方向前进。他们将独自前行，除非前方有越共埋伏。博斯走的是一条蜿蜒的通道，里面热得像蒸桑拿。地道里潮乎乎的，隐约有股厕所的味道。博斯还没见到那名失踪的士兵，就已闻到他的味道。那人已经死了，尸体腐烂发出恶臭，但还保持着坐姿，双腿向外叉开伸直，靴子前端朝天。尸体靠在一根埋在地里的柱子上，一条铁丝深深嵌入他的脖颈，然后绕到柱子上，将他固定。博斯担心越南人装了诡雷，所以没碰他。他用手电照向死者颈部的伤口，从脖子到胸前全是已经干结的血迹。死者身穿绿色 T 恤，上面的白色字体写着他的名字：艾尔·克罗弗顿。那名字已被血迹覆盖，一堆苍蝇粘在死者胸膛上凝固的干血中动弹不得，博斯想不通它们是怎么来到地底下的。接着他将灯光移至死者裆部，那里同样满是黑色的干涸血迹，裤子被撕开，克罗弗顿就像遭到了野兽攻击一样。汗水刺痛了博斯的眼睛，他的呼吸也越来越急促，博斯察觉到自己身体的反应，却难以自制。克罗弗顿的左手放在大腿旁边，掌心朝上，博斯将灯光照过去，看见一对血淋淋的睾丸。他强忍着没让自己吐出来，却克制不住惊慌而大口喘着气。

　　他双手捂住嘴，试着缓和呼吸。没用，他无法克制自己，他惊慌得不知所措。他那时才二十岁，惊恐万分。地道墙壁似乎在不断收紧，离他越来越近。他踉跄着后退，远离尸体，手电筒不慎掉落，光束依然照在克罗弗顿身上。博斯慌忙蹬住地道泥墙，身体蜷缩成一团，刚才落入眼中的汗水此时已变成泪水。一开始还只是悄无声息地流泪，很快他就啜泣起来，全身不住地颤抖。黑暗中，他的哭声在四面八方回荡，飘向敌人藏身的地方，飘向地狱。

Chapter 2

五月二十一日
星期一

凌晨四点左右，博斯从值班椅上醒来，通往门廊的玻璃拉门没关，圣塔安那的风吹起屋内的窗帘，如幽灵般穿过。暖风与噩梦让他出了一身汗。现在，风已吹干他皮肤上的湿气，留下一层盐分。他踏出房间到外面的门廊上，倚着木栏杆俯瞰河谷的点点灯光。环球影城的探照灯早已熄灭，山下的高速公路上也听不见车流声。远处传来直升机的隆隆声响，或许来自格伦代尔。他寻找直升机的踪影，发现一个红点在盆地的低空移动。它并未定点盘旋，也无探照灯，看来并非警用直升机，接着他闻到热风中飘来一股马拉硫磷刺鼻的气味。

博斯转身回屋，随手关上玻璃拉门，他思索着要不要上床睡觉，但也知道无法再入睡了。他总是这样，很早就入睡了，却睡不长；还有些时候他直到清晨才能入睡，晨雾中的朝阳已经勾勒出群山的轮廓。

他曾到塞普尔韦达退伍军人协会的失眠治疗中心就诊，但心理医生束手无策，他们表示他的症状处于循环周期。刚开始一段时间睡得很深，然后折磨人的噩梦入侵，接下来好几个月都会失眠，因为那是大脑对在睡眠中伺机而动的噩梦做出的防御性反应。医生表示博斯的大脑压抑了战地经历带来的焦虑，他必须在清醒时缓解这些焦虑，睡眠才能持续而不被打断。然而医生根本不明白，有些事无法改变，已发生的也无法回头，在受伤的灵魂上贴创可贴是很难的。

他洗了澡并刮了胡子，然后观察镜中的自己，这令他感到岁月对比利·梅多斯多么不公平。博斯的头发也开始发白，但仍茂密卷曲，除了眼袋，他的脸上几乎没有皱纹，还很英俊。他擦去脸上残余的刮胡泡，穿上浅蓝色衬衫，又套上一件米黄色夏季薄西装。他从壁橱的衣架上找到一条还算平整干净的暗红色领带，领带上有古罗马战士头盔的图案。他用一八七号领带夹夹住领带，并将枪套扣在皮带上，然后出门，踏入黎明前的黑暗中。他开车到市区菲格罗亚街的潘翠餐厅吃早餐，点了煎蛋饼、吐司和咖啡。该餐厅历史悠久，创立于美国经济大萧条之前，而且二十四小时营业。餐厅有块招牌骄傲地展示：自开张以来每分钟都有用餐的客人。博斯在餐厅的长桌边左右张望，发现自己正肩负着保持这项纪录的重大责任——此时店内只有他一位客人。

咖啡和香烟让博斯准备好面对一天的工作。吃完早饭，他开车上了高速公路，向好莱坞驶去。高速公路下面也挤了一堆想进入市区却动弹不得的车辆。

好莱坞分局位于威尔克斯大道，向北走几个路口就是好莱坞大街，分局处理的大部分案子都出在那儿。他将车直接停放在分局外面的路边，因为不打算待太久，怕出来时会赶上换班的停车高峰，他可不想被困在车流中。他走过面积不大的门厅时，看到一个鼻青脸肿的女人，边哭边和文员做笔录。但一踏入左侧走廊，侦查处就很安静了，夜班警员估计都外出办案去了，或者在楼上的"新房"睡觉——那是一间储藏室，里面有两张床，先到先得。平时繁忙嘈杂的侦查处此刻一片寂静，时间仿佛静止了一般。里面空无一人，但负责盗窃、车辆、青少年犯罪和重案的一张张长桌上满是凌乱的文件和档案。警局里的警探来来去去，文件则永远在这里。

博斯走到侦查处后方，煮了一壶咖啡。他探头朝后门外的走廊看了看，那里是羁押人犯的拘留所。有个顶着辫子头的金发白人男孩被铐在走廊中间的长凳上坐着，看来是个少年犯，顶多十七岁。根据加利福尼亚州法律，警方不得将少年犯关进拘留室内与成年犯人共处。打个比方，如果把山狗和德国狼狗关在一个笼子里，山狗就会有危险。

少年朝博斯喊道："你他妈的看什么看？"

博斯没接腔，他将一包磨好的咖啡粉放入咖啡机滤纸内。一位穿制服的警员从走廊更远处的值班主管室探出头来。

"我已经警告过你了，"警员对少年大吼，"再犯一次，我就把你的手铐再铐紧一格。半小时后，你的手就麻木了，看你以后上厕所怎么擦屁股。"

"那只好在你脸上擦了。"

警员踏入走廊，朝少年走去，硬邦邦的黑皮鞋在地面敲出一下下声音。博斯把滤碗推入咖啡机，按下启动钮。他回到命案组的办公桌前，不想看见那少年的下场。他把自己的椅子拉到放公用打字机的地方，他需要的表格放在机器上方的一个壁架里。他把一张空白的犯罪现场报告卷入打字机中，然后从口袋里拿出笔记本，翻到第一页。

打了两小时的字，抽了不知道多少烟，喝了一肚子劣质咖啡之后，博斯终于打完了与命案调查有关的各种表格。而且由于长时间抽烟，命案办公桌上方的天花板附近形成了一团蓝色的烟雾。他起身走到后方，用复印机复印文件，发现那辫子头少年已不在走廊里了。然后他使用洛杉矶警局通行卡开启警局储物间的门，拿了一个新的蓝色活页夹，将一份报告放到夹子里的三铁环上，另一份报告则被他放到自己档案柜内的旧活页夹里，封皮上标示了一桩至今未破的命案。之后，他重新阅读了一遍刚才打的报告。博斯一向喜欢整理报告的过程中所带来的秩序感，以往调查案件时，他已习惯了每天一早重读调查报告，这有助于他理出各种头绪。新活页夹的塑料味又令他想起以前的案子，他精神一振，再次展开捕猎行动。不过他刚打出来放入命案档案中的报告并不完整，他并未在"警探调查时间表"上写下星期日下午和晚上所有的调查行动，刻意没在报告中提及梅多斯与西部国家银行盗窃案有所关联的发现，他也没提去过当铺以及到《洛杉矶时报》办公室见布雷莫的经过，对昨天的调查情况也没有进行总结。今天才星期一，不过是案发第二天罢了，他打算先去一趟联邦调查局，然后再考虑是否在报告上写下自己掌握的情况。他想先搞清楚怎么回事，不管查什么案子，博斯都习惯采取这种防范措施。他在其他警探来警局上班之前离去。

九点的时候，博斯开车到了西木区，走上位于威尔榭大道上的联邦大楼十七楼。调查局等候室内并无花哨的装饰，只有常见的塑料面沙发与老旧茶几，几份过期的《FBI公告》摊开放在假木纹桌面上。博斯懒得坐下来翻阅期刊，他站在遮盖住整面落地窗的白色薄纱窗帘前，眺望窗外全景。北边，从太平洋向东，沿着圣莫尼卡群山的轮廓能一直看到好莱坞。白色窗帘似乎给外面的尘土又蒙上一层薄雾。他靠窗站得很近，鼻子几乎触碰到柔软的薄纱窗帘，目光向下越过威尔榭大道，停留在退伍军人公墓那边。白色墓碑从修剪整齐的绿色草皮中冒出，像一排排孩子的乳牙。公墓入口附近正在举行一场有仪仗队的隆重葬礼，但哀悼者并不多。再往北，在无墓碑的山丘顶部，几个工人忙着移去草皮，挖土机挖出一条长长的土坑。博斯望着窗外的景色，时不时观察工人的进度，但并不知道他们在干什么，他们挖出的土坑又长又深，不像墓穴。

到了十点半，军人葬礼已结束，但墓园里的工人仍在山丘上忙碌着，博斯也仍然站在窗帘旁等待，终于，他身后传来某人的声音。

"都是一排排整齐的墓，我在这儿通常不往窗外看。"

他转身。她身材高而纤细，棕色波浪般的鬈发带着几绺金丝，长发及肩；晒得均匀的小麦肤色，化淡妆，一副不妥协的表情。虽然时间还早，她脸上却已带着些许倦容，女警察和妓女一般都是这副神情。她身穿棕色西装外套，里面是一件白衬衫，打着巧克力色女用领结。他注意到她西装下摆处左右两侧的曲线不对称，左边显然放了东西，可能是一把鲁格手枪，这很不寻常。根据博斯对女警察的了解，她们通常把枪放在皮包内携带。

她对博斯说："那是退伍军人公墓。"

"我知道。"

他笑了笑，并非因为这句话，而是因为他原本以为 E.D. 威什探员是位男性，原因不外乎大部分银行组的探员都是男性，女性探员算是联邦调查局的新形象，在需要干重活的分队里通常很少见。那是男人的天下，都是些顽固不化的老古董和淘汰下来的人，他们无法或者无意面对今日调查局重视白领犯罪、间谍和毒品调查的转变，FBI 硬汉梅尔文·珀维斯的时代已成过去。现在去银行偷东西的人都不是职业罪犯，而是那些想捞点钱混一星期的毒虫。不过偷银行的东西仍然违反联邦法律，这也是联邦调查局仍花时间处理此类案件的唯一原因。

"那是当然，"她说，"你肯定知道，博斯警探。不知有何贵干？我是埃莉诺探员。"

他们握手，但是埃莉诺似乎无意带他进办公区。她刚才推开那扇门出来之后，门又自动关上锁住了。博斯犹豫片刻，然后说："呃，我等着见你等了一个早上，关于银行……你们负责的那个案子。"

"是，接待员是这么跟我说的。抱歉让你久等，但我们并未事先约时间，而且我手边有要紧的事要忙，你来之前应该先打电话。"

博斯点点头，但她仍无意带他进办公区。他心想，事情不太顺利。

他说："你们办公室有咖啡吗？"

"呃……有吧，我想应该有，但是我们能速战速决吗？我这会儿真的很忙。"

博斯心想，谁不忙呢？她刷了一下门禁卡，推开门让他博斯先进。之后，她领他穿过一个走廊，走廊两边是一间间办公室，每扇门边的墙上都有塑料标牌。看来调查局不像警局那样对首字母缩写有着莫名的执着，塑料牌子上是简单的号码：第一组，第二组，等等。他们往前走时，他想猜出她的口音。稍微有些鼻音，但又不像纽约口音，他猜可能是费城或新泽西，肯定不是南加州人，尽管她肤色较黑。

她问："黑咖啡吗？"

"加糖和奶精，麻烦你了。"

她拐进一间装饰成厨房的小房间，里面有厨房长桌和厨柜、家用咖啡机、微波炉和冰箱。这地方令博斯想起法律事务所的办公室，舒适、整洁、昂贵。她倒了杯黑咖啡递给他，示意他自己加奶精和糖。她没有喝咖啡。假如她此举是想令他感到不自在，那么这招确实奏效了，博斯觉得自己像个不速之客，而不是给他们带来好消息——案子线索的人。他随她回走廊，又经过一道门，旁边标示"第三组"。这个组负责银行、抢劫、绑架方面的案件，办公室大概有便利店那么大。这是博斯第一次进入联邦调查局小组办公室，相比之下，他自己的办公室真令人沮丧，这儿的办公家具比他在洛杉矶警局任何分局见到的都要新，地板上竟然有地毯，几乎每张桌子上都有打字机或电脑。办公室内有三排共十五张桌子，只有一张空着。一个身穿灰西装的男子坐在中间排第一张桌子旁，正拿着话筒听着，博斯和埃莉诺进来时，他也没抬头看。要不是房间后面文件柜上放着的警用电台发出声音，这个地方与房地产中介的办公室简直没什么不同。

埃莉诺在第一排第一张桌子前坐下，并示意博斯坐在旁边的座位上。如此一来，博斯就被夹在埃莉诺和听电话的灰衣男子中间了。博斯把咖啡放在她桌上，并且很快发现虽然灰衣男每隔一会儿就说"嗯嗯，是"，但他并非真的在打电话。埃莉诺拉开办公桌的一个抽屉，拿出一瓶水，往纸杯里倒了点。

"今天早上圣莫尼卡发生了一起银行抢劫案，几乎所有组员都去现场了。"她说。博斯边听边扫视了一下空荡荡的办公室。"我在这儿负责协调，所以刚才让你久等了，抱歉。"

"没关系，逮到那小子了吗？"

"你为什么认定对方是男性？"

博斯耸耸肩："概率啊。"

"是两个人，一男一女，抓到他们了。两人开着一辆昨天从里西达偷来的车，失主昨天报了案。女的进银行抢钱，男的负责驾车逃逸。他们从十号大道上了四〇五号州际公路，然后进入洛杉矶国际机场，将车留在联合航空机场行李搬运区前面，然后搭乘扶梯到旅客抵达那一层。他们坐上机场大巴到凡奈斯的弗莱威尔站，接着搭出租车回到威尼斯，又去了另一家银行。我们派了洛杉矶警局的直升机一路跟踪，但他们未曾抬头查看。女的进入第二家银行，我们以为她会故技重施，因此见她在柜台前排队时就把人抓了，男的是在停车场抓的。结果女的只是想把从第一家银行抢来的钱存进去，相当于大费周章的跨行转账吧，我们办案时见过不少乌龙抢匪呢。哈里·博斯警探，不知能帮您什么忙？"

"叫我哈里就好。"

"那我能做些什么？"

"跨部门合作，"他说，"就像今天早上你们局的特工和我们局的直升机合作那样。"

博斯喝了几口咖啡，然后说："我昨天在一份协查通知上看到你的名字，那是去年市区的一桩案子。我想进一步了解一下。我是好莱坞分局命案——"

"是，我知道。"埃莉诺探员打断他。

"——组的。"

"接待员拿了您的名片给我。对了，名片您是不是要收回去？"

这话可真差劲。他看到自己那张可怜巴巴的名片摆在她干净的绿色记事本上。那名片塞在他皮夹内好几个月了，边角都卷了起来。这是警局发给在外办案的警探的通用名片，上面印有凸起的警徽，还有好莱坞分局的电话号码，但没有姓名，警探可自行购买印章和印泥，在一星期开始时坐在办公桌前盖个几十张。有些人则选择直接在名片的横线上签名。博斯就是自己写的。警局种种异想天开的做法太让人尴尬了。

"不用了，你留着吧。对了，你有名片吗？"

她不耐烦地拉开办公桌上层中间的抽屉，拿出一张名片，放在桌面上博斯的手肘处旁边。他又喝了一口咖啡，看了看名片，原来"E"是埃莉诺（Eleanor）的缩写。

"好吧，你已经知道我的身份了，"他说，"我对你也稍有了解，比如说，你调查过，也可能目前仍在调查去年发生的一桩银行盗窃案，作案者由地下闯入银行……他们挖了地道，西部国家银行。"

他注意到她立刻集中注意力，甚至灰衣男子似乎也屏住气息，看来博斯找对了人。

"你的名字出现在调查局公告上，我正在调查一桩命案，我相信这个案子与你的银行盗窃案有关，我想知道……简单来说，我想知道你们掌握的情况……嫌犯、可能涉案的人之类的……我猜我们要追查的可能是同一伙人，我的命案受害者可能正是你要找的作案者之一。"

埃莉诺有一阵子没说话，只是把玩着从记事本上拿下的铅笔，她用铅笔末端的橡皮擦将博斯的名片拨来拨去，灰衣男子继续假装在打电话。博斯转头看他，两人目光短暂交接。博斯朝他点头，对方别过脸去，博斯推测他应是报上提到的调查局发言人——调查专员约翰·鲁克。

"博斯警探，你真以为事情这么简单吗？"埃莉诺说，"你大摇大摆走进来，随口拿部门合作当挡箭牌，我就得摊开调查局档案供你参考吗？"

她说完，用铅笔在桌上轻敲了三下并摇摇头，仿佛在对小孩训话。

"死者的名字呢？"她说，"给出证据，说服我这两件案子确有关联，我们通常通过专门渠道处理你这类要求，我们有联络人，负责评估其他执法机构提出调阅调查局档案和信息的要求，这你也知道。我想我们最好——"

博斯从口袋里拿出《FBI 公告》和那只手镯的保险存证照片。他将公告摊开放在记事本上，接着从另一个口袋里拿出从当铺拿到的拍立得照片，往桌上一丢。

"西部国家银行，"他边说边指着公告内容，"那只手镯六个星期前被人拿到市区一家当铺典当，那人正是我的命案受害者。"

她专注地看着那张拍立得照片中的手镯，博斯见她露出熟悉的眼神，看来她对那桩银行盗窃案了如指掌且印象深刻。

"他的名字是威廉·梅多斯，我们昨天早上在穆赫兰水坝那边的一根排水管内发现了他的尸体。"

此时灰衣男子匆匆结束了他一个人的电话交谈，他说："谢谢您提供的信息，我得挂电话了，我们正忙着处理一桩银行盗窃案。嗯，是……谢谢……您也是，再见。"

博斯没转头看他，他看着埃莉诺，察觉到她似乎想回头看灰衣男子的指示——她的目光朝那边投过去，但马上回到了照片上。事情不太对劲，博斯决定先发制人。

"埃莉诺探员，那些套话先省省吧。据我所知，你们连一件珠宝首饰、一张股权证甚至一枚硬币都没追回来，什么线索都没有，去他妈的联络人吧！事情很简单，我的命案受害者当了这只手镯，这会儿他翘辫子了。原因是什么？你不觉得这两件案子有关吗？甚至有可能是同一件案子。"

沉默。

"手镯要么是银行窃贼给他的，要么他正是窃贼之一。如果是这样，或许手镯在不该出现的时候出现了。目前，其他遭窃物品都尚未出现，他却违反约定，过早典当了手镯，于是他们做掉他，然后又到当铺偷回手镯。不论哪种可能，我们追查的是同一批人。我需要一点方向，才知道该从哪儿下手。"

她仍保持沉默，但博斯感觉到她正在做决定，这次，他等她先开口。

最后，她终于说："说说你的受害者。"

他如实相告，匿名报警电话、尸体、被翻过的公寓、藏在照片后面的当铺收据，他到当铺发现手镯已被偷，等等。不过他没说自己以前认识梅多斯。

他说完后，她问："当铺除了这只手镯外，是否还有其他物品被偷？"

"当然有，但那只是对方的障眼法，手镯才是他们的真正目的。依我看，梅多斯之所以被杀，是因为对方要拿到那只手镯。他们折磨他，逼问出手镯的下落，再杀了他，然后去当铺偷走手镯。不介意我抽根烟吧？"

"介意。区区一个手镯为什么这么重要？相比于银行一长串的失窃物，也不过是九牛一毛。"

博斯也思考过这个问题，但没有答案。他说："我不知道。"

"假如他真如你所说生前遭到折磨，为什么对方要将当铺收据留在那儿等你发现？而且为什么他们必须破门而入盗走手镯？难道他告诉了那些人手镯的下落，却没有交出收据吗？"

博斯也想过这一点，他说："我不知道，或许他很清楚对方不会留活口，所以有所保留，只透露了一半消息。他留下当铺收据，我们查案时就能找到线索。"

博斯继续思考着，他再次阅读所做的笔记和调查报告之后，开始有了头绪。他决定打出另一张牌。

"我二十年前认识梅多斯。"

"博斯警探，你认识这名受害者？"她提高音量，语气中带着斥责，"你为什么不早说？洛杉矶警局什么时候开始让警探调查自己朋友的命案了？"

"我可没这么说，我只是说我认识他，那是二十年前的事了，而且并非我自己要求调查此案，只是刚好轮到我，我接到了出勤电话。这不过是……"

他不想说这不过是巧合。

"真有意思，"埃莉诺说，"而且很不寻常。我们——我不太确定能不能帮上你。"

"听我说，我是在驻越南的美军第一步兵团认识他的。行了吧？我们俩是战友，他是所谓的'地鼠'，我也是。你知道'地鼠'吗？"

埃莉诺没说话，她再次低头看着手镯照片，博斯已完全忘了灰衣男子的存在。

"越南人村子底下有地道，"博斯说，"有些还是一百多年前挖的。地道连接了一户又一户，一村接一村，一片丛林到另一片丛林。我们的一些军营下方也有地道，到处都是。而我们地道士兵的工作就是进入那些地道，地底下进行的是另一种完全不同的战争。"

博斯发现，除了心理医生以及塞普尔韦达退伍军人协会的集体治疗小组，他从未跟其他人说过地道的事。

"至于梅多斯，他对地道很熟悉，只拿手电筒和一把点四五手枪就进入那片黑暗对他来说一点问题也没有。我们进入地道后可能待上几小时，有时甚至好几天。我认识的越战美国大兵里，梅多斯是唯一一个对地道完全没有恐惧的人，令他害怕的反倒是地面上发生的事。"

她没说话。博斯回头看灰衣男子，他正在黄色纸片上写着什么。博斯无法看到内容，但听见电台通信里有人报告，说正在把两个犯人押往市监狱。

"二十年后的今天，你手上有个地道盗窃案，我碰上一个死掉的地道兵。他死在类似地道的排水管内，而且手上有你那件盗窃案的失窃物品。"博斯在口袋中翻找香烟，忽然想起她不准他抽，"我们必须一起查这个案子，现在就开始吧。"

他从她脸上的表情得知努力无效。他喝完杯里的咖啡，准备往门口走，没有看埃莉诺。此时他听见灰衣男子再次拿起电话，拨了外线。博斯低头看着杯底剩余的糖，他特别讨厌加糖的咖啡。

"博斯警探，"埃莉诺说，"很抱歉早上让你在外面等了那么久，你的昔日战友梅多斯过世，我替你感到遗憾，我对他深表同情，也同情你的感受……但很抱歉我现在无法帮你。我必须遵守既有规定，先向长官报告才行，之后我会尽快联系你，目前为止我只能做到这样。"

博斯将杯子丢入她办公桌旁的垃圾桶内，然后伸手去拿桌上的拍立得照片和《FBI 公告》。

"能不能留下这张照片？"埃莉诺探员问，"我得让长官看一下。"

博斯拿着照片，起身走到灰衣男子办公桌前，将照片放到男子面前："他已经看过了！"博斯丢下这句话，走出了办公室。

警局副局长伊凡·欧文坐在办公桌前磨着牙齿，两颊的肌肉紧绷，形成鼓鼓的两团。他感到心神不宁。只要一心烦，或者一个人待着想事情时，他总是这样紧咬着牙齿，长年累月，下巴的肌肉组织已成了他脸部最突出的特色。猛一看，欧文的下巴比耳朵还宽，他那翅膀一样的耳朵向后紧紧贴着剃得精光的脑袋，有这样的耳朵和下巴令欧文的整张脸稍显怪异，甚至令人畏惧三分，他看起来就像一个飞行的下巴，强有力的白齿仿佛能咬碎石头。欧文也尽力维护自己这副猛犬的形象，好像随时能咬进别人的肩膀或大腿，扯下一块网球大小的肉来。这副尊容让他克服了身为洛杉矶警察的一个缺陷——他那愚蠢的名字，对多年来盘算着进入六楼长官室的升迁计划也有益无害。因此他保持这个习惯，即使为此每隔一年半就要更换两千美元的后排假牙也在所不惜。

欧文紧了紧领带，伸手拂过自己发亮的光头，接着按了一下内部对讲机按键。他大可以按下扩音器开关直接扯开嗓门发号施令，但他还是让新助理先开口说话，这又是他的另一个习惯。

"长官，您有什么事？"

这句话可真是百听不厌哪！他露出微笑，然后倾身向前，宽大的下巴距离对讲机扩音器只有几厘米。他这个人才不相信科技那一套，扩音器怎么会有作用，他将嘴巴凑到对讲机前开始大吼。

"玛丽，把哈里·博斯的报告送进来，应该就在我们关注的那部分里。"

他报出了姓氏和名字的拼写。

"是，长官，马上送来。"

欧文往后一靠，咬紧牙关笑着，突然觉得不太对劲。他技巧纯熟地用舌头扫过左下排后侧白齿，检查平滑表面是否有缺陷，或者轻微的裂缝，但是并没有。他拉开办公桌抽屉，拿出一面小镜子，张开嘴巴，细看后排牙齿。他放回镜子，拿出淡蓝色便利贴做记录，提醒自己别忘了预约牙医。他关上抽屉，想起上次和西区议员吃饭时吃了一颗幸运饼，结果饼干太硬，右下排的白齿崩碎了。当时这只猛犬决定吞下牙齿碎片，他不想在议员面前露出自己的弱点，以后他还指望着议员为自己投上一票呢。他趁用餐之际提起，议员在洛杉矶警局供职的侄子是个未出柜的同性恋者。欧文说自己正尽全力保护他的侄子，防止他的性向被人发现，因为警局对同性恋者的排斥程度不亚于内布拉斯加保守的教会。倘若消息在洛杉矶警局传开，那警员不但别指望升迁，全警局也会让他吃不了兜着走。欧文无须提醒议员丑闻爆发会造成哪种后果，即使在观念较为开放的西区，这对于一心想当市长的议员也是没有好处的。

欧文回想此事，不禁面露微笑，这时玛丽·格罗索敲门进来，手拿一份两三厘米厚的档案。她把档案放在欧文办公桌的玻璃台面上。光亮的桌子上空无一物，连电话也没有。

"长官，您说对了，他的档案还在我们的关注对象里。"

主管督察室的副局长倾身向前，说："没错，我记得还没有让他们把东西交到档案室，因为我有预感博斯这家伙的事还没完，上回负责处理的人应该是刘易斯和克拉克吧。"

他翻开档案，阅读里面的记录。

"果然没错，玛丽，麻烦你让刘易斯和克拉克过来一趟。"

"长官，我看见他们在队里，正准备召开听证会，不知道是哪件案子。"

"那他们只能取消纪律委员会的会议了。玛丽，提醒你一下，和我说话别用简称，我做事向来按部就班，不喜欢抄近路，你以后得慢慢学。现在去通知刘易斯和克拉克，让他们延后听证会，立刻到我这儿来。"

欧文活动了一下脸颊肌肉，然后绷住劲，两团咬肌就像网球一样鼓了起来。格罗索急忙退出办公室。然后他把脸放松下来，开始翻阅档案，让自己重新熟悉哈里·博斯。他注意到博斯的从军记录以及在警局的快速升迁，他在短短八年内从巡警升到警探再升到精英小组——重案组；紧接着跌下云端，去年从市局重案组被调到好莱坞分局命案组。那家伙真该被解雇，欧文一边如此感叹，一边细看博斯职业生涯的一条条记录。

接着欧文浏览了去年警局给博斯做的心理测试报告——评估他在杀

了一名手无寸铁的男子之后，是否可以回到工作岗位。报告上写着：

> 从他在战场和警队的经历（特别是上述开枪致人死亡一事）来看，受试者已对暴力习以为常。他认为暴力现象和对暴力的使用是日常生活的一部分。因此，倘若他再次处于必须使用致命手段来保护自己或他人的环境，之前发生的事件不太可能对他造成心理障碍。我认为他会毫不迟疑地行动，再次扣下扳机。事实上，除了事件结果——犯罪嫌疑人死亡——给他带来了满足感不太合适外，从与他的对话中可以看出枪击事件没有给他带来任何负面影响。

欧文合上档案，并用修剪整齐的指甲轻敲封面，然后他从玻璃台面上拾起一根棕色的长发——他猜是玛丽·格罗索的——并将它丢入桌边的废纸篓内。他心想，哈里·博斯是个问题人物。事实上，欧文很不情愿承认自己的确佩服博斯的办案能力，他的确是个好警察，侦破连环杀人案更是有一套。但从长远看，副局长相信局外人不适合待在体制内。哈里·博斯是个局外人，以前是，将来也一样。他不是洛杉矶警局大家庭的一员。现在情况更糟，博斯不仅离开了大家庭，甚至在拖后腿，做伤害大家庭的事，使大家庭蒙羞！欧文决定快刀斩乱麻，迅速解决此事。他在椅子上旋转着，眺望窗外洛杉矶街对面的市政厅。然后，他的目光一如往常地落在总局帕克中心前方的大理石喷泉上，那是为纪念殉职警员修建的。这才是大家庭，这才是荣誉！他以胜利者的姿态用力咬紧牙关，就在此时，门开了。

警探皮尔斯·刘易斯和唐·克拉克大步走进办公室，两人都没说话。他们简直像兄弟俩——同样的棕色短发，都有着举重选手般浑圆的手臂，体格矮壮、下盘结实，站着的时候身体向前微倾，仿佛正扬帆出海，用自己的脸庞击碎滔天白浪。两人都穿着保守的灰色丝质西装，刘易斯的衣服上有深灰色细条纹，克拉克的条纹则是深红色的。

"二位，"欧文说，"咱们有麻烦了——必须优先处理的大麻烦，是一位之前在总局待过的警官。你们俩曾处理过他的案子，而且办得还算成功。"

刘易斯和克拉克对望了一眼，克拉克首先露出短暂的微笑。他猜不出对方是谁，但他喜欢查这种屡屡犯事的人，他们往往会不顾一切。

欧文说："哈里·博斯。"他等待片刻，让这名字在他们脑中过一下，接着说："你们必须到好莱坞分局走一趟，我希望立即对他展开内部调查，投诉他的是联邦调查局。"

"FBI？"刘易斯说，"他把他们怎么了？"

欧文纠正他乱用简称的错误，然后让他们坐在办公桌前的两把椅子上。接下来十分钟，他叙述了刚才联邦调查局打来那通电话的内容。

"联邦调查局说，这一切太巧了，我觉得也是。他可能另有企图，联邦调查局不希望他继续调查梅多斯一案。至少他去年帮助过这个曾是他战友的嫌犯避开监狱刑期，可能正好让对方得以顺利完成这桩银行盗窃案。我不知道博斯是否知情，或者跟案子有更深的联系，但我们要查清楚他葫芦里究竟卖的什么药。"

欧文在此停顿了一下，鼓起脸颊的肉，态度不言自明，刘易斯和克拉克很识相地没插嘴。接着他说："这可是个好机会，上回咱们没能除掉他，这回不能再失手了，你们要直接向我报告。还有，你们每天提交的书面报告记得送一份给博斯的长官——好莱坞分局警督庞兹。低调行事，别张扬，但是我要的可不只是书面报告，你们每天上午和晚上还要打电话向我汇报进度。"

"我们立刻去办。"刘易斯边说边起身。

"两位，胆大心细为上策，"欧文给他们忠告，"哈里·博斯虽然不再是昔日那个风云人物，但不管怎么说，这次别再让他溜了。"

博斯乘电梯下去时，被埃莉诺探员轻易打发走的窘态已转为愤怒与挫败感。随着不锈钢电梯的下降，憋在胸口的那感觉仿佛一个实实在在的东西蹦到嗓子眼。电梯里只有他一人，腰间传呼机的哔声响起。他并没有去按它，而是让它响完设定的十五秒。他咽下怒气与难堪，走出电梯，低头看了看传呼机上显示的电话号码：区号八一八——河谷区，不知是谁的号码。他走到联邦大楼前面广场的一个公用电话亭，拨了号码。一个电子声音说：九十美分。还好他身上有零钱，他投入硬币，铃声刚响对方就接起电话，是杰里·埃德加。

他连招呼也没打就说："博斯，我还在退伍军人协会这儿，碰了一鼻子灰。他们没有梅多斯的档案，说我得通过华盛顿特区调档或者拿到搜查令才行。我按你的说法告诉他们，我知道他们手上有档案。我是这么说的：'好吧，如果你们要我申请搜查令，能不能先确定一下档案在哪儿？'于是他们翻了一阵子，最后告诉我他们以前确实有这份档案，但现在不在了。你猜是什么人拿着法院的许可到这儿将档案取走了？"

"联邦调查局。"

"你早就知道了？"

"我也是现在才知道。他们有没有告诉你联邦调查局什么时候拿走了档案，或者为什么拿走档案？"

"他们不清楚。有个联邦调查局探员带着许可令来取走档案，去年九月拿走的，到现在还没还，也没说什么原因。他妈的 FBI 哪儿需要开尊口解释呢！"

博斯边听边思索，原来联邦调查局早就知道了。他刚才跟埃莉诺说的梅多斯和地道的事，其实她早已知情，她可真会演戏。

"博斯，你还在吗？"

"在，对了，他们有没有让你看当时的许可令副本？知道来取档案的探员叫什么吗？"

"没，他们找不到收条，也没人记得探员姓名，只知道是个女的。"

"你记一下我现在这个电话号码，再回头去找他们，请他们查另一份档案，看看还在不在——我的档案。"

他把公用电话号码以及自己的生日、社会保障卡号码和全名告诉埃德加，并完整地拼出了自己的名字——哈伊罗尼穆斯（Hieronymus）。

"天哪，这才是你的名字？"埃德加说，"原来哈里是简称啊，你老妈怎么会想到取这么个名字？"

"她对十五世纪画家情有独钟，而且这画家正好和我同姓。你回去查查档案，然后打电话给我，我在这儿等着。"

"我根本不知道怎么读这名字。"

"重音和无名氏（anonymous）一样。"

"好吧，我尽力而为。对了，你在哪儿？"

"FBI 大楼外的公用电话亭。"

博斯没等搭档问他问题就挂上电话，他点了一根烟，靠在电话亭边上，看见大楼前方的长草坪上有一小群人正绕圈走着。他们举着自制标语和海报，对在圣莫尼卡湾进行石油开发提出抗议。他看见海报上写着"向石油说不""海湾污染还不够严重吗？"和"'美孚'合众国"之类的口号。

他注意到草坪上有一些电视新闻记者在拍摄抗议场面。他心想，这正是关键所在：让事件公之于世。只要媒体出现，将抗议事件放到晚间新闻播报，那么抗议就奏效了。博斯注意到抗议团体发言人正在接受一个女记者的访问，他认出她是第四频道的，他也觉得那发言人很眼熟，但不记得在哪儿见过。那名男子态度从容地接受电视台访问，片刻后，博斯终于想起对方的身份。他是个演员，曾经在一部热门情景喜剧中扮演醉汉，博斯看过一两集。他现在仍是一副醉汉模样，只不过那部电视剧早已结束播映。

博斯抽起第二根烟，依旧倚着电话亭，开始觉得天气有点热了。这时他抬头看大楼玻璃门，见埃莉诺探员正好走出门外。她低着头在皮包里翻找东西，并未注意到他。他想都没想就立刻闪到电话亭后方，用电话亭作为掩护，一边观察她的动向，一边绕着电话亭移动；原来她在皮包里找的是太阳镜，此刻她已戴上太阳镜离开大楼，对那些抗议者视而不见。她从韦特伦大道向北朝威尔榭大道走去。博斯知道联邦大楼停车场就在地下，埃莉诺却朝另一个方向前进，看来她准备步行到附近某处。此时，公用电话响起。

"博斯，FBI 也拿走了你的档案，这到底是怎么回事？"

杰里·埃德加显得着急而困惑，他这人不喜欢变化或神秘，他喜欢朝九晚五，按惯例行事。

"我也不知道怎么回事，他们不肯告诉我，"博斯回答，"你回警局吧，咱们在那儿碰头，见了面再说。如果你比我早到，就给地铁工程处人事部打个电话，查查梅多斯有没有在那儿工作过，如果没有，再试试费尔斯这名字，然后你就可以专心处理电视访谈的事了。我们说好了分头行动，你负责那档子事。待会儿见。"

"博斯，你说你认识梅多斯那家伙。或许我们应该告诉长官需要回避，将案子转交给重案组或其他人处理。"

"杰里，这事我们待会儿再说。在我到达之前，别私自行动或向其他人提起此事。"

博斯挂上电话并走向威尔榭大道，见埃莉诺已经拐向东边，朝西木村走去。他逐渐与她拉近距离，过马路来到另一边并尾随其后。他小心地保持合适的距离，以免她望向街边商店的橱窗时瞥见他的身影。她走到西木大道后向北转，穿过威尔榭大道，来到博斯这一边。他迅速躲入一家银行的大厅。片刻后，他回到人行道上，她已不见踪影。他左右张望，然后快步走到马路转角处，见她在西木大道上，离他有半条街的距离，进了西木村。

埃莉诺在一扇扇商店橱窗前放慢脚步，然后停在一家体育用品店前。橱窗内的假人模特身穿柠檬黄色运动短裤和上衣，是去年的流行款式，现在正在甩卖。埃莉诺看了一会儿衣服，然后转身继续往前走，到戏院区，进入斯特拉顿酒吧＆烧烤餐厅。

博斯走在街对面，经过那家餐厅，没向里面张望，直接往前走到下一个路口。他站在布鲁因老戏院的入口处往回看，她没有出来。也不知道那个餐厅有没有后门。他看了下手表，还不到午餐时间，或许她喜欢独自用餐，刻意避开人潮。他过了马路到对面街口，站在福克斯戏院门口，从餐厅的窗户向里看，但没看见她。他走过餐厅旁边的停车场，进入后巷，见到餐厅后方有个门。难道她发现了他，从后门溜走了？虽然他已经很久没跟踪别人了，但他觉得自己应该没被发现。他走进巷子，进入餐厅后门。

埃莉诺·威什一人坐在餐厅右侧的木头小隔间里。她和所有行事谨慎的警察一样面对餐厅前门坐，因此并未发现从后方走来的博斯，直到他坐在她对面的长凳上，拿起她刚才浏览过而此刻放在桌上的菜单。

他说：“没来过这家餐厅，有什么好吃的？”

她满脸惊讶地说：“你来这儿做什么？”

“没什么，只是觉得你可能希望有人陪你吃饭。”

“你在跟踪我吗？你肯定跟踪我了。”

“对，至少我做事不像你们那么遮遮掩掩。你知道吗，你刚才在办公室犯了一个错误：你太镇定了。我提供了你们这九个月来唯一的破案线索，你却跟我说联络人之类的狗屁官腔。当时我就发现事情不对劲，但不明白个中原因，现在我知道了。”

“你在扯些什么啊？算了，反正我不想知道。”

她起身要走，博斯伸出手越过桌子一把抓住她的手腕。由于她刚才一路走过来，此时皮肤温暖而湿润。她停下动作，转过脸用棕色的双眼怒视着他，那目光炽热得几乎可将博斯的名字烙在墓碑上。

"放手。"她说，声音里透露着克制，但情绪明显在失控边缘。他放手。

"你别走。"她稍微迟疑了一下，他迅速把握机会，说道，"没关系，我明白在接待室你为什么对我爱理不理，还有其他的事，我都明白，而且我承认你的手法相当高明。"

"博斯，听我说，我不知道你在说些什么。我想——"

"我知道你们已经掌握了梅多斯的情况，还有在越南当地道兵的事。你们调来了他的档案、我的档案，说不定还调了所有生还'地鼠'的档案，你们调查西部银行盗窃案时肯定发现了与越战地道的关联。"

她凝视他许久，正准备开口，此时一个女服务生拿着铅笔与点餐纸走来。

埃莉诺和女服务生还没来得及开口，博斯先说："给我来杯黑咖啡和一瓶依云矿泉水。"

埃莉诺说："我以为你是那种要加糖和奶精的警察。"

"只有在别人想猜测我个性的时候，我才喝那种咖啡。"

这时她的目光似乎稍显柔和。

"博斯警探，听我说，我不知你是怎么知道这些你以为自己明白的事，但我不打算和你讨论银行的案子。一切和我在联邦调查局里说的一样，很抱歉，我帮不了你。"

博斯说："或许我应该气愤，但我并不生气，这是调查案件时合理的做法，换了我也会这么做。你调查了所有符合条件的人——地道地鼠，然后再通过证据来筛选。"

"博斯，你不是嫌犯，所以没什么好说的，别揪着这件事不放了。"

"我知道我不是嫌犯，"他勉强笑了一声，"当时我被停职，人在墨西哥，我能证明。不过这一点你早就知道了。对我个人来说，的确可以算了，没关系，但我必须知道你掌握了梅多斯的哪些情况。去年九月你们调走了他的档案，肯定已经查得清清楚楚了，跟踪监视，知道他与哪些人往来，也清楚他的背景，或许……你甚至把他叫到联邦调查局，面对面谈过了。现在我需要你们掌握的所有情况，今天就要，而不是等某个联络人三四个星期终于盖了许可章之后。"

女服务生送上咖啡与矿泉水。埃莉诺将杯子拿近，但并未喝水。

"博斯警探，这已经不是你的案子了。很抱歉，此事不该由我来告诉你，你回警局就知道了。你离开联邦调查局之后，我们打了一通电话。"

博斯双手捧着咖啡杯，胳膊肘撑在桌上。他小心翼翼地把杯子放回碟子上，免得手发颤而洒出咖啡。

"你们做了什么？"博斯问。

"很抱歉，"埃莉诺·威什说，"你离开联邦调查局之后，鲁克——当时你将照片推给他看，你记得他吧？他拨了你名片上的电话号码，和警局的庞兹警督谈过了。他告诉庞兹你今天来联邦调查局了，并暗示你在调查友人命案时和他发生冲突，还提到其他一些事情——"

"什么事情？"

"博斯，听我说，我对你相当了解。我承认我们调走了你的档案，我们也调查了你的背景。这容易得很，其实想查你只要看看当时的报纸就行了。我知道你那个洋娃娃杀手案，你还与督察室的人有过节，我也知道现在情况对你不妙，但这是鲁克的决定。他——"

"他还说了哪些事？"

"就是实话实说。他说你和梅多斯的姓名都曾出现在我们的调查过程中。他说你们两人认识，并要求警局将你的案子转交给别人调查。因此现在多说无益了。"

博斯望向别处。

"我要你亲口告诉我，"他说，"我是嫌犯吗？"

"不是，至少在你早上进入联邦调查局之前不是，但现在我就不知道了。我说的是真话，你必须从我们的角度看这件事。我们去年调查过的一个人突然出现，表示他正在调查我们密切调查过的另一人的命案，这个人说：'让我看你们的档案。'"

埃莉诺·威什无须与他浪费口舌透露这些内情，他很清楚这一点，也知道她这么做可能会给自己带来麻烦。尽管哈里·博斯主动或被动陷入了这棘手状况，他却开始对眼前这位冷静、坚强的女子产生了好感。

"假如你不想告诉我梅多斯的事，至少可以告诉我一件关于我的事吧。你说你们查过我，之后认为我没有嫌疑。我想知道是怎么确定的，你们去了墨西哥吗？"

"没错，不止如此。"她凝视他片刻后继续说，"没过多久你就被排除了，刚开始我们还开心了一阵子。我们查了在越南有地道作战经验的人，名单上赫然出现鼎鼎大名的警探哈里·博斯，出版社出版过几本你这位大明星调查过的知名案件，此外还有电影和剧集；那段时间报纸上更是处处可见关于你的报道，包括被停职一个月后自云端坠落，从精英云集的重案组被调到……"她欲言又止。

"下水道。"他替她说完。

她低头看着杯子，然后继续说。

"所以，鲁克一开始猜测或许你在停职时正忙着挖地道进入银行，从英雄变狗熊，抢银行这种疯狂的举动正是你报复社会的方式。但我们进一步调查了你的背景，又暗中四处询问，才知道你那个月去了墨西哥。我们派人去了恩塞纳达，确定你在那儿之后，就排除了你涉案的可能。当时我们也从塞普尔韦达退伍军人协会调了你的医疗档案——哦，我明白了，你今天早上问过他们，对吧？"

他点点头。她继续往下说。

"医疗档案中有心理医生写的报告……我很抱歉，这似乎侵犯个人隐私了。"

"你说吧，我想知道。"

"创伤后应激障碍。我知道你完全能胜任工作，但偶尔表现出创伤后压力症状，包括失眠和幽闭空间恐惧症，等等。甚至有一个医生在报告中表示，你这辈子都不会再进入那样的地道了。我们让联邦调查局设在匡蒂科的行为心理学研究室给你做了性格侧写，他们不太相信你是嫌犯，说你这个人不太可能为了金钱跨越那条界线。"

她停顿片刻。

博斯说："那都是陈年往事了，我可不打算坐在这儿说明为什么我应该被视为嫌犯，但退伍军人协会那些档案是旧的，我已经五年没在退伍军人协会诊所或其他地方看过心理医生了。至于什么幽闭恐惧症更是屁话，我昨天才进入管道去看梅多斯的尸体。你倒是说说，你们匡蒂科的心理医生又会如何评估这件事？"

博斯感觉自己因困窘而满脸通红，他透露的太多了，但他越是努力想控制、隐藏情绪，脸涨得越红。大屁股女服务生偏偏选在此时来为他倒满咖啡。

她问："准备好点餐了吗？"

"不，"埃莉诺说话时目光始终没离开博斯，"等会儿再说。"

"小姐，我们午餐客人多得很，餐桌得留给想用餐的人。我们可是靠肚子饿的客人挣钱，而不是气得吃不下饭的人啊。"

她说完就走了。博斯心想，女服务生其实比大部分警察更擅长观察人的行为。埃莉诺说："我对这一切感到抱歉，我刚才想离开时，你应该让我走的。"

他已不再感到困窘，但怒气还在。此时他不再别过脸了，而是直视她。

"你看过一些档案就以为已经了解我了吗？你根本不了解我，说说你对我有什么认识。"

她说："我不了解你，只是知道一些你的事情。"她停顿片刻，整理思绪，"博斯警探，你是个在机构里生活的人，包括收容所、寄养家庭、军队，然后是警局。你从未离开过群体，从一个不完美的社会机构到另一个机构。"

她喝了一点水，似乎在决定是否继续，但她还是说了："哈伊罗尼穆斯·博斯……你的母亲唯一给过你的就是你的名字，一位逝世五百年的画家的名字。但我可以想象，与你的亲身经历相比，画家博斯笔下怪诞如梦的情境在你看来可能就像迪士尼乐园。你的母亲就一个人，她不得不放弃你。你在寄养家庭和收容所长大，你撑过来了，接着你撑过了越战，也撑过警局这个体系——至少目前你挺过来了，但你在体制中一直是局外人。你业绩优秀进入重案组，负责调查的都是上头条的大案子，但你一直是局外人。你一向我行我素，就因为这个，他们最后把你踢了出来。"

她拿起杯子，一口气喝完杯中的水，似乎想给博斯机会打断她。博斯什么也没说。

"你犯了一个错，"她说，"你去年开枪打死了人，对方是杀人凶手，但这无关紧要。根据报告，当时你看到他把手伸到枕头下，以为他要去摸枪，结果他是要去拿假发。听起来很可笑，但督察室找到一位证人，她表示事先告诉过你，对方平时就会将假发放在枕头下。她是个在街上拉客的妓女，因此证词可信度令人怀疑。尽管这不足以让你卷铺盖走人，却已经影响了你在警局的地位。如今你被调到好莱坞分局，警局大部分人称那地方是下水道。"

她的声音越来越小，她说完了。博斯没有说话，两人陷入沉默许久。

女服务生又晃过他们坐的隔间，但很识相地没开口。

最后他说："你待会儿回办公室后，告诉鲁克再打一通电话。既然他让我丢了这件案子，他就有办法让我再回调查小组。"

"我办不到，他不会那么做的。"

"他会打的，顺便告诉他，最后期限是明天早上。"

"不然呢？你能怎么样？咱们就打开天窗说亮话吧。你之前就出过事，今天又搞出这件事，说不定明天就被停职了。庞兹和鲁克通完电话，就算鲁克没再联络督察室，庞兹也会那么做。"

"没关系，假如明天早上我没得到消息，你就告诉鲁克等着看《洛杉矶时报》的报道吧，犯下重大银行盗窃案的嫌疑人，还是 FBI 的跟踪对象，竟然在联邦调查局的眼皮底下遭到谋杀，这个人一死，轰动一时的西部银行盗窃案的真相也随之永远埋没。具体细节不一定全部正确或符合实际事发顺序，但基本接近。更重要的是，这篇内容丰富的报道会很好看，引起的回响会一路波及华盛顿。到时不仅你们联邦调查局的面子不保，杀害梅多斯的凶手也会因此提高警觉，你们永远别想抓到他们了，而且歹徒逃过法律制裁的过失自然会算在鲁克头上。"

她边看他边摇头，仿佛她不受这一切的影响似的："我说了不算。我只能回去转告他，由他决定如何处理；但假如我能决定，我不会被你的虚张声势吓倒，而且老实告诉你，我也会这样跟鲁克说。"

"这不是虚张声势。既然你查过我，就应该知道我有办法找媒体，而且媒体也会愿意听我叙述并且喜欢这个报道。放聪明点，告诉他我没有虚张声势，反正这么做对我毫无损失。让我再回到调查小组，他也同样毫无损失。"

他起身准备走出隔间，又停了下来，丢了几张钞票在桌上。

"你有我的档案，肯定知道如何联系我。"

"是的，我们知道，"她接着又说，"对了，博斯。"

他停住脚步，回头看她。

"枕头的事是真的吗？那个妓女说的是不是真话？"

"她们向来说真话，不是吗？"

博斯把车停在警局后面威尔克斯大道的停车场，然后一路抽着烟来到后门。他在门口踩灭烟头并推门而入，将警局拘留所后方窗户里飘出的呕吐物气味留在门外。杰里·埃德加在后厅里踱着步，等他前来。

"博斯，长官要立刻见我们。"

"是吗，什么事？"

"不知道，但他每隔十分钟就从'玻璃箱'里出来要找你，但你的传呼机和对讲机都关了。我刚才还看见几位西装笔挺的督察室人员和他进了办公室。"

博斯点头，但没说一句令搭档安心的话。

"这到底是怎么回事？"埃德加脱口而出，"如果咱们有麻烦，我想先搞清楚再进去，我可不像你，对这种事经验老到。"

"我也不太确定，我猜他们打算把我们踢出梅多斯这件案子的调查，至少把我踢出去。"他对整件事一副不在乎的样子。

"哈里，督察室的人不会为那种小事出马。肯定出事了，老兄。不管你捅了什么娄子，希望你没拖我下水。"

埃德加说完立刻满脸困窘。

"抱歉，哈里，我不是那个意思。"

"放轻松，咱们进去看看长官有何吩咐。"

博斯朝侦查处走去，埃德加说要穿过值班室，然后从前厅进来，以免别人认为他们事先串通好了。博斯走到自己的办公桌前，立刻发现装着梅多斯案报告的蓝色活页夹不见了，但拿走报告的人忘了那盒录了报案电话的录音带。博斯拿起录音带放入口袋时，正好听见庞兹从刑警室前方的玻璃办公室向外大声咆哮。他只吼了一个名字："博斯！"侦查处内的其他警探纷纷抬头张望。博斯起身，缓缓朝"玻璃箱"走去，那是警督哈维·庞兹的办公室的代称。博斯透过办公室窗户看见庞兹的办公室内还坐着两个穿西装的男子，他认出他们正是上回处理"洋娃娃杀手案"的督察室警探——刘易斯与克拉克。

博斯经过门口时，埃德加正穿过前厅进入侦查处，他们一同进入"玻璃箱"。庞兹坐在办公桌后面，瞪着眼睛，督察室派来的那两个人一动不动。

"第一件事，不许抽烟！博斯，你听清楚了吗？"庞兹说，"老实说，今早整个侦查处臭气冲天的，简直像个烟灰缸，我都懒得问是不是你。"

根据警局和市里的规定，现在对公众开放的办公室皆为禁烟区；个人可在自己的办公室内吸烟，访客则必须在得到办公室使用者的许可后才能吸烟。庞兹已戒烟多年，对于其他人的恶习相当反感。他手下的三十二个人大多是老烟枪，他不在时，许多警探会进入他的办公室迅速抽根烟，而不是费事到后面的停车场，免得错过重要电话，也不必闻拘留所后方窗户飘出的尿味和呕吐物的味道。这让庞兹开始习惯在离开办公室时锁上门，即便只是到相隔几步远的警司办公室，但警探们只要有拆信刀即可在三秒内撬开他的门锁。庞兹经常一回办公室就发现到处是烟臭味。他那近十平方米大的办公室装了两台风扇，桌上还摆了一罐空气清新剂。博斯从总局帕克中心被调到好莱坞分局后，警探们私下进入庞兹办公室吸烟的次数更多了，因此庞兹相信烟鬼的主犯肯定是博斯。事实上他的猜测正确，只不过博斯抽烟从未被他逮到。

"你想问的就是这件事吗？"博斯问，"在办公室抽烟？"

庞兹厉声说："给我坐下。"

博斯举起双手，表示手上没有拿烟，然后他转身面对督察室那两人。

"杰里，看来咱们要体验刘易斯与克拉克探险队之旅喽。自从他们上回送我到墨西哥休假自费旅行，我就没再见过这两位伟大的探险家出动了。那次他们可风光了，上了报纸头条，接受电视台记者访问，可成了督察室风云人物啊。"

那两位警察气得满脸通红。

"这回你最好放聪明点，别再耍嘴皮子了，"克拉克说，"博斯，你麻烦大了，你知不知道？"

"我知道，谢谢你提醒。我也想给你提个醒，还是穿没当上马屁精之前的休闲服吧，你不知道那黄色和你的牙有多配，那种平价衣服比丝质西装更适合你。临时拘留所里还有人说，你西装屁股那儿磨得发亮，看来没少在欧文的桌子上蹭来蹭去啊。"

"好了，好了，"庞兹打断他，"博斯、埃德加，给我闭嘴坐下。这是——"

"长官，我根本没说话啊，"埃德加开口，"我——"

"都给我闭嘴！"庞兹咆哮道，"天哪！埃德加，你难道不知道这两位是督察室派来的刘易斯和克拉克警探吗？这件——"

"我要找律师。"博斯说。

"我想我也是。"埃德加补充。

"少扯，"庞兹说，"我们打算坐下来把事情讲清楚，别和我扯那些警员权利保护协会的破事。如果你们要请律师，之后再说。现在你们两个给我坐下，回答一些问题。假如你们不肯，埃德加，你别想再穿那套八百美元的西装，准备换上警员制服吧。至于你，博斯，妈的，这回你倒下后就别想再爬起来了。"

室内一阵沉默，但五人之间的紧张气氛简直能震碎玻璃。庞兹望着外面的侦查处，见十几位警探假装在工作，事实上却拉长耳朵想听见隔着玻璃传来的谈话内容，有些人甚至试图读出警督庞兹的唇语。他起身拉下百叶窗，他很少这么做，这更让侦查处里的人意识到事态严重；连埃德加也开始担心，呼吸变得急促。庞兹又坐下了，用他的长指甲敲着放在办公桌上未翻开的蓝色塑料活页夹。

"好吧，咱们开始谈正事，"他开口，"从现在起你们两个不再负责调查梅多斯案，这是第一点，不要问为什么，这事已经定了。第二，现在你们要报告整个案件的来龙去脉。"

刘易斯啪嗒一声打开公文包，拿出录音机，并按下录音键，将它放在庞兹一尘不染的桌上。

博斯和埃德加搭档仅八个月，博斯对他了解不多，不知道他遇到盛气凌人的对手时会如何面对，也不知道他能忍受这些浑蛋多久。但博斯至少知道自己喜欢这个家伙，不希望他受到连累。他在这整件事中唯一的过错是，想趁星期日下午放假去卖房子。

博斯指着录音机说："妈的没必要用这东西。"

"关掉。"庞兹指着录音机对刘易斯说，事实上录音机离他自己更近。督察室警探起身拿起录音机，关上并按下倒带键，之后将它放回桌上。

刘易斯再次坐下之后，庞兹开口："天哪，博斯，FBI今天打电话给我，他们说你可能是银行盗窃案的嫌疑人，那个梅多斯也是嫌疑人之一，如此一来你就有了杀害梅多斯的嫌疑。你以为我们会不闻不问吗？"

此时，埃德加的呼吸更加急促，这是他头一回听到此事。

博斯说："录音机关上，咱们谈谈。"庞兹思索片刻，说："现在里面没带子，说吧。"

"首先，埃德加对整件事不知情。我们昨天约好了，由我处理梅多斯案，他先回家。他负责处理电视台的斯皮维遭刺一案。至于FBI这件事和银行的案子，他根本一无所知，放他走吧。"

庞兹刻意不去看刘易斯、克拉克和埃德加，他打算自己做决定，这令博斯对他有一丝敬意，犹如在飓风之眼点起的小蜡烛。庞兹拉开办公桌抽屉，拿出一把旧木尺，用双手把玩着，最后他看着埃德加。

"博斯所言是否属实？"

埃德加点了点头。

"这下他就显得更可疑了，仿佛刻意对你有所隐瞒，打算独揽此案，不希望让你发现其中的秘密。"

"博斯告诉我他认识梅多斯，他一开始就很坦诚。那天是星期日。我们不能光凭他二十年前认识对方，就找别人来替他处理此案。而且不管什么死在好莱坞，通常警方对他们都有某些程度的了解。至于银行盗窃案一事，博斯肯定是在我离开之后查到的，我到现在才知道这些事。"

"好，"庞兹说，"关于这案子，你手上有案件记录吗？"

埃德加摇摇头。

"那好，你去处理那件——叫什么来着？斯皮维，对，斯皮维案，我会给你派另一位搭档。我还不知道会是谁，到时通知你。好，没事了，你去忙吧。"

埃德加如释重负地呼出一口气，然后起身。

埃德加离开后，哈维·庞兹保持沉默片刻。博斯真想来根烟，即使嘴上叼着一根未点燃的烟也好，但他不打算在他们面前暴露这一弱点。

"好吧，博斯，"庞兹说，"关于这件事，你有什么要说的？"

"我想说的是，这全是胡扯。"

克拉克哼声冷笑，博斯未加理会。但庞兹严肃地瞪了督察室警探一眼，令博斯对他又多了三分敬重。

"FBI的人今天告诉我，我不是嫌犯，"博斯说，"他们九个月前调查过我，因为当时联邦调查局查了本地所有在越战地道待过的人。他们发现银行盗窃案和越战地道有关系，事情就这么简单。他们表现得很好，调查了所有人。他们调查了我，然后又继续查其他人。拜托，发生银行盗窃案时我人在墨西哥——多亏这两位天兵，FBI排除了——"

"在墨西哥可是你自己说的。"克拉克说。

"克拉克，少来，你只是想趁机花纳税人的钱，自己跑到墨西哥度假罢了。你根本不用亲自去墨西哥，问问联邦调查局就知道了，替纳税人省点钱吧。"

接着博斯转身面对庞兹，移动椅子，将椅背朝向两位督察室警探；他低声和庞兹说话，意思很明显，他不是在和他们说话。"联邦调查局不希望我继续调查此案是因为：第一，我今早突然到联邦调查局问银行盗窃案的事，令他们大吃一惊、手足无措。你想想看，他们之前调查过我，这会儿我突然出现，因此他们惊慌之下打电话给你。第二，他们去年让梅多斯溜了就已经搞砸了调查。他们自己错过逮捕他的大好机会，当然不希望其他部门插手，侦破了他们花九个月也没查出头绪的案子。"

"不，博斯，你说的这些才是胡扯，"庞兹说，"今早我接到调查局副主任提出的正式要求，他主管银行组的调查工作，他的名字是——"

"鲁克。"

"原来你知道他。他要求——"

"立即将我调离梅多斯一案。他说我认识梅多斯，而梅多斯正好是银行盗窃案的主要嫌疑人。结果梅多斯死了，而我负责调查这件命案。这一切是巧合吗？鲁克可不这么认为，我自己也不确定。"

"他的确是这么说的。那好，我们就从这儿开始。告诉我们梅多斯的事，包括你和他认识的经过、时间、地点等，任何事都不许隐瞒。"

接下来的一小时，博斯告诉庞兹有关梅多斯的事：越战地道、将近二十年后突然打来的那通电话，以及博斯帮他安排塞普尔韦达退伍军人协会戒毒的经过。当时博斯并未和他见面，只是通过电话联系。博斯在叙述时完全没理会督察室的两位警探，甚至假装他们根本不在场。

"我并未隐瞒认识他的事实，"最后他说，"我告诉了埃德加，也向FBI说了。假如做掉梅多斯的人真的是我，你觉得我会那么做吗？即使是刘易斯和克拉克也没那么蠢。"

"那么我想知道的是,博斯,你这家伙为什么没向我报告?"庞兹大吼,"为什么你在这份报告上没提到这些事?为什么我要通过 FBI 得知这些消息?为什么督察室要通过 FBI 得知这些消息?"

这么说来,打电话通知督察室的人并非庞兹,而是鲁克。博斯不知道是不是埃莉诺·威什明知如此故意欺骗他,或者是鲁克自行打电话派出这两位天兵。他对那女人所知甚少——事实上根本一无所知——但他宁愿相信她没欺骗他。

"我今天上午才开始写报告,"博斯说,"原本打算见过 FBI 调查员之后更新报告内容。从目前情况来看,恐怕是没这个机会了。"

"嗯,我替你节省了时间,"庞兹说,"此案已转交 FBI 负责。"

"你说什么? FBI 根本无权插手,这分明是命案调查。"

"鲁克表示,他们相信此命案和他们正在调查的银行盗窃案有直接关联,他们会将此案并入银行盗窃案的调查。我们会通过跨部门联络员指派我们自己的协查警员,如果逮捕到命案凶手准备提起诉讼时,协查警员会将案子送交检察官以提出正式控告。"

"天哪,庞兹,事情不对劲,难道你看不出来吗?"

庞兹将木尺放回抽屉,并关上。

"我知道事情不对劲,但我思考的方式与你不一样,"他说,"博斯,就这样了,这是命令,你不再负责此案。这两位先生想和你谈谈,在督察室完成他们的调查之前,你就留在办公室处理文书工作。"

他稍做停顿,然后再次开口且语气沉重,他并不喜欢说这些话。

"博斯,去年你被调到我这儿来,我大可以随便派个差事给你,把你派到抢劫组,让你一星期处理五十份报告,埋在文件中喘不过气来。但我并没有那么做,我知道你有本事,所以将你安排在命案组,我以为这也是你要的。他们去年告诉我,你办事能力强,但不会乖乖遵守规矩,现在我知道了，他们说得没错。我不知道此事对我会有什么影响，但我不会再替你考虑了。你自己决定是否要和这两位谈谈，老实说我不在乎。就这样了，从现在起我和你再无任何瓜葛。假如你这次逢凶化吉，最好自己申请调职，因为你不会再回到我的命案调查组了。"

庞兹拿起桌上蓝色活页夹，起身走出办公室，说："我得派人将这份报告送到联邦调查局，你们在这儿慢慢谈，不着急。"

他关上门离去。博斯思索着庞兹刚才的话，他真的不能责怪长官的说法或做法。他拿出一根烟点上。

刘易斯说："喂，这里禁止吸烟，你听到他刚才说的话了。"

博斯说："去你妈的。"

"博斯，你死定了，"克拉克说，"我们会让你死得很难看。你已经不是昔日那位大英雄了，这次我们不用担心面子问题，因为根本没人在乎你的下场。"

接着他又按下录音键，对着录音机报上日期、在场三人的姓名，以及督察室本次案件调查的编号。博斯注意到相对于九个月前调查的案子，多了大约七百号。他心想，才九个月，就有七百多名警察经历了这番折腾。总有一天，警局再也没有警察可以执行警车上写着的标语：服务大众，保民卫民。

"博斯警探——"刘易斯刻意以极为冷静的语调说，"我们想问有关威廉·梅多斯命案调查的几个问题。请你告诉我们，你和死者以前是什么关系，你对死者了解多少？"

"我拒绝在没有律师在场的情况下回答任何问题，"博斯说，"根据加利福尼亚警察权利法案，我有权请律师。"

"博斯警探，警局行政部门并不认为警察权利法案适用于此。你必须回答这些问题，假如你不遵守命令，就可能被停职甚至开除。你——"

"麻烦你们松开手铐好吗？"博斯说。

"你说什么？"刘易斯喊了起来，刚才的冷静自持早已消失无踪。

克拉克起身走到录音机前，说："博斯警探并未被铐上手铐，这儿有两位证人可以证明。"

"就是那两位给我铐上手铐的人，"博斯说，"而且他们还殴打我，这已经侵犯了我的公民权。在我们继续之前，我要求警察工会代表以及我的律师在场。"

克拉克将录音带倒带，然后关上录音机，放回搭档的公文包内，他气得脸色发青，片刻之后才又开口。

克拉克说："博斯，一想到即将除掉你，真是令人痛快！我们今天下班之前就能将停职文件放到局长桌上。你会被派到督察室坐办公室，这样我们可以盯着你。我们会从'行为不检'开始，之后甚至可能以谋杀的罪名起诉你。不论如何，你在警局的日子已经结束。你完蛋了！"

博斯起身，督察室的两位警探也一样。博斯抽了最后一口烟，将烟头丢在克拉克面前的地上，再伸出脚在地毯上将它踩碎。他知道他们会将地面清理干净，以免庞兹知道他们未能主导这次谈话或制住受访人。然后他站到他们两人之间，呼出满嘴的烟，只字未说便走出办公室。他在办公室外听见克拉克以几乎失去控制的声音喊着：

"博斯，别再碰这件案子！"

博斯走过侦查处时刻意避开众人的目光，然后一屁股坐在命案组的办公桌前。他抬头看埃德加，埃德加坐在自己的位置上。

"你表现得很好，"博斯说，"应该不会有你什么事。"

"你呢？"

"他们不准我继续调查此案，而且那两个王八蛋准备检举我。过了这个下午，我可能就要收到'解除职务令'了。"

"妈的！"

督察室副组长可以签署所有"解除职务令"和暂时停职令，更严厉的处罚则必须向警察调查委员会提出建议并获其首肯。刘易斯和克拉克会先以"行为不检"为由获得暂时的"解除职务令"，再想办法找到更严重的罪名上呈调查委员会。如果督察室副组长签了博斯的"解除职务令"，根据工会规定，他们必须亲自或以电话录音形式通知博斯。一旦发出通知，他们可以派博斯到总局帕克中心督察室或者让他回家，直到督察室调查结束为止；但是若像刘易斯和克拉克所言，他们一定会让博斯去督察室坐办公桌，如此一来便可将他作为战利品展示。

他问埃德加："斯皮维那案子，需要帮忙吗？"

"不用，我都搞定了。等找到打字机就可以把报告打出来了。"

"你有没有查梅多斯在地铁工程上班的事？"

"博斯，你……"埃德加想了想又改口道，"是，我的确查过了，他们表示工程组没有梅多斯这号人物，费尔斯倒是有，不过是个黑人，而且今天也在班上。另外梅多斯不太可能使用其他假名在那儿上班，因为他们根本没有夜班。整个工程进度超前，这可是前所未闻呢。"埃德加说到这儿，忽然大喊，"我要用那台打字机！"

"想都别想，"一位叫闵克利的车辆组警探大喊，"下一个轮到我了。"

埃德加环视四周，看看是否有人等着用打字机。一到下午，办公室的打字机可抢手了。一共三十二位警探，只有十几台打字机，而且光是和老式打字机的电动装置周旋就很花时间，还要调整页面边距或行距之类的。

"好吧，"埃德加大喊，"那我排你后面。"接着他转身面对博斯并压低声音，"你猜他会派谁和我搭档？"

"庞兹吗？我不知道。"这正如离婚之后，前妻会和谁结婚一样难以预料。博斯没兴趣猜测埃德加的新搭档会是谁，他说："抱歉，我还有事要忙。"

"好吧。那你有什么事需要我帮忙吗？"

博斯摇摇头，拿起了电话，他拨通了律师的电话并留言。通常他得留下三条信息之后，对方才会回复。博斯暗自提醒自己别忘了再打电话，然后他翻动名片架，找到号码，给位于圣路易斯的美军服役记录档案馆打了电话，表示要找高级办事员，接着一位叫杰茜·圣约翰的女职员接起电话。他提出要比利·梅多斯服役期间所有档案的副本，圣约翰说要等三天。他挂上电话，心想恐怕永远看不到那些记录了。等对方送来副本时，他已经不在这间办公室了，办公桌上坐的是别人，案子也轮不到他来管了。接着他打电话给犯罪现场勘查人员多诺万，得知在梅多斯衬衫口袋里发现的注射工具上并无明显的指纹，喷漆罐上的指纹也很模糊。棉花球上发现的淡棕色结晶体经测试为纯度百分之五十五的海洛因，亚洲货。博斯知道街头上贩卖的大部分海洛因纯度只有百分之十五，大多为墨西哥产的焦油状海洛因，看来有人给梅多斯打了一剂上等货。这等于告诉博斯，他等待的毒物测试结果如今只是例行公事罢了，梅多斯肯定是遭人谋杀的。

犯罪现场发现的大部分东西都没什么用，不过多诺万提到，在排水管内发现的那根点过的火柴棒并非来自梅多斯身上的那一盒。博斯将梅多斯的公寓住址告诉多诺万，请他派一组人去搜证，并叮嘱他们将茶几上烟灰缸内的火柴与梅多斯身上的进行比对。然后他挂上电话，心想不知道多诺万是否会在自己已被停职、不再负责此案的消息传开之前派人过去。

最后他打电话给法医，萨凯表示已通知死者家属。梅多斯的母亲仍在世，住在路易斯安那州的新伊比利亚，她说自己没钱支付运送尸体的费用或丧葬费，她已经十八年没见过儿子了。看来比利·梅多斯回不了家了，洛杉矶县得负责安葬他。

"退伍军人协会呢？"博斯问，"他毕竟是退伍军人。"

"没错，我再查查。"萨凯说完挂上电话。

博斯起身从他的档案柜抽屉中拿出一台小型随身录音机。档案柜沿命案组桌子后方的一整面墙摆放。他将录音机连同那个录了报案电话的录音带塞入外套口袋，从后厅走出侦查处。他经过羁押人犯的长凳和拘留室，来到 CRASH 组。小组办公室比侦查处更小、更拥挤，里面有五男一女的办公桌和一大堆文件挤在一间威尼斯海滩公寓次卧那么大的房间里；一排四个抽屉的档案柜靠墙摆放，另一侧的墙边放着电脑与电传打字机。在这两面墙之间，桌子两两并成一组，一共三组，后墙上贴着一张洛杉矶市区图，上面用黑线标出十八个分局的辖区。地图上方是好莱坞分局目前列出的十大恶棍的彩色照片。博斯注意到其中一张摄于太平间，照片上的家伙已经死了，但仍榜上有名，看来那小子可真是坏到底了。在那些照片上方，黑色塑料字母拼出了"打击黑帮小组"，缩写是 CRASH。

办公室内只有泰莉亚·金一个人坐在电脑前，其他人都不在。有些同事习惯喊她"王 ①"，她很讨厌那称号；有些同事则喊她"猫王"，她倒是不介意。泰莉亚·金是 CRASH 组的电脑高手，如果警察想追踪某黑帮派系，或者只是想追查在好莱坞附近非法逗留的某个少年犯，找"猫王"就对了。但博斯惊讶于，只剩她一人留守。他看了看手表，刚过下午两点，黑帮闹事应该不会这么早。

"人都去哪儿了？"

"嘿，博斯，"她原本注视着屏幕，此时抬起头，"去参加葬礼了。今天有两大逞凶斗狠的流氓帮派在河谷区同一墓园下葬手下的兄弟，我们小组的警察到现场维持秩序，以免场面失控。"

"你怎么没去？"

---

① 即 The King。

"我刚从法院回来。对了，博斯，在你说明来意之前，干脆先告诉我，你今天进长官办公室到底是怎么回事吧！"

博斯面露微笑，小道消息在警局传开的速度比外面更快。他简单说了一下刚才的遭遇，以及接下来督察室可能对他展开的行动。

"唉，博斯，你太认真了，"她说，"为什么不做份兼职呢？有助于保持头脑清醒，在警局随波逐流就好了嘛，就像你的搭档那样，可惜那家伙已经结婚了。他兼职卖房子的薪水是我们全职警员的三倍啊，还不必像我们这样拼个半死，我也想找那种好差事。"

博斯点点头。随波逐流，最后不就到了下水道吗？他心里这么想，但没说出口。有时他觉得，警局内只有自己以认真的态度对待工作，其他人都不够认真。这才是问题所在，大家都在做兼职。

"需要帮忙吗？"她说，"我最好在他们签完你的停职文件之前，先帮你处理完，之后你在警局可就人人避之不及了。"

"你待在位置上就好。"他说，然后拉来一把椅子，告诉"猫王"他要查的东西。

CRASH 组电脑系统内有个"帮派相关数据追踪"程序，程序里的档案包含本市确知的五万五千名帮派分子与少年犯的重要数据；装有程序的电脑和县警署的电脑系统联机，那儿的电脑系统里还有大约三万名黑帮成员的档案；"帮派相关数据追踪"程序有一部分是绰号档案，存储了犯罪分子使用的绰号，通过绰号即可查到他们的真实姓名、出生日期和住址等，警方通过逮捕罪犯或现场讯问收集到的绰号会被输入程序系统。据说"帮派相关数据追踪"档案收录了超过九万个绰号，只要懂得如何操作系统，即可查到所需的数据，而这正是"猫王"的专长。

博斯将他知道的那三个英文字母告诉她："我不知道这是对方的全名还是名字的一部分，"他说，"我想应该是其中一部分。"

她输入指令，开启程序，输入"S-H-A"，然后按下 Enter 键，搜索过程大约花了三十秒。泰莉亚·金黝黑的脸庞上眉头皱起。"共有三百四十三个结果,"她说,"老兄,看来你得在这儿待上一阵子了。"

他让她排除了黑人与拉丁美洲人,他觉得那通报案电话的声音听起来是个白人。她又按了好几个键,然后电脑屏幕上琥珀色的字符重新生成了一份名单。

金说:"十九个结果,这才像话嘛!"

没查到"Sha"这个绰号,倒是有以"Sha"开头的几个绰号,包括五个"Shadow"、四个"Shah"、两个"Sharkey"、两个"Sharkie",以及"Shark""Shabby""Shallow""Shank""Shabot""Shame"各一个。博斯迅速回忆在水坝那儿的排水管上看到的涂鸦内容,那锯齿状有如嘴巴大张的 S 形,是鲨鱼嘴吗?

他说:"查查拼法近似 Shark(鲨鱼)的绰号。"

金按了几个键,屏幕上方三分之一处列出新的琥珀色字符。根据电脑数据显示,"Shark"是住在河谷区的一个小伙子,和警方交手次数不多;他在塔扎邦的文图拉大道往公交车站的长凳上喷漆时被捕,刚被判处缓刑,还被罚上街清理涂鸦。他只有十五岁。博斯猜测这小子星期日凌晨三点应该不会在水坝那儿。金接着查询那两个"Sharkie",屏幕上写着:第一个"Sharkie"目前在马里布的少管所,第二个"Sharkie"已不在人世,死于一九八九年 KGB(Kids Gone Bad——坏孩子)和维兰兄弟会两个帮派的火并,他的名字还没有从电脑记录里清除。

接着金调出了第一个"Sharkey",屏幕上立刻出现一长串信息,而且页尾还有"下一页"的字样闪烁着。她说:"看来这小子常惹麻烦。"电脑显示绰号"Sharkey(阿鲨)"的少年本名为爱德华·涅斯,白人男性,十七岁,经常骑乘一辆黄色摩托车,车牌号 JVN138,据悉他不属于任何帮派,仅使用"Sharkey"作为涂鸦签名,他与母亲住在查茨沃斯但经常离家出走。后面两页是阿鲨的案底记录。博斯从历次的逮捕或审讯资料发现，这个阿鲨离家出走时总是会去好莱坞区或好莱坞西区。博斯浏览到第二页末尾，发现三个月前这小子在好莱坞水库因非法逗留遭到逮捕。

"就是他！"博斯说，"不用查第二个'Sharkey'了，你有报告原件吗？"

她敲了几个键，打印出档案，然后指了指沿整面墙摆放的档案柜。他走过去打开标着"N"的抽屉。他找到一份爱德华·涅斯的档案并将它拿出，里面有张彩色大头照。阿鲨是个金发白人，看起来很小。脸上有着青少年惯有的叛逆与受伤的表情，正如青春痘那般常见。博斯觉得他很眼熟，却记不得究竟在什么地方见过。他把照片翻过来，背面写着两年前的日期。金将打印好的报告交给博斯，他在其中一张办公桌前坐下，开始细看档案内容。

自称阿鲨的少年犯下的比较严重的（也是被抓获的）罪行有商店偷窃、破坏公物、非法逗留、持有大麻、超速。他曾被拘留过一次，因吸毒被关进塞尔玛少管所，不过二十天后就放他回家了，而其他时候都是审问之后就交给他母亲看管。他总是离家出走，连警察局也不想要他。

档案与电脑报告内容差不多，只是简单介绍了几次拘留的情况。博斯迅速翻阅文件，终于找到有关那次非法逗留指控的报告，案件后来进入审前干预，却因该少年同意返回母亲家中不再外出游荡而撤销；但少年的诺言显然并未持续多久，两星期后他的母亲向警方报告儿子再次失踪。档案上表示，他们尚未找到他。

博斯看了警局调查员对那次非法逗留拘捕所做的报告摘要，上面写着：

调查员讯问了穆赫兰水坝管理员唐纳德·斯迈利。斯迈利表示他当天早上七点进入水库环路边上的排水管内清理垃圾，发现该少年在排水管内铺了一堆报纸，躺在上面睡着了。少年身上很脏，被叫醒时说话毫无条理，看来是服用了毒品所致。斯迈利通知警方，调查员到现场处理。被捕少年对调查员说自己经常睡在排水管内，原因是母亲不希望他待在家里。调查员后来确认他是那个母亲曾经报案的离家出走的少年，遂以非法逗留嫌疑将其拘捕。

博斯心想，看来这少年喜欢老规矩，他明明两个月前才在水坝被捕，却在星期日再度回到那里睡觉。博斯翻看剩下的档案，希望能从中发现少年的其他习惯，好尽快找到他。博斯从一份报告上得知，今年一月阿鲨在好莱坞西区附近圣莫尼卡大道上被警察拦下盘问，但未遭逮捕，当时他穿着一双崭新的锐步运动鞋，正在系鞋带，拦住他的警察以为他刚从商店里偷了球鞋，因此要求他拿出购买收据。阿鲨也的确拿出了收据，事情本可以到此为止。但就在他从摩托车的皮革置物包里取出收据时，警察发现置物包内有一个塑料袋，于是要求一并查看袋中物品。塑料袋里装着十张阿鲨赤裸身体、骚首弄姿的照片。警察没收了照片将其销毁，并在报告上表示将通知好莱坞西区警局，阿鲨在圣莫尼卡大道上向同性恋者兜售色情照片。

情况大致就是这样。博斯合上档案，但拿走了少年的照片，他谢过泰莉亚·金，走出了窄小的办公室。正当他穿过后厅经过拘留所的长凳时，突然想起照片中那个少年很眼熟，他不就是早上被铐在长凳上的那名少年犯吗？尽管他现在头发长了，留成辫子头，脸上的叛逆已经盖过了受伤的表情，但应该是同一个人，博斯很有把握。刚才泰莉亚在电脑上搜索时之所以没查到，是因为逮捕记录还没来得及输入电脑。博斯进入拘留所值班主管室，告知警官他的来意，警官给了他一个标着"早班"的文件箱。博斯翻着堆在箱内的一沓沓报告，终于找到爱德华·涅斯的拘捕记录。

少年阿鲨清晨四点在维恩街附近游荡，路过的一名巡警认为他在从事非法交易并将其逮捕，之后警员查询电脑系统，发现他就是那个已被报案的离家出走的少年。博斯查看拘捕记录，发现少年被拘禁到上午九点，然后保释官前来将他带走。博斯打电话给塞尔玛少管所，得知阿鲨已被少年法庭审问过并送回家交给他的母亲看管了。

"这就是他最大的问题，"少管所的警官说，"他今晚肯定又会跑出去，在街头游荡。我也这么跟法官说了，但法官说就算他老妈是个电话妓女，也不能因为这点小罪就将他关进监狱。"

博斯问："他老妈是什么？"

"档案里应该有记录。没错，这小子在街头游荡时，他亲爱的老妈就在家中忙着打色情电话。她在色情杂志上登广告，十五分钟收费四十美元，接受刷卡，万事达或维萨卡都行。顾客打电话上门时，她会通过另一个电话确认对方的信用卡号码有效且有信用额度。反正据我了解她做这行已经五年了，爱德华就是听这些恶心的对话内容长大的，也难怪那小子离家出走四处诈骗。你能怪他吗？"

"他们什么时候把那小子交给他妈妈的？"

"大概中午吧，你想在他家找到他最好动作快点，你有地址吗？"

"有。"

"对了，博斯，还有一件事，你可别指望到那儿会见到什么妓女。他老妈长得可不像自己在电话里吹嘘的那样，你明白我的意思吧。她的声音从事那种工作或许还可以，但长相可能连瞎子都会被吓到。"

博斯谢谢对方的提醒，然后挂上电话。他开车从一〇一号公路行至河谷区，又从四〇五号公路向北上了一一八号公路，接着向西行。他开下公路转入查茨沃斯街，驶入河谷区最北端的峭壁之间。那地方以前是电影片场，现在建起一片私人公寓。以前查理·曼森[①]及其同党就藏在那里，据说团伙中一个人的尸体被埋在某处，至今还未找到。博斯抵达时已近黄昏。社区狭窄的道路上挤满了下班回家的车辆，四处可闻开门关门声，此刻阿鲨的母亲电话应该接不过来。博斯来得太晚了。

"我没空和警察闲扯，"维若妮卡·涅斯开了门，看了看博斯的警徽说，"我一把他带回家，他立刻又跑了。我不知道他上哪儿去了，或许你可以告诉我，这是你们警察的工作。我有三个客人在等着电话，还有一通是长途电话，我得进去了。"

她年近五十，身材肥胖、满脸皱纹，显然戴了假发，眼神涣散，身上有股臭袜子的味道。看来，她电话里的客人还是凭声音幻想出身材和脸蛋比较好，比见到本人好多了。

"涅斯太太，我找你儿子不是因为他做了坏事。我必须找他谈谈，因为他目睹了某件事，他可能有生命危险。"

"狗屁，你们的废话我听多了。"

她关上门，博斯站在原地。片刻后，他听见她开始打电话，似乎装出一副法国口音，但他不确定。他只听见断断续续的几个句子，但已足够让人尴尬脸红了。博斯心想阿鲨并不算离家出走，因为这儿根本不是什么家。他走下门阶回到车上，看来今天只能到此为止，而且他没时间了。这会儿刘易斯与克拉克肯定已经搞定他的停职文件，明天一早，他就会被派到督察室坐办公桌。他开车回警局签退下班时，所有人都已下班了，他桌上的电话没有任何留言，连他的律师也没有回复。回家途中，他在商店停下来，买了四瓶啤酒——两瓶墨西哥啤酒，一瓶老尼克英国淡啤酒，还有一瓶亨利牌啤酒。

---

①　臭名昭著的美国连环杀手、邪教头目。

他算准了回到家后电话答录机上会有刘易斯和克拉克的留言。他果然没猜错，只不过留言内容与他预期的有些出入。

"我知道你在家，给我听好了，"博斯听出那是克拉克的声音，"他们可以改变心意，但是我们绝对不会，再见了。"

答录机上没有其他留言，他听了三遍克拉克的留言，看来事情进展不太顺利，肯定有人要他们放手。难道他威胁联邦调查局要向媒体爆料的整脚招数奏效了？他思索其可能性，并且怀疑答案会是肯定的。

假如并非如此，那么究竟发生了什么事？他坐在值班椅上开始喝啤酒，先喝那瓶墨西哥啤酒，边喝边翻看上回忘了收的战地相簿。他昨晚翻开那本子时，也翻开了黑暗记忆，时至今日，往事令他感到着迷，岁月不仅淡化了照片色泽，还淡化了战地的恐惧和威胁。天黑之后，电话响起，博斯在答录机接听之前拿起听筒。

"嗯，"警督哈维·庞兹说，"联邦调查局觉得他们当初可能太冲了点。他们重新评估之后希望你归队，现在你必须全面支持他们的调查。这是总局帕克中心长官传达下来的命令。"

庞兹的声音隐藏不住他对于这种大转折的惊愕。

博斯问："那督察室呢？"

"暂时没事。如我所言，联邦调查局决定退让，督察室也一样，至少目前是这样。"

"所以我又归队了。"

"没错，这不是我的决定。我希望你搞清楚，他们背着我做了这个决定，真想让他们给我滚得远远的。这算怎么回事，但以后再说吧，目前你暂时被调去支持 FBI。"

"埃德加呢？"

"你不必担心埃德加，已经和你没关系了。"

"庞兹，你在他们将我踢出总局帕克中心时把我安插进你的命案组，一副帮了我大忙的姿态。老兄，你搞清楚，是我帮了你的忙，所以你别指望我会向你道歉。"

"博斯，我对你没有任何指望，你把自己搞砸了，我倒不在乎，问题是，你可能连我一起搞砸了。假如事情由我决定，你根本别想再继续调查此案，我肯定派你去核对当铺清单之类的。"

"不过这会儿可不是由你决定了，是吧？"

博斯在庞兹回答之前就挂了电话。他站在原地思考片刻，手仍放在听筒上，此刻电话又响了。

"又怎么了？"

埃莉诺·威什说："这一天不太顺利，是吧？"

"我以为是别人。"

"嗯，我猜你已经听到消息了。"

"没错。"

"接下来你和我一起工作。"

"为什么你们决定放我一马？"

"很简单，我们不希望媒体插一脚。"

"还有其他原因。"

她没说话，也没挂断电话。最后还是他找了个话题。

"明天我该怎么做？"

"早上先到办公室找我，之后我们再决定。"

博斯挂上电话，思索着她的话，真不明白这一切是怎么回事。他不喜欢这种感觉，却又不能在这个节骨眼喊停。他走进厨房，从冰箱里拿出那瓶老尼克。

刘易斯背对车流站在公用电话亭里，用他宽大的后背阻挡着噪声，免得通话受到干扰。

"他明天早上开始参与 FBI——呃，联邦调查局的调查，"刘易斯说，"我们怎么办？"

欧文没有立即回答。刘易斯想象电话那端的他，咬着牙，下巴扭成一团，一副大力水手的模样，刘易斯边想边窃笑。克拉克把车停好，走过来，低声说："什么事这么好笑？他说了什么？"

刘易斯推开搭档并摆出一副别来烦我的表情。

欧文问："是谁在说话？"

"长官，是克拉克，他迫不及待想知道我们的任务。"

"庞兹有没有和当事人谈过？"

"是的，长官。"刘易斯说，不知欧文是否录下了这通电话，"警督表示，呃，当事人已被告知将与 F——联邦调查局共事，他们决定一同调查命案与银行盗窃案。他和联邦调查局专员埃莉诺·威什搭档。"

"他究竟耍了什么把戏……"欧文说，不过并不期待刘易斯回答，刘易斯也没有回答。电话两端陷入片刻的沉默，刘易斯很识相地没打断欧文的思路。刘易斯见克拉克再次朝电话亭走来，又推开他并摇摇头，仿佛对待鲁莽的孩子。这个没有门的电话亭位于伍德·威尔森路的尽头，在巴哈姆大道与好莱坞高速公路交叉口旁。刘易斯听见高速公路上一辆重型运输车轰然驶过，带起的暖风吹入电话亭。他抬头见山丘上万家灯火，试图找出哪盏灯照亮了博斯的房子。他无法确定，夜晚的山丘犹如一棵挂满灯泡的巨大的圣诞树。

"他肯定掌握了某种令他们妥协的优势，"欧文终于再次开口，"这回他可称心如意了。我现在就告诉你们接下来的任务，你们两个继续盯着他，别让他发现，但是得继续跟着他。他肯定另有所图，给我查清楚究竟怎么回事，一边进行一边继续草拟正式申诉书。联邦调查局或许决定撤回申诉，但我们可不打算就此罢手。"

"庞兹呢，您是否希望我们继续向他报告？"

"刘易斯警探，是'庞兹警督'。没错，把你们每天的监视记录交给他一份就行了。"

欧文说完立即挂上电话。

"好的，长官。"刘易斯径自对着话筒说，他不希望克拉克知道长官对他如此不重视，"我们会继续执行任务，长官，谢谢您，晚安。"

然后他也挂上电话，长官竟然连一句"晚安"都懒得说，这令他觉得很没面子。克拉克迅速走上前。

"怎么样？"

"我们明天早上继续盯着他，别忘了带你的尿壶。"

"就这样？只是监视他？"

"目前是这样。"

"妈的，我想搜那王八蛋的家，砸几样东西，他参与银行盗窃案的赃物可能就摆在屋里。"

"假如他涉案，我不相信他会那么笨。我们暂时先静观其变。如果他真有嫌疑，我们再看该如何处理。"

"放心，他肯定涉案了。"

"到时再说。"

阿鲨坐在圣莫尼卡大道停车场前面的水泥墙头上，盯着街对面灯光明亮的7–11便利店，打量着进出商店的人。大多是观光客和情侣，没有单身汉，至少没有他们要找的那种。一个名叫阿森的男孩踱步过来，说："老兄，这根本行不通嘛。"

阿森有一头火焰般的红发，用发蜡定了型，穿了一条黑色牛仔裤和一件脏脏的黑色T恤，嘴上叼着一根沙龙香烟。他并没有吸大麻，肚子倒是饿得很。阿鲨看了看他，又看看他身后另一个叫阿摩的孩子。阿摩坐在一辆摩托车旁边的地上，他身材矮壮，一头黑发往后梳，打成一个结。他看起来似乎永远绷着一张脸，脸上还有痘疤。

阿鲨说："再等几分钟。"

阿森说："老兄，我想吃东西。"

"我知道，不然你以为我在干什么？我们都想吃东西。"

"或许我们可以去贝蒂珍那儿瞧瞧，"阿摩说，"她那儿肯定有足够的食物让我们吃。"

阿鲨看着他说："你们两个去吧，我要在这儿等到客人上门为止，我总有办法填饱肚子。"

他边说边目送一辆暗红色捷豹 XJ6 驶入便利店门口的停车场。

"排水管里那家伙呢？"阿森问，"你猜他们找到他了吗？我们可以去搜搜，说不定他身上有钱呢。真不知道你昨晚怎么那么没胆，都不敢进去。"

"喂，你想搜就自己去搜啊，"阿鲨说，"看看究竟谁有胆量。"

他没告诉他们自己已经打电话报警了，他们不会原谅他的，打电话报警对他们来说简直比没胆进排水管更糟。一名男子踏出那辆捷豹，他看起来将近四十岁，梳着平头，衬衫搭配白色宽松长裤，肩上披着一件毛衣。根据阿鲨观察，车上并无其他人等候。

他说："喂，你们看那辆捷豹。"其他两人转头望向商店。"就是这个，我要行动了。"

阿森说："我们在这儿等着。"

阿鲨从墙头跳下，小跑穿过马路，他透过便利店橱窗观望捷豹车主。那人手上拿着一支冰激凌，正浏览着杂志架，两眼还时不时寻觅打量着店内其他男子。阿鲨看着男子走到柜台前付了冰激凌的钱，顿时觉得信心满满。他靠着便利店外墙蹲着，距离捷豹的车头只有一米远。

男子从店内走出来，阿鲨等待两人目光相接且对方露出微笑后才开口。

"嘿，先生？"他边说边站起来，"不知道你是否可以帮我一个忙？"

男子在停车场边左右张望了一下，然后回答："当然没问题，有什么事？"

"呃，不知道你能否进去帮我买瓶啤酒，我会给你钱。我只是想喝点啤酒，放松心情，你明白吧？"

男子有些犹豫："我不明白……这么做违法，不是吗？你未满二十一岁，我可能会惹上麻烦。"

"呃，"阿鲨微笑着说，"你家里有啤酒吗？如果有，就不用进店里买了，给别人一瓶啤酒又不算犯法。"

"嗯……"

"我不会待太久的，或许我们可以稍微让彼此放松心情，你说呢？"

男子再次在停车场左右张望，没有其他人在看着，阿鲨心想这家伙上钩了。

"好吧，"他说，"待会儿我可以顺便送你回来。"

"好啊，那真是太好了。"

他们在圣莫尼卡大道上往东行驶至弗罗雷斯街，接着往南经过几个路口，来到市中心的一片住宅区。阿鲨没有回头看，也没看后视镜，但他知道他们就在后面跟着。男子的住所外面有道安全门，他用钥匙把门打开，并在两人踏入院子后随手拉上大门。他们进入屋内。

"我叫杰克，"男子说，"你想喝什么？"

"我叫菲尔。你有吃的吗？我还有点饿。"阿鲨左右张望，寻找安全对讲机的位置以及开启大门的按钮。客厅内大多是淡色系家具，摆在一大张米白色毛绒地毯上。"这地方真不赖。"

"谢谢，我看看冰箱里有什么食物。既然你都来了，如果想顺便洗衣服也没问题。我不常做这种事，你懂的。但如果有机会帮助别人，我也会尽力而为。"

阿鲨随他步入厨房，安全对讲机就在电话旁的墙壁上。就在杰克打开冰箱，低头看里面的食物时，阿鲨按下开启外面大门的按钮，杰克没发现。

"我有金枪鱼，可以做个沙拉。你流浪街头多久了？我不打算叫你菲尔，但如果你不想告诉我你的真名，也没关系。"

"呃，金枪鱼可以，不会太久。"

"你没什么问题吧？"

"嗯，当然，我没问题。"

"我们要采取防范措施。"

是时候了。阿鲨走回客厅。杰克在冰箱旁抬起头看着他，一手拿着塑料碗，嘴巴微张，他脸上的表情似乎在说他很清楚接下来会发生什么事。阿鲨拧开保险锁，打开门，阿森和阿摩走进屋内。

杰克怯怯地说："喂，这是怎么回事？"他跑进客厅，四人之中体格最壮的阿摩挥拳朝他鼻梁一扫，那声音听起来如铅笔断裂，装着金枪鱼的塑料碗也啪的一声掉落在地，接着，米白色地毯上沾满血迹。

Chapter 3

五月二十二日
星期二

埃莉诺·威什星期二早上再次打电话给博斯，当时他正在浴室镜子前与领带奋战。她表示想先在西木区的咖啡馆碰头，之后再带他进联邦调查局。他已喝了两杯咖啡，不过仍同意前往。他挂上电话，扣上白色衬衫最上面的一颗纽扣，将领带拉紧，贴到脖子，他上一次如此注重外表细节大概是几百年前的事了。

他到达时，她已坐在他面前靠窗的一个雅座上。她双手捧着杯子，一副满足的模样。桌上的一个餐盘被推到一旁，上面有吃完的蛋糕垫纸。她朝他礼貌地微笑了一下，他进入雅座，并对女服务生招手。

他说："咖啡就好。"

埃莉诺在女服务生离开后问他："你吃过早餐了？"

"呃……没有，不过我不饿。"

"看得出来你吃得不多。"

她语气不像警探，倒像个妈妈。

"所以谁负责跟我说案子的情况？你还是鲁克？"

"我。"

女服务生送上一杯咖啡。博斯听见隔壁雅座的四个业务员在为分摊早餐账单而讨价还价。他喝了一小口滚烫的咖啡。

"我希望 FBI 调派我帮忙查案的事能用白纸黑字写清楚，再由联邦调查局洛杉矶分局的主任签署。"她犹豫片刻，放下杯子，首次直视他。她的深色眼珠毫不泄露心事，眼角处，古铜色肌肤上有细纹。她下巴的边缘有个年代久远、不太明显的白色半月形小疤。博斯相信大部分女人会介意脸上有疤痕和皱纹，不知她是否也因此感到苦恼。他觉得她的脸庞散发着一股淡淡的忧愁，仿佛埋藏于内心的秘密悄然显露。他心想，或许是疲惫吧。尽管如此，她仍是个充满魅力的女子，他估计她刚过三十岁。

"我想这没有问题，"她说，"在我们开始工作之前，你还有其他要求吗？"

他微笑并摇头表示没有。

"博斯，我昨天拿到你的命案报告并且在晚上看完了。短短一天时间你就掌握了如此多的资料，相当不错了。换成其他警探，那具尸体恐怕还躺在太平间排队等着解剖，而且被归类为吸毒过量造成的意外死亡。"

他没说话。

她问："我们今天从哪儿开始？"

"我手上还有一些线索没写在报告上，干脆你先告诉我银行盗窃案的细节。我需要知道来龙去脉，目前我只知道报纸和协查通知单上的内容。"此时女服务生前来查看他的咖啡杯和她的水杯，然后埃莉诺·威什开始讲述银行盗窃案的经过。她说话时，博斯想到一些问题，但未立即开口，而是在脑中默记，决定等她讲完再一一提问。他察觉到她对盗窃案的事前计划与执行经过感到难以置信，不管那些经由地道作案的是何许人也，都令她大为折服。他发现自己似乎有点嫉妒。

"在洛杉矶街道的地下，"她说，"有六百多公里长的泄洪排水道，管子的宽度和高度足够车辆通行。再往下是较小的分支管道，总长将近一千八百公里，可供人步行或爬行通过。这表示任何人皆可进入下水道，若熟悉路线，还可以随心所欲地接近市区内的任何一栋大楼。而且要摸清路线并不难，整个下水道规划图是公开的资料，在土地局的档案室就可以查到。总之，这些家伙是利用下水道系统进入西部国家银行的。"

其实他已大抵猜到八分，只是没说出口罢了。她表示 FBI 认为至少有三个人在地下，还有一个人在地面上把风，并兼顾其他一些事情；上面的人可能通过无线电与下面的人保持联系，直到他们挖到最后一段，那时就不能再用无线电了，因为电波可能会点燃引线导致爆炸。

地底下的人开着本田全地形越野车穿越下水道系统，市区东北部洛杉矶河盆地处有一个大出水口，他们可以从那儿开车进入下水道。对方可能在黑夜的掩护下进入，并根据档案室的地图穿过地道系统，来到市区威尔榭大道地底下，大约在西部国家银行西边一百四十米、地下九米处。他们大约行进了三公里。

他们将工业用钻孔机固定在其中一辆越野车的发电机上，使用的是二十四英寸①钻头，顶端可能为钻石打造。他们利用钻孔机在地道六英寸厚的水泥墙上钻出一个洞，然后地下的人从那儿开始挖凿。

"金库真正遭闯入的时间是在劳动节的那个周末，"埃莉诺说，"我们认为他们可能在三四星期之前就开始在地道行动了。他们只在半夜进行，每次进入后只向前挖凿一点点，然后在黎明前出来。洛杉矶水电局的检查员会定期检查下水道系统，看是否有裂缝或其他问题，他们白天上班，因此歹徒可能不会冒险在白天行动。"

"他们在墙壁上钻出的洞呢？难道水电局的人没发现吗？"博斯问，但话一出口就有点生自己的气——没等她说完就开始发问了。

"没有，"她说，"这些家伙计划周详，所有细节都没遗漏。他们用一

---

① 英美制长度单位，1 英寸约为 2.54 厘米。

块直径二十四英寸的圆形胶合板将洞盖住，还在板子上涂了水泥——我们之后发现了那块板子。我们猜测他们每天清晨离开地道时，就将板子盖住洞口，而且每次会在板子周围补上更多水泥，看起来就像排水管被封住了。这在下水道里相当普遍，我下去看过，到处可见封住的管线，二十四英寸是标准尺寸，因此看起来很正常。那个洞没被发现，于是歹徒第二天晚上又回到地道内，朝银行方向继续往前挖。"

她表示地道主要是用铲子、尖嘴锄及钻头挖的，钻头由全地形越野车上的蓄电池提供动力；挖凿地道者可能有手电筒，但也使用了蜡烛。案发之后，地道内还有些蜡烛在燃烧，蜡烛被插在墙上挖出的一个个小凹洞内。

"你是否觉得那做法很熟悉？"埃莉诺问。

他点点头。

"我们推测他们一晚上的进度是三至六米，"她说，"我们还在地道中发现两台单轮手推车。手推车被分成两半，以通过那个二十四英寸的洞口，然后再组装还原，供挖凿期间使用。歹徒中可能有一两个人轮流进出地道，将挖出的碎土块运到主排水管道。那里不停地有水流过，会将泥土冲出地道，带到外面的河滩。我们猜测在地面上的人开启了希尔街的消防栓，使下方排水管内的水流更加充沛。"

"因此他们在地下一直有水可用，即使是旱季也一样。"

"没错。"

埃莉诺说，他们最后终于挖到银行下方，将银行的地下电力系统和电话线动了手脚。由于市中心周末空无一人，就像一座鬼城，因此银行星期六并不营业。所以星期五一过下班时间，窃贼们就切断了警报系统。其中一人肯定是警报高手，但不是梅多斯，他可能负责爆破。

"好笑的是，他们根本不需要警报高手，"她说，"银行金库警报器整个星期响个不停，这些家伙在地底下又挖又钻的，肯定触动了警报系统，连续四个晚上警方都出动了，跟随银行经理前往查看。有时，警报一晚上响了三次，他们也没发现任何异常，于是认为可能是警报器坏了，声音和震动传感器失灵了。于是经理打电话联系安装警报系统的公司，对方表示假期过后才能派人去处理，你知道的，就是劳动节的周末。所以银行经理——"

"干脆关了警报器。"博斯替她说完。

"没错，他可不想整个假期每晚都接到通知要前往查看。他已经做好假期计划，打算去棕榈泉住度假公寓，打高尔夫球，所以索性关了警报器。当然，他现在已不再是西部国家银行的员工了。

"在金库下方，歹徒使用工业用水冷式钻孔机从下往上钻，在一点五米厚的钢筋混凝土上钻出一个直径六厘米左右的孔。FBI犯罪现场分析勘查人员估计那要花费五小时，而且还要保证钻头不能过热。冷却钻头的水是从地下水总水管接出来的，用的是银行的水。

"他们钻好洞之后，埋入 C-4 炸药，"她说，"引线一路沿地道往外延伸至下水道内，然后他们在那儿引爆炸弹。"

她表示洛杉矶警局的出警记录显示，星期六上午九点十四分，西部国家银行对面的一家银行，以及半个路口远的一家珠宝店响起了警报。

"我们推测那应该是炸弹引爆的时间，"埃莉诺说，"巡警前往查看，并未发现任何异常，以为警报可能是由轻微地震触发的，随即离去。没有人大费周章去查看西部国家银行，该银行的警报系统半点声响也没有，他们并不知道警报系统被关闭了。"

她说歹徒进入金库之后并未立即离去，整整三天假期他们就待在金库内，忙着钻开一排排保险柜的锁，拉出抽屉，洗劫一空。

"我们在里面发现空罐头盒、薯片包装袋、冷冻食品袋，都是一些方便食品，"埃莉诺说，"看来他们待在里面，可能轮班睡觉。在地道中有一片较为宽敞的地方，像个小房间，我们猜那应该是临时卧室。泥地上有睡袋压出的痕迹，还有 M16 枪托的痕迹——他们准备了自动武器。万一情况不妙，他们可不打算投降。"

她让他就此思索片刻，然后继续说："我们估计他们在金库内待了六十小时，也可能更久。金库内共有七百五十个保险柜，他们钻开了四百六十四个。假如金库里有三个歹徒，平均一人大约钻开一百五十五个。去掉三天内的休息与进食时间——大约十五小时，算下来每人每小时钻开三四个。"

她表示他们肯定设了行动截止时间，可能在星期二凌晨三点左右。如果他们到三点停止钻凿，还来得及打包离开，拿着赃物与工具撤退。刚从棕榈泉度假回来、晒得一脸古铜色的银行经理在星期二上午回银行上班，打开金库才发现出事了。

"案发经过大致如此，"她说，"这是我进联邦调查局以来见过或听过的最了不起的案子，只有少数几个失误。我们对于歹徒的作案手法有诸多发现，对歹徒的身份却所知甚少，好不容易发现一个可疑的梅多斯，现在他也死了。记得你昨天让我看的那张手镯照片吗？你说得没错，据我们所知那手镯是保险柜遭窃以来出现在市面上的第一件赃物。"

"这会儿手镯又不见了。"

博斯等她接着说，但她已叙述完毕。

他问："他们如何挑选保险柜进行钻凿？"

"好像是随机挑选的。我办公室有录像带，待会儿让你看看。不过看起来他们的对话是'你负责那面墙，我负责这面，你负责那个'之类的。他们搜刮了已钻开的某些保险柜，旁边一些同样钻开的保险柜里的财物却完好无损。原因是什么我不清楚，不像是有固定次序。虽然如此，但他们撬开的保险柜中仍有百分之九十的财物被洗劫一空，大多是难以追踪的财物，他们很会挑选。"

"你们怎么推测出是三人行动？"

"我们猜测至少需要三人才能钻开那么多保险柜。此外，里面看样子有三台越野车。"

她笑了笑。他只好硬着头皮继续问："好吧，你们对越野车有什么了解？"

"嗯，下水道内的泥地上有痕迹，我们从轮胎痕迹辨认出的。我们还在下水道其中一个转弯处的墙壁上发现了蓝色油漆，估计是一辆车在泥地上打滑撞到了墙，匡蒂科的油漆分析室据此查到了车的品牌和型号。我们联系了南加州所有本田经销商，终于在塔斯廷一家车行找到了三辆蓝色全地形越野车的销售记录，时间是在劳动节假期前四个星期。买车人是现金付款，把车放在拖车上拉走了，留下的姓名和地址都是假的。"

"什么怪名字？"

"弗雷德里克·B.艾斯利，缩写正好是FBI，这名字你以后还会见到。后来我们拿了几张照片给销售员指认，包括梅多斯、你，还有其他几个人，但他表示照片上没有艾斯利。"

她拿起餐巾擦了嘴，然后将它放在桌上。他注意到餐巾上没有口红印。

"好吧，"她说，"我刚才喝的水都够一星期的了。待会儿到了局里，我们再把银行案的情况过一遍。至于你在梅多斯那边查到的线索，我和鲁克决定先这样进行下去。我们手头这桩银行案，所有线索都用尽了仍一无所获，或许梅多斯案可以给我们带来重大突破。"

埃莉诺拿起账单，博斯给了小费。

他们各自驾车驶向联邦大楼，博斯一路上想的不是案件，而是她。他很想知道她下巴上的伤疤是怎么回事，而不是她如何将银行盗贼与越战"地鼠"联系到一起，他还想知道她脸上那甜美又忧伤的表情因何而来。他跟随她的车开过加州大学洛杉矶分校的学生公寓区，然后驶入威尔榭大道。他们在联邦大楼停车场电梯处会合。

电梯里只有他们两人。"我想你最好只和我沟通，"她说，"鲁克——你和鲁克似乎一开始就不太融洽而且——"

博斯说："我们根本没有开始。"

"嗯，如果你给他机会，你会发现其实他是个好人，他只是想采取对案件最好的处理方式罢了。"

电梯到达第十七楼，门一开，鲁克就站在前方。

他说："你们来了。"他朝博斯伸手，博斯勉强地握了一下。鲁克做了自我介绍。

"我刚好准备下楼喝杯咖啡、吃点面包，"他说，"你们要不要一起来？"

"呃……鲁克，我们刚从咖啡馆过来，"埃莉诺说，"我们在这儿等你。"

这时博斯和埃莉诺站在电梯外，调查局副主任鲁克在电梯内。他点点头，然后电梯门关上，博斯和埃莉诺朝办公室走去。

"其实他和你蛮像的——也有过战地经历，"她说，"试试看，给他一个机会——你继续绷着一张脸对事情没什么帮助。"

他没搭腔。他们沿走廊步行至第三小组办公室，埃莉诺指着她办公桌后面的一张桌子，说那张桌子目前无人使用，原来的探员被调到第二组——负责色情案子的小组去了。博斯将公文包放在桌上，然后坐下，他环视办公室，人比昨天多，五六位探员坐在办公桌前，还有三位站在后方一个档案柜周围，柜子里放着一盒甜甜圈。他也注意到今天办公室后方的架子上多了一台电视和一台录像机。

他对埃莉诺说："你刚才提到有一盘录像带。"

"没错，你先看录像带，我利用这段时间回复一些电话留言。"

她从办公桌抽屉里拿出一盘录像带，他们走到小组办公室后方。那三位探员见外人出现觉得受到干扰，于是安静地拿着甜甜圈走开了。她放入录像带让他独自观看。

录像显然是用手持摄影机拍摄的，拍摄者手法不太专业，摇晃的镜头记录了盗贼的行进路线。博斯猜测画面一开始拍的应该是下水道的大出水口，一个方形地道通向摄影机闪光灯无法照到的幽深黑暗处。埃莉诺说得没错，地道很大，足以让卡车通行。水泥地上有一股细流缓缓流过，地上和墙面下半部分有层菌藻，博斯几乎闻到了潮湿的气味。接着摄影机镜头往下，拍摄到灰绿色的地面，软泥上可见轮胎痕迹。下一个画面是盗贼在下水道墙壁上挖凿出的地道入口，切割痕迹干净利落。此时画面中有一双手拿着圆形胶合板，埃莉诺说过那正是白天用来遮住洞口的板子，画面上那双手继续往前移，然后出现某人顶着黑发的头。是鲁克，他穿着黑色连身衣，背部印着白色的"FBI"字样。他拿起胶合板放入洞口，大小完全吻合。

接下来画面跳到盗贼挖掘的地道内部，博斯边看边感到一丝寒冷，越战时爬地道的黑暗记忆再次涌现。画面中的地道拐向右边，墙上有蜡烛插在每隔六米左右挖出的小洞里，烛光摇曳，带着一种超现实感。据他判断，地道向右延伸约二十米后接着向左转，然后笔直延伸约三十米，墙上依旧烛光摇曳。最后摄影机来到地道尽头，那儿有一堆水泥碎块、扭曲的钢筋和金属片。接着镜头往上，拍到头顶上方的一个大洞。光线从上方的金库洒下。鲁克穿着连身衣站在上面，低头望向摄影机镜头。他伸出手指划过脖子，让摄影师切换画面。下一个场景，摄影机来到金库内部，以广角镜头拍摄全景。正如博斯在报上看到的照片，金库内数百个保险箱的门敞开着，空无一物的保险箱排列在地上。两位犯罪现场鉴识人员正在保险箱门上采指纹。埃莉诺·威什与另一名探员一边抬头观看保险箱门的金属表面，一边做笔记。摄影机镜头慢慢往下，拍到地面及通往下方地道的大洞，然后是一片漆黑。博斯将带子倒回，并拿出来，放在她桌上。

"有意思，"他说，"我看到一些以前在越南地道曾见过的景象，但并无任何能令人直接联想到越战地鼠的特别之处，你们为何将矛头指向梅多斯和我这种地道兵呢？"

"首先是因为 C-4 炸药，"她说，"美国酒精、烟草、火器和爆炸物管理局（ATF）派遣小组前往分析因爆炸而掉落的钢筋混凝土，上面有炸药的残留物，ATF 的人经成分分析得知是 C-4 炸药。你肯定知道美军在越战上使用了该炸药，尤其越战地鼠会使用这种炸药从内部爆破地道。重点是目前已有更先进的炸药，攻击区域更集中，更易操作与引爆，甚至更便宜，而且操作安全、容易取得。因此我们推测——我的意思是 ATF 分析室的人推测——对方之所以使用 C-4 炸药，是因为以往接触过觉得好用，因此我们立即猜测对方可能是越战老兵。

"此案与越战的另一个关联是诡雷陷阱。我们认为他们进入金库开始挖凿之前，先在地道埋好泥雷做后防。我们提高警觉，让 ATF 警犬先行进入地道，以确定里面没有其他未引爆的 C-4 炸药。结果警犬在地道内两个地方嗅出有爆炸物的迹象，分别在地道中部以及雨水总管的地道入口处。不过这两个地方已无炸药，歹徒将炸药带走了。但是我们在这两处的地面上都发现了桩孔及短钢丝段——就像用钢丝钳剪钢丝时留下的碎段。"

博斯说："引爆诡雷的绊线。"

"没错，我们估计他们在地道内埋好诡雷以防不速之客。假如有人从后方向他们突袭，地道会爆炸，他们会被埋在希尔街地底下。不过好在歹徒离去时随手带走炸药，省得我们不小心绊到了。"

博斯说："但那炸药一引爆，恐怕他们会与闯入者同归于尽吧。"

"我们知道，这些人是铁了心的。他们设好机关，也做好了送命的心理准备……不过，我们一开始并未立即锁定越战地鼠涉案，后来在下水道内查看轮胎痕迹时有人注意到了某个现象，我们才开始怀疑。由于轮胎痕迹断断续续、并不完整，我们花了几天时间才从地道追到了河滩的入口处。路径并非笔直通畅，而是迂回曲折，像迷宫一般，必须得熟悉方向才不会迷路。后来我们推测这些家伙不会每晚都坐在车上走这条路，他们得靠手电筒与地图寻找方向。"

"难道他们像童话《糖果屋历险记》里的兄妹汉赛尔和格蕾特尔一样，沿途撒面包屑吗？"

"差不多。你知道水管墙面上有水电局检查员所做的许多油漆标记，如此一来工作人员才知道身在何处、哪条线路通往何处，以及检查日期等。墙上到处都是油漆，简直就像东洛杉矶西班牙聚居区的 7–11 便利店墙面的涂鸦，因此我们推测歹徒做了标记以便认路。我们跟随他们的行进路线，寻找重复出现的标记；只有一个，有点像和平记号，但没有外圈，只有匆匆画下的三笔。"

他知道那记号，二十年前他在越南的地道中也用过，用刀子在地道墙壁上迅速划出三道。他们使用该记号标示前进方向，供返回时辨认路径。

埃莉诺说："当天有个警察——在洛杉矶警局将整件案子转交给我们之前—— 一个抢劫组的警察表示他认得那个记号，因为越战时美军也使用过。他自己并非越战地鼠，但是他把他了解的都告诉我们了，这就是我们找到关联的经过。之后我们开始朝这个方向追查，到国防部与退伍军人协会调阅档案。我们查了梅多斯的档案，也查了你和其他人的。"

"其他多少人？"

她将桌上一个厚达十五厘米的牛皮纸夹档案推向他。

"档案都在这儿，有兴趣就自己看吧。"

此时，鲁克走过来。

"埃莉诺探员跟我说了你要求出具证明的事，"他说，"没问题，我大致拟好了内容，等威特科姆主任今天有空签完名就可以给你。"

博斯没接腔，于是鲁克继续。

"或许我们昨天反应过度了，但我后来做了解释，希望你的上司和警方督察室的人不要有什么误会。"他露出一抹连政客也会羡慕不已的笑容，"哦，对了，我想告诉你，你的经历令我佩服，部队里的经历。我自己也在越南待了三期，但从没进过那些令人生畏的地道，不过的确参与了越战，一直到战事结束为止。真是可惜啊！"

"可惜什么，战争结束了吗？"

鲁克久久注视着他，博斯见他的脸从眉毛中间开始涨红。鲁克这人肤色苍白，又有点泛黄，气色不佳，一副嘴里含着酸糖果的苦瓜样。他比博斯年长几岁，两人身高差不多，但是鲁克更壮一些，他身穿联邦调查局传统的蓝色制服外套和浅蓝色直排扣衬衫，搭配一条象征权威的红色领带。

"听我说，博斯警探，你不喜欢我无妨，"鲁克说，"但是请和我同心协力侦办此案，毕竟我们的目标一致。"

博斯暂时妥协了。

"你希望我怎么做？请你说清楚。我究竟只是一个在旁边跑龙套的，还是你真的希望我全力办案？"

"博斯，你是顶尖高手，不是吗？露一手让我们瞧瞧。继续追查你的案子，正如你昨天说的那样，你的目的是找出杀害梅多斯的凶手，我们则希望找到拆了西部银行的歹徒，所以我们希望你全力办案。就按照你平日办案的方式进行，只不过多了埃莉诺专员当你的搭档。"

鲁克说完便走出小组办公室。博斯猜测在走廊僻静的地方，一定有他私人专属的办公室。他转向埃莉诺的办公桌，拿起那沓档案，说："好吧，咱们出发。"

埃莉诺签字取了一辆联邦调查局的公务车。博斯坐在副驾驶座，将那沓部队服役记录放在大腿上翻阅。他注意到自己的档案被放在最上方。他大概浏览了下其他人的档案，但只认得梅多斯的名字。

"去哪儿？"埃莉诺边问边将车驶出车库，经过韦特伦大道上了威尔榭大道。

"好莱坞区。"他说，"鲁克平常都这么难搞吗？"

她往东转，露出异样的微笑，博斯不禁怀疑她和鲁克是否有另一层关系。

"如果他需要严肃的话，"她说，"不过他是个优秀的长官，将小组管理得相当好。我猜他天生是那种领导型人物，我记得他说过在西贡服役时负责管理整个部队呢。"

博斯心想，她和鲁克肯定没有暧昧关系。没人会在维护自己心上人时用"优秀的长官"这种词，他们肯定没有关系。

"论管理，他可能选错地方了，"博斯说，"我们到好莱坞大道中国剧院南边的地方。"

开车抵达目的地需要十五分钟，他打开最上方的那份档案——是他自己的——开始翻阅。他发现心理评估报告中夹了一张黑白照片，就像遗照似的。照片中的年轻男子身穿制服，青涩的脸庞上丝毫没有岁月的痕迹。

"你理平头挺好看的，"埃莉诺开口打断他的思绪，"我看到那照片时不禁想起了我哥哥。"

博斯看了她一眼，但没有说话。然后他将照片放回，继续浏览档案里的一份份文件，阅读零零散散的信息——档案中的自己就像个陌生人。

埃莉诺说："我们在南加州地区一共找到了九个有越战地道经验的人，一一查过后确认有嫌疑的只有一个，就是梅多斯。他是毒虫，有犯罪前科，而且他从越战归来后，仍有从事地道工作的记录。"她沉默地开了一会儿，他则继续翻阅档案。然后她说："案发之后，我们监视了他一个月。"

"他做了些什么？"

"不好说，他可能在进行一些毒品交易，不过我们一直无法确定。他大约每隔三天到威尼斯买较廉价的棕色墨西哥海洛因，不过看上去只是供自己吸食。就算他真的卖，也没有顾客上门。在我们监视他的一整月中，他家都没有访客。假如我们能证明他在贩卖毒品，就可以逮捕他并以此为筹码，审问他银行盗窃案一事。"

她沉默片刻，然后说："他真的没贩卖毒品。"博斯觉得她的语气并不是想说服别人，而是在说服自己。

他说："我相信你。"

"你打算告诉我咱们到好莱坞区干什么吗？"

"去找一个目击证人，一个可能的目击证人。在你们进行监视的那个月，梅多斯生活情况如何？我指的是他的经济状况。他怎么有钱去威尼斯买毒品？"

"据我们所知，他靠社会救济金和退伍军人协会每月发的伤残津贴生活，就这样。"

"为何你们监视了一个月就收手了？"

"我们手上一点证据也没有，甚至连他是否涉案都不确定。我们——"

"是谁决定停止行动的？"

"鲁克。他在——"

"是领导啊。"

"让我说完。他在未得到任何确切结论的情况下，觉得继续耗费人力进行监视没有必要。我们当初纯粹凭直觉行动，没有任何证据。你在事后看之前的情况当然有不同看法，但当时银行盗窃案几乎已过去了两个月，都没有证据指向他。事实上，后来我们只是照例行事。我们想不管犯案的人是谁，可能都跑到摩纳哥或者阿根廷逍遥快活了，怎么可能还住河谷区的破公寓，去威尼斯海滩找棕色的焦油海洛因？当时看来，继续跟着梅多斯毫无意义，鲁克决定停止监视，我也同意了。现在我们才知道事情搞砸了。你满意了吧？"

博斯没回答，他知道鲁克停止监视的决定是正确的。在警界放马后炮太容易了，他换了个话题。

"你们是否想过为何盗贼偏偏挑了西部银行？为何不选富国银行或贝弗利山庄某银行的金库？说不定贝弗利山庄的银行钱更多。你也说过这些地下管道能通往任何地方，不是吗？"

"的确如此，我也想不通。或许他们之所以挑选市区的银行，是因为希望有整整三天时间撬开保险柜，而且他们知道市区的银行星期六不营业，或许只有梅多斯和他的同伙知道这个问题的答案。对了，我们专程来这地方找什么人？报告上根本没提到什么证人。他能证明什么？"

他们到达中国剧院南侧一带，街道两旁有很多破旧的汽车旅馆，当年刚建完时恐怕已是这幅萧条景象，博斯指了指其中一家叫蓝色城堡的旅馆，并让她停车。蓝色城堡的外观与街道上其他汽车旅馆一样破败，二十世纪五十年代早期的混凝土样式，浅蓝色墙面与深蓝色窗框的油漆斑驳脱落，两层楼高的庭院式建筑，几乎每扇敞开的窗户外面都挂着毛巾和衣物。博斯很清楚这种房子里面会更加丑陋，会有十来个离家出走的少年挤在一个房间内，最强悍的人独占床位，其他人则睡在地板上或浴缸里。在这条大道附近的巷弄之间有许多这样的旅馆，以前如此，以后亦如此。

他们坐在联邦调查局公务车内观察那家汽车旅馆时，博斯告诉埃莉诺他在水库排水管上发现的未完成的涂鸦，还有匿名报案电话等线索，他认为报案者与喷画的少年是同一人——爱德华·涅斯，绰号阿鲨。

"这些离家出走少年喜欢在外拉帮结伙，"博斯下车时说，"不算是帮派，与地盘无关，而是为了自我保护和交易方便。根据 CRASH 组的档案记录，过去几个月阿鲨的小团体一直在蓝色城堡这儿逗留。"

博斯关上车门时，注意到半条街外有一辆车靠路边停下了。他迅速瞥了一眼那辆车，并不觉得眼熟。他隐约察觉到车内有两个身影，但距离太远无法确定，也无法得知对方是不是刘易斯与克拉克。他踏上石板路，前往汽车旅馆，入口处的上方挂着一块残缺的霓虹灯招牌。

博斯进入汽车旅馆，见到一个老人坐在柜台玻璃窗后面，玻璃窗下方放着一个托盘，老人正看着圣安妮塔赛马场当天的绿色赛马券。待博斯与埃莉诺走到柜台时，他才将目光从赛马券上移开。

"警官，有什么事需要我帮忙吗？"

老人神情憔悴，眼中只有赛马赌率，对身旁事物漠不关心。他在警察未进门时就已看出他们的身份，而且也知道最好乖乖合作，省得麻烦。

"我们要找的少年名叫阿鲨，"博斯说，"他住几号房？"

"七号，但是他出去了，我猜应该是。如果他在，通常摩托车会停在外面走廊上。这会儿摩托车不在，他肯定出门了。"

"嗯。七号房还有其他人吗？"

"当然有，总有人在。"

"在一楼吗？"

"没错。"

"房间有后门或窗户吗？"

"都有。后门是拉门，更换拉门很贵的。"

老人把手伸向钥匙架，从钩子上拿下标着七号的钥匙，把钥匙放在他和博斯之间的柜台窗户下的托盘内。

皮尔斯·刘易斯警探在皮夹内找到一张银行自动提款机的收据拿来剔牙。似乎他早餐吃的香肠还卡在牙缝里，他将纸片来回穿梭于牙缝之间，直到觉得弄干净了为止，然后他咂了咂嘴，好像不太满意。

唐·克拉克说："怎么了？"他对搭档的行为模式了如指掌，剔牙和咂嘴表示他因某事感到烦躁。

"没什么，只是我认为他可能认出我们了，"刘易斯将那收据丢出车窗后说，"他们下车时，他朝这边看了一眼。虽然那动作非常快，但我猜他认出我们了。"

"怎么可能，假如他真的认出我们，肯定会立刻冲上来闹事。这些人就是那副死样子，先闹事，然后告我们。假如他真的看到我们，警察保护协会的人这会儿也肯定来找碴了。说真的，警察是最不容易察觉自己被跟踪的。"

刘易斯说："嗯……或许吧。"他决定暂时放下此事，但仍有些担心，这次一定要将事情搞定。上回他明明可以让博斯死得很难看，偏偏那大下巴欧文要他和克拉克放手，才让博斯逃出手掌心。刘易斯默默向自己保证，这次绝对不会了，这一次，他要让博斯身败名裂。

"你在做笔记吗？"他问自己搭档，"你猜他们去那破房子干什么？"

"找东西。"

"胡扯吧，你真的这么想？"

"妈的，你今天是不是吃错药了？"

刘易斯将目光从"蓝色城堡"移回搭档身上，克拉克双手交叠放在大腿上，座椅的后背被调成了六十度角。他戴的太阳镜会反光，很难判断是否醒着。

刘易斯大声问："你到底有没有做记录？"

"你不会自己写啊？"

"因为我在开车。我们明明说好了。你不想开车，就得做记录、拍照片。别再啰唆了，随便写点什么都好，对欧文才好交代。否则他可能将矛头转向我们，先不管博斯，反而对我们'内调'了。"

"是'内部调查'，就算私下说话也不可以走捷径。"

"去你的。"

克拉克窃笑着，从外套内侧口袋里拿出笔记本，又从衬衫口袋里拿出一支高仕牌金笔。看见搭档开始做笔记，刘易斯感到很满意，又将目光移回汽车旅馆，此刻他发现一个金发梳辫子头的少年骑着黄色摩托车在路上转了两圈。少年骑到刚才刘易斯看到的博斯与FBI女探员下来的那辆车旁边，用手遮住阳光向驾驶座车窗内看去。

刘易斯说："这是怎么回事？"

"只是个小子，"正在做笔记的克拉克抬头说，"他可能在找汽车音响准备行窃。假如他动手，咱们该怎么办？暴露监视行动，就为了抢救那浑蛋的音响吗？"

"咱们静观其变，什么也不干，而且他不会动手的。他看到车内有摩托罗拉双向对讲机，知道那是警车。你瞧，他准备闪人了。"

少年加快速度，骑着摩托车在街上又转了两圈，眼睛始终盯着汽车旅馆的大门。他绕过一旁的停车场，然后又回到街上。接着他在一辆停放于路边的废旧大众厢型车后方停下，用那辆车做掩护——看样子他想透过车窗观察汽车旅馆的动静，却没注意到停在他身后半条街远处的车内就坐着两个警察。

"小子，快点闪开，"克拉克说，"不然我打电话叫巡警来招呼你，该死的少年犯！"

"快拿相机拍两张他的照片，"刘易斯说，"说不定将来会派上用场。对了，既然要拍，顺便拍下汽车旅馆招牌上的电话号码，我们之后还得打电话查清楚博斯和那FBI小姐在里面搞什么鬼。"

刘易斯完全可以自己拿起座位上的相机拍摄，但如此一来可能会破坏两人在监视期间的微妙分工，开了这个头可不好。按约定驾驶员负责开车，坐副驾驶座的人则负责做笔记，以及打理所有相关杂务。

克拉克尽职地拿起装了长镜头的相机，拍摄摩托车少年的照片。

刘易斯说："摩托车牌照的照片也拍一张。"

"我知道该怎么做。"克拉克边说边放下相机。

"你有汽车旅馆的电话号码吗？我们可得打电话问清楚。"

"有，我这会儿不正在写吗？有什么大不了的？博斯可能只是忙着搞女人，搞的还是联邦调查局的上好货色。说不定我们打完电话会发现，他们就是去开房的！"

刘易斯看着克拉克在监视记录上写下汽车旅馆的电话号码。

"也可能不是，"刘易斯说，"他们才刚认识，而且我不认为他会那么蠢，他们肯定是进去找人了，可能是证人。"

"但是命案报告里根本没提到证人啊。"

"他肯定留了一手，典型的博斯作风。他办案一向如此。"

克拉克没说话。刘易斯又回头看了看"蓝色城堡"前的街道，此时他发现少年已不见踪影，摩托车也不知去向。

博斯等待片刻，让埃莉诺·威什到"蓝色城堡"后方守着，观察七号房后门的动静。他倾身将耳朵贴在门上，依稀听见窸窣的声响和断断续续的话语，房内有人。是时候了，他用力敲门，接着听见门后有人在地毯上快速走过，但无人应门。他再次敲门，等待着，然后听见一个女孩的声音。

"是谁？"

"警察，"博斯说，"我们想找阿鲨谈谈。"

"他不在。"

"那么我们想和你谈谈。"

"我不知道他在哪儿。"

"请你开门。"

房内又是一阵声响，像是有人撞到家具，依然无人应门。接着他听见滑轮滚动的声音，玻璃门拉开了。他迅速将钥匙插入门锁，开门瞥见一男子正冲出后门并从门廊跳到外面的地上，不是阿鲨。博斯听见外面传来埃莉诺的声音，她喝令那个男子站住。

博斯匆匆扫视屋内陈设，玄关左侧有一个衣柜，右侧则是浴室，衣柜和浴室都空着，只有一些衣物散放在衣柜底下。两张大双人床分别靠在两面墙上，彼此相对，梳妆台上方的墙上有面镜子，棕黄色地毯铺在床边，通往浴室走廊的地方已被磨平。一个娇小的金发女孩身上裹着床单，坐在其中一张床的床沿，看起来约莫十七岁。博斯看见泛黄的床单布下印出她一侧的乳头轮廓，房间里充斥着廉价香水和汗臭的味道。

埃莉诺从外面喊道："博斯，你在里面没事吧？"他看不见她，因为拉门上挂着一块充当窗帘的床单。

"没事，你呢？"

"没事，这是些什么人？"

博斯走到拉门处往外看，埃莉诺站在一名男子后方，那男子双臂张开，双手放在汽车旅馆后墙上，他约莫三十岁，有一种刚从监狱蹲了个把月出来的苍白气色；男子裤子的前门敞开，格子衬衫的纽扣也扣错了，他低头盯着地板，拼命想替自己辩解，大脑却一片空白，只能瞪着双眼。博斯对于男子毅然决定先扣衬衫纽扣再拉裤子拉链的先后顺序不免感到意外。

"他身上没什么东西，"她说，"只是有些上气不接下气。"

"看样子是诱拐未成年少女，假如你想花时间查的话。不然放了他算了。"

博斯转身看着坐在床边的女孩。

"说老实话，你多大了？他付了多少钱？我不是来抓你的。"

她想了片刻，博斯的目光一直没有离开。

"快十七了，"她不耐烦地说，"他没付我钱。他说他会付钱，但还没来得及付。"

"你们这小团体谁是老大，阿鲨吗？难道他没提醒过你要先收钱吗？"

"阿鲨有时不在，你怎么知道他的名字？"

"听说的。他今天到哪儿去了？"

"我说过了，不知道。"

穿格子衬衫的男子从前门进入房间，埃莉诺尾随在后。男子双手被手铐铐在后面。

"我打算逮捕他，我一定要这么做。这实在太过分了，她看起来才——"

男子说："她告诉我她已经十八岁了。"

博斯走到他面前，伸出一只手指撩起他的衬衫。胸膛上文着一只蓝色的老鹰，爪子里攥着匕首和纳粹标志，下方写着"一个国家"的字样。博斯知道那代表着雅利安人的国家，是监狱里白人极端分子帮派的标志。他松开手，衬衫落回原处。

博斯问："嘿，你出来多久了？"

"嘿，拜托，老兄，"穿格子衬衫的男子说，"这根本没道理嘛，是她在街上把我拉进来的，至少也得让我先扣上这该死的裤子，这算什么事！"

女孩说："浑蛋，付钱！"

她从床上跳起来，裹住身体的床单落在地板上，她全身赤裸地扑向嫖客的裤子口袋。

"把她拉开，把她拉开，"他边喊边左躲右闪，想避开她的手，"你们看见了吧！应该抓她才对，不是抓我啊。"

博斯上前分开两人，并将女孩推回床上，他走到男子后面，对埃莉诺说："给我钥匙。"

她没反应，于是他伸进自己的口袋拿出手铐钥匙。警察的钥匙可以打开所有手铐。博斯打开那男子的手铐并带他到前门，开门将他往外推。

男子在走廊停下，忙着扣上裤子，正好给了博斯机会抬起大脚朝他屁股狠狠一踹："你这猥亵少女的变态，快滚吧！"男子在走廊上踉跄离去。"今天算你走狗屎运！"博斯冲他的背影说。

博斯回到房间时，女孩又裹着脏床单。他转头看埃莉诺，见她眼神里带着怒火，他知道令她恼火的不只是那个穿格子衬衫的男子。博斯看着女孩，说："拿着你的衣服，到浴室穿上。"他见她无反应，于是拉高嗓门："动作快点！"

她从床边地板上拾起衣物，那条床单滑落在地面上，她赤裸着走进浴室。博斯转身面对埃莉诺。

"我们还有正事要办，"他说，"假如你真逮捕了他，接下来整个下午都得忙着记录女孩的陈述并对他提出指控。事实上，这属于地方起诉案件，所以到头来必须由我对他提出指控。而且这案子很难说，可能判重罪，也可能是轻罪。地方检察官只要看她一眼，肯定认为是轻罪案件，甚至可能不提起诉讼，所以根本不值得大费周章。埃莉诺探员，我们这种小地方就是这样。"

她怒视着他，上回他在餐厅抓住她手腕不让她离去时也是这种眼神。

"博斯，我认为值得，你以后别再自作主张了。"

他们两人站在那儿对视，直到女孩从浴室里走出来。她身穿黑色无袖紧身上衣，搭配褪色牛仔裤，膝盖处有破洞。女孩没穿鞋。博斯注意到她的脚指甲涂了红色指甲油。她坐在床上，一言不发。

博斯说："我们必须找阿鲨谈谈。"

"谈什么？你有烟吗？"

他拿出一包烟，轻敲出一根给她。他给她火柴，她自己点上。

她又问："谈什么？"

"星期六晚上的事，"埃莉诺简短地说，"我们不想逮捕他，也不想找他麻烦，只想问他几个问题。"

女孩说："那我呢？"

埃莉诺说："什么意思？"

"你们要逮捕我吗？"

"你的意思是，我们是否会将你转交给少年辅导中心？"博斯看着埃莉诺，想看看她的反应，但她脸上毫无表情。于是他说："如果你帮我们，我们就不打电话通知辅导中心。你叫什么名字？真正的名字。"

"贝蒂珍·费尔克。"

"嗯，贝蒂珍，你真的不知道阿鲨人在何处？我们只是想找他谈谈。"

"我只知道他出去工作了。"

"什么意思？在哪儿？"

"在'同志村'。他可能和阿森、阿摩一起去办事。"

"他们也是小团体里的人？"

"对。"

"他们去'同志村'哪一区？"

"他们没说，我猜他们去了同性恋聚集的区域，你知道吧？"

女孩可能无法说得更确切，或许她也不想。博斯知道这无妨，他有相关地址，肯定能在圣莫尼卡大道上找到阿鲨。

"谢谢你。"他对女孩说，之后开始朝前门走，在走廊上走了一半，埃莉诺才气冲冲地快步踏出房间，跟在他后面。她还没来得及开口，他就在前台旁走廊上的公用电话前停下脚步，拿出随身携带的小电话簿，找到"少年辅导中心"的电话并开始拨号。接线员请他稍候，两分钟后电话被转到自动语音专线，他报告了日期、时间以及贝蒂珍·费尔克目前所在的位置，说她可能是个离家出走的孩子。然后他挂上电话，不知他们要过多少天才能听到这条留言，又要等多久才能找到贝蒂珍。

他们在圣莫尼卡大道上一路驶入好莱坞西区，她依旧怒气难消。博斯试图为自己辩解，但一点效果也没有，只好静静地听她说。

"这是信任的问题，"埃莉诺说，"我不在乎我们共事时间的长短，如果你想继续一个人逞英雄，我们之间就不可能有信任，这桩任务也别想成功了。"

他注视着副驾驶座一侧的后视镜，他刚调了镜子角度，以便看清楚刚才驶离路边、从"蓝色城堡"开始跟踪他们的那辆车，此刻他确定车里的人是刘易斯和克拉克。等红灯时，那辆车离他们只有三辆车的距离，他看见方向盘后面是刘易斯那粗脖子和小平头。博斯没告诉埃莉诺他们被人跟踪了，他不想明说，她正专注于其他事情。他一边观察那辆尾随的车，一边听她抱怨他刚才处理事情有多糟糕。

最后他说："梅多斯的尸体在星期日被发现，今天是星期二，命案组警探都知道时间是破案的关键。很抱歉，我别无选择，我不认为浪费一天时间逮捕、起诉一个浑蛋对我们有帮助，而且他也可能是被芳龄十七但从业历史久远的妓女诱入汽车旅馆内的。我也不认为等少年辅导中心的人来接走那女孩有任何意义，因为我敢打赌辅导中心已经知道她的存在以及她的行踪——假如他们想找到她的话。简言之，我想继续办案；其他人处理他们负责的事务，我则做好分内工作，这也是我们此行的目的。在前面那家拉格泰姆咖啡馆放慢车速，这是我在资料中看到的一个地点。"

"博斯，我和你一样想破这案子，所以别他妈的自以为是，仿佛只有你这大侠有要务在身，而我就是个跑龙套的。此案由我们两人共同负责，你别忘了。"

她在那家露天咖啡馆前放慢车速，一对对男人坐在玻璃面桌子旁的白色铸铁椅子上，喝着玻璃杯里的冰茶，杯沿还装饰着柠檬片。几位男子打量了一下博斯，然后很快别过头去，显然没什么兴趣。博斯在车上扫视用餐区，不见阿鲨的踪影。车辆缓缓驶过，他往旁边的小巷里望了望，见几个年轻人在里面晃悠，但年纪都比阿鲨大。

接下来的二十分钟，他们开车穿梭于圣莫尼卡大道附近的同性恋酒吧和餐厅，仍不见阿鲨的踪影。博斯注意到一直尾随在后且保持距离的督察室的车子，埃莉诺对此未置一语，但博斯知道执法人员通常最后才注意到自己是被监视的人，因为他们压根没想过自己会被监视，他们自认为是狩猎者，不是猎物。

博斯不知道刘易斯和克拉克在打什么主意，难道他们以为他跟 FBI 探员一起查案时会犯法或违反警察规定吗？他开始猜测那可能是那两位警探的私下行动，纯粹想逞点威风，说不定他们就希望博斯发现他们呢，好用心理战术吓唬他。他让埃莉诺在前方巴尼酒吧路边停车，然后跳下车，走向那家历史悠久的酒吧门口附近的公用电话。他拨通了总局帕克中心督察室的专线，那号码并非供大众使用，但去年他被督察室调查并停职在家时，他必须每天两次打电话报告，因此早已背熟号码。一位执勤女警官接起电话。

"请问刘易斯或克拉克在吗？"

"不，先生，他们不在。您要留言吗？"

"不用了，谢谢。呃，我是好莱坞分局的庞兹警督。他们只是暂时外出吗？我需要和他们确认一件事。"

"他们应该是下午才上班。"

博斯挂断了电话，刘易斯和克拉克下午四点才上班。他们或许是虚张声势想吓唬他，也可能是他这次太不给他们面子，所以他们牺牲下班时间来盯他，想挽回一点颜面。他回到车上，告诉埃莉诺他打电话回局里查了留言。正当她将车子开回马路上时，他忽然发现那辆黄色摩托车倚在一台路边停车计时收费机旁，就在距巴尼酒吧半条街远的煎饼餐厅前面。

"在那儿，"他指着前面说，"开到摩托车旁边，我来记下车牌号码。

假如是他的车，我们先按兵不动。"

确实是阿鲨的摩托车，博斯将车牌号码与他在 CRASH 组查询那小子的档案时记下的笔记内容进行比对，结果符合，但仍不见少年踪影。埃莉诺绕了一圈，回到刚才停车让博斯打电话的酒吧前面。

"所以我们就坐着干等？"她说，"因为你认为这小子可能是目击证人。"

"没错，我的确这么认为。但是我们不需要浪费两个人的时间，你可以先走，我留在这儿就行。我可以进酒吧点一杯亨利啤酒和一盘辣小菜，坐在窗边观察动静。"

"没关系，我和你一起等。"

博斯往椅背上一靠，等待着。他拿出一包香烟，但还没来得及取出一支便被制止了。

她问："你听过烟雾风险的统计数据吗？"

"什么？"

"博斯，吸二手烟有致命危险。上个月环保局才发布了正式报告，报告上写着吸二手烟会致癌，他们表示美国每年有三千人由于被动吸烟而患肺癌。你这么做是在伤害你自己和我的生命，请你别这样。"

他将香烟放回外套口袋内。他们观察那辆摩托车，车用链条锁锁在计时收费机下方。博斯几次瞥向后视镜，不见督察室那辆车，他也趁埃莉诺不注意时偶尔偷瞄她。随着高峰时刻到来，圣莫尼卡大道上车流量逐渐增多。埃莉诺紧闭车窗以降低尾气的吸入量，如此一来车内相当闷热。

他们大约监视了一小时后，她问："你为什么一直盯着我？"

"我盯着你？有吗？"

"有，你以前有过女搭档吗？"

"没有，但那并非我盯着你的原因，就算我真的盯着你看了。"

"那是为什么？"

"假如我真的那么做了，是因为想摸清状况，了解你这个人，知道为何你在此地，为何在做这件事。我一直以为，至少是听说 FBI 银行调查小组专收一些笨蛋探员，要么老态龙钟，要么脑筋不灵光，不会用电脑，也不知如何通过文件追查白领浑球们的资产。这会儿却冒出你这号人物，你既不是老古董，依我看也不笨。埃莉诺，联邦调查局是意外招到你的吧。"

她沉默片刻，博斯依稀见她唇间漾起一抹微笑，然后笑容一闪而逝，仿佛未曾出现过。

"我猜你是在讽刺我吧，"她说，"假如是真心褒奖，谢啦。我选择联邦调查局这个部门自有我的原因。而且相信我，我们真的有选择权。至于小组里其他探员，我可不会按你的分类方式将他们归类。我想你那种态度——好像你的许多同事也都这么看——"

"阿鲨出现了。"他说。

一位金发辫子头少年从煎饼店与一家小超市之间的巷子里走出来。还有一个年纪较大的男子与他站在一起，T 恤上面写着"同性恋者的九十年代归来！"。博斯和埃莉诺待在车内观察。阿鲨从口袋里拿出什么东西交给对方，那男子翻看一沓扑克牌似的纸卡。他选了几张卡片，其余的还给阿鲨，接着男子给了他一张钞票。

埃莉诺问："他在做什么？"

"买儿童照片。"

"什么？"

"他是个恋童癖。"

男子在人行道上走远，阿鲨则去推车，他俯身准备打开摩托车的链锁。

"是时候了。"博斯说。两人随即下车。

阿鲨心想，今天这些钱够了，该闪人了。他点了根烟，在摩托车座位上弯腰解开链锁，发辫顺势往下垂在面前，他闻到昨晚在捷豹男家中抹在头发上的椰子发油的香味，那是阿森打断那家伙的鼻梁，搞得满地是血之后的事了。他起身正准备将链子绕在腰上时，发现他们朝他走来——警察，他们离他太近，来不及逃了。他假装没看见他们，并迅速回想口袋里有哪些东西。那些信用卡已售出，身上有钱并不能证明他犯法，没什么好担心的。他们唯一握有的把柄可能是那个捷豹男的证词——假如警察将他和其他人排在一起，要对方指认的话。阿鲨很惊讶那家伙会报警，这可是破天荒头一遭。

阿鲨对两位前来的警察微笑，见男警察拿起一个小录音机。录音机？这是什么意思？男警察按下播放键，几秒后阿鲨听出了自己的声音，才反应过来是怎么回事。警察找他和捷豹男无关，而是那排水管的事。

阿鲨说：“那又怎么样？”

“没怎么样，”男子说，“我们只是希望你说清楚来龙去脉。”

“老兄，我和那件事一点关系也没有。你别想……哦！你是洛杉矶警局的警察嘛。没错，昨晚我在那边看到你了。反正呢，你别想逼我承认我没做过的事。”

“阿鲨，你冷静点，”男子说，“我们知道不是你干的，我们只是想了解你当时目睹的情况。先将你的摩托车锁上，我们待会儿送你回来。”

男警察报上自己和女搭档的名字：博斯和埃莉诺。博斯说她是 FBI 探员，这令阿鲨更加困惑。他犹豫片刻，然后低身再次锁上摩托车。

博斯说：“我们只是想带你到威尔克斯大道上的警局，问几个问题，可能还要画张图。”

阿鲨问：“什么图？”

博斯没回答，用手势示意他跟上，然后指着前方一辆灰色的卡普里斯，正是阿鲨在“蓝色城堡”门口看到的那辆车。他们走向车子，一路上博斯把手搭在阿鲨肩膀上。阿鲨身高尚不及博斯，但两人身材同样精瘦结实。阿鲨身穿紫黄两色的扎染衫，黑色墨镜用橘色纽绳挂在脖子上。他们走到车子停放的地点，少年将墨镜戴上。

"好，阿鲨，"博斯站在车边说，"你很清楚程序，在你上车之前，必须搜身，这样我们一路上就不必将你铐住，现在把你所有东西放在车盖上。"

"老兄，你刚才明明说我没嫌疑啊，"阿鲨抗议道，"我没必要这么做。"

"我说过了，这是程序，之后我们会将所有东西还给你。照片除外，我们得没收照片。"

阿鲨惊讶地先看看博斯，又看看埃莉诺，接着把手伸到磨损的牛仔裤口袋内。

博斯说："没错，我们知道那些照片是怎么回事。"

少年将四十六美元五十五美分放在车盖上，此外还有一包烟、一盒火柴、一把拴在钥匙圈上的小刀，以及一沓拍立得照片。那是阿鲨和小团体中其他少年的不雅照片。博斯快速翻阅照片，埃莉诺从他肩膀探头一瞧，又迅速别开脸。她拿起那包香烟一一检查，发现其中有一根大麻卷烟。

博斯说："我猜我们也得没收这个。"

由于赶上高峰时刻，开车到西木区联邦大楼得花上一小时。他们进入好莱坞分局侦查处时已过傍晚六点，办公室里空无一人，大家都已下班回家。博斯带阿鲨进入一间不到十平方米大的讯问室，里面有一张桌子和三把椅子，桌面有烟头烫过的痕迹，墙上有一张手写的告示——"少装可怜！"他让阿鲨坐在"滑动椅"上——那是一把木椅，椅面上打了层蜡，前面两条椅腿从底部削去了大约零点六厘米。椅子的倾斜度不会让人发现，但足以让坐在上面的人感到不舒服。大部分人刚开始会选择往椅背上靠，接着缓缓滑到座椅前面，因此他们只好身体前倾，与审讯者面对面。博斯命令少年待在椅子上，然后踏出讯问室并关上门，准备与埃莉诺商量审讯策略。在他关上门后，她又打开了。

她说："将未成年人单独留在紧闭室内是违法的。"

博斯再次关上门。

"他又没抱怨，"他说，"我们得先谈谈。你想审讯他，还是希望由我执行？"

她说："我不知道。"

事情就这么决定了，她显然没有审讯的意愿。首次讯问目击证人，尤其是不愿配合的证人，需要连哄带骗、软硬兼施才行。她不清楚状况，自然不想贸然行动。

她说："据我了解你是侦讯专家呀。"博斯觉得她语带嘲讽。"你的档案上是这么写的，不知用的是脑力还是蛮力呢，我倒想一探究竟。"

他点点头，未理会她话中带刺，从口袋里拿出少年的香烟和火柴。

"你进去把这些东西给他，我想先到办公桌那儿看看有没有留言，顺便拿录音带。"他见她看着那包烟的眼神，于是又补了一句，"侦讯守则第一条：让对方放松下来，觉得舒服。给他烟，假如你不喜欢烟味，就暂时屏气吧。"

他准备走开，但她又说："博斯，他那些照片究竟是怎么回事？"

他心想，原来她担心的是这件事。"听我说，五年前，他这种孩子可能会跟那男子一同离去，天知道接下来会发生什么事，但现在他只会卖照片给对方。性交易风险太高——包括性病之类的——现在这些少年学聪明了，卖自己的拍立得照片比卖肉体安全多了。"

她拉开讯问室的门，走了进去。

博斯穿过小组办公室，检查办公桌上是否有留言条。他的律师终于回电了，《洛杉矶时报》记者布雷莫也打电话找过他，不过留的名字是他们两人之前商量好的假名。博斯不希望其他人窥探他办公桌，发现有记者找他。

博斯将留言条放回原位，走到储物柜前，用身份卡开锁，打开一盒新的九十分钟的录音带，放入柜子底层的录音机内。他启动机器，确定备份录音带转动正常，接着按下录音键，看到两盘录音带都转动起来。然后他走到警局前台，告诉坐在那儿的一个胖乎乎的实习生订一份比萨送到警局。

他给那实习生十美元，并让他在比萨和三罐可乐送达时，拿进讯问室。

实习生问："比萨上面要放什么料？"

"你觉得呢？"

"香肠和意式辣香肠，超讨厌凤尾鱼。"

"那就凤尾鱼好了。"

博斯走回刑警办公室。他进入小讯问室时，埃莉诺和阿鲨沉默着，看样子两人刚才对话不多。埃莉诺对阿鲨根本不熟悉，她坐在他的右边，于是博斯坐在了他左边。讯问室里唯一的窗户是门上的方形镜面小玻璃，外面的人可向内看，里面的人却无法看到外面。博斯决定一开始就和少年打开天窗说亮话，虽然他未成年，但可能比之前坐过"滑动椅"的大部分成年人都聪明。如果他觉得博斯在骗他，他就会用单独的字词来回答问题。

"阿鲨，我们打算录下谈话内容，这有助于之后的整理，"博斯说，"如我所说，你并非嫌犯，因此你说话时不用有所顾虑——不过如果你承认犯下此案，当然就得另当别论了。"

"我就知道！"少年抗议道，"我就知道你会拐弯抹角地赖在我头上，然后录音。妈的，我以前就来过这种地方。"

"所以我们不打算唬你，那么就试着开始吧。我是洛杉矶警局的哈里·博斯警探，这位是 FBI 的埃莉诺·威什探员，你是爱德华·涅斯，外号阿鲨。首先我想——"

"妈的，这怎么回事？难道被拖进排水管的是总统吗？ FBI 在这里做什么？"

"阿鲨！"博斯大声说，"冷静点，这只是一项交换计划。就像你以前上学，班上有法国来的交换生那样。我们就假设她是法国人，她只是坐在这儿观摩，向专家学习。"他微笑着，并对埃莉诺眨眨眼。阿鲨也转头看她，并露出些许微笑。"第一个问题，阿鲨，我们先处理掉这个问题，然后开始谈正事。你是否做掉了水坝那家伙？"

"妈的，我才没有。我看——"

"等一下，等一下，"埃莉诺打断他们，她看着博斯，"我们可以到外面谈谈吗？"

博斯起身走到外面。她随他出来，这次她关上了讯问室的门。

他说："你在搞什么？"

"我还想问你在搞什么，怎么没向那少年宣读他的权利？你打算从一开始就把这次讯问搞出问题吗？"

"你在说些什么？他既非作案者也非嫌犯，我只是问他几个问题，因为我想摸出他接受讯词的模式。"

"我们无法确定他不是凶手，我认为我们应该向他宣读权利。"

"假如我们这么做，他会认为我们视他为嫌犯而非证人。与其这么做，咱们不如干脆进去和墙壁说话算了，他一定会坚称什么都不记得了。"

她没有回答，又回到讯问室内。博斯跟着进入并继续刚才的对话，完全未提起任何人的权利。

"阿鲨，你是否做掉了水坝那家伙？"

"才没有，我只是看见他罢了，当时他已经断气了。"

　　少年边说边转头看坐在右边的埃莉诺，然后把身体往后挪。

　　"好，阿鲨，"博斯说，"对了，你今年多大，哪里人，稍微自我介绍一下。"

　　"老兄，我快十八喽，然后我就自由喽，"少年看着博斯说，"我老妈住查茨沃斯，但是我常离家——老兄，你的笔记本上不是都有这些资料嘛。"

　　"阿鲨，你是同性恋吗？"

　　"才不是呢，"少年边说边瞪着博斯，"我只卖照片给他们，没什么大不了的，但我不是他们的同类。"

　　"我猜你不只卖照片给他们，也趁机打劫，对吧？谁敢报警呢？是不是？"

　　此刻，阿鲨又转头看埃莉诺并举起手："我才没有，我以为我们这会儿要谈的是排水管里的死人。"

　　"的确没错，"博斯说，"我只是想先搞清楚你的底细。好吧，你开始从头叙述整个过程。我订了比萨，烟也多的是，我们有的是时间。"

　　"我很快就能说完，用不了多长时间。我什么都没看见，只看到那家伙死在里面。希望比萨上面没放凤尾鱼。"

　　少年边说边看埃莉诺，同时将身体往后挪。他已建立起一套模式，说实话时看博斯，试图掩盖或明显说谎时则看埃莉诺。博斯心想，骗子总以为女人比较好应付。

　　"阿鲨，"博斯说，"你要是愿意的话，我们可以带你到西马市少管所，让你在那儿蹲一晚。咱们明早接着谈，或许到时候你的记忆——"

　　"我担心我的摩托车可能会被偷。"

　　"忘了你的摩托车吧。"博斯说道，边说边靠近少年，进入他的私人空间，"阿鲨，你一丁点消息都没透露，怎能奢望我们就此打住？你先开始叙述整件事，之后再担心摩托车也不迟。"

"好吧，好吧，我说就是了。"

少年伸手拿桌上的烟，博斯身体往后，回到原来的坐姿，也拿出自己的一根烟。身体的一进一退是博斯在这类小讯问室花了上万小时所学到的侦讯技巧。往前进，侵入受访者所拥有的不到半米私人空间，达到目的后再往后退。这是潜意识心理，大部分警方侦讯和被审者说出的话没多大关系，重点在于分析观察与微妙互动，而且有时没说出口的反而是重点。他先替阿鲨点烟，两人开始吞云吐雾，埃莉诺则往后靠在椅背上。

博斯说："埃莉诺探员，来根烟吗？"

她摇头拒绝。

博斯看了看阿鲨，两人交换了一个不言而喻的眼色。意思是，咱们俩是同一伙的。少年展开笑颜，博斯点头，请他开始叙述，他也照做，接下来的叙述果然精彩。

"我习惯去水坝那儿睡觉，"阿鲨说，"你知道吧？有时我们小团体的汽车旅馆房间太挤了，我待不下，又找不到人付汽车旅馆的钱，就到水坝那儿的大排水管里睡觉。半夜时里面通常很温暖，还不赖。那天我正好打算去那儿睡觉。"

埃莉诺问："当时几点？"

博斯给她一个眼神，意思是：冷静点，等他叙述完再问也不迟。少年目前表现得很好。

"肯定很晚了，"阿鲨回答，"可能凌晨三四点吧。我没有手表。反正我去了水坝那儿，进入水管后发现那家伙已经死了，躺在那儿一动不动。所以我爬出水管赶紧闪人，我可不想和死人一起待在里面，然后我到了山下，打了报警电话。"

他的目光从埃莉诺身上转到博斯身上。

"说完了，"他说，"可以载我回去推车了吗？"

没人回答，阿鲨只好又点了一根烟，再次将身体往上挪。

"爱德华，你说得很好，但我们必须知道整件事的经过，"博斯说，"而且是真正的经过。"

"什么意思啊？"

"这故事听起来像白痴编的，这就是我的意思。我问你，你怎么有办法看见里面躺了人？"

他向埃莉诺解释："我有手电筒。"

"不，你没有手电筒。你有火柴，我们在里面找到一根。"博斯身体向前靠近他，此时两张脸之间的距离仅有三十厘米，"阿鲨，你觉得我们如何得知打电话报警的是你？你以为接线员听出了你的声音吗？'哦，这不是阿鲨嘛，这孩子真乖，打电话通知我们呢！'阿鲨，用你的脑子想想。你在排水管上签名——至少签了一半，我们在半满的喷漆罐上采到你的指纹。我们也知道你爬进水管爬到一半，你怕了，所以又爬出来，你留下了痕迹。"

阿鲨两眼发直，然后眼睛稍微往上，瞄了瞄门上的镜面玻璃窗。

"你还没进入排水管就知道他在里面了。阿鲨，你看见有人将他拖进去了。看着我，对我说实话。"

"听我说，我没看到对方的脸，当时黑漆漆的。"少年对博斯说。埃莉诺·威什大声叹了口气。博斯真想告诉她，假如她认为侦讯少年浪费时间，她大可先行离去，没人拦她。

"我躲着，"阿鲨说，"因为，呃，刚开始我以为他们是来抓我的。我和这件事一点关系也没有。老兄，你干吗拖我下水？"

"爱德华，我们在调查命案，我们得查清楚死者为何遇害。你没看清楚对方的脸没关系，告诉我们你目睹的经过即可，之后你就和此事无关了。"

"真的？"

"真的。"

然后博斯往后退，恢复原来的坐姿，点了第二根烟。

"嗯，好吧。当时我在那儿，还不太累，所以就玩点涂鸦，接着我听见有车靠近的声音，妈的，吓了我一大跳。奇怪的是，我先听见汽车的声音，然后才看到车，因为驾驶员没开车灯。所以我当然赶紧闪人啦，我立刻躲入山丘上的草丛里，你知道吧，就在排水管旁边，我睡觉时会把摩托车藏那儿。"

此时，少年的叙述较为生动了，夹带手势，边说边点头，而且大部分时间都看着博斯。

"妈的，我原本还以为有人打电话报警说我在那儿喷漆，那些人是来抓我的呢，所以我当然躲开了。事实上，他们抵达时，其中一人下车，还对另一个人说他闻到了漆味，不过还好他们没发现我。他们将车停在大排水管旁边，因为要处理尸体。那不是一般的轿车，是吉普车。"

埃莉诺说："你看到车牌号码了吗？"

"让他说完。"博斯说，但没有看她。

"没有，我没看到该死的车牌。妈的，他们没开车灯，而且四周黑漆漆的。反正总共有三个人，如果死者也算在内的话。其中一人下车，他是司机，他在车后面从一张毯子之类的东西下方将尸体直接拉了出来。他把吉普车后门稍微打开，然后将尸体拖到地上。妈呀，超恐怖！我可以感觉到那真的是尸体，看它落在地上的样子就知道了，如假包换。而且尸体落在地上的声音和电视上的完全不一样，你一听就知道：'哦，天哪，他从车上拖下来的是一具尸体！'然后他将尸体拖进排水管内。另一个人没有帮他，自己待在车上，所以第一个家伙包办了所有工作。"

阿鲨吸了一大口烟，然后将烟捻熄在锡制烟灰缸内——那里已满是烟灰与旧烟蒂。他用鼻子吐气，然后看了一眼博斯，博斯点头示意他继续。少年在椅子上将身体往上挪。

"嗯，我继续待在那儿，那家伙一分钟后就从排水管里出来了。可能都不超过一分钟。他出来时左右张望，但没发现我。他走到我躲藏的草丛附近折了根树枝，然后又进入排水管待了一会儿，我听见他拿着树枝在里面扫着。然后他出来，他们就离开了。哦，对了，他开始倒车，倒车灯亮起，你知道吧。于是他迅速换挡，接着我听见他说他们不能倒车，因为倒车灯之类的，他们可能会被别人看见，于是他们没有开车灯，继续往前开。他们一路向前行驶，穿过水坝并绕过湖的另一边。他们经过水坝上的小屋时，打破了灯泡，我看着灯光熄灭。我继续躲着，直到引擎声消失才出来。"

阿鲨暂停片刻，埃莉诺开口："抱歉，我们可不可以开门让空气流通，里面都是烟味。"

博斯坐在位置上伸手拉开门，毫不掩饰怒气。他只说："阿鲨，继续。"

"所以呢，他们离开之后，我走到排水管那儿，对着里面那家伙大喊，就像'喂，里面的人''你没事吧'之类的，但是没人回答。所以我将摩托车停在排水管口前面，让车灯照入，然后我开始往里面爬。我也点了一根火柴，就像你说的，我在远处就看得出来那人死翘翘了。我打算再靠近点看个清楚，但又觉得太恐怖了。所以我爬出来，然后到山下打电话报警。这就是整件事的经过，我除了打电话报警之外，什么都没做。"

博斯猜测少年原本打算进入排水管趁火打劫，但是走到一半心里发毛，于是作罢。不过无妨，少年可以保守这个秘密。阿鲨刚才提到那人折下一段树枝，用来抹去足迹和拖曳痕迹，博斯心想，为何警员和勘查人员在犯罪现场搜证时都没找到被弃于一旁的树枝，或注意到树丛中有树枝折断的痕迹。但是他并没多想就猜到了答案，是马虎、懒散的结果。

这不是警方第一次遗漏重要证物了，也不会是最后一次。

"我们出去看看比萨送到了没，"博斯说着站起身，"马上回来。"

两人出了讯问室，博斯抑制怒气并说："是我的错，我们应该在讯问他之前先协调好该如何进行。我个人习惯先听他们的说法，之后再提问，是我的错。"

"没关系，"埃莉诺没好气地说，"反正他好像也没那么有用。"

"或许吧。"他思索片刻，"我打算再进去和他谈谈，可能要用人脸辨识系统让他拼凑出嫌犯长相。如果他仍然记忆模糊，我们可以试试催眠。"

博斯无法得知她对最后一项建议有何反应。他以未经思索的口吻提出，还有点指望她根本没听到。加利福尼亚州的法庭有明确规定，对证人进行催眠会破坏其之后的法庭证词的可信度。假如他们催眠了阿鲨，未来他将无法在梅多斯案调查结束时在法庭上做证。

埃莉诺皱起了眉。

"我知道后果，我们将无法让他出庭做证。但是根据他现在提供的线索，我们可能永远上不了法庭，你自己刚才也说了，他没多大用处。"

"我只是不确定是否该在调查刚刚开始的时候就判定他有没有用。"

博斯走到讯问室前，透过单向玻璃窗观察少年。他又开始抽烟，将烟放在烟灰缸上，然后起身。他瞥向门上的玻璃窗，但博斯知道他从里面看不见外面。少年动作迅速且安静地将自己坐的椅子和埃莉诺的椅子交换。博斯微笑着说："这孩子聪明得很，或许我们得通过催眠才能得知埋在他记忆深处的细节，我认为值得一试。"

"我不知道你还是洛杉矶警局的催眠大师，你的档案上肯定遗漏了这一条。"

博斯回答："我相信不止遗漏了一条。"片刻后他说，"我猜可能没几个警察懂这项技巧了，我是其中一个。在最高法院做出反对的裁定后，警局就不再提供训练了。我们那批只有一个班，我是其中年纪较轻的一个，其他大部分人都已退休。"

"不论如何，"她说，"我认为时机未到，我们多和他谈谈，或者等几天再决定是否要做催眠。"

"好吧。但谁知道像阿鲨这样的孩子几天后人在何处？"

"哦，你神通广大，这次你找得到他，下次当然也有办法。"

"你想接手来审讯他吗？"

"不，你做得很好，只要让我在想到任何细节时可以随意加入谈话就行。"

她和博斯相视一笑，然后两人进入讯问室，里面充斥着烟味和汗臭味。博斯不等埃莉诺开口要求，自动让门敞开，使空气流通。

阿鲨说："比萨呢？"

博斯说："尚未送达。"

博斯与埃莉诺又让阿鲨重复了两次事发经过，其间问出了一些小细节。这一回他们配合得不错，就像是多年的队友、伙伴那样，交换了然于心的眼神，偷偷点头，甚至相互报以微笑。有几次，博斯注意到埃莉诺从椅子上缓缓下滑，并发现阿鲨孩子气的脸庞上依稀露出笑容。比萨送到时，他抱怨上面放了凤尾鱼，但仍吃下了四分之三的比萨，并喝光两罐可乐。博斯和埃莉诺没有吃。

阿鲨告诉他们，拉着梅多斯尸体的那辆吉普车是灰白或米白色的。他表示车门上有个标志，但他无法具体描述。博斯心想，或许对方想伪装成水电局公务车，没准的确是水电局公务车。现在他真的想对阿鲨进行催眠了，不过他决定暂时不再提起此事。他希望埃莉诺能自己想通，明白必须做催眠。

阿鲨表示，他躲在一旁观看尸体被拖入排水管内时，待在吉普车上的那人全程没说一句话；这人个子比开车的小，阿鲨只看见一个瘦小的身影，借着水库周围茂密松树林上方的朦胧月光。

埃莉诺问："这人在做什么？"

"可能只是在一旁观看、负责把风吧。他甚至不用开车，我猜他可能是头儿。"

虽然少年对那个开车的人有较深入的观察，但仍不能描述其脸部特征，或者用博斯拿进讯问室的面孔辨识样板拼凑出对方的长相。阿鲨只说开车的是个黑发白人男子，也可能不愿说得再详细了；他穿黑色衬衫和黑色裤子，可能是连身工作服；阿鲨表示他还系着某种工具皮带或木匠围裙，其后方的深色工具口袋里空无一物，在腰间随风摇摆，有如围裙。博斯觉得这很不寻常，因此从不同角度询问了阿鲨几个问题，却无法得到更深入的描述。

一小时后他们结束了讯问，博斯和埃莉诺将阿鲨留在烟雾弥漫的小屋内，再度到外面私下商议。埃莉诺说："我们现在只要找到一辆后备厢内有毛毯的吉普车即可，接着进行微量分析并比较毛发。唯一的问题是，整个州可能有几百万辆灰白色或米白色吉普车。是我发出协查通知，还是由你来处理？"

"听我说，两小时前我们一无所有，现在我们掌握了许多线索。假如你同意的话，我可以催眠他。说不定我们可以取得车牌号码，或者更详细的司机长相描述，或许通过催眠，他会记起当时对方提到的某个名字，或者能够描述车门上的标志。"

博斯伸出双手，掌心向上，这是他第二次提议催眠。她再次拒绝了。

"博斯，时机未到，或许明天我会和鲁克谈谈。我不希望你仓促行动，到头来被指责犯错，好吗？"

他点点头并垂下双手。

她说："接下来呢？"

他说："嗯，他已经吃饱了。我们可以放他走，然后一起吃个饭，你意下如何？我知道——"

她说："今天不行。"

"——有家餐厅。"

"抱歉，我今晚有事，改天吧。"

"没问题。"他走到讯问室门前，透过玻璃窗观望；此刻他不希望面对她，他如此心急，自觉相当愚蠢。他说："如果你赶时间，可以先走。我会安排他到临时收容中心之类的地方过夜，我们不需要浪费两个人的时间处理一件事。"

"你确定？"

"确定，我会照顾他，请巡警来接我们，顺道去取他的摩托车，然后再去取我的车。"

"你真好！我的意思是，你不仅没忘了他的摩托车，还很关心他。"

"这是我们和他的约定，你忘了？"

"我没忘，但是你在乎他，我看见了你对待他的方式。你是不是在他身上看到了自己的影子？"

他把目光从玻璃窗上移开，转身看她。

"不是，"他说，"他只是我讯问的一个证人罢了。你以为他现在是个小杂种，等着瞧吧，再过一年半载，等到他十九、二十岁——如果他撑得到那时，到时候他会变成无恶不作的大坏蛋。今天不会是他最后一次进讯问室，他这辈子会成为讯问室的常客，最后可能杀了人，或者被杀。这是达尔文的理论：适者生存。他是能生存的类型。所以我并不在乎他。我安排他住收容中心，是希望下回我们需要他时，可以掌握他的行踪，如此而已。"

"你这番话说得好，但我不这么认为。博斯，我对你有一些了解，你肯定在乎他，看你给他订晚餐和问他——"

"听清楚，我不管你看了几次我的档案。你以为这就表示你了解我吗？我告诉你，那些根本就是在胡扯。"

他走上前，面对她，两人的距离仅三十厘米左右，但她别过脸，低头看着自己的笔记本，仿佛写在上面的内容与他的话有关似的。

"你听清楚，"他说，"这次我们一起合作，像今天这样顺利找到那小子审讯也颇有收获，再多来几次这样的突破，说不定真能找出杀害梅多斯的凶手。但是我们不可能成为搭档，也不可能互相了解，所以我们就不必假装知己了。你不必告诉我你弟弟留了小平头，和当年的我很像，因为你根本不认识当时的我，别以为你看了档案里的一堆文件和照片就能了解我。"

她合上笔记本，放入皮包内，最后抬起头看他。此时，讯问室内传来敲门声，阿鲨的脸出现在门上的镜面玻璃窗内，但他们两人没理会他；埃莉诺直直地盯着博斯，似乎要看穿他。

她冷静地问："你邀请女生共进晚餐遭拒时，都会如此反应吗？"

"你很清楚，这是两回事。"

"当然。我很清楚。"她准备离开，又说，"我们明天早上九点联邦调查局见，可以吗？"

他没回答，然后她朝小组办公室的门走去。阿鲨再次用力敲门，博斯回头见他正对着门上的镜子挤青春痘。埃莉诺踏出办公室前又转过身来。

"我说的不是我弟，"她说，"其实是我大哥，而且那是很久以前的事了。当时我还小，他正准备到越南去，我说的就是他当时的模样。"

博斯没有转身，他没办法看她，他已猜到她接下来准备说的话。

"我记得他当时的模样，"她说，"因为那是我最后一次见到他，从此那副模样永远刻在我心中。越战有许多美国大兵没有归来，他是其中一个。"

她走了出去。

哈里·博斯吃下最后一片比萨，比萨凉了，而且他也很讨厌凤尾鱼，但他觉得自己活该。可乐也一样难喝，是温的。之后他坐在命案组办公室里，打了几通电话，终于在好莱坞大道附近一家不问理由的收容中心找到空床——或者应该说是空位。"街头之家"收容中心的人不会试图将离家出走的孩子送回家，他们很清楚对大部分孩子来说，家里比街头更可怕。这家收容所给孩子们提供一个安全的地方过夜，然后再想办法将他们转送到好莱坞以外的地方。

他签名取了一辆没有标志的警车，载阿鲨去取摩托车。后备厢太小，塞不下摩托车，因此博斯和少年达成协议，由阿鲨骑车到收容中心，博斯驾车尾随在后。少年抵达收容中心并登记住宿后，博斯答应将香烟、钱包和钱还给他，至于拍立得照片和大麻烟则免谈。博斯把这两样东西销毁，丢入垃圾桶。阿鲨不太乐意，但也只能接受。博斯让他在收容中心待几天，但心里明白，少年可能明天一早就会自行溜走。

"这次我有办法找到你，如果有必要的话，下次我依然有办法找到你。"博斯在阿鲨将摩托车锁在收容中心外面时说道。

阿鲨说："我知道，我知道。"

这是不痛不痒的威胁。博斯知道，这次阿鲨是在不知道警方在找他的情况下被逮的，如果他刻意躲藏，情况又不一样了。博斯拿出一张自己的名片给他，要他在想起任何有帮助的细节时打电话通知。

阿鲨说："对你还是对我有帮助的？"

博斯没回答，他独自开车回威尔克斯大道的警局，一路观察后视镜，看是否被跟踪，但并未发现任何人尾随在后。他将车交回警局，回到办公桌旁拿起FBI的档案。他去了值班室，晚班警督叫了一辆巡逻警车，把博斯送到联邦大楼取车。开车的巡警是个亚裔年轻人，留小平头，博斯在警局内听说他叫何刚。在前往联邦大楼的二十分钟的路途中，两人皆保持沉默。

哈里·博斯九点左右到家了，电话答录机红灯闪烁，没有留言，只听见某人挂上电话的声音。他打开收音机，准备收听道奇队的比赛，但累得听人说话就烦，于是又关上收音机，把桑尼·罗林斯、弗兰克·摩根和布兰弗德·马萨利斯①的CD轮流放入音响中，后来又听起了萨克斯曲。他把档案摊开摆在餐桌上，并打开一瓶啤酒。酒精和爵士乐，他边喝边想，不换衣服倒头就睡，博斯，你可真是个老掉牙的警察，让人一眼看穿，你和那些每天想和她套近乎的一大堆蠢蛋没什么差别；专心处理眼前的事吧，别痴心妄想了。他翻开梅多斯的档案，细读每一页。之前和埃莉诺坐在车上时，他只是粗略地翻了翻。

梅多斯对博斯而言是个谜，他嗜毒成瘾，是海洛因毒虫，却又重新入伍，选择留在越南。即使他们将他调离地道任务之后，他仍继续驻留在那里；他当了两年地道兵后，于一九七〇年被分派到西贡的美国大使馆当宪兵，虽然自此再未与敌军交过手，但仍一直待到越战结束。一九七三年美国签署和平协议、自越南撤军之后，他从军中退伍又再度留下，这次是担任大使馆民间顾问。军中战友都准备回国，梅多斯却没有，他在一九七五年四月三十日西贡沦陷之后才离开。他搭乘的直升机载着许多难民离开越南前往美国，这是他的最后一项官方任务：护送难民至菲律宾，再到美国。

根据档案记录，梅多斯回国后待在南加利福尼亚。但他的工作技能仅限于宪兵、地道杀手和毒贩这几个行当。档案中有份洛杉矶警局求职申请书，他申请警局工作时被拒，原因是没通过药物检测。博斯继续翻看档案，接下来是一份"美国犯罪情报系统"的文件，上面列出梅多斯

---

① 三人均为美国爵士乐手。

的犯罪记录：一九七八年因持有海洛因首次被捕，被判处缓刑。来年再度被捕，这次罪名是持有毒品且蓄意贩卖。他在法庭上辩称自己只是持有毒品，无意贩卖，被判处十八个月刑期，在威塞监狱服刑，他蹲了十个月后出狱。接下来的两年，梅多斯由于吸毒反复被捕——根据法律，近日内注射毒品所留下的针孔痕迹构成轻罪，要被关进监狱六十天。从文件上看，梅多斯由于轻罪多次入狱。到了一九八一年，他在监狱里蹲了很长一段时间，罪名是抢劫未遂。犯罪情报系统的打印文件上并未指明是否为银行抢劫案，但博斯猜测应该是，所以联邦调查局才会介入调查。

文件上写着梅多斯被判处有期徒刑四年，在隆波克监狱服刑，两年后出狱。

他才刚出狱几个月又因抢银行被捕，他们肯定在现场将他逮个正着。他在法庭上认罪，被判处五年刑期，又回到隆波克监狱服刑。他在服刑三年之后就可以出狱，却在蹲了两年后逃狱不成被抓回，因此又被加判五年刑期，并被送往特米诺岛的联邦监狱服刑。

一九八八年，梅多斯从联邦监狱假释出狱。博斯心想，梅多斯多年进出监狱，生活过得一塌糊涂，他一直不知情，也没收到过对方的消息。倘若他知情，又会有何举动？他思索片刻。监狱生活对梅多斯的影响想必比越战还要大，他假释后进入越战老兵勒戒所。勒戒所名为查理连，位于文图拉北部的一个农场，距离洛杉矶约六十公里，他在那儿待了将近一年。

根据文件显示，梅多斯离开勒戒所之后再没有其他犯罪记录。一年前梅多斯由于注射毒品的针孔痕迹被警方逮到，打电话请博斯帮忙，后来这个案子并未进入司法程序，文件上无相关记录。他恢复自由身之后未再有犯罪记录。

档案中有另一份文件，那是份手写文件，博斯猜测应是埃莉诺的字迹，书写清晰整齐，内容是梅多斯的就业与搬迁记录；数据都是从社会保障局和车辆管理局收集而来的，甚至纸张左侧空白处也有纵向书写的记录，但内容仍有遗漏，有几段时间是空白的。梅多斯刚从越南回国之后，在南加利福尼亚水利局工作，担任管线视察员，四个月后由于缺乏工作意愿、态度懒散且经常请病假而丢了饭碗。之后他肯定开始尝试贩卖海洛因，因为文件中下一条就业记录是在一九七九年从威塞监狱出狱之后。这回他在水电局工作，担任地下视察员且被分发到泄洪排水组，六个月后丢了饭碗，原因和上次在水利局时一样。还有几条断断续续的就业记录。他离开查理连后，在圣塔克拉利塔峡谷某金矿公司工作了几个月，这是最后一条就业记录。

接下来列的是搬迁记录，共有十来个住址，大多在好莱坞区公寓，在一九七九年被捕之前他住在圣佩德罗的一所房子里。博斯心想，假如当时梅多斯在贩毒，可能是在长滩的码头附近取货。如此一来住圣佩德罗则相当便利。

根据文件记载，梅多斯离开查理连后一直住在塞普尔韦达的公寓。档案中并无任何勒戒所的相关资料或梅多斯待在那儿的情况说明。博斯在梅多斯的半年评估报告复印件上看到假释官姓名是戴瑞·史莱特，隶属凡奈斯区。博斯在笔记本写下这个名字，并记下勒戒所的地址。然后他将逮捕文件、就业和搬迁记录及假释报告一一在桌上摊开。他拿出白纸，按时间顺序写下各项数据，从一九八一年梅多斯被关进联邦监狱写起。

他写完之后，许多遗漏的地方也补上了。梅多斯在联邦监狱共服刑六年半，一九八八年年初，他获得假释，参加勒戒所的戒毒项目。十个月之后，他离开勒戒所搬到塞普尔韦达的公寓。假释官的报告显示，他在圣塔克拉利塔峡谷的金矿公司谋得一职，担任钻矿操作员。一九八九年二月，梅多斯刑期结束，假释官刚签完文件让他重获自由，第二天他就辞去了工作。根据社会保障局的资料，梅多斯自此再无就业记录。国税局表示梅多斯自一九八八年以来无任何缴税记录。

博斯到厨房拿出一瓶啤酒，顺便做了一份火腿奶酪三明治。他站在洗手台一边吃三明治、喝啤酒，一边思索着，想理出此案的头绪。他觉得梅多斯一踏出联邦监狱或从勒戒所出来之后就开始谋划。他早就计划好了，他在假释期间找了份工作，刑期结束后立刻辞职，开始将计划付诸行动。博斯对于自己的猜测感到肯定，假如真是如此，那么梅多斯势必是在监狱或勒戒所找到了银行盗窃案的同伙，而那些人后来杀了他。

此时门铃响起。博斯看了眼表，时间是晚上十一点。他走到门边，透过门镜看见埃莉诺·威什正盯着他。他往后退，在玄关镜子前瞥了一眼，见镜中男子疲惫的深色眼珠回看着他，他捋了捋头发，打开了门。

"嘿，"她说，"咱们停战吧？"

"没问题，你怎么知道我住——算了，进来吧。"

她还穿着白天的那套衣服，看来还没回过家。她看了看客厅桌上的档案和文件。

"加班，"他说，"只是看看梅多斯的资料。"

"很好，呃，我正好经过附近，只是想，想过来说一声，我们……呃，这星期到目前为止事情一团糟，对你对我都一样，或许明天我们可以重新开始搭档关系。"

"没错，"他说，"对了，我很抱歉之前说过的话……也很遗憾你哥哥的遭遇。你是一片好心，我却……你可以待一会儿，要喝点啤酒吗？"

他走进厨房，从冰箱里拿出两瓶啤酒。他拿了一瓶给她，并带她穿过拉门来到后门廊。外面很凉爽，偶有暖风从漆黑的峡谷里吹过来。埃莉诺·威什眺望远方河谷的点点灯火，环球影城的聚光灯反复扫过天空。

"这儿景色真美，"她说，"我没住过这种房子，叫悬臂梁结构是吧？"

"没错。"

"地震时一定很恐怖吧。"

"垃圾车开过时就令人心惊胆战。"

"你怎么会住在这种地方？"

"聚光灯那儿的电影公司有一次给了我一大笔钱，他们要在拍电视剧时用我的名字并请我提供所谓的技术咨询。我小时候住河谷区，很好奇住在这山坡上是什么感觉，因此我用那笔钱买下了这所房子。上一任房主是个电影编剧，这是他的工作室。地方很小，只有一间卧室，但我猜我这辈子也只需要这么点地方吧。"

她倚着栏杆眺望，目光沿斜坡向下，往溪谷看去。下方一片黑暗，只能依稀看见橡木林的轮廓。他也靠着栏杆，同时心不在焉地剥去手中啤酒瓶上的金箔标签。被撕下的片片金箔在黑暗中飘荡、闪烁，然后消失无踪。

"我有一些疑问，"他说，"我打算去一趟文图拉。"

"我们明天再谈这个，好吗？我不是专程来讨论案子的，那些档案我已经看了将近一年。"

他点头并保持沉默，决定给她时间表明来意。片刻后，她说："你肯定很生气，我们如此对待你，包括对你进行背景调查，以及处理此案的态度，还有昨天发生的事，我很抱歉。"

她举起啤酒瓶，轻啜一口啤酒，博斯才发现忘了问她是否需要杯子。他一时没说话，她的话语久久停留在黑暗之中。

然后，他终于开口："不，我没生气。事实上，我根本不知道自己是个什么人。"

她转身望着他："我们以为鲁克和你的上司联络并故意刁难你之后，你会知难而退。没错，你的确认识梅多斯，但那是八百年前的事了，这就是我不明白的地方。你很在乎此案，为什么？肯定有其他因素。是因为越战吗？为何此案对你别有意义？"

"我有我的理由，和此案毫无关系的理由。"

"我相信你，但我是否相信你并非重点。我只想知道这一切是怎么回事，我必须知道。"

"啤酒还可以吗？"

"嗯，博斯警探，请你告诉我。"

他低头看着一小片金箔纸飘落，消失在黑暗中。

"我不知道，"他说，"事实上我知道，也不知道，我猜应该和地道有关吧，那是我们共同的经历。倒不是说他曾救了我或我救过他一命之类的，事情没那么简单，但我自觉对他有所亏欠。不管他回国之后有何改变，是否误入歧途，又犯下哪些罪行。假如我去年不只是帮他打了几通电话而是真正地帮助他，或许事情不至于这样，我不知道。"

"别傻了，"她说，"去年他打电话找你时，已经有抢银行的计划了。当时他利用了你，就像现在一样，只不过他现在已经死了。"

他剥光了金箔纸，转身背靠着栏杆，用一只手从口袋里摸出一根烟，将烟叼在嘴边，但并未点燃。

"梅多斯，"博斯回想起那人不禁摇头，"梅多斯和别人很不一样……当时我们只是一群怕黑的毛头小子，那些地道偏偏又黑得要命，梅多斯却一点也不怕。他一次又一次自愿进入地道，从光天化日之下进入幽深黑暗之中——他认为执行地道任务就是那么一回事。我们称之为黑色回声，进入地道之后，你都能闻到自身的恐惧，仿佛身处地狱一般。"

他们说话时偶尔改变站姿，此时正好面对彼此。他在她的脸庞上搜寻到一丝同情的表情。他不确定自己是否想得到她的同情，他早已过了那个阶段，但又不知道自己想要的是什么。

"因此我们这群怕黑的毛头小子彼此约定，每次有人进入地道执行任务，都要遵守约定。这个约定是：不论地道内发生了什么事，我们绝对不会抛下任何人，即使有人在地道内死了，也不会被抛下。因为敌人不会放过那些被抛下的人，你知道的。我们和自己打心理战，战术也成功了。没有人希望被抛下，死活都一样。我曾读过一本书，书上写着：人死了之后，不论尊贵地躺在山丘上的大理石墓碑后方，还是卑微地躺在污秽不堪的下水道里都没有差别，死了就是死了。

"但是那位作者肯定没经历过越战。当人和死亡只有一息之隔时，自然会担忧这些事情。因此死后躺在何处确实有差别……所以我们彼此约定。"

博斯知道越说越模糊了，他要进屋再拿一瓶啤酒，她表示自己尚未喝完。他回到屋外的门廊时，她微笑不语。

"我告诉你一件梅多斯的事，"他说，"当时的情况是，长官会派两三名地鼠跟着一个连行动。在部队遇到地道时，我们负责进入勘查情况或埋设地雷之类的。"

他仰头灌了一大口刚开的啤酒。

"有一回，大概是一九七〇年吧，我和梅多斯随巡逻队外出行动。我们来到越共的一个要塞，天哪，那儿到处是地道。我们在离一个叫润录的村子大约五公里处损失了一位前哨巡逻兵。他被——抱歉，我想起你哥的遭遇，我猜你可能不想听这些事情。"

"我想听，请继续。"

"这位前哨巡逻兵遭到'蜘蛛洞'内的狙击手枪杀——那是我们对地道网络小入口的称呼。后来我们的人干掉了狙击手，之后我和梅多斯必须进入那条地道一探究竟。我们进去后要分头走。整个地道很大，我选了其中一条线路，他则走另一条。我们约好了深入地道十五分钟，埋设炸药并设定二十分钟后引爆，然后返回，一路上继续埋设更多炸药……我记得在下面发现了一所医院，四张空草席、一柜子供应品，一切就这样出现在地道中。我记得当时我心想，天哪，下一个转弯处又会看到何种景象，露天电影院吗？我的意思是，这些人可真会挖……那儿有个小祭坛，而祭坛上的香还在烧着。我立刻明白越共仍在地道内某个地方，开始感到害怕。我将炸药藏在祭坛后方，然后开始火速撤退。沿途上又埋设了两处炸药，然后设定时间，使所有炸药同时引爆。等我回到入口处，也就是蜘蛛洞口时，却不见梅多斯。我又等了几分钟，时间所剩不多。我可不希望 C-4 炸药引爆时我还在地道内，那儿有些地道已经挖了上百年了。我束手无策，只好爬了出来，但是他也不在外面。"

他稍微停顿，喝了一点啤酒，继续回想这件往事。她看着他，极想知道后续发展，但没有催促。

"几分钟后，我埋设的炸药爆炸，地道——至少我进入的那部分——倒塌。不论谁在那儿，肯定都已被炸死，埋在瓦砾之中。我们等了几小时，待爆炸引起的烟尘落定后，用一台大电风扇往地道入口处猛吹，阵阵烟雾开始从地道通风口和其他蜘蛛洞冒出。

"之后，我和另一个人进入地道寻找梅多斯。我们以为他已经死了，而我们有约在先，无论如何都要找到他的尸体并送回国，但我们没有找到。我们在地道找了一整天，只发现一堆越共尸体，大部分的人被枪杀，还有些人被割喉，所有人的耳朵都被割下。我们回到地面上时，长官表示无法再继续等候。我们必须遵守命令，所以都撤退了，而我算是毁约了。"

博斯茫然凝视着黑夜，只见到自己正在叙述的往事。

"两天之后，另一个连到达润录村，有人在一座棚屋旁发现地道入口。他们派地鼠进去勘查，地鼠们进入不到五分钟就发现了梅多斯。他像尊佛像一般，动也不动地坐在通道里，身上弹药用尽，精神恍惚且语无伦次，不过并无大碍。他们想带他离开地道，他不肯。最后他们不得不用绳索将他捆绑，由上面的巡逻队士兵将他拉出地道。到了外面日光下，他们发现他戴着一串由人耳串起的项链，与脖子上挂的身份牌在一起。"

他喝完啤酒，从阳台走进屋内。她随他进入厨房，他又拿出一瓶啤酒。她将喝了一半的啤酒瓶放在厨房长桌上。

"说完了，这就是梅多斯的故事。他后来休假去了西贡，之后又回来了。他无法离开地道。但那次事件之后，他变了个人。后来他告诉我，他在地道里迷路了。他一直朝错误的方向前进，见人就杀，据说他的项链上共有三十三只耳朵。有一次别人问我，为何梅多斯让其中一个越共留下了一只耳朵？毕竟一个人有两只耳朵，而三十三是奇数。我告诉对方，梅多斯让所有越共都留下了一只耳朵。"

她摇头表示不可思议；他则点了点头。

博斯说："我真希望当时回头找他时能找到他，但我让他失望了。"

他们两人站着，低头望着厨房地板，博斯将瓶内剩余的啤酒倒在水槽里。

"关于梅多斯，我想再问一个问题，之后我们就不谈工作了，"他说，"他在隆波克监狱逃狱不成，后来被送往特米诺岛联邦监狱。你知道逃狱细节吗？"

"知道，他挖了地道。当时他在狱中表现良好，是模范囚犯，因此被分到洗衣房干活。那里的烘衣机使用煤气，而煤气管线有地下通风口通到建筑物外面；他在其中一个通风口下方挖掘，每天不超过一小时。狱方表示，他至少挖了六个月之后才败露：当时是夏天，他们在操场使用洒水器导致地面潮湿，结果地层塌陷。"

他点点头，早已猜到可能是地道。

"其他两个同伙，"她说，"一个是毒贩，另一个是银行劫匪。他们还在牢里，与此案无关。"

他再次点头。

"我想我该走了，"她说，"我们明天还有的忙呢。"

"是啊，我还有许多问题。"

"我会尽我所能回答你。"

她穿过冰箱和长桌之间的小空间时经过他身边，然后到走廊上。她与他擦身而过时，他闻到她发丝的气息，像苹果的香味。他注意到她正看着挂在走廊镜子对面墙上的画作，那是一幅十五世纪名画《欢乐园》的复制品，由三个分开裱框的部分组成。

"哈伊罗尼穆斯·博斯的作品，"她边说边欣赏画中如噩梦般的场景，"当初我看到你的全名时，不禁好奇……"

"我和他没有关系，"他说，"只是我妈喜欢他的作品罢了，我猜可能是因为我们同姓吧，她把画寄给我。她在信上还说，这幅画令她想起洛杉矶。疯狂的人群，我的养父母……他们并不喜欢这幅画，但我将它留在身边多年。打从我搬进这房子，画就挂在这儿了。"

"但是你习惯别人叫你哈里。"

"嗯，我喜欢哈里这名字。"

"晚安，哈里，谢谢你的啤酒。"

"晚安，埃莉诺……谢谢你的陪伴。"

Chapter 4

五月二十三日
星期三

　　早上十点，他们行驶在文图拉高速公路上，高速公路从圣费尔南多谷底穿过后远离市区。博斯开车，他们往西北行驶到文图拉郡，行进方向与大部分车辆相反，将河谷里有如脏奶油般的烟雾抛在了后方。

　　他们准备前往查理连。去年 FBI 只大略查过梅多斯和查理连的监外培训项目，埃莉诺认为梅多斯在离开查理连近一年后才犯下银行盗窃案，因此查理连的重要性微乎其微。她表示联邦调查局要求调阅梅多斯的档案副本，但未调查与梅多斯同时期参与培训的其他释前人员，博斯认为这是个错误。他告诉埃莉诺，梅多斯的就业记录显示银行盗窃案是长期计划的结果，说不定计划正是在查理连构思成型的。

　　博斯出发之前打电话给梅多斯生前的假释官戴瑞·史莱特，想了解查理连勒戒所的基本概况。史莱特表示那地方是一个蔬果农场，其所有人与经营者是一位退伍后重获新生的陆军上校。他与州监狱和联邦监狱签订合同，接收即将释放的犯人，唯一的条件是他们必须为越战老兵。史莱特表示要符合这个条件不难，和美国其他州一样，加利福尼亚的监狱内越战老兵人数不少。他还说，前陆军上校高登·史盖尔不在乎越战老兵因何种罪行入狱，只想给他们机会改过自新。包括史盖尔在内，查理连共有三位工作人员，一次只接收二十四人，平均每个人的停留时间是九个月；他们从早上六点到下午三点在菜园里工作，中午休息用餐，一天的工作结束后，有一小时的心灵交谈聚会，然后是晚餐及电视时间，熄灯之前还有一小时用来祈祷。史莱特说史盖尔会通过人脉关系，为准备好重新踏入社会的老兵们安排工作。六年来，从查理连出去的人再次犯罪的比例只有百分之十一，这结果令人佩服，甚至总统来到州内为最后的竞选宣传活动拉票时，也在演讲中特别赞扬。

"史盖尔是英雄，"史莱特说，"并非因为他在战地功勋盖世，而是因为他退伍之后的付出与贡献。他经营查理连，每年送走三四十位犯人，而其中只有十分之一的人之后会再次犯罪回到监狱，这可以说相当成功。联邦和州里的假释委员会，还有很多典狱长，都相当尊重他的意见。"

博斯问："这是否表示他可以自行挑人进入查理连？"

"或许不是挑选，不过人选的确必须由他认可才行，"假释官说，"现在他声名远扬，正在服刑的越战老兵都知道他这号人物，那些人会自动与他联络。他们写信或寄《圣经》给他，打电话找他或请律师联络他，通过各种方式，希望得到史盖尔的接纳。"

"梅多斯也是通过这方式进入查理连的吗？"

"据我所知应该是。在我成为他的假释官时，他已准备进入查理连了。你可以打电话到特米诺岛联邦监狱，请他们查阅档案，或者找史盖尔谈。"

博斯边开车边转告埃莉诺他与史莱特的对话，除此之外，遥远路途上两人经常保持沉默。博斯一再思索着昨晚她来访一事。她为什么会来？他们驶入文图拉郡之后，他的思绪回到案件调查上并问了她几个问题，那是他昨晚阅读档案时发现的疑问。

"为什么他们不偷主保险库？西部银行有两个金库，一个是保险箱金库，另一个是银行存放现金钞票与自动取款机票盒的主保险库。犯罪现场报告表示，两个金库设计相同，保险箱金库较大，但它们的地面强化防护结构一样。因此梅多斯与其同伙大可挖掘地道到主保险库，进入之后拿到现金立刻离开，根本不需要整个周末冒险待在里面，也不需要一一撬开保险箱。"

"或许他们并不知道两个金库结构相同，或许他们以为主保险库较难攻破。"

"但是我们假设他们在行动之前已对保险箱金库有某程度的了解，既然如此，为什么他们对主保险库没有相同程度的了解？"

"主保险库不对外开放，因此他们无法了解里面的情况。我们相信他们其中一人在保险箱金库租了保险箱，然后进入查看了环境，当然，使用的是假名。反正重点是，他们事先只能掌握其中一个金库的内部结构，或许这就是原因所在。"

博斯点头说："主保险库内有多少现金？"

"具体数额我也不记得了，在我给你的报告上应该有。假如没有，数据可能在联邦调查局的其他档案内。"

"但应该更多，对吧？主保险库内的现金肯定超过他们从保险箱盗走的两三百万美元财物。"

"或许是吧。"

"你明白我的意思了吧？如果他们攻入主保险库，白花花的钞票一堆堆、一袋袋就在眼前，想拿多少就拿多少。如此一来事情简单多了，更省事，而且说不定可以捞到更多钱呢。"

"博斯，这是马后炮。谁知道他们行动时对金库有多少了解？或许他们以为保险箱内的财物更值钱。他们下了赌注，却赌输了。"

"或者可能赌赢了。"

她转头看他。

"或许保险箱内有我们不知道的物品，或许有人损失了财物却未报案。他们认为保险箱才是更有利的目标，因为那些物品的价值远高于主保险库。"

"如果你指的是毒品，答案是没有。我们也想过了，我们请缉毒署带缉毒警犬嗅了一遍被撬开的保险箱，完全没有毒品的痕迹。然后警犬嗅了未被撬开的保险箱，结果在其中一个较小的保险箱内发现了。"

她笑了一下，又说："警犬一嗅到毒品就开始抓狂，我们钻开那个保险箱，找到一袋五克的可卡因。这个倒霉鬼将可卡因小心翼翼地藏在银行保险柜，却因别人正好抢了同一金库而遭殃。"

埃莉诺再次笑了，博斯觉得她笑得很勉强，此事根本不好笑。"反正呢，"她说，"此案被联邦检察官打回，检察官表示我们搜证方式不当，未取得搜查令就撬开当事人的保险箱，这侵犯了他的权利。"

博斯开下高速公路，进入文图拉镇，往北行驶。经过十五分钟的沉默后，他说："尽管警犬确认过了，我仍认为可能有毒品，那些警犬并非绝对可靠。假如毒品包装得很严密又被盗贼偷走，根本不会留下痕迹。只要有几个保险箱内放的都是可卡因，他们这一票就没白干。"

她说："你接下来想问的是银行客户清单，对吧？"

"没错。"

"嗯，我们花了好一番功夫查过了。我们彻底调查每位客户并追查他们宣称存放在保险箱内财物的购买来源，但并未因此逮到窃贼，倒可能为银行的保险公司省了几百万理赔金，因为有些客户报失的财物根本不存在。"

他驶入加油站，以便拿出座椅下方的地图集，找到前往查理连的正确方向。她则继续为 FBI 的调查做辩解。

"缉毒署查过保险箱客户清单上的所有姓名，结果一无所获。我们通过犯罪情报系统过滤这些姓名，查到其中几个人有犯罪记录，但都不是重罪且年代久远。"她再次发出短暂的假笑，"租用其中一个较大保险箱的客户于二十世纪七十年代因持有儿童色情刊物被判刑，在索勒达监狱蹲了两年。银行盗窃案发生后，警方与他取得联系，他表示最近才清空保险箱，因此并无任何财物损失。

"但听说这些恋童癖绝对无法割舍私人收藏，包括儿童照片和影片，甚至是有关儿童内容的信件。而且根据银行记录，在盗窃案发生之前两个月内他并未进入过银行保险库，因此我们猜测他保险箱内装的是私人收藏。不过呢，那和盗窃案无关，我们目前追查过的一切都与案子毫无关联。"

博斯在地图上找到方向后驶出加油站。查理连位于郊区。他回想她方才提到的恋童癖一事，觉得不太对劲。他在脑海中反复思索，却想不出所以然。他决定暂时搁下，改问另一个问题。

"为什么被盗财物无一寻获？所有珠宝、债券和股票至今毫无踪影，只有一只手镯出现，甚至其他没有价值的东西也全无半点影子。"

"他们可能打算先按兵不动，等待危机解除，"埃莉诺说，"这正是梅多斯被做掉的原因。他未遵守约定，在大家确认危机已解除之前就典当了手镯。他们发现他变卖了手镯，他不肯透露买方，他们逼他开口，然后杀了他。"

"碰巧是我接到了出勤电话。"

"不奇怪吧。"

"整件事有些地方说不通，"博斯说，"我们猜测梅多斯生前遭到了虐待，对吧？他说出了他们要的信息，他们在他手臂上注射过量的毒品，然后到当铺拿走手镯，对吧？"

"没错。"

"但这说不通，我找到了他藏起来的当铺收据。也就是说他并未将收据交给他们，因此他们不得不闯入当铺拿走手镯，为了掩盖真实目的也顺带拿走其他许多'废物'。我的问题是，假如他并未将收据交给他们，他们是怎么知道手镯下落的？"

埃莉诺说："我猜他告诉他们了。"

"我不这么认为。假如他透露了手镯的下落，为什么不连收据一并交出？他保留收据也没有用。如果他们真逼他说出当铺的店名，肯定也会拿到收据。"

"因此你的意思是，他还没对他们透露半点消息就断气了，而他们早已知道手镯典当之处。"

"没错，他们虐待他是想拿到收据，但他就是不肯屈服，因此他们杀了他。然后他们弃尸并搜了他的住处，但仍未找到当铺收据，因此他们用下三烂的做法打劫了当铺。问题是，假如梅多斯并未透露典当手镯的地点，他们也没找到收据，他们是怎样得知手镯下落的？"

"博斯，这全是你的臆测罢了。"

"这就是警察的工作。"

"我不知道答案，有几百种可能。他们可能跟踪了梅多斯，因为他们不信任他，或许因此见他进过那家当铺，总之有几百种可能。"

"他们可能跟内部某个人打过招呼，姑且说是个警察吧，这人在当铺每月交给警局的清单上发现了手镯，然后通知了他们。当铺的典当物品清单会发到区内的各个分局。"

"我认为这完全是无稽之谈。"

他们抵达目的地，博斯在入口处刹住车，门口的木牌上写着"查理连"的字样，还画着一只绿色的雄鹰。大门敞开，他们沿碎石路驶入，道路两侧是泥泞的灌溉渠；道路将农场一分为二，右侧是西红柿园，左侧则飘来胡椒的香气，前方有铝合金板搭起的大谷仓和一座牧场式的大平房。博斯见屋后有一片牛油果树林，他们驶入牧场屋舍前方的圆形停车区内，博斯将引擎熄火。

一名男子来到前门的纱网处，围着白色围裙，围裙和他剃得光亮的头一样干净。

博斯问："史盖尔先生在吗？"

"你指的是史盖尔上校吧？他不在。不过快到用餐时间了，到时他会从田地里回来。"

男子未邀请他们进屋乘凉，因此博斯和埃莉诺回到车内等。几分钟后，一辆布满灰尘的白色小货车驶来。驾驶座车门上印着一个大大的字母"C"，里面是一只雄鹰。有三个人从前座下了车，另外六人从后车斗鱼贯下来，他们动作迅速地朝牧场屋舍前进。这些人看起来都是三四十岁的年纪，他们身穿绿色军裤和白色T恤，汗流浃背，没人绑头巾、戴太阳镜或者卷起袖子，所有人的头发都不到一厘米长，白皙的皮肤晒成棕色，有如上了色的木头。开车的人身穿同样的制服，但比其他人至少年长十岁，他停下脚步，让其他人先进屋。他走近时，博斯猜他年纪约莫六十出头，但体格几乎不输年轻小伙子，微亮的头顶上极短的发丝已泛白，皮肤晒成胡桃色，手上戴着工作手套。

他问："需要帮忙吗？"

博斯说："史盖尔上校？"

"没错，你们是警察？"

博斯点头并介绍了他们俩。即使提到FBI，史盖尔的反应似乎也不怎么热络。

埃莉诺问："你记得七八个月前，FBI向你询问过曾在此地待过一段时间的威廉·梅多斯吗？"

"当然记得。你们这些人每次打电话或到这儿来打探我的兵，我都记得。我感到厌恶，因此记得很清楚。你们需要他更详尽的资料吗？他惹了麻烦吗？"

博斯说："他再也不会惹麻烦了。"

"什么意思？"史盖尔说，"你说得好像他已经死了似的。"

博斯说："你不知道吗？"

"当然不知道，告诉我他出了什么事。"

博斯见史盖尔脸上出现了如假包换的惊愕，然后是一闪而过的悲伤，这消息令他心痛。

"三天前他在洛杉矶被发现身亡，是他杀，我们认为这与他去年参与的一桩犯罪案件有关；上回 FBI 与你联系时应该提过那件案子。"

"是洛杉矶那桩银行盗窃案吗？"他问，"我只知道 FBI 向我提过的内容，此外一无所知。"

"没关系，"埃莉诺说，"我们只需要你提供和梅多斯同时间待在此地的其他人的完整资料。我们之前查过，但想再仔细确认一下，寻找任何可能有助于厘清案情的细节。你是否愿意与我们合作？"

"我一向很合作。我不喜欢你们这些人的作风，因为多数时候我认为你们越界了。我的兵离开此地之后，大多都洗心革面不再走回头路，我们的记录优良。如果梅多斯真的犯下你们宣称他犯下的案件，那也是极少数案例。"

"我明白，"她说，"而且此事我们绝对保密，不会张扬。"

"好吧，到我办公室来，你们可以问问题。"

他们穿过前门时，博斯见两张长桌摆在原本可能作为客厅的房间内。约莫二十人坐在餐盘前，看样子这一餐是炸鸡排和大量蔬菜。没有人打量埃莉诺·威什，因为他们正低头闭眼，双手交握，默默地做着餐前祷告。博斯见所有人身上几乎都有文身。他们停止祷告后开始进餐，刀叉声此起彼伏。此时有几个人开始对埃莉诺投以赞赏的眼光。之前走到前门那位身穿围裙的男子此刻站在厨房门口。

他喊着："上校，您今天是否和大家一起用餐？"

史盖尔点头说："我几分钟后就过来。"

他们从走廊穿过一扇门，进入一间原本为卧室的办公室。里面摆了一张大桌子，房间因此显得很拥挤。史盖尔指着桌前的两把椅子。博斯和埃莉诺坐下了，他则到桌子后方，坐在那把有垫套的椅子上。

"咱们开门见山先说清楚，我知道依法我得提供哪些资料给你们，哪些事项则根本没必要与你们讨论，但是我愿意进一步配合，如果对案情有帮助的话。我们彼此都明白这一点。梅多斯——我早有预感他可能会落得你所说的下场。当初我向主祷告，请主引导他，但我心里清楚得很。我愿意帮助你们，在一个文明的世界，没有人有权夺去另一个生命，谁都没有权利这么做。"

"上校，"博斯说，"我们很感谢你能帮忙。首先我希望你了解，我们知道你在此地所做的努力与贡献，我们知道州政府和联邦政府都对你相当敬重与支持，但是我们一路调查梅多斯命案后的推论是，他与其他一些有同样技能的人预谋犯案而且——"

"你的意思是他们是越战老兵。"史盖尔打断他，此刻他正在拿桌上罐内的烟草填充烟斗。

"有可能，我们尚未确认歹徒身份，因此无法得知事实是否如此。若真是这样，则作案者有可能就是在这里互相认识的，我是说'有可能'。因此我们希望你提供两样东西：我们想查阅你手里仍保留的梅多斯的档案，以及他待在这儿的十个月里与他同期的所有人的名单。"

史盖尔压紧了烟斗里的烟草，似乎完全没听到博斯说的话。然后他说："要他的资料没问题——反正他人都不在世了；至于另一件事，我可能得先打电话给律师，确认这么做是否恰当。我们这儿的培训计划相当成功，但是州里和联邦政府提供的蔬菜和拨款根本不够，我还得出门到各地筹钱。我们依靠社区和一些民间机构的帮助，因此我们的名声很重要，一旦传出坏名声，来自各地的资助就泡汤了。假如我帮你们，可能得冒这个风险。另一个风险是，来到这里希望洗心革面的人可能会因此失去信心。事实上，与梅多斯同期的人现在都过着崭新的生活，他们不再是罪犯。假如每次一有警察出现，我就将他们的姓名交出，我的培训计划还谈得上成功吗？"

"史盖尔上校，我们没时间等律师决定，"博斯说，"先生，我们正在调查一桩命案，需要这项资料。你知道我们找州里或联邦政府部门一样可以取得这些资料，但那可能要花更多时间。我们也可以申请传票取得资料，但我们认为相互合作是最好的方式。如果你同意合作，我们保证低调行事。"

史盖尔坐在那儿没动，这次似乎也未留意博斯的话。他开始吞云吐雾，烟斗冒出的一缕蓝烟袅袅升起，有如鬼魅。

"我明白了，"最后他说，"看来除了乖乖交出档案之外我别无选择，对吧？"然后他起身走到办公桌后方靠墙摆放的一排米黄色档案柜前，找到一个抽屉，短暂搜寻之后抽出一个薄薄的牛皮纸档案夹。他将档案夹朝博斯的方向丢在办公桌上。"这是梅多斯的档案，"他说，"咱们再来看看还能找到些什么。"

他走到文件柜最上面的一个抽屉前，抽屉的卡片槽内无任何标示。他翻看抽屉内的档案，然后挑出一份，拿着档案回到办公桌旁坐下。

"你们看看这个，如有资料需要复印，我可以帮忙，"史盖尔说，"这份档案是我记录的查理连的人员流动表，至于梅多斯在此地可能结识的人我也可以写一份名单。我猜你们需要出生日期和犯人代号吧？"

埃莉诺说："谢谢，这很有帮助。"

他们花了十五分钟就看完了梅多斯的档案。他在特米诺岛联邦监狱获释前一年就开始与史盖尔通信，他有监狱牧师和指导顾问的推荐，他们认识他是因为他在狱中表现良好，负责监狱里收容与安置部门的维修保养工作。梅多斯在其中一封信中描述了他在越南进入过的地道以及他如何被黑暗吸引。

"其他人大多都害怕进入地道，"他写道，"但是我却想进入。当时我并不明白原因，现在我认为可能是想测试自己的极限。但我从地道里得到的满足感并不真实，我整个人就像地道一样空洞。如今我拥有的满足感来自耶稣，我知道神与我同在。如果我获得改过自新的机会，在神的引导下，会做出正确的抉择，永远远离监狱人生，我想从空洞之地进入神圣之地。"

埃莉诺说："写得有些庸俗，不过还算诚恳。"

史盖尔原本正坐在办公桌前，用黄色纸张写下姓名、出生日期和犯人代号，闻言抬头，语气坚定地表示："他的确很诚恳。梅多斯离开这儿时，我以为——我相信他准备好面对外面的世界，相信他已经和毒品、犯罪彻底了断，如今看来他又屈服于诱惑了。但我不认为二位会在这儿找到你们要的线索，我可以提供这些姓名，但这对你们并无帮助。"

博斯说："到时见分晓。"史盖尔继续写，博斯看着他。他太过专注于自己的信仰与忠诚，无法看清自己可能被人利用。博斯相信史盖尔是好人，但他或许太容易在别人身上看见信任与希望，例如梅多斯这样的人。

博斯问："上校，你做这一切能得到什么呢？"

这次他放下笔，调整嘴上叼着的烟斗角度，十指交叉放在办公桌上。"这不关乎我个人所得，是主。"他再次拿起笔，但此时又有其他想法，"这些年轻人从战地回来时，大多都被毁了。我知道这是老掉牙的故事，大家都听过或在电影里看过，但对这些人而言却是亲身经历，数千人回国后真的是直接迈入监狱。有一天我读到相关报道时心想，假如这世界没有战争，假如这些年轻人从未背井离乡参与战事，假如他们待在奥马哈、洛杉矶、杰克逊维尔、新伊比利亚或国内任何地方，是否仍会落得如此下场？是否仍会成为如今无家可归的流浪汉、四处游荡的精神病患者或毒犯？

"我猜大部分人应该不会，是战争毁了他们，是战争使他们误入歧途。"他深深吸了一口已经熄灭的烟斗，"我所做的就是借这片土地以及几本祷告书，试着填补、重建他们被战争摧毁的心灵，而且老实说我做得不错。因此我可以提供这份名单并让你们翻看档案，但请你们别破坏我们在这儿辛苦建立起来的成果。二位怀疑这地方不对劲，没关系，这是你们干这行的合理态度。但是请你们谨慎处理获得的资料。博斯警探，我看你的年纪，或许也打过越战？"

博斯点点头。史盖尔说："那么你应该很清楚。"他继续写着名单，并未把头抬起，说道："二位是否要和我们共进午餐？餐桌上提供的可是本郡最新鲜的蔬菜。"

他们婉拒并在拿到名单后起身，史盖尔在名单上列了二十四个名字。博斯转身准备走出办公室时稍有犹豫地说："上校，你介意我问你们农场还有哪些车吗？我刚才看见一辆小货车。"

"我不介意你问，因为我们行事光明磊落，不需要遮遮掩掩。我们还有两辆类似的小货车、两辆约翰·迪尔拖拉机和一辆四驱车。"

"四驱车是什么样的？"

"吉普车。"

"什么颜色？"

"白色。怎么了？"

"没事，只是想厘清一些细节。但我猜那辆吉普车的侧面应该印着查理连的标志，就像小货车那样，对吧？"

"没错，我们的车辆都有标志。我们在进入文图拉时，深为此地的成就感到骄傲，我们希望大家知道蔬菜的来源。"

博斯上车之后才开始查看名单，他完全不认识那二十四个名字，不过史盖尔在其中八个名字后面注上了"PH"的字样。

埃莉诺也倾身看着名单，她问："那是什么意思？"

"紫心勋章,"博斯说,"我猜应该是希望我们重点关注吧。"

"吉普车呢?"她说,"他说是白色的,而且车身上有标志。"

"你也看见那辆小货车有多脏了,脏的白色吉普车看起来可能是米黄色,假如真是那辆吉普车的话。"

"我看史盖尔不像是我们的嫌犯,他应该没有嫌疑。"

"或许吧,或许他把吉普车借给别人了,不过我希望在掌握足够证据后再追问他。"

博斯发动汽车,沿碎石路驶向门口。他摇下车窗,天空是褪色的牛仔裤颜色,空气干净透明,混着类似新鲜青椒的香气。但是博斯心想,过不了多久,又将回到肮脏之地了。

在回城途中,博斯下了文图拉高速公路,向南经过马利布峡谷到了太平洋沿岸。回程耗时较久,但清新空气令人上瘾,他希望能一直享受这种感觉。

他们经过蜿蜒的峡谷后,前方雾蒙蒙的湛蓝海面映入眼帘,这时他说:"我想看看保险箱遭窃的客户名单,你之前提到的那个恋童癖,我觉得不太对劲,为什么歹徒要拿走那家伙收藏的儿童色情刊物?"

"博斯,拜托,你该不会以为那些抢匪大费周章,花了几星期时间凿通隧道然后炸开银行金库,是为了偷儿童色情刊物吧?"

"当然不是,不过这正是我纳闷的原因。为什么他们拿走了那些东西?"

"或许他们喜欢,或许其中一个窃贼是恋童癖,正中其下怀。谁知道呢?"

"或者这可能就是障眼法。他们清空所有钻开的保险箱内的财物,借此掩饰其真正目的——某一特定物品。你明白我的意思吧,就像打劫数十个保险箱,借此模糊重点,但他们的目标只是其中一个箱内的财物。

这和他们打劫当铺的手法一样：拿走许多珠宝以掩盖他们要的其实只是那个手镯。

"不过在金库这边，他们要的是失主不会报失的财物。失主无法报失财物，因为自己会惹上麻烦。就像那个恋童癖，他的东西遭窃，他能怎么办？这就是盗贼打的如意算盘，只不过他们要的是更有价值的财物，令他们认为抢保险箱金库比抢主保险库更有价值的财物；而那财物价值之高，使他们不得不在梅多斯典当手镯可能危及整个计划时做掉他。"

她没说话。博斯转头看她，但她戴着墨镜，表情无法捉摸。

"听起来你指的又是毒品了，"片刻后她说，"但警犬明明表示没有毒品，缉毒署在银行客户名单上也未找到任何可疑的关联。"

"可能是毒品，也可能不是，这正是我们要重新清查保险箱租用者的原因。我想查一下名单，看看是否会有什么发现。尤其是那些未报失财物的租用者，我想从他们开始。"

"我会帮你拿到名单，反正目前我们也没有其他线索。"

"嗯，我们至少有史盖尔提供的这些姓名待查，"博斯说，"我打算调出这些人的照片，让阿鲨指认。"

"我猜或许值得一试，反正是例行公事罢了。"

"我不确定，但我认为那小子有所保留，或许他当晚看到了对方的脸。"

"我留了便条给鲁克，询问他催眠一事，他可能今天或明天给我们答复。"

他们行驶在环海湾的太平洋高速公路上。烟雾被风吹到了内陆，海洋中的卡特林纳岛隔着白浪清晰可见。他们在艾丽斯餐厅停下来吃午餐，由于已过用餐时间，窗边有张空桌。埃莉诺点了冰红茶，博斯要了啤酒。

"我小时候常来这码头，"博斯告诉她，"他们会带我们出游，一辆公交车都坐满了孩子。以前码头尽头有家鱼饵店，我就在那儿钓黄尾鱼。"

"是少年辅导中心的孩子吗？"

"是，呃，不是，当时还叫'公共服务处'。几年前他们终于明白需要为未成年人设立一个独立的部门，因此成立了少年辅导中心。"

她透过餐厅窗户眺望码头远方。她微笑着听他叙述往事，他则询问她的儿时记忆在何方。

"到处都是，"她说，"我父亲是军人，我顶多在一个地方待上几年。因此我的儿时记忆其实和地点关系不大，大多是关于人的记忆。"

博斯说："你和你哥感情好吗？"

"嗯，尤其我父亲常不在家，哥哥总是陪在我身边。直到他入伍，然后再也没有回来。"

女服务生送来沙拉，他们边吃边闲聊；然后在女服务生收走沙拉餐盘、端来正餐盘之间的空当，她开始谈起哥哥的事。

"迈克每星期从越南写信给我，每次都说心里很怕，很想回家，"她说，"他不适合从军，却无法向爸妈开口。他根本不该去打仗，但由于父亲的缘故，他毅然前往。他不想令父亲失望，他没有足够的勇气拒绝父亲，却有足够的勇气上战场，这根本说不通。你听过这么蠢的事吗？"

博斯并未回答，因为他听过类似的情节，包括他自己的经历。而她也就此打住，或许是不知道哥哥后来的遭遇，又或许是不想细数这段往事。

过了一会儿，她说："你呢？你去的原因是什么？"

他知道她会问这个问题，但他一辈子都无法向别人坦诚地回答这个问题，对自己也是。

"我不知道。我猜或许是没有选择吧。正如你之前所说，我这人习惯了组织的生活。我没打算上大学，也没想过到加拿大躲兵役，去加拿大或许还不如被征召入伍去越南。一九六八年，我中了'征兵彩票'，我的编号顺位不高，但我知道自己一定会被抽中，因此我想干脆自动加入算了，省得麻烦。"

"然后呢？"

博斯笑得很不自然，就像她之前的假笑一样。"我入伍接受基本训练和一大堆有的没的，后来分发部队时选了步兵团。至今我仍不明白原因，那个年纪的年轻人心态，你明白吗？我以为自己所向无敌。我抵达越南之后，自动加入地道小组，理由和梅多斯写给史盖尔的信上的内容类似，我想测试自己的能耐，当时我做出了一些自己也无法理解的事。你明白我的意思吗？"

"我想应该明白，"她说，"梅多斯呢？他原本有机会离开越南，却决定留到最后一刻。如果可以选择离开，为什么会有人想留下来？"

"有许多人和他一样，"博斯说，"我觉得这说不上正常或不正常。有些人就是不想离开那地方，梅多斯是其中之一，也有可能是生意上的决定。"

"你指的是毒品吗？"

"嗯，我知道他在越南时吸海洛因，回美国之后继续吸食并贩卖毒品；或许他在越南时做过毒品运输，因此不希望白白放弃捞钱的大好机会，有许多迹象显示有此可能。那回他们将他带出地道后，他被调派到西贡。西贡可以说是再好不过的地方了，尤其他身为宪兵有外交豁免权。昔日的西贡是罪恶之城，妓女、大麻、海洛因任君挑选，简直是个自由市场，人们纷纷过去做生意。如果他当时早有打算，拟好计划走私一部分海洛因到美国的话，肯定轻松赚了一大笔。"

她没什么食欲地用叉子摆弄餐盘上的红鲷鱼片。

"真不公平，"她说，"他不想回来，有些士兵想回来却苦于没有机会。"

"没错，在那地方的确毫无公平可言。"

博斯转头望向窗外的海洋，四位冲浪者身穿颜色鲜艳的潜水衣，驰骋在汹涌浪涛之上。

"你在越战之后进了警局。"

"嗯，刚开始我试了其他工作，然后进了警局。似乎我认识的大部分越战老兵——就像史盖尔今天说的那样，不是进了警局就是进了监狱。"

"博斯，依我看你是个独行侠，喜欢单打独斗，不像是那种会听从看不顺眼的长官的命令的人。"

"这年头不流行单打独斗了，大家都得乖乖听命……不过关于我的一切都写在档案内，你都知道了。"

"文件无法记载一个人的一切，这不是你说的吗？"

他笑了，这时女服务生前来清理餐桌。他说："你呢？你进联邦调查局的经过又是怎样的？"

"其实很简单，我在宾夕法尼亚大学主修犯罪学专业，辅修会计学，毕业后被招进了联邦调查局，薪水和福利都很好，女性很抢手，受到了高度重视。过程大致如此，没什么特别的。"

"为什么选择银行组？我以为吃香的部门是反恐小组或办公室白领工作之类的，缉毒小组前途应该也不错。"

"我在联邦调查局做了五年白领工作，在首屈一指的华盛顿总部。问题是那工作无聊透顶，就像国王的新衣，骗不了人。"她微笑着摇摇头，"我明白自己只想当一个名副其实的警察，后来也如愿调岗。洛杉矶是全国的银行盗窃之都，我发现本地分局有空缺，提出申请之后获准调职，你可能会觉得我是个恐龙。"

"你这么漂亮，怎么会是恐龙？"

尽管她肤色晒微黑，博斯仍看出她闻言脸颊涨红。他如此唐突地脱口而出，自己也感到困窘。

他说："抱歉。"

"没关系，谢谢你的赞美。"

他说："你结婚了吗？"说完立刻满脸通红，后悔自己如此直接。她见他一脸困窘，不禁微笑。

"结过，不过那是很久之前的事了。"

博斯点点头："你不介意……鲁克，呃，你们两个好像……"

"什么？你开什么玩笑？"

"抱歉。"

两人不约而同地放声大笑，再是微笑，然后是长久的惬意的静默。

午餐后他们走到外面码头上，来到博斯小时候钓鱼的地方。此刻无人垂钓，码头末端有几栋如今已废弃闲置的房子。桥塔附近的海面上方有一道彩虹。博斯注意到那些冲浪的人都走了，他心想，或许孩子们此刻都在学校吧，或许这年头他们都不在这儿钓鱼了，又或许现在鱼群已无法在这污染的海湾内生存。

他对埃莉诺说："我很久没到这儿来了。"他倚着码头栏杆，胳膊肘撑着的那块木头上面有鱼饵刀留下的上千条刻痕。"一切都变了。"

他们回到联邦大楼时已是下午，埃莉诺通过美国犯罪情报系统和加州司法部电脑系统过滤史盖尔提供的姓名和犯人编号，并要求州内各个监狱将那些人的档案照片传真过来。博斯拿了名单，给圣路易斯的美军服役记录档案馆打电话，找到星期一那天接待他的办事员——杰茜·圣约翰，她表示博斯上次要的梅多斯的档案已寄出。博斯并未向她透露自己已看过联邦调查局的档案副本，他请她在电脑上查询他目前掌握的其他退伍军人的姓名并提供他们的基本服役记录。他这个电话一直打到圣路易斯那边下午五点的下班时间，不过她表示很乐意帮忙。

到了洛杉矶时间下午五点，博斯和埃莉诺拿到了二十四张档案照片和每个人的简短犯罪记录与服役记录，并无任何人的资料特别引起他们的注意。梅多斯留在越南期间，其中十五人也在越南服过役，有十一个人是陆军，没有"地鼠"；不过在梅多斯初抵越南时，有四个人和他同属第一步兵团，另外还有两人在西贡当宪兵。

他们将焦点放在犯罪情报系统中那六位军人的记录上，就是那四个第一步兵团的士兵和那两个宪兵。只有那两个宪兵有抢银行的前科，博斯翻找档案照片，抽出那两人的照片。他凝视那两张脸，希望从他们面对摄影机时麻木冷漠的表情中确认自己的怀疑无误。他说："我喜欢这两个。"

他们的名字是亚特·富兰克林和金·德尔加多，两人都住在洛杉矶。他们在越南服役时被分派至西贡不同的宪兵部门，并非梅多斯隶属的大使馆宪兵部，尽管如此，他们仍旧在同一城市。两人都在一九七三年退伍，但他们和梅多斯一样，继续留在越南担任民间军事顾问，一直待到最后——一九七五年四月。博斯心中毫无疑问，他确信这三人——梅多斯、富兰克林与德尔加多，在进入文图拉的查理连之前就已经彼此认识。

一九七五年富兰克林回美国后，在旧金山犯下一连串抢劫案，被关了五年。一九八四年，他在奥克兰犯下银行抢劫案被控入狱，和梅多斯于同一时间在特米诺岛联邦监狱服刑。在梅多斯结束戒毒方案前两个月，富兰克林获得假释进入查理连。德尔加多犯的则都是触犯州法律的罪行，在洛杉矶入室行窃三次被捕，每次都只是在监狱里待了一段时间。一九八五年，他在圣塔安那企图抢劫银行未遂，然后与联邦检察官达成协议，在州法庭接受了审判。他进入索勒达监狱服刑，一九八八年出狱，在梅多斯进入查理连之前三个月到了那儿。富兰克林到达查理连的第二天，德尔加多就离开了。

"一天，"埃莉诺说，"这表示三人同时待在查理连的时间只有一天。"

博斯看着他们的照片与个人资料，富兰克林是个大块头，身高一米八二，体重八十六公斤，黑色头发。德尔加多身材精瘦，身高一米七，体重六十三公斤，也是黑头发。博斯看着照片上一大一小的两个人，并回想阿鲨对开吉普车、丢弃梅多斯尸体的那两人身材的描述。

过了一会儿，他说："咱们去找阿鲨。"

他打电话到街头之家收容中心，但早已料到结果：对方表示阿鲨已经离去。他联络蓝色城堡汽车旅馆，一个疲惫的老者的声音告诉他，阿鲨一行人已于中午退房。接着他打电话给阿鲨的母亲，她一听他不是客户便立刻挂断。

时间已近晚上七点，博斯告诉埃莉诺他们得回街头找他，她说她来开车。接下来他们在好莱坞西区绕了两小时，主要行驶在圣莫尼卡大道上，但一直不见阿鲨的踪影，也没看到锁在计时收费机旁的摩托车。他们拦下几辆巡逻警车，告诉警察他们要找的人，众人帮忙寻找但仍一无所获。他们在 K 热狗店旁边停车，博斯猜想或许少年已回到母亲身边，而她挂上电话是为了保护他。

他问："你想绕到查茨沃斯一趟吗？"

"我的确想见见你提过的阿鲨那巫婆老妈，不过我更希望今天的工作到此为止，我们明天再找阿鲨也不迟。昨晚我们都没机会共进晚餐，今晚你觉得怎么样？"

博斯想找到阿鲨，但也想找机会接近她。她说得没错，凡事皆有明天。

"听起来不错，"他说，"你想去哪儿？"

"我家。"

埃莉诺·威什在圣莫尼卡距离海滩两条街的地方租了一间公寓。他们在公寓前门的路边停车，进屋时，她告诉博斯虽然房子就在海滩附近，但如果真的想看到大海，要走到她卧室的阳台上探出头，并睁大眼睛望向右边海洋公园大道才行，如此一来，可从矗立于海岸线的两栋高耸的公寓大厦之间窥得太平洋的一角，她表示从那个角度也能望进隔壁邻居的卧室。邻居是个过气的电视演员，如今是床上女伴换不停的小毒犯，她说那画面有些煞风景。她请博斯到客厅就座，她则去准备晚餐。她说：

"如果你喜欢爵士乐，客厅里有张我刚买的还没时间听的 CD。"

博斯走向书柜旁边架子上的音响，拿起那张新 CD，是罗林斯的《跟爵士谈恋爱》。他内心不禁荡起微笑，因为自己也有这张 CD，这仿佛一种温暖的联结。他打开 CD 盒，播放音乐，开始环视客厅。粉色的地毯，家具盖着淡色系罩子，淡蓝色沙发前的玻璃桌面上摆着建筑书籍和家居杂志。这地方整理得很舒适，前门旁边墙上挂着一幅裱框的十字绣作品，上面写着"欢迎来到寒舍"，一角绣着落款：EDS 1970。博斯不知道那指的是什么。

博斯转身望向沙发上方的墙面，又找到与埃莉诺·威什品位不谋而合之处。墙上是爱德华·霍珀[1]的《夜游者》的复制品，用黑木框装裱。博斯家中并没有这幅画，但他对此相当熟悉，在深入调查某案件或外出执行监视任务时偶尔也会想起画中内容。他在芝加哥欣赏过一次原作，站在画前静静凝视了近一小时。画中几乎没入阴影的男子静静地坐在街头餐馆内，他望着坐在对面、与自己相隔不远的另一位客人，只不过对方身旁有一位女子。博斯似乎能从画中找到某种共鸣。他心想，我是画中那独行者，我是那夜游者。他认为这幅画黑暗的色调并不适合她的公寓，与粉色系形成强烈冲突。为何埃莉诺·威什选了它？她在这画中有何发现？

他环视客厅其他地方，没有电视，只有音响、桌上的杂志，以及沙发对面倚墙而立的书柜。他走近书柜，透过玻璃门看里面都有哪些藏书。上面两层大多是知识分子看的位列"每月书选"的书籍，不过也有偏大众品位的犯罪小说，包括克拉姆利、威尔福德等人的作品，他阅读过其中几本。他打开书柜的玻璃门，抽出一本《锁上的门》，他听说过这书，但从未在书店看到过。他翻开书皮想知道出版年份，然后就解开了十字

---

[1] 美国画家，写实主义流派的代表人物。

绣作品的署名之谜。书的扉页印着：埃莉诺·D. 斯卡利特——1979 年。博斯心想，她肯定在离婚后还用着前夫的姓。他把书放回原位，关上了玻璃门。

底下两层的书比较杂，有犯罪纪实、越战历史研究、FBI 手册，甚至还有一本洛杉矶警局命案调查教科书。书架上许多书博斯都读过，他甚至在其中一本里出现过，是《洛杉矶时报》记者布雷莫针对所谓的"美容院杀人魔"撰写的报道。杀人魔哈维·肯道尔一年内在圣费尔南多谷连续杀害七名女性，她们都是美容院的老板或雇员。他事先在美容院附近观察，接着跟踪受害者回家并用削尖的指甲锉划开她们的喉咙。博斯与当时的搭档通过第七位受害者遇害前一晚在店内便条纸上记下的车牌号码追查到了肯道尔。博斯他们一直不明白她为什么要把它记下来，他们猜测她可能发现了肯道尔从厢型车内鬼鬼祟祟地看店内情况，出于谨慎记下了车牌号码。但她没有提高警觉，仍旧单独回家。博斯和他搭档通过车牌追查到肯道尔，发现他曾在二十世纪六十年代，因在奥克兰附近连续犯下数宗美容院纵火案，被判入狱服刑五年。

他们之后发现，在肯道尔年幼时，母亲在美容院当美甲师。她在小肯道尔的指甲上练习手艺，心理医生认为他从此迷恋美容师无法自拔。布雷莫把他的故事写成了畅销书，之后环球电影公司又把这故事拍成了电影并给了博斯和他搭档一笔钱；电影之后又接着拍了电视剧，这次的金额多了一倍。他的搭档选择离开警局搬到恩塞纳达，博斯则继续当差，并将这笔钱投资在山坡上这栋用支柱架高的房子。房子正好可以俯瞰山下支付了购房款的电影公司，博斯认为这其中有种难以言喻的共生关系。

"我早在你的名字在案子里出现前就看完那本书了，所以这和调查无关。"

埃莉诺踏出厨房，手里拿着两杯红酒。博斯笑了。

"我又没打算怪你，"他说，"而且这本书的主角不是我，是肯道尔。

反正这案子能破是运气好。但是他们仍为此案写了书，拍了电视剧。嗯，厨房的味道真香。"

"你喜欢面食吗？"

"我喜欢意大利面。"

"咱们今晚吃的就是意大利面，我星期日煮了一大锅肉酱。闲暇时我喜欢一整天待在厨房，什么都不想，我发现这是缓解压力的好方法，而且一大锅菜吃都吃不完，只要加热酱汁再下点面条就是一餐，很方便。"

博斯喝了一口红酒，继续环视四周。他还没坐下，就已觉得和她在一起很舒服自在。他脸上露出笑容，指着霍珀的画作："我很喜欢，不过你为什么选了一幅这么黑暗的画？"

她凝视画作，皱起眉头，仿佛第一次思索这个问题似的。

"我不知道，"她说，"我一直很喜欢那幅画，它的某种特质很吸引我。画中女子旁边有个男人，因此那不是我。所以我猜假如我是画中某个人，则应是那位坐在咖啡杯前的男子，孤寂而若有似无地观望对面相伴的两人。"

"我在芝加哥看过那幅画，"博斯说，"原作。我到那儿去执行引渡任务，在那之前刚好有一小时的空当，于是我进入芝加哥艺术学院，这幅画就在里面。我接下来整整一小时都在专心欣赏这幅画，它有某种特质——就像你说的那样。当初是哪件案子，带回来的又是哪个犯人我想不起来了，但是我清楚地记得这幅画。"

他们吃完饭坐在桌边聊了将近一小时。她向他透露了更多哥哥的往事，以及她如何从失去他的痛苦与气愤中走出。她表示，十八年后她仍在继续克服。博斯告诉她，他也一样，依然会偶尔梦见越南地道，更多时候还要与失眠斗争。他告诉她，越战归来后他相当彷徨；之后他选择的道路与梅多斯的抉择，两者其实只有一线之差。假如他当初选了另一条路，今日局面可能全然不同。她闻言点头，似乎很能体会。

后来她问到了洋娃娃杀手案以及他从重案组被降级调职的经过，看样子她并非纯粹出于好奇。他知道自己必须如实回答，因为他的描述将决定她对他的看法。

"我猜你已知道大致经过，"他说，"作案者勒死那些女人——大多数是妓女——然后用化妆品，包括粉饼、口红、厚厚的腮红和黑色眼线笔在她们脸上涂抹，每次都一样，受害者的尸体还被洗过，但是我们警方从未透露他将她们画成洋娃娃的情况。某个浑蛋——我猜是法医室的萨凯——向外泄露了消息，表示受害者脸上的妆是所有案件的共同点，于是'洋娃娃杀手案'开始在媒体传开。我想应该是第四频道首先公开使用了那个名字，之后就被吵得沸沸扬扬，我倒觉得歹徒手法更像殡仪馆的人。不过说实话，当时警方的调查毫无进展，直到受害者人数上升到两位数，我们才开始对作案者的情况有了些许掌握。

"切实的证据并不多，受害者的尸体被随意丢弃在城西各处。通过从几具受害者尸体上提取的纤维，我们得知作案者可能戴假发或者假胡子之类的。我们一一查出在街头卖淫时被作案者带走的女子最后一次性交易时的地点，我们前往按小时计费的汽车旅馆，但一无所获。因此我们推断作案者开车在街头将她们拉走，带到某处，可能是他的家或作为谋杀场所的安全地点。我们开始监视妓女拉客的那条大道和其他可能的地点，我们突击检查了高达三百次性交易，案情才开始有了突破。某天凌晨，一个名叫蒂克希·麦昆的妓女打电话到警局，表示她刚从'洋娃娃杀手'手中逃脱，并且想知道假如供出他是否有赏金可拿。当时我们每星期都会接到报案电话，想想看，十一名女子遇害，民众提供的线索无奇不有，整个城市陷入惊慌。"

埃莉诺说："我记得。"

"但是蒂克希不一样。当天我在警局值夜班，接到她的报案电话，之后我去找她谈了一番。她告诉我，她在温泉馆林立的温泉街附近的好莱坞大道上拉到这位客人，你知道吧，就在科学大厦附近，对方带她到银湖区的一间公寓。她表示正当对方脱光衣服时她想上厕所，于是她进入洗手间，在冲水时顺便翻看洗手台下方的柜子，可能是想找可以偷的东西。但是她看到的是各种小的瓶瓶罐罐、化妆品盒和一大堆女性用品。她翻看了所有东西，突然之间明白了。她猜这家伙肯定就是凶手，绝对没错。当时她吓得半死，决定立刻逃跑。她从洗手间出来时，对方正躺在床上，她立刻夺门而出，仓皇逃命。

"重点是，警方并未公开关于化妆品的所有细节；或者应该说，那个向媒体泄露消息的浑蛋并未透露所有细节。我们知道凶手保留了受害人的东西，尸体被发现时皮包就在身边，但里面没有化妆品——你也知道，就是口红、粉饼之类的。因此当蒂克希告诉我洗手间柜子里有什么东西时，我立刻提高警觉，知道她所言为真。

"然后我就在这个节骨眼把事情搞砸了。我和蒂克希谈完之后已是凌晨三点，组里的人都下班了，我独自一人在那儿思索着，这家伙或许意识到蒂克希已辨认出他的身份逃跑了，因此我独自前往他的住处。我的意思是，蒂克希和我同行，她带我到那个地方，不过她一直留在车内。我们一到，我看见车库上方的屋子亮着灯，车库就在哈佩利恩大道旁一栋破房子后面。我呼叫后援，在等候时，见这家伙的影子在窗边走来走去，我有预感他准备逃跑并带走柜子里的所有东西。我们在十一具尸体上没有发现任何证物，因此必须拿到柜子里的东西。当时我的另一个顾虑是，万一屋内有其他人，例如蒂克希的替代者，该如何是好？因此我决定只身前往。之后的事，你都知道了。"

埃莉诺说："你在没有搜查令的情况下进屋，而且在他伸手准备拿床上枕头下的假发时朝他开枪。之后你告诉狙击小组，你认为当时情况紧急，对方有足够的时间再带一个妓女回来。按你的说法，这给了你在没有搜查令的情况下径自入屋之权。按你的说法，之所以开枪是因为你当时觉得嫌犯准备拔枪。根据报告内容——如果我没记错的话——你从五六米外朝他上身开了一枪。问题是'洋娃娃杀手'独自在家，而且枕头下只有他的假发。"

博斯说："只有他的假发。"他摇摇头，一副早知如此的表情，"不管怎样，狙击小组证实了我并无过失。之后我们找出他假发上的毛发，与其中两名受害人相符，并从洗手间内的化妆品追踪到其中八名受害者，毫无疑问，他就是凶手。我没有过失，但就在此时督察室开始介入，展开一场刘易斯与克拉克探险队之旅。他们追踪到蒂克希并要她签署一份声明，表示她事先已告诉我，凶手将假发放在枕头下。我不知道他们拿什么去要挟她，但不难猜到。督察室老想找我麻烦，他们不喜欢不完全属于警局大家庭的人。反正他们准备起诉我，想让我丢饭碗，之后带着蒂克希到大陪审团面前对我提起诉讼。当时的情况就像两只肥肥的大白鲨嗅到海水中有血一般。"

他停住了，埃莉诺·威什接着说："只不过督察室的人失算了，他们没想到舆论会站在你这边。民众通过新闻报道知道你是侦破'美容院杀人魔案'及'洋娃娃杀手案'的警探，甚至电视剧里都有你这号人物，督察室想除掉你，得先通过重重公众监督才行，这下警局的面子也挂不住了。"

"后来有高层介入，要求停止大陪审团程序，"博斯说，"于是他们不得不放弃，接受我停职以及降职到好莱坞分局命案组的结果。"

博斯的手指放在空红酒杯的杯颈处，心不在焉地在桌上转动杯子。

"好个和解，"过了一会儿，他说，"而督察室那两只大白鲨至今仍在附近虎视眈眈，等待杀戮时刻。"

之后，他们两人静静地坐着。他等她提出上回问过的问题：那名妓女是否说了谎？但她一直没发问，而且片刻后只是看着他微笑，他觉得自己仿佛通过测试了。她开始收拾桌上的餐盘，博斯到厨房帮忙收拾。整理完毕后，两人在同一条手巾上把手擦干，他们站得很近，然后就那么轻轻地吻了下彼此。接着，两人似乎收到相同的秘密信号，不约而同地投入对方的怀抱，如饥似渴地拥吻起来。

"我想在这儿过夜。"博斯在接吻的空当说。

"嗯，我要你留下来。"她说。

阿森因吸食毒品而涣散的眼珠映着霓虹夜。他深深抽了一口 Kool 牌香烟，将宝贵的烟吸入。那根烟蘸过天使粉①。他用鼻孔呼出两缕烟，咧嘴笑着。他说："你可是头一只被用来当成钓饵的鲨鱼，对吧？"

他哈哈笑，又深深吸了一口烟，然后将它递给阿鲨。阿鲨吸够了，挥手拒绝，于是阿摩接过烟。

"没错，妈的，我也开始觉得累了，"阿鲨说，"偶尔也该轮到你们了吧。"

"别这样嘛，你可是唯一有办法处理这场面的人。你那招啊，我和阿摩学不来，而且呢，我们也有自己的活要干。你个头不够大，没法用拳头教训那些娘娘腔，这种粗活就让我们来吧。"

"咱们干吗不回 7-11 找目标呢？"阿鲨说，"我不喜欢在这里等人，谁知道对方会是谁啊。我喜欢去 7-11，至少我们可以自己选目标，而不是在这儿等着被挑上。"

这时阿摩开口："想都别想，假如我们回到老地方，万一上回那家伙报警了呢？我们必须避开那里一阵子，警方可能就在我们上回待的停车场里监视那地方。"

阿鲨知道他们说得没错，只是觉得在圣莫尼卡大道钓同性恋太冒险了。他猜这两个毒虫会选择袖手旁观，希望他干脆干到底，借此拿到钱，他知道到时就是和他们分道扬镳的时候了。

"好吧，"他边说边走下人行道，"要罩着我啊，别搞砸了。"

---

① 学名苯环己哌啶，是一种麻醉药和致幻剂。

　　他开始过马路。阿森在后面大喊："至少得找开宝马的啊！"

　　阿鲨心想：这还用你说吗？他朝拉普拉亚大道方向走了半条街后倚在一家打烊的店铺门口。他距热棒成人书店还有半条街远，在那儿只要二十五美分即可买一本裸男杂志。不过他距离够近了，足以与踏出那家店的人目光接触——如果对方有意的话。他回头观察街道对面，阿森与阿摩坐在马路边的摩托车上，黑暗中能看见那根烟的火星。

　　阿鲨站在那儿不到十分钟，立即有辆庞帝克大艾姆新车停靠在路边，电动车窗摇了下来。阿鲨想起至少得找开宝马的家伙，正打算打退堂鼓，但见金光闪烁，于是走近。开车的人握住方向盘的手上戴着一块劳力士金表，假如是真品，阿森肯定能卖个三千美元，这样一来他们每人可以拿到一千，此外这块"肥肉"的家里或皮夹内不知还有多少钱可捞呢。阿鲨打量车内男子。看起来是异性恋，商人模样，黑发，黑西装，四十多岁，体型中等不算太魁梧，说不定阿鲨自个儿也能摆平。男子对阿鲨微笑着说："嘿，你好吗？"

　　"还好，有什么事吗？"

　　"哦，没什么事，只是出来兜风。你想去兜兜风吗？"

　　"去哪儿？"

　　"哪里都行，我知道有个地方可以让我们独处。"

　　"你身上有一百美元吗？"

　　"没有，不过我有五十美元，准备晚上打棒球用的。"

　　"你是投手还是接球手？"

　　"我是投手，而且我把自己的手套都带来了。"

　　阿鲨犹豫片刻，并迅速朝刚才看到香烟火星的对面马路瞥了一眼。烟已熄，他们肯定准备好行动了。他回头看着那块表。

　　"好吧。"他说着上了车。

　　汽车向西行，驶过那条小巷。阿鲨克制住自己，不回头张望，不过依稀能听见摩托车引擎的噗噗声，他们肯定跟在后面。

他问："咱们去哪儿？"

"呃，我不能带你回家，但是我知道我们可以去一个地方，不会有人打扰我们。"

"酷毙了。"

他们在弗罗雷斯街停下来等红绿灯，这让阿鲨想起上回那个男子，此刻他们就在他家附近。阿鲨心想，最近阿森下手似乎更重了。看来再过不久得结束这一切，否则迟早会出人命。他希望戴劳力士金表的这位仁兄乖乖合作别反抗，谁知道那两人会捅什么娄子，他们吸了天使粉，什么暴力事都干得出来。

就在这一刻，车突然冲过十字路口，阿鲨注意到仍是红灯。

他高声说："你搞什么？"

"没什么，只是不想等红灯罢了。"

阿鲨心想此刻回头看应该不至于使对方起疑。他转头往后看，只见其他车辆乖乖停在十字路口处等红绿灯，没有摩托车的踪影。他心想，该死的王八蛋。他开始紧张，感觉额头冒汗，头一次开始恐惧地颤抖。车经过巴尼酒吧之后右转并开上日落大道，又向东至高地大道，然后劳力士男再度往北行驶。

"我们以前见过吗？"男子问，"我觉得你有些眼熟。嗯，或许我们之前碰过面？"

"不可能，我从来没——我想应该没有。"

"看着我。"

阿鲨说："什么？"男子突如其来的问题和严厉的口吻吓了他一跳。"干吗啊？"

"看着我，你认识我吗？你以前见过我吗？"

"搞什么鬼啊，做信用卡广告吗？我说过了，没有。"

男子下了高速公路，将车驶入好莱坞露天剧场的东区停车场，附近没半个人影，他迅速且一言不发地驶往漆黑的北端。阿鲨心想：老兄，假如你说的僻静地点是这种地方，那么你手上的劳力士肯定是假货。

阿鲨说："喂，老兄，咱们来这儿做什么？"他一边问一边想办法准备闪人。阿森和阿摩吸了毒，头脑不清楚，肯定跟丢了。这会儿他得独自对付这家伙，情况不妙，趁早撤退才是上策。

"剧场关门了，"劳力士男说，"不过我有更衣室钥匙，我们可以走卡胡恩哥下方的隧道，在隧道出口附近有条小通道通往后门，那附近不会有人。我在那儿工作，我很清楚。"

阿鲨想试试独自撂倒这家伙，但看情况胜算不大，除非他趁对方没注意来个措手不及，于是作罢。再观望一下吧。男子将引擎熄火，打开驾驶座车门。阿鲨也打开车门，下车环顾空荡荡且漆黑一片的停车场。他想找那两辆摩托车的车灯，但什么都看不见。他决定到隧道另一端对付这家伙，到时他会采取行动，可能揍了对方再溜，或者脚底抹油直接跑。

他们朝"行人快速通行道"标志前进，地下人行道入口处有一个混凝土建筑，然后他看到了台阶。他们走下粉刷成白色的阶梯时，劳力士男把手搭在阿鲨肩上，然后以父亲的姿态钳住他的颈背。阿鲨感觉到冰冷的金属表链紧贴皮肤。

男子说："阿鲨，你确定我们不认识？或许我们见过面？"

"不，老兄，我说过了，我没和你在一起待过。"

他们走到隧道中间时，阿鲨突然想到，他根本没告诉对方自己的名字。

Chapter 5

五月二十四日
星期四

上次是好久以前的事了。在埃莉诺·威什的卧室，博斯太过自信且缺乏练习而显得动作笨拙。就像与其他人第一次上床的经验一样，感觉不算愉快。她用双手和耳语引导他，之后他想道歉又作罢。他们互拥着浅浅入眠，她的发香扑鼻。是苹果香，和他昨晚在厨房闻到的香味一样。博斯深深为之着迷，真想时时刻刻沉浸在她的发香中。片刻后，他吻醒她，他们再次做爱，这次他不需要引导，她也不需要使用双手。事毕，埃莉诺柔声说："你认为你在这世界上可以一个人过，却不觉得孤单吗？"

他没有立即回答，她又说："哈里·博斯，你一个人会觉得孤单吗？"

他思索时，她的手指轻柔地抚过他胳膊上的文身。

"我不知道，"最后他柔声说，"或许久了就习惯了吧。我老是一个人独来独往，或许有时的确觉得孤单，但现在我不孤单了。"

他们在黑暗中微笑着亲吻，不久，他听见她入睡后的深沉呼吸。又过了好久，博斯下床穿上裤子，到外面阳台抽烟。海洋公园大道上不见车流，能听见附近传来的海浪声。隔壁公寓熄灯了，家家户户都已熄灯，唯独街灯兀自照耀。人行道上，黄檀落花缤纷，花瓣片片如紫雪般飘落在地面及沿路边停放的车辆上。博斯倚着栏杆，在冰凉的晚风中吞云吐雾。

他抽第二根烟时听见后方的门被拉开，然后感觉她双手环上他的腰际，从背后拥抱他。

"怎么了？"

"没什么，只是想些事情。你最好小心哟，致癌警告。你没听过二手烟风险评价吗？"

"是评估，不是评价。你在想些什么？你平常也像今晚这样睡不着吗？"

博斯在她怀抱中转身，亲吻她的额头。她穿着粉红色丝质短睡袍，他的拇指上下轻揉她颈背。"其他夜晚怎能与今晚相提并论？我只是睡不着，可能在想一大堆事情吧。"

"想我们的事吗？"她吻了一下他的下巴。

"我猜是吧。"

"然后呢？"

他收回手，用手指抚过她下巴的边缘。

"我在想你这块小疤是怎么来的。"

"哦……小时候弄伤的。有一次我和哥哥一起骑自行车，我坐在前面的横梁上。我们骑在一条下坡路上——当时我们住宾夕法尼亚——忽然他失去控制。自行车开始摇摇晃晃，我好怕，因为我知道我们就要撞上了。正当车完全失去控制而加速往下冲时，他大喊：'埃莉，你不会有事的！'正因为他那么一喊，后来我真的没事，只是下巴被划了这么一道伤口，而且我甚至没哭。我总觉得，当时那种情况他不替自己担心却只顾着我，这让我很感动，我哥就是那样的人。"

博斯放下抚着她脸庞的手。他说："我刚才还想着，我们这样很好。"

"我也有同感，我们两个夜游者这样很好。嗯，回床上睡觉吧。"

他们回到卧室。博斯先到洗手间用手指刷了刷牙，然后钻进被单躺在她身边。床头柜上的电子时钟蓝光屏幕显示"2:26"，博斯闭上眼。

他再度睁开眼睛时，时钟显示"3:46"，屋内某处响起恼人的哔声。他回过神来，明白此处并非自己的卧室，然后他想起自己在埃莉诺·威什的房间。等他终于搞清了地方，他在黑暗中看见她在床边，弯腰在他的一堆衣物中翻找。

"在哪里？"她说，"我找不到。"

博斯伸手去拿他的裤子，双手沿皮带摸索，找到呼叫器后立刻动作利落地将它关闭，他在黑暗中关闭呼叫器的经验丰富。

"天哪，"她说，"真没礼貌。"

博斯把腿伸到床边，拿起被单围在腰间，打了个哈欠，然后告诉埃莉诺他要开灯了。她说请便，结果灯一亮，照得他眼冒金星。他视力恢复正常后，只见赤身裸体的她站在他面前，低头看他手中呼叫器上显示的数字。博斯过了一会儿才低头看传呼机，但他不认识这个号码，他用一只手抹了抹脸，又抓了几下头发。他把床头柜上的电话拿到腿上，拨了号码后在一堆衣物中摸索着找到一根烟，他叼着烟，但没点着。

埃莉诺发现自己一丝不挂，走到躺椅边拿起睡袍穿上，走进洗手间并关上门。博斯听见水声，电话另一端，对方在第一响还没完时就接起来了。杰里·埃德加劈头盖脸、连招呼都没打就问："博斯，你在哪儿？"

"我不在家，什么事？"

"打电话报案那个少年，你找到他了，对吧？"

"没错，但是我们又开始找他了。"

"'我们'是谁？你和联邦调查局的那个女人吗？"

埃莉诺走出洗手间，在他身边的床沿坐下。

博斯问："杰里，你找我什么事？"他心一沉，开始有不祥之感。

"那少年的名字是？"

博斯昏昏沉沉的，他几个月来头一次睡得这么熟，却硬生生被吵醒。他记不得阿鲨的真名了，又不想问埃莉诺——如此一来埃德加可能隔着话筒听见，就知道他们在一起。哈里·博斯看着埃莉诺，她正准备开口，他将食指放在她唇上并摇头。

"是爱德华·涅斯吗？"埃德加对着电话沉默的另一端说，"那个少年的名字？"

博斯心一沉，仿佛有隐形的拳头在肋骨下方挤压着内脏。

"没错，"他说，"那是他的名字。"

"你给了他名片吗？"

"没错。"

"博斯，你不用再找他了。"

"告诉我怎么回事。"

"你自己过来瞧瞧吧，我在好莱坞圆形剧场这儿。阿鲨在卡胡恩哥大道下方的行人隧道内，来的时候把车停在东边，你就会看到这儿有一大堆警车了。"

好莱坞圆形剧场的东区停车场凌晨四点半照理说应该空无一人，但是当博斯与埃莉诺开上高地大道来到卡胡恩哥隘口时，却见停车场北边停满案发现场常见的警务车和厢型车，这意味着有某个生命被残忍地结束或意外地戛然而止了。犯罪现场专用的黄色胶带绕成方形，圈住通往行人地道的楼梯井入口处。博斯亮了警徽并向正在笔记板上记录到场警官名单的警员报上姓名，他和埃莉诺低身从胶带下方穿过，迎面而来的是隧道口处发动机的轰鸣声。博斯通过声响知道，那是在犯罪现场提供照明电力的发电机。在他们开始步下阶梯进入隧道之前，他转身对埃莉诺说："你想在这儿等吗？我们不必两人都进去。"

"妈的我可是警察，你以为我没见过尸体吗？"她说，"博斯，我不需要你保护。干脆这样吧，我自己下去，你在这儿等，怎么样？"

哈里·博斯见她心情突然逆转有些惊愕，并未说话，他困惑地凝视她，然后走在她前头，步下几级台阶后见埃德加庞大的身躯从隧道出来正往台阶上走，于是他停下脚步。埃德加看着博斯，博斯见他目光越过自己的肩膀，发现了在后方的埃莉诺·威什。

"嘿，博斯，"他说，"这是你的新搭档吗？你们肯定已经很默契了吧。"

博斯瞪着他，没说话。埃莉诺仍在后方，几级台阶远的地方，可能没听到他的话。

"博斯，抱歉，"埃德加稍微提高音量，以免声音被隧道内隆隆的声响盖过，"我失言了。唉，今晚真够糟的，你真该看看庞兹塞了什么没用的废物和我搭档。"

"我以为你的新搭档会是——"

"才怪。你猜庞兹派了谁给我？汽车窃盗组的波特！那家伙是个酒鬼，一点用处也没有。"

"我知道，我很惊讶你竟有办法将他拉下床，带到这儿。"

"他根本不在床上，我在好莱坞北区的鹦鹉酒吧找到了他，那是一家私人俱乐部。我们头一回正式见面时，波特给了我酒吧的电话号码，表示他晚上通常在那儿。他说他有任务在身，要在酒吧处理一些安全事宜。但是我打电话到总局帕克中心的局外任务办公室查询，他们却表示没有记录，我知道他在那儿的唯一任务是喝酒。我联络他时，他肯定喝多了，酒保说他皮带上的呼叫器响了，但他根本没听见。博斯，我猜如果我们现在给那家伙做酒驾呼气测试，肯定超标！"

博斯点点头并皱眉，然后就把杰里·埃德加的私人问题搁在一旁了。他察觉埃莉诺走下台阶来到一旁，于是向埃德加介绍她。他们微笑着握手，博斯说："嗯，现场状况如何？"

"呃……我们在尸体上找到了这些东西。"埃德加说着举起一个透明塑料袋，里面有几张拍立得照片，是阿鲨的裸照，看来他重新补货的速度蛮快的。埃德加翻过塑料袋，博斯的名片就在里面。

"看来这位少年在同志村寻找买主，"埃德加说，"不过如果你们逮到过他，肯定已经知道了。反正我看到名片之后，心想他可能是那个打电话报案的少年。如果你们想下去瞧瞧，请便。我们已经处理完现场，所以想碰什么尽管碰，别担心留下指纹。不过你们可能会觉得很吵，有人一路破坏了隧道内所有照明设施，我们不清楚究竟是作案者干的好事还是灯之前就坏了。无论如何，我们得自己架起照明设备。偏偏缆线不够长，无法将发电机放在上面，这会儿它在里面吵得很。"

他转身准备走回隧道内，博斯及时伸手碰了下他的肩膀。

"杰里，谁打电话报的案？"

"匿名电话，打的不是911，因此没有录音记录，也无从追踪。对方直接打电话到好莱坞分局，在柜台值班接了电话的胖小子只知道对方是男性，此外一问三不知。"

埃德加转身回隧道内，博斯和埃莉诺跟在后头，长长的通道往右弯，里面是肮脏的水泥地面，白色灰泥墙上满是涂鸦。博斯心想：从圆形剧场听完交响音乐会之后，没有什么比城市的另一面更具震撼力的了。隧道里很昏暗，只有中段的犯罪现场被白光照亮。博斯看见一个人四肢摊开，平躺在地上——阿鲨。灯光下，众人忙碌着。他一边向前走，一边用右手手指拂过灰泥墙，借此稳住重心。隧道内有股潮湿发霉的味道，此刻混杂着发电机的汽油味和废气。博斯感觉额头和衬衫下的身体开始冒汗，呼吸短暂而急促。他们进入距隧道口十米的地方，经过发电机，又往前走了大约十米，阿鲨就躺在隧道地板上，任由照明设备的强光照射。

少年的头部以不自然的角度靠着隧道墙面，他的样子似乎比博斯印象中更小、年纪更轻，双眼半睁。身上的黑色T恤上印着"Guns N' Roses（枪炮与玫瑰乐队）"，沾满了血迹；褪色牛仔裤的口袋被翻出且空无一物，身旁有一罐喷漆被装在塑料证物袋内。他头部上方的墙面上有一行涂鸦写着：宰了阿鲨。对方经验不足，用量太多，多余的黑漆沿墙面往下流淌，有些甚至滴入阿鲨头发里。

埃德加在发电机的轰鸣中大喊："你想看看吗？"博斯知道他指的是伤口。阿鲨头部向前倾，因此看不见喉咙处的伤口，只见血迹。博斯摇摇头。

博斯注意到血溅在墙面及距离尸体约一米的地面上。酒鬼波特正拿着一串血滴喷溅形状卡与现场的血迹进行比对，犯罪现场勘查人员罗贝格也忙着拍摄斑斑血迹。地面上血滴呈圆点状，飞溅于墙面的血迹则为椭圆状，不必参照血滴喷溅形状卡也知道少年在隧道内遇害。

"看来啊，"波特大声径自说着，"有人偷偷来到他身后，在此处划开他的喉咙，然后将他推倒在墙边那儿。"

"波特，你只说对了一半，"埃德加说，"在这种隧道里，谁有办法偷偷摸摸走在别人后面却不被发现？他肯定和对方在一起，然后才遇害。波特，对方可不是来暗的。"

波特将血滴喷溅形状卡放入口袋，喃喃地说着："好吧，抱歉。"

波特没再说话，他身材肥胖且神情黯然、毫无斗志，就像许多当差太久该退不退的警察一样。他可能仍系三十四号的腰带，但皮带上方凸出的肚子简直像个遮雨篷。他身穿斜纹软呢休闲西装外套，袖子的手肘处已磨损，面容憔悴，脸色苍白得像墨西哥薄饼，酒糟鼻又大又丑，红得叫人尴尬。

博斯点了一根烟并将用过的火柴放回口袋内。他屈膝蹲在尸体旁边，拿起装着喷漆罐的袋子掂掂重量。几乎全满，这确认了他的疑虑，看来他担忧的事已成真。是他害死了阿鲨，至少就某方面而言是这样。博斯追踪到阿鲨，他因此和案子扯上关系，而且可能对于破案有所帮助，对方不允许这种情况发生。博斯蹲在那儿，手肘搁在膝盖上，将烟拿到嘴边吸了一口，细看少年的惨状，要自己牢记这一幕。

梅多斯至少和案子有关联——各个事件环环相扣，到头来导致他被杀——但是阿鲨不一样，他是街头混混，今日在此断送性命或许会让未来某个人捡回一条小命，然而他不该惨死，在这起连环事件中他是无辜者，这表示事情已经失控，规则也变了——对双方都一样。博斯指着阿鲨的颈部，法医室一位调查员将尸体从墙边拉开。博斯一手撑在地上保持平衡，然后久久凝视那被无情划开的颈部，他不想忘记任何细节。阿鲨的头顺势往后仰，露出裂开的颈部伤口。博斯的眼神未曾动摇。

等他的目光终于从尸体移开往上看时，他发现埃莉诺已不在隧道里。他起身并示意埃德加到外面谈谈，博斯不想在发电机声的干扰下大喊。他们出了隧道之后，他见埃莉诺独自坐在最上面一层台阶上，他们往上走过她身边，博斯与她擦身而过时将手放在她肩上；他碰到她时，感觉她身体瞬间僵硬了。

博斯和老搭档走到离噪声远些的地方，开口道："现场勘查人员有何发现？"

"妈的什么都没有，"埃德加说，"假如这是帮派争斗的结果，那么这可能是我见过的手法最干净利落的街头血案了，没留下一个指纹或任何痕迹，喷漆罐上没有指纹，现场没找到武器，也没有目击证人。"

"阿鲨有个小圈子，之前他们通常待在大道附近的某汽车旅馆，但是他不混黑帮，"博斯说，"档案上有记录。他只是骗吃骗喝，兜售拍立得裸照，打劫同性恋者什么的。"

"你的意思是，他的信息在黑帮档案里，但他其实不混黑帮？"

"没错。"

埃德加点点头说:"或许对方以为他是帮派分子,要做掉他,这不无可能。"

此时,埃莉诺走上前来,但未开口。

博斯说:"杰里,你知道这不是帮派争斗。"

"我知道?真的吗?"

"嗯,真的。假如是,那些帮派小毛头不会留下几乎全满的喷漆罐不带走。此外,在隧道内墙上喷漆的人技巧欠佳,用量太多了。不管对方是谁,那人根本不懂如何在墙上涂鸦。"

埃德加说:"你过来一下。"

博斯看了一眼埃莉诺并点头表示没关系。

他和埃德加走到一旁,站在犯罪现场胶带附近。

埃德加问:"这小子到底透露了什么消息给你?假如他真和案件调查有关,为什么你会任由他在外头游荡?"

博斯向他讲了大致经过,并表示他们不确定阿鲨在整个案件调查中的重要性,但是对方显然认为他很重要,或者不想冒险等我们查出任何结果。博斯边说边抬头眺望山丘,见清晨第一道曙光越过山峰,高大的棕榈树轮廓逐渐分明。埃德加跨出一步,与他拉开距离,头也朝山丘方向微仰,但他并未凝视天空。他闭着双眼,最后又回头面向哈里·博斯。

"博斯,你知道这周末是什么节日吗?"他说,"是阵亡将士纪念日!这连续三天的假期可是房屋中介每年最忙碌的时候,也是夏季的开始,很多客户要看房。去年这个周末我售出四栋房子,赚的钱几乎和当一年警察的薪水差不多。"

埃德加突然转移话题,令博斯觉得莫名其妙:"你是什么意思?"

"我的意思是……我可不想为这案子忙得焦头烂额。我不希望这案子坏了我的周末,就像上周末那样。因此我想说的是,假如你愿意,我可以转告庞兹,你和联邦调查局想接手此案,因为这和你们正在调查的案子有关。不然呢，我只会在正常上班时间处理此案。"

"杰里，你想怎么向庞兹交代随你便，不关我的事。"

博斯开始转身，朝埃莉诺的方向走去，埃德加说："我只问最后一件事，有谁知道你找到这小子了？"

博斯停下脚步并看着埃莉诺："我们在街头找到他，将他带回威尔克斯大道的警局谈话，之后送交联邦调查局。杰里，你要我说什么？"

"没什么，"埃德加说，"只不过你和旁边那位联邦调查局代表应该好好看住你们的目击证人，那样我可能就不必在此浪费时间，那小子这会儿也能活得好好的。"

博斯和埃莉诺沉默地走回停车的地方，博斯上车后立即问："有谁知道？"

她说："什么意思？"

"就是他刚才问的问题，都有谁知道阿鲨的事？"

她沉思片刻，然后说："我这边的话，鲁克有每日总结报告，他也拿到我询问催眠一事的字条，之后总结报告整理成记录并把副本交给主任。你给我的讯问录音带锁在我办公桌的抽屉里，没有人听过录音带，其内容也尚未誊写成文字记录。所以呢，我猜任何人都可能看过总结报告，但是你别胡思乱想了，没有人……不可能的。"

"是吗？毕竟他们知道我们找到了那小子而且他可能很重要。你认为这代表什么？对方肯定在内部有人。"

"博斯，这只是猜测，事实上有许多可能。就像你刚才对他说的，我们在街上带走少年，当时任何人都可能在一旁观望。而且少年的同伙、那女孩或者任何人都可能放出风，表示我们在找他。"

博斯想到刘易斯和克拉克，他们肯定看到了博斯和埃莉诺带走少年。他们在整件事里究竟扮演了什么角色？他越想越觉得这一切根本说不通。

"阿鲨那小杂种精明得很，"他说，"你以为他会随便和陌生人进入隧道吗？我猜他没有选择，这表示对方可能是执法人员。"

"或者是身上有钱的人。你也知道只要有钱，他哪儿都肯去。"

她没有立刻发动汽车，两人坐在车里思考。最后博斯说："阿鲨是个信号。"

"什么？"

"对方给我们的信号。他们故意将我的名片留在他身边，故意用无法追踪的号码打电话，而且故意在隧道里解决他。他们要我们知道是他们干的好事，他们要我们知道他们有内线，他们在嘲笑我们。"

她发动汽车。"去哪儿？"

"联邦调查局。"

"博斯，关于内线人士的说法，最好小心点。如果你试图说服其他人，但事实并非如此，恐怕你的敌人会趁此机会铲除你。"

敌人，博斯心想，这次我的敌人是谁？

"是我害那小子被杀的，"他说，"最起码我得替他找出凶手。"

博斯隔着候客室的棉质窗帘眺望下方的退伍军人公墓，埃莉诺·威什则打开通往联邦调查局办公室的门锁。晨雾仍笼罩在墓园，尚未散去，从上方看有如千缕幽魂同时自棺木中升起。墓园北端山丘顶部挖了一个又长又深的洞，但博斯不知道用途。只见山丘上凿出一道狭长而巨大的洞，像是大墓冢，挖出的泥土被黑色塑料布盖住。

埃莉诺站在他身后问："你要咖啡吗？"

他说："当然。"他从窗帘边离开，随她走进去，联邦调查局里空无一人。他们进入办公室的厨房，他看她将一小包研磨咖啡放入咖啡机滤槽内并启动。他们静看咖啡缓缓滴入保温垫上的圆形玻璃壶内。博斯点了根烟，试图专心想着快煮好的咖啡。她用一只手挥去烟雾，但并未要求他熄灭。

咖啡煮好时，博斯喝了不加糖和奶精的黑咖啡，很快精神起来。他又倒了第二杯，将两杯咖啡一起端入小组办公室。他走到自己的临时办公桌前，用快抽完的第一根烟的残火点了第二根。

他见她鄙夷地看着他，于是说："最后一根了。"

埃莉诺拉开抽屉，拿出一瓶水给自己倒了一杯。

他问："你那玩意儿怎么好像倒不完呢？"

她没理会他的问题。"博斯，阿鲨之死，我们不能怪自己。假如要怪罪我们，那么干脆给所有讯问过的人都提供人身保护算了。难道我们得将他老妈找来，让她进入证人保护项目吗？还有汽车旅馆里那个认识他的女孩又该如何处理？你瞧，这样一来就没完没了了。阿鲨就是阿鲨，在街头混的人，就得有亡命街头的准备。"

博斯先是沉默，然后说："让我看名单吧。"

埃莉诺取出西部银行一案的档案，开始翻阅，然后抽出一份几页长且折成手风琴状的打印文件，丢到他前方的桌上。

"那是原版资料，"她说，"租用保险柜的所有人的名单。有些姓名后面加了标注，但可能无关紧要，是我们用来表示对方是否想诈领保险金用的。"

博斯摊开文件，发现上面有一份长名单以及五份较短的名单，分别用字母 A 至 E 标示。他询问其用意，她绕过办公桌、越过他肩膀探头看。他闻到她的苹果发香。

"嗯，长名单正如我刚才说的，是所有租用保险箱的人，那是完整名单。接着我们细分成五组，分别是 A 至 E。第一组——也就是 A 组——是案发前三个月内租用保险箱的人。B 组列出了案发后完全没有财物损失的保险箱租用者。C 组是无结果名单，可能是保险箱租用者已不在人世，或者由于对方住址变更或在租用时提供了不实联络信息，导致我们找不到人。第四组和第五组则是在前三组中互有关联的名单：D 组是于前三个月内租用保险箱且表示没有财物损失的人。E 组是于前三个月内租用保险箱且出现在无结果名单上的人。明白吗？"

他明白。联邦调查局的想法是，盗贼在作案前肯定进入金库勘查过，而进入金库最简单的方法就是到银行租保险箱；如此一来他们可以光明正大地出入金库，租用保险箱者可于银行营业时间随时进入金库观察。因此名单上列出的在案发之前三个月内租用保险箱的人中，极有可能藏着作案前混入银行的勘查者。

另外，案发后这个勘查者可能不希望引起注意，因此表示保险箱内没有财物损失，这样一来此人会出现在 D 名单上，但是假如此人在案发后没有任何表示，或在保险箱租用者卡片上提供了无法追踪的联络信息，则其姓名会出现在 E 名单上。

D 名单上有七个名字，E 名单上则有五个。E 名单上的一个名字被圈起来，是住在拉布雷亚公园附近的艾斯里（Frederic B. Isley），正是在塔斯廷购买三辆本田全地形越野车的人。其他姓名旁边都打了钩。

"记得吗？"埃莉诺说，"我说过那名字之后还会出现。"

博斯点点头。

"艾斯里，"她说，"我们认为他就是勘查者，在盗窃案发生九个星期前租了保险箱，银行记录显示他在接下来七个星期内总共进入金库四次。不管此人是谁，他在案发后再未踏入银行一步，也未提出任何报失。我们试过与他联系，但发现住址是假的。"

"有他的长相描述吗？"

"对我们没什么用，金库管理员仅记得对方是个小个子，肤色较黑，长得不赖。其实我们在找到越野车的线索之前，就觉得他是勘查员。银行的规定是，保险箱租用者想看保险箱时，管理员会领客户前往金库，打开保险箱小门，然后陪客户进入查看室。客户看完之后，管理员带着箱子回到金库，然后客户在保险箱卡片上签下姓名缩写，就像在图书馆借书一样。后来我们在查看此人的卡片时发现，姓名缩写正好是 FBI。

博斯，你这人不喜欢巧合，我们也一样，我们认为他在跟我们开玩笑。之后我们在塔斯廷追踪到越野车销售记录，证明我们的猜测正确。"

博斯喝了一口咖啡。

"但是到头来也没什么用，"她说，"我们一直没找到他。案发后，我们在被凿得残缺不全的金库中找到他的保险箱，我们在保险箱和小门上采集指纹，然而毫无结果。我们让金库管理员看了几张嫌犯照片——梅多斯也在其中——但他们无法指认任何人。"

"现在我们可以拿富兰克林和德尔加多的照片再回头问他们，看看其中一人是否为艾斯里。"

"嗯，肯定要去，等我一下，马上回来。"

她起身离开，博斯继续喝着咖啡并仔细研究名单。他一一看过名单上的姓名和住址；除了几位在银行租用保险箱的名流政客特别引人注目外，他对其他名字并无印象。博斯回头重新查看名单时，埃莉诺回来了。她拿着一张纸，放在他桌上。

"我去鲁克的办公室看了一下，他已将我给他的大部分文件交给档案室整理。不过我询问催眠是否可行的便条纸仍在他待处理的文件篮里，因此他肯定还没看过。我拿回来了，反正现在也没有催眠的必要了，而且或许他没看到这张纸也好。"

博斯瞥了一眼那张便条纸，然后将它折起，放入口袋。

"坦白说，"她说，"我并不认为有其他人看过那些文件……我的意思是，我不认为有这种可能。至于鲁克……他是个技术专家，不是什么杀手。就像联邦调查局行为科学研究室对你的分析一样，他这人不会为了金钱利益跨越那道界线。"

博斯看着她，真想说些话取悦她，让她重新站在他这边。但是他想不出该说些什么，也不明白为何她的态度突然变得冷淡。

"算了。"他说，然后低头看名单，接着又说，"对了，针对这些表示无财物损失者，你们是否做了深入调查？"

她低头看打印文件，博斯在 B 名单上画了个圈，名单上有十九个名字。

"我们一一查了这些人是否有犯罪记录，"她开始说，"我们进行电话访谈，之后是面对面询问。如果探员觉得不对劲或者对方的说辞有漏洞，会有其他探员在未通知对方的情况下到其住处进行后续追踪询问以深入了解。我并不负责该项工作，我们的第二小组处理大部分的实地访谈。如果你想特别了解某人的资料，我可以调出询问记录。"

"名单上的越南人呢？我数了一下，保险箱客户名单上共有三十四个越南人，其中四个在无财物损失名单上，一个在无结果名单上。"

"越南人又怎样？假如你要找，当然能再分出中国人、韩国人、白人、黑人和拉丁裔等族群，但是谁都有可能是作案者。"

"没错，但是在梅多斯的案子上，你们找到了与越南的关联，这会儿我们又找到可能涉案的富兰克林和德尔加多，他们三人都在越南当过宪兵；另外还有查理连，我们仍不确定该机构是否与此案有关。我想知道的是，在梅多斯成了嫌疑犯而你们开始调阅'地鼠'的服役记录后，你们是否进一步调查了这份名单上的越南人？"

"没有——呃，有。我们将外国人的姓名输入移民局电脑查询系统，以了解他们在美国的居留时间以及是否为合法移民，不过也就查到这一步。"她停顿片刻又说，"我明白你的意思，看来我们在处理程序上有些遗漏。重点是案发几星期后我们才锁定梅多斯为嫌疑犯，那时我们已讯问过这些名单上大部分的人。开始调查梅多斯之后，我没有想到再回到名单上查看是否有人与他有关联。你觉得名单上某个越南人可能涉案吗？"

"我不确定，只是希望找出关联，看似巧合的关联。"

博斯从外套口袋里拿出笔记本，开始逐行记下越南籍保险箱租用者的姓名、出生日期和住址。在他自己整理的名单上，他把无财物损失的那四个人及无结果名单上的几个名字列在最上方。他刚写完名单、合上笔记本时，鲁克正好走进小组办公室，看来他早晨刚洗过澡，头发还没有干。他手拿咖啡杯，杯上印着"Boss"，看到博斯和埃莉诺后，他看了一眼手表。

"这么早上班？"

"我们的目击证人遇害了。"埃莉诺面无表情地说。

"天哪！在哪儿？警方逮到嫌疑犯了吗？"

埃莉诺摇头并看着博斯，暗示他别冲动。鲁克也看着他。

他问："有任何证据显示和此案有关吗？"

博斯说："我们认为应该有。"

"天哪！"

"这你已经说过了。"博斯说。

"我们要不要从洛杉矶警局那儿接手此案，将它并入梅多斯案件的调查？"鲁克目光直视埃莉诺。在联邦调查局的地盘，博斯可不是决策小组的一部分。她没有回答，于是鲁克又说："我们当初是否应该保护他？"

"保护他免遭谁的毒手啊？"博斯克制不住地说。

鲁克闻言神情激动，满脸涨红，一绺湿发乱了，垂在额头上。

"他妈的你这话什么意思？"

"你怎么知道这是洛杉矶警局负责的案子？"

"什么？"

"你刚才问我们要不要从洛杉矶警局那儿接手此案。你怎么知道这个案子由他们负责？我们并没有提过。"

"我只是假设而已。博斯，我不喜欢你话中有话，妈的我一点也不喜欢你。难道你在暗示我或某个人——如果你认为有执法人员在泄露此案消息，那么我今天就要求进行内部调查。但是我现在就可以告诉你，就算真有人泄露消息，也不是联邦调查局的人。"

"妈的假如不是你们，会是谁？我们交给你的报告呢？有哪些人看过？"

鲁克摇摇头。

"博斯，你这话太可笑了。我明白你的感受，但是让我们先静下来想想。你们在街头带走证人到好莱坞分局进行讯问，然后又将他留在公立青少年收容中心。不仅如此，大警探，你还沿途被自家警局的人跟踪。真尴尬，连自家人都信不过你啊。"

博斯脸一沉，他感受到了背叛。鲁克知道他们被跟踪的唯一消息来源是埃莉诺，她发现了刘易斯和克拉克，为什么她没有告诉他，却向鲁克报告了此事？博斯转头看她，但她低头看着自己的办公桌。他回头看鲁克，鲁克点头如捣蒜，仿佛脖子上装了弹簧似的。

"没错，她第一天就发现你被跟踪了。"鲁克环视空荡荡的小组办公室，显然希望有更多人在场目睹这一幕。这会儿他将身体重心从一只脚移到另一只脚上，有如拳击手站在场内一角，等不及下一回合开始，就想一拳击倒已摇摇欲坠的对手。埃莉诺继续沉默地坐在办公桌前，那一刻，博斯觉得他们两人在她床上相拥仿佛已是八百年前的事。鲁克说："或许你应该先检讨自己和自家警局，而不是到处胡乱指控别人。"

博斯没说话，他起身径自朝门口走去。

"博斯，你去哪儿？"埃莉诺从办公桌旁喊他。

他回头凝视她片刻，然后继续往前走。

博斯的卡普里斯一驶出联邦大楼停车场，刘易斯和克拉克立刻跟上。克拉克开车，刘易斯尽职地在监视记录本上写下时间。

他说："他火烧屁股似的也不知道急着赶去哪儿，最好跟紧点。"

博斯向西拐上了威尔榭大道，朝四〇五号州际公路方向前进。克拉克加快车速，以免在早高峰时刻的车阵中跟丢了。

"要是我失去了唯一的证人，也会觉得像是火烧屁股啊，"克拉克说，"假如是我害证人被杀的话。"

"此话怎讲？"

"你也看见啦，他将那小子塞到收容中心，然后就自个儿快活去啦。不知道那小子看见或者向他们透露了什么消息，但显然足够重要，因此对方不得不除掉他。博斯当初应该更小心，将他关起来才是。"

他们在四〇五号州际公路上向南行驶。博斯在前方相隔十辆车那么远的地方，此刻行驶在慢速道上，高速公路上尽是排放污染臭气的移动铁壳。

"我猜他准备拐入十号州际公路，"克拉克说，"他打算前往圣莫尼卡，或许回她的住处，可能忘了拿牙刷。又或许她准备回来与他碰头，来个午间床上运动。你明白我的意思吧？依我看干脆放他走，咱们回去和欧文谈谈。我认为证人这事有搞头，或许算得上失职，足以召开内部听证，他至少会被踢出命案组。哈里·博斯当不了命案组警探会自己卷铺盖走人，到时咱们的功劳簿上又多了一笔！"

刘易斯认真考虑搭档提出的点子，听起来还不赖，有可能奏效，但他不希望在未经欧文批准的情况下自行取消监视行动。

"咱们继续跟着他，"他说，"等他停车时，我再打公用电话问欧文的意见。他今早打电话通知我那小子的事时，似乎心情大好，像是事情很顺利似的。所以我不想未经他同意就擅自取消行动。"

"随便你。对了，欧文怎么那么快就知道那小子被做掉了？"

"不知道。注意看，他准备转入十号公路了。"

他们跟着那辆灰色卡普里斯上了圣莫尼卡高速公路。此时他们逐渐远离繁忙的市区，行进方向与大部分上班的车辆相反，因此路上的车少多了。但博斯不再疾速飞驰。他经过路上可通往埃莉诺家的克洛弗·菲尔德机场出口和林肯大道出口，继续行驶在高速公路上，最后拐入隧道。从海滨峭壁下开出隧道后就是太平洋高速公路，他沿海岸线北行，晴空万里，阳光灿烂，远方马里布的山峦在薄雾中只能看到隐隐约约的影子。

克拉克说："现在怎么办？"

"不知道，稍微拉开距离。"

太平洋高速公路上车辆不多，他们很难保持与博斯至少隔着一辆车的距离。虽然刘易斯仍相信大部分警察懒得注意自己是否被人跟踪，今天他却认为就博斯的情况而言，必须给这理论开个特例：他的证人遭到谋杀，或许他出于本能会想到有人曾跟踪过他，或者仍在跟踪他。

"没错，和他保持距离，反正我们有一整天和他耗。"博斯接下来六七公里匀速行驶，最后进入艾丽斯餐厅和马里布码头旁的停车场内。刘易斯和克拉克则继续缓缓地向前行驶，在行进了大约一公里后克拉克违规掉头往回开，他们开入停车场时，博斯的车仍在原地但不见人影。

"又是那家餐厅？"克拉克说，"他可真喜欢那地方。"

"这么早，餐厅肯定还没开门。"

他们两人开始左右张望，停车场尽头停着四辆车，车顶的行李架表明车属于那群正在码头南面海域冲浪的人。最后刘易斯发现了博斯的踪影并指向他。博斯正低头朝码头尾部走去，头发被风吹得凌乱。刘易斯在车上寻找相机但没找着，看来相机被扔在后备厢里了。他拿出望远镜，对准博斯渐行渐远的身影。他观察博斯，直到博斯走到木栈道尽头，然后把胳膊肘撑在栏杆上。

"他在做什么？"克拉克问，"让我瞧瞧。"

"你开车，我观察，反正他也没做什么，只是靠在那儿。"

"他肯定在做些什么。"

"他在思考。行了吧……唉，他正在点烟，开心了吗？他正在……等等……"

"什么？"

"该死，我们应该早点准备好相机的。"

"什么'我们'？这是你的工作，今天我只负责开车。他到底在做什么？"

"他把某个东西丢到水里了。"

刘易斯透过双筒望远镜见博斯无精打采地倚在栏杆上，低头凝望下方的海水。就刘易斯视线所及，码头上并无其他人。

"他扔了什么东西？你看得见吗？"

"妈的我怎么知道他扔了什么东西？我从这儿根本看不见水面。你要我找个冲浪者划船过去替我们瞧瞧吗？谁知道他丢了什么鬼东西。"

"冷静点，我只是问问。嗯，你记得那个东西的颜色吗？"

"看起来是白色的，像颗球，但是浮在水面上。"

"你不是说你看不见水面吗？"

"我的意思是那东西浮到一旁，我猜应该是纸巾或其他什么纸。"

"他这会儿在做什么？"

"站在栏杆前，低头看着海水。"

"良知出现危机的时刻呀，说不定他打算跳海呢，那样咱们就可以忘了这整件该死的事了。"

克拉克说完蹩脚的笑话自个儿呵呵笑了，刘易斯没笑。

"是啊，肯定如此。"刘易斯没好气地说。

"望远镜给我，你去打电话，看看欧文决定怎么做。"

刘易斯递过望远镜并下车，他先到后备厢拿出尼康相机，装上长镜头后拿到驾驶座的车窗边，交给克拉克。

"给他拍张照片，咱们好向欧文交代。"

然后刘易斯小跑着前往餐厅找公用电话，不到三分钟后回来了，博斯仍倚在码头尾部的栏杆上。

"长官表示，在任何情况下都不得取消监视行动，"刘易斯说，"他还说我们的报告烂透了，他希望取得更详尽的报告以及更多照片。你拍好了没？"

克拉克正忙着透过相机镜头观察，无暇回应。刘易斯拿起望远镜观看，博斯依旧伫立在原地。刘易斯不禁纳闷：他究竟在做什么？思考吗？为什么大老远跑来这儿思考？

"去他妈的欧文。"克拉克突然开口，将相机扔到大腿上并转头看他的搭档。

"当然拍好了，我拍了几张，够让欧文开心的了。但是博斯什么都没做，光倚在那儿。"

"有动静了，"刘易斯透过望远镜看着说，"快发动汽车，好戏上演了。"

博斯将那张揉皱的关于催眠的便条纸丢入水中后从码头往回走，纸团如掷于水上的花朵般，漂浮片刻，然后缓缓没入水中。他想找出杀害梅多斯凶手的决心此时更加坚定了，因为他也想替阿鲨讨回公道。他走在码头木栈道上，见那辆一路跟踪他的车正驶出餐厅停车场。他心想，是他们。

但是没关系，他不在乎他们看见了什么，或者自以为看见了什么。现在旧的游戏规则已不适用，而且他对刘易斯和克拉克另有打算。

他在十号州际公路上向东行驶，前往市区，懒得从后视镜里看那辆黑色轿车是否尾随在后，因为他知道它会，他就是要它跟着。

他来到洛杉矶街，在美国行政大楼前方禁止停车区停车。博斯来到了三楼，穿过移民局其中一间挤满人的等候室。那里的气味有如监狱——汗臭、恐惧与绝望混在一起，一个无聊的女子坐在玻璃拉窗后，正在和《洛杉矶时报》上的填字游戏奋战。窗户紧闭，窗台上有一台塑料票号机，就像肉铺柜台使用的那种。过了一会儿，她终于慢条斯理地抬头看着博斯，他举起警徽。

"你知道哪个词代表持续感到悲伤与孤寂的人吗？"她拉开玻璃窗后问，并检查指甲是否碰伤了。

"哈里·博斯。"

"什么？"

"哈里·博斯警探，让我进去，我要见赫克特·乌伊拉波纳。"

她撇起嘴，不悦地说："我得先问问。"她对着话筒低声说话，然后把手伸到博斯的警徽套内并将手指放在身份证的名字上，然后她挂上电话。

"他要你直接进去。"她按了开关，窗户旁那扇门应声开启，"他说你知道方向。"

博斯进入一间狭窄的小组办公室，与赫克特握手，那地方比博斯的警局小组办公室小得多。

"我需要你帮忙，我必须使用你们的电脑。"

"没问题。"

博斯就喜欢赫克特这一点，他会立刻做决定而不是先问东问西。他是个行动派，直来直往，不会满嘴屁话摆官腔。在博斯看来，他的同行无一不是那副嘴脸。赫克特坐在有滑轮的椅子上，来到靠墙办公桌上的那台IBM电脑前，并输入自己的密码。"你想输入姓名查询，对吧？几个人？"

博斯也打算和他直来直往，他将那张列了三十四个姓名的名单给赫克特看。赫克特低声吹了个口哨，说："好，我们会输入所有姓名查询，不过这些是越南人的名字。假如当初并非在这儿建档，那么他们的档案不会在我们的系统内。我只能搜索我们电脑系统内储存的数据，包括其国籍、进入美国的日期、文件记录等。博斯，你应该很清楚状况。"

博斯的确很清楚，但他也知道南加州是大多数越南难民背井离乡抵达美国之后的落脚处。赫克特开始用两只手指输入姓名，二十分钟后，博斯看着电脑打印出的文件。

赫克特与博斯一同研究名单，他问："博斯，咱们在找什么？"

"不知道，你有没有发现什么异常？"

几分钟过去了，博斯以为赫克特会表示看不出任何异常，这条线索或许是死胡同，但他错了。

"好，我想你可能会发现这个人有关系。"

此人名叫吴文平。博斯对这个名字没什么印象，只知道他被列在 B 名单上——吴文平没有损失保险箱财物。

"关系？"

"他掌握了某种优势，"赫克特说，"我猜你可能会称之为政治关联。你看，他的档案编号前面加了 GL，这表示此案当初是由华盛顿特区的特别办事处经手的。特别办事处通常不处理普通百姓的案件，很政治的。处理对象可能是伊朗君王、马科斯家族以及俄罗斯叛逃的科学家或芭蕾舞女演员，等等，我从未见过那类案件。"

他点头并指着打印文件。

"好，接下来你可以看到日期太接近了，案件处理速度太快，我认为这表示此人买通了相关人员。我不知道这家伙是何许人也，但他肯定有人脉关系。你看他进入美国的日期是一九七五年五月四日，表示他离开越南后只用了四天时间就抵达了。第一天肯定是到马尼拉，最后一天进入美国，这表示他在马尼拉只有两天时间取得许可证并买票登机、前往美国。但是当时越南难民一批批搭船抵达马尼拉，他不可能在两天内办完事情，除非通过金钱打点。这表示这位吴先生早已拿到许可证，他有特殊关系。不过这并不奇怪，当时许多人都是如此。越南出事后，我们带了不少人逃出来，其中有许多都是精英人士，也有许多人靠金钱享受着精英级待遇。”

博斯看了看吴文平离开越南的日期：一九七五年四月三十日，和梅多斯最后一次离开越南时的日期一样。那一天，西贡沦陷，落入北越正规军之手。

“还有签发日期，”赫克特说，“他在极短的时间内收到文件，五月十四日。看来这家伙抵达美国仅十天就拿到了签证，一般的外国难民不可能这么快取得文件。”

“所以依你看此人究竟是什么身份？”

“很难说，他可能是搞情报的，也可能刚好身上有钱搭上了直升机。关于那段时期仍有许多谣言满天飞，像是某人突然发了财，或者军方运输机上的座位要价一万美元，毫无疑问，签证价格飙得更高。但一切只是谣言，无从考证。”

“你可以调出这家伙的档案吗？”

“可以，假如我在华盛顿的话。”

博斯直直地盯着赫克特，没说话，最后赫克特说：“博斯，所有 GL 档案都在华盛顿，有特殊关系者的档案都在那儿。你懂了吧？”

博斯仍旧一言不发。

“博斯，别生气，我想想办法，打几通电话问问。到时我怎么找你？”

博斯给了他一个电话号码，但并未表明那是联邦调查局的号码。他们再度握手，然后博斯告辞。到了一楼大厅，他透过浅灰玻璃门观望，寻找刘易斯和克拉克的踪影。最后那辆黑色的车从街角拐过来，映入眼帘，看来两位督察室警探又绕了这街区一圈。博斯穿过大门走下台阶，去取车，他瞥见那辆督察室公务车放慢车速并停靠在路边，等待他上车开走。

博斯如他们所愿，因为那正是他的用意。

伍德·威尔森路环好莱坞山北侧以逆时针方向蜿蜒，柏油路面龟裂，处处可见修补的痕迹，整条路的宽度仅容得下两辆车缓行交会。继续上行，左侧的住宅沿山坡垂直攀爬，为富贵世家所有，一派坚实稳固的景象；山坡右侧，年代较新的建筑无惧地将木框结构的屋子凌空伸出山壁，下面就是枯枝丛生的小溪与雏菊点点的山谷。这些房屋由钢柱与希望支撑起来，薄弱地攥住山坡边缘，正如它们的主人在山下的电影公司也要紧紧攥住自己的位置。博斯的家在右侧，从尽头数的第四幢房子。

他绕过最后一个弯，家就在前方。他望着那深色木质结构和鞋盒式造型，想看看自己的家是否有什么变化——仿佛房屋外观可以透露内部是否出了状况似的。然后他瞥了眼后视镜，见那辆黑色的车正从曲折的弯道冒出头来。博斯将车驶入屋旁的车棚，停放之后下车，直接进屋，并未回头看那辆尾随的车。

他去码头是为了仔细琢磨鲁克的话，思考过后，他想起答录机上那个刚接通就挂断了的电话。这会儿他回到家，立刻走到厨房播放答录机的留言。首先是那通星期二打来的挂断的电话，然后是杰里·埃德加今天凌晨打电话找博斯未果，留言通知他前往好莱坞圆形剧场的消息。博斯倒回去重听那通没说话的电话，一边默默斥责自己没在第一次听到时就立刻察觉到它的严重性。某人打来电话，听完他在答录机里录下的信息，等留言提示音一响就挂断了。答录机录下了对方挂断的声音，如果不想留言，人们通常会在听到答录机传来博斯预录的声音表示自己不在家时就立即挂断，或者呢，如果他们认为博斯明明在家却不接电话，肯定会在哔声后大喊他的名字。但是这个人打电话来却听完了预录信息并在提示音响起之后才挂断。原因是什么？博斯刚开始没想到，但他现在觉得可能是有人在测试窃听设备的发射器。

他走到门边柜子旁，从里面拿出一副望远镜，然后来到客厅窗户旁，透过窗帘缝找寻那辆黑色的车，它停在山坡上方半个路口远的地方。刘易斯和克拉克开过博斯家，掉头后停在路边。车面朝下坡方向，以便在博斯再次出门时继续跟踪。博斯透过望远镜见刘易斯坐在驾驶座观察他的房子，克拉克坐在副驾驶，头往后靠，闭着双眼，两人似乎都没戴耳机。不过博斯并未因此宽心，他想确认清楚。他一边继续透过望远镜观察，一边伸手至前门，稍微拉开几厘米又关上。督察室公务车内的男子没有任何动静，也并未因此提高警觉，克拉克依旧双眼紧闭，刘易斯继续拿名片剔牙。

博斯判断，如果他们在他家里装了窃听器，那么肯定会传送到某个遥控接收器上，这样比较安全，那可能是个声控迷你录音机，藏在屋外某处。他们会在屋外守候，等他驾车离去之后，其中一人跳下车迅速取出磁带并换上一盘新的，然后他们在他下山到高速公路之前追上并继续跟踪。他从窗边走开，迅速搜索客厅和厨房。他查看桌面以及家用电器下方，但正如他所料，并未发现窃听器。他知道安装窃听器的最佳地点是电话机，因此他将电话留到最后检查。电话机可提供现成的电源，此外，窃听器装在那儿不仅能将屋内主要区域纳入收音范围，电话的交谈内容也能录得一清二楚。

博斯拿起电话机，用钥匙圈上的小刀撬开话筒盖，里面并无异物。然后他取下听筒盖，找到了。他用刀子小心翼翼地取出扩音器，它的后方有一小块磁铁，吸附着一个扁圆状小发送器，约莫二十五美分硬币大小，两条电线附在发送器装置上，他知道该装置是声控的，名叫T–9。其中一条电线环绕着电话听筒的一条电线，搭便车接入窃听器的电源，另一条电线绕入听筒内部。博斯小心翼翼地拉动电线，那备用电源被拉了出来，一颗三号电池被装在小巧的电池座内。窃听器使用电话电源，但假如电话线从墙上被拔下来，这块电池可以继续提供大约八小时的电力。博斯切断窃听器的电话电源，将它放在桌上，此时窃听器以电池供电。他瞪着它，思索着该如何处理。那是标准警用窃听器，有五六米的收音范围，可录下房内所有谈话内容，发送范围较小，顶多二十米，距离远近由房屋建筑材料的金属含量决定。

博斯再次走到客厅窗边，查看街道情况，刘易斯与克拉克仍未提高警觉或察觉到窃听器已被发现，此刻刘易斯终于剔完牙了。

博斯打开音响并放入一片韦恩·萧特的 CD，然后他从厨房侧门走出，进入车棚，从督察室公务车停放的角度无法观察到他的行踪。他在第一处寻找地点——车棚后墙上水电局电表下方的接线盒——找到录音机，两英寸宽的磁带正转动录下萧特的萨克斯管。这台纳格拉牌录音机与 T-9 装置一样，也接在房子的电线上，但另有备用电池。博斯切断电源，将录音机带回屋内，放在桌上的窃听器旁。

萧特即将演奏完《502 布鲁斯》，博斯坐在值班椅上点了根烟，边看监听装置边思考对策。他伸手将录音带倒带，按下播放键。他首先听到自己的声音，表示自己不在家，然后是杰里·埃德加的留言，通知他到好莱坞圆形剧场。接着传来门开启又关上两次的声音，然后是韦恩·萧特的萨克斯管。由此看来，对方在拨打那通测试电话之后，至少更换过一次磁带。然后他想到埃莉诺·威什的来访也被录下了，他思索着，不知道窃听器是否也录下了他们在屋外后廊上的谈话内容，当时他提到自己与梅多斯的往事。博斯想到黑色车上那两人侵犯了他的隐私，偷走他与埃莉诺私下共处的珍贵片刻，不禁火冒三丈。

他刮了胡子，淋浴后换上一套干净的衣服，浅棕色夏季西装内搭粉红色衬衫并打上蓝色领带。然后他走到客厅，将窃听器与录音机放入外衣口袋。他拿起双筒望远镜，再次透过窗帘缝观察，督察室公务车内依旧毫无动静。他再度从侧门出来，小心地爬下围堤来到第一根支撑柱底部——那是一根工字钢梁，接着他小心谨慎地穿过房屋下方的斜坡，一路上发现枯树丛上有片片金箔点缀，那是他上回与埃莉诺共处时，从后廊上剥去的啤酒瓶标签随风飘散的碎屑。

他绕到房屋另一侧并穿过山丘来到对面，然后又穿过其他三栋屋舍的下方。他经过第三栋房子后爬上山坡，从马路第一个转弯处探头观望街道。此时他的位置就在那辆黑色车子后面。他挑去沾在裤脚上的芒刺，然后若无其事地走上马路。

博斯无声无息地来到副驾驶座一侧的车门旁，摇下车窗，在他猛地拉开车门之前，似乎听见车内传来打呼噜的声音。

博斯由敞开的车门倾身进入前座，当他揪住两人的丝质领带时，克拉克的嘴巴大张但眼睛仍闭着。博斯将右脚踩在车门框上当着力点，使劲将两人拉向他。虽然对方有两人，但博斯占了优势。克拉克一时之间搞不清楚方向，刘易斯的情况也好不到哪里去。他拉住他们的领带，若他们稍有挣扎或抵抗，脖子就会被勒得越来越紧，导致呼吸困难。他们不得不乖乖下车，跟跄得像被项圈拴住的狗，接着二人跌落在距人行道一米远处的一棵棕榈树旁。他们满脸涨红，气急败坏，语无伦次，双手抓着领带结想恢复正常呼吸。博斯松开领带，伸手至他们腰间猛地抽走手铐。正当两位督察室警探忙着大口吸气时，博斯将刘易斯的左手与克拉克的右手铐在一起，然后他绕到棕榈树后方，用另一副手铐铐住刘易斯的右手。此时克拉克发现了博斯的意图，想起身躲开。博斯再度抓住他的领带并用力往下扯，克拉克的头往前冲，脸啪的一声笔直撞上棕榈树，顿时眼冒金星，博斯抓住机会铐住他的左手腕。两位督察室警探中间隔着棕榈树被铐在一起，在地上扭动挣扎；博斯卸下他们的武器，退后并缓和呼吸，将他们的枪丢入公务车前座。

"你死定了。"克拉克喉头肿胀，好不容易用沙哑的声音挤出这句话。

他们奋力合作向上站起，中间仍隔着棕榈树。他们的模样有如两个大男人玩绕圈圈游戏被当场逮住似的。

"袭警，而且是两个人，"刘易斯说，"加上行为不检。博斯，现在我们可有五六条罪状起诉你。"他用力咳嗽，飞沫喷到克拉克的西装外套上。

"放开我们，说不定我们可以忘了此事，就当没发生过。"

"不行，他妈的我们绝对不会忘，"克拉克对搭档说，"我要他吃不了兜着走！"

博斯从口袋里拿出监听装置，放在手掌上让他们看清楚。他问："谁吃不了兜着走啊？"

刘易斯认出那是窃听器后，说："我们和那东西一点关系也没有。"

"当然。"博斯说。他从另一个口袋里拿出录音机，再次伸出手让他们看。"声控的纳格拉录音机，这是你们这行在工作时——不管合不合法——常用的设备，不是吗？在我电话里找到的；同时我发现你们两个笨蛋跟踪我跑遍全市，你们不会正好也在我家装了窃听器，以便在监视我时顺便进行窃听吧？"

刘易斯和克拉克都保持沉默没有回应，博斯也不指望他们回答。他注意到有一小滴血悬在克拉克一侧的鼻孔边缘。伍德·威尔森路上一辆车放慢了车速观望，博斯向对方亮出警徽，于是那辆车继续往前驶去。两位督察室警探并未呼救求援，这让博斯吃了定心丸，看来情况由他主导了。过去警局曾因非法监听警官、民权领袖甚至电影明星搞得风评很差，由此可以理解为什么眼前两位警探不想把事情闹大，自保可比修理博斯重要多了。

"你们取得了许可令，可以大摇大摆进入我家装窃听器吗？"

"博斯，听我说，"刘易斯说，"我说过了，我们——"

"我相信应该没有，必须有犯罪证据才能取得许可令，据我了解规定是这样的。但贵督察室通常不屑理会这类小细节，对吧？克拉克，你知道你们对我提出袭警指控的后果吗？你们可以把我告到纪律委员会，让我丢掉饭碗，因为将你们拖出车外、让你们磨得发亮的西装裤屁股那儿沾了污渍；我也准备把你们、你们的上司欧文、督察室、警察局以及他妈的整个城市拉上联邦法庭，用第四条修正案起诉你们非法搜查、扣押物品，我还准备扯上市长。你们觉得如何？"

　　克拉克朝博斯脚边的草上吐了口唾沫，一滴鼻血滴到他自己的白衬衫上。他说："你无法证明那东西是我们装的，因为根本不是。"

　　"博斯，你到底想怎样？"刘易斯发飙了，怒气使他脸色变深，比方才脖子被领带勒住时更深。博斯开始慢慢绕着他们走，使他们不得不持续转头或绕过棕榈树干看他。

　　"我想怎样？嗯，尽管我很厌恶你们，但我并不想拉你们两个饭桶上法庭，拉两个饭桶过行人道就够累人的了。我想——"

　　"博斯，你他妈的该去检查一下脑袋。"克拉克脱口而出。

　　"克拉克，闭嘴。"刘易斯说。

　　"你闭嘴。"克拉克回嘴。

　　"事实上，我已经检查过了，"博斯说，"而且我宁可保留自己的脑袋，也不想和你换。你恐怕得请肛肠科医生看看脑子了。"

　　博斯说这话时绕到克拉克身后并靠近他，然后又退后几步，继续绕圈。"你们听清楚，此事我愿意既往不咎，你们只需要回答我几个问题，咱们就算扯平了，我会放开你们。毕竟咱们都是一家人，你们说是不是啊？"

　　"什么问题？"刘易斯说，"你到底在说些什么？"

　　"你们什么时候开始跟踪我的？"

　　刘易斯说："星期二早上，就在你出了联邦调查局大楼之后。"

　　"别一五一十告诉他啊。"克拉克对搭档说。

　　"他早就知道了。"

　　克拉克看着刘易斯，不可置信地猛摇头。

　　"你们什么时候在我电话内装了窃听器？"

　　刘易斯说："我们没有。"

　　"放屁，不过没关系，你们看到我在同志村讯问那小子了。"这是一句陈述，不是问题。博斯希望他们认为他已掌握大部分信息，只是需要填补几个小细节。

"没错，"刘易斯说，"那是我们第一天行动，看来你发现我们了。他妈的，那又怎样？"

此时刘易斯试图伸手碰触外套口袋，博斯见状抢先一步将手伸进他的口袋。他拿出串着手铐钥匙的钥匙圈，将钥匙丢入车内。他站在刘易斯背后说："你们告诉谁了？"

"什么？"刘易斯说，"你指的是那小子吗？没有，我们没有告诉任何人。"

"你们写了监视记录，对吧？而且也拍了照，不是吗？我敢打赌那辆车后座肯定有相机，除非你们把它留在后备厢里忘了拿。"

"没错，我们当然写了报告。"

博斯点了根烟后又开始走动。"报告都到哪儿去了？"

刘易斯并未立即回答。博斯见他先与克拉克交换了目光，然后说："我们昨天交出第一份报告和底片，按老规矩放在副局长的待处理文件篮里。我们根本不知道他是否看过，到目前为止我们只写了那份报告。博斯，你先放开我们，这儿人来人往，盯得我们很尴尬，之后咱们可以继续谈啊。"

博斯走上前朝他们喷出烟雾，并表示在谈话结束前手铐会继续铐着。然后他倾身靠近克拉克的脸，说："还有谁拿到了报告副本？"

"你指的是监视报告吗？博斯，谁都没有看，"刘易斯说，"这违反警局规定。"

博斯闻言大笑并摇头，他知道他们不会承认犯下任何违法或违反警局规定的行为。他转过身，往自己家的方向走去。

"博斯，等一下，等一下，"刘易斯大喊，"我们将报告抄送给你的分局警督了，行了吧？你别走啊！"

博斯回头，刘易斯继续说："他要我们随时通知他最新状况，我们不得不从。欧文准了，我们只好听命行事。"

"你们在报告上提到了那小子的哪些事？"

"什么都没提，就是个孩子呗……呃，'当事人与一个少年交谈，少年被载往好莱坞分局进行正式讯问'之类的。"

"你们在报告上透露了他的身份吗？"

"没有，我们根本不知道他的名字。博斯，真的，我们只是在一旁观察罢了。现在可以放开我们了吧？"

"街头之家收容中心呢？你们见我送他到那儿，报告上提到此事了吗？"

"嗯，提到了。"

博斯再度靠近。"那么问题来了，如果联邦调查局已不再对我提出申诉，为何督察室仍继续跟踪我？联邦调查局打电话通知庞兹并撤回申诉，然后你们假装取消行动，事实却不然。为什么？"

刘易斯要开口，但博斯打断了他："我要克拉克告诉我。刘易斯，你脑筋转得太快了。"

克拉克没说话。

"克拉克，你们看到我和那小子在一起，现在他遇害了。有人知道他和我谈过所以做掉了他，但是知道他和我谈过的人只有你和旁边这位仁兄，谁都看得出来这事有蹊跷。假如我从二位身上得不到满意的答案，我打算公开一切，让所有人都知道，到时你们就等着成为督察室的调查对象吧。"

克拉克在这五分钟内的第一句话是："× 你妈的！"

刘易斯立即插话："听我说，博斯，我坦白告诉你吧，调查局根本信不过你，问题就在这儿。他们表面上让你参与调查，私底下却向我们表示他们对你不够确定。他们说你用强迫手段挤进了调查小组，必须想办法看住你，以免你突然扯他们的后腿。而我们奉命继续暗中跟踪你，事情就是这样，真的，现在你可以放开我们了吧！我简直无法呼吸，而且手腕要疼死了，你铐得可真紧。"

博斯转身面对克拉克："你的手铐钥匙在哪儿？"

他说："在右边上面的口袋。"他语气冷静，拒绝看博斯的脸。博斯绕到他后方，伸出双手环上他腰间。他从克拉克的口袋里拉出一串钥匙，然后在他耳际说："克拉克，你敢再踏入我家一步，我就宰了你。"

然后他冷不防地将两位警探的长裤和四角内裤扯到脚踝处，然后走远，并将那串钥匙丢入车内。

"你这王八蛋！"克拉克大叫，"博斯，我先宰了你！"

博斯知道只要手上还握有窃听器和纳格拉录音机，刘易斯和克拉克就不大可能对他提出内部申诉，毕竟他们占不了便宜。一旦此事进入司法程序且丑闻公之于世，他们的升官美梦也就泡汤了。博斯上车，驶回联邦大楼。

他试着评估状况，看来有太多人知道或者有机会知道阿鲨的存在，很难判断究竟谁是内线。刘易斯和克拉克见过那少年并将消息上报给欧文和庞兹，谁知道他们还通知了哪些人。鲁克和联邦调查局档案处办事员也知道他，这还不包括可能在大马路上见到阿鲨与博斯在一起或者听说博斯在找他的人。博斯知道这下只能静待事情进一步发展了。

在联邦大楼 FBI 那一层，前台玻璃窗后方的红发接待员请他等一下，她则打电话到第三组通知有访客。他再次透过薄纱窗帘观看下方的墓园，有几个人在山上挖出的大壕沟里干活。他们把一块块大石头排在洞口附近，石块反射着刺眼的阳光，博斯终于猜到那工程的目的。此时后方的门锁应声开启，博斯走进第三组办公室。现在是十二点半，小组成员都出去吃饭了，只有埃莉诺·威什留在屋里。她坐在办公桌前吃着鸡蛋沙拉三明治——他拜访过的所有政府大楼餐厅都卖的那种装在三角形塑料盒里的三明治——桌上摆着瓶装水和纸杯。他们简短地打了招呼，博斯觉得两人关系变了，但不知变了多少。

他问："你早上直接来上班？"

她表示没有，她说她拿了富兰克林和德尔加多的照片到西部国家银行让银行职员指认，其中一位女职员确认富兰克林正是艾斯里——事前在银行租用保险箱并进入勘查的探子。

"我们可以据此进行逮捕，但富兰克林不在，"她说，"鲁克派了一组人到车辆管理局登记的那两人的住址查看。不久前收到汇报，那两人可能已经搬走了，或者根本没在登记的住所居住过。看样子他们行踪不定。"

"接下来呢？"

"我不知道，鲁克有意暂停此案的调查，等抓到他们之后再说。你可能要先回警局工作，等我们逮到其中一人，我们会让你审讯他，以查明梅多斯命案。"

"还有阿鲨的案子，别忘了。"

"嗯，没错。"

博斯点头，结束了，联邦调查局准备暂时喊停。

"对了，你有留言，"她说，"有个叫赫克特的打电话找你，只留了名字。"

博斯坐在她旁边的办公桌旁，拨了赫克特·乌伊拉波纳的分机号码，对方在响了两声后接起。

"我是博斯。"

"嘿，你怎么在联邦调查局？"他问，"我打了你给的电话号码，对方说是联邦调查局。"

"没错，这事说来话长，我以后再告诉你。有好消息吗？"

"博斯，好消息目前不多，未来可能也一样。我无法取得档案，正如我们猜测的那样，这个吴文平有人脉关系——不论他的真实身份是什么。他的档案仍属于密件。我打电话找华盛顿的熟人帮忙，请对方送出档案，他回电表示办不到。"

"为什么档案仍然是密件？"

"博斯，谁知道啊？假如知道，还算密件吗？密件就是不希望别人知道内容嘛。"

"谢了，不过没关系，反正这似乎不太重要了。"

"如果你在国务院有门路，认识有取得数据权限的人，他们可能比我有办法，毕竟我只是负责普通移民案件的普通角色。不过呢，我认识的这个人在无意中说漏了嘴。"

"说漏了什么？"

"嗯，是这样的，我告诉他这位吴先生的姓名。他回电表示：'抱歉，吴上尉的档案属于密件。'他就是那么说的，他称对方为上尉。因此这家伙肯定是军方人士，这可能正是他们以最快速度带他离开越南来到美国的原因。假如他是军方人士，他们当然会救他一命。"

"是啊。"博斯说，然后谢谢赫克特并挂断电话。

他转身面对埃莉诺，问她在国务院是否有熟人。她摇头表示没有。"军方情报人员或 CIA 中情局之类的呢？"博斯说，"有取得电脑数据权限的人。"

她思索片刻后，说："呃，我在华盛顿时认识一个国务院办公室的人，不过这究竟是怎么回事？"

"你可以打电话给他，请他帮个忙吗？"

"他不在电话上谈论公事，假如我们要找他，得亲自登门一趟。"

他起身。他们出了办公室等电梯时，博斯告诉她吴文平的事以及他和梅多斯在同一天离开越南的事实。电梯门开启，他们进入后她按了七楼，电梯内并无其他人。

"你早就知道我被人跟踪，"博斯说，"督察室的人。"

"我看见他们了。"

"但你在看见他们之前就已经知道这件事了，不是吗？"

"有差别吗？"

"我认为有，你为什么没告诉我？"

她沉默片刻。电梯停住。

"我不知道，"她说，"抱歉，刚开始我没告诉你，之后想说却又开不了口，我怕这会毁了一切，不过到头来结果似乎一样。"

"为何一开始你没告诉我？因为当时你还怀疑我吗？"

她望着不锈钢电梯的角落。

"刚开始的确如此，我们对你没把握，这一点我承认。"

"之后呢？"

电梯门在七楼开启。埃莉诺出电梯时说："你还在这儿，不是吗？"

博斯随她踏出电梯，他拉住她的手臂让她停下。他们站立原地，两个身穿近似同款灰西装的男子迅速穿过开启的电梯门。

"没错，我还在这儿，但你没告诉我他们的事。"

"博斯，我们可以之后再谈此事吗？"

"问题是，他们看见我和阿鲨在一起。"

"没错，我猜应该是。"

"那么为何在我提到内线人士、在我问你是否告诉了别人那小子的事时，你选择保持沉默？"

"我不知道。"

博斯低头望着自己的脚，他觉得自己仿佛是这星球上唯一不明白怎么回事的人。

"我和他们谈过了，"他说，"他们坚称只看到我们和那小子在一块儿，并未进行后续调查，探究原因。他们表示不知道他的身份，报告上也没有阿鲨的名字。"

"你相信他们？"

"从来没有，但我不觉得他们和此事有关，这说不通。他们的目标是我，他们无所不用其极地想让我走投无路，但不会疯狂到除掉目击证人。"

"或许他们将消息传给了与此案有关的人，而他们自己并不知道。"

博斯再次想到欧文和庞兹。

"不无可能。重点是，我们知道肯定有内鬼。那人就在某处，可能在我这边，也可能在你那边，因此我们和其他人交谈以及行动时得格外小心。"

片刻后，他直视她的双眼，说："你相信我吗？"

许久之后，她终于点头。

她说："除此之外，我无法解释现在发生的事。"

埃莉诺上前与接待员说话，博斯则待在后面。几分钟后，一位女士推开门，领他们经过一条条走廊，进入一间小办公室。办公桌后无人，他们在面对办公桌的两把椅子上坐下等候。

博斯低声说："我们来见的是谁？"

她说："待会儿向你介绍，让他自己告诉你，他希望你对他有何了解。"

博斯正想追问此话之意，此时办公室的门开了，一名男子走进来。他看样子约莫五十岁，银灰发丝被细心梳理过，身穿蓝色西装外套，看得出体格强健，灰色的眼珠昏暗无光，就像烤肉架上烧了一天的炭。他坐下后没有看博斯一眼，目光全在埃莉诺·威什身上。

"埃莉，真开心我们又见面了，"他说，"你近来好吗？"

她表示很好，两人短暂寒暄之后，她介绍了博斯。男子起身，隔着桌子与博斯握手。

"你好，我是鲍勃·恩斯特，经贸发展署副署长。看来这是正式拜访，不是单纯来探望老朋友喽？"

"嗯，是的。恩斯特，真是抱歉，我们正在调查一桩案子，需要你帮一点忙。"

恩斯特说："埃莉，我一定帮忙。"博斯才刚认识这个人，就觉得他很讨厌。

"恩斯特，我们的案件调查中出现一个人，我们需要他的背景资料，"埃莉诺说，"我认为以你的地位，应该不需要大费周章就有办法拿到。"

"问题就在这儿，"博斯补充道，"这是一桩命案，我们没时间通过正常渠道，等候来自华盛顿的回复。"

"外籍人士？"

博斯说："越南人。"

"何时到的美国？"

"一九七五年五月四日。"

"就在沦陷之后。嗯，我明白了。告诉我，究竟是什么样的命案，联邦调查局和洛杉矶警局会联手调查，而且牵涉到年代如此久远的往事甚至外国事务呢？"

"恩斯特，"埃莉诺开口，"我认为——"

"不，别回答，"恩斯特说，"我想你是对的，我们最好将信息划分清楚。"

恩斯特假装整理办公桌上的记事本和摆设，但桌面根本不算凌乱。

最后他说："你最快何时需要这个信息？"

埃莉诺说："现在。"

博斯说："我们可以在此等候。"

"你应该很清楚，我可能无法找到任何数据，尤其是在如此仓促的情况下。"

埃莉诺说："当然。"

"告诉我名字。"

恩斯特将一张笔记纸推了过来，埃莉诺在纸上写下吴文平的名字，然后以同样的方式递回给他。恩斯特低头看了姓名之后起身，完全没碰那张纸。

"我尽力而为。"他说完离开了办公室。

博斯看着埃莉诺。

"埃莉？"

"拜托，我不允许任何人这样称呼我，这就是我不接他电话也不回电的原因。"

"但是这下你欠他一个人情，情况不一样了。"

"假如他真的找到资料的话，另外，你也一样欠他。"

"那我只好让他喊我埃莉了。"她没笑。

"对了，你怎么认识这家伙的？"

她没回答。

博斯说："他可能正在偷听我们说话。"

他环视办公室，不过监听设备当然是藏在看不见的地方。他见桌上有一个黑色烟灰缸，于是拿出香烟。

埃莉诺说："请不要抽烟。"

"只抽半根。"

"我们在华盛顿时碰过一次面，现在我根本记不得那是什么场合了。当时他也是国务院某某助理之类的，我们喝了几杯，就这样。后来他调职到这里，有一次在电梯里见到我，发现我也调职了，于是开始打电话找我。"

"中情局一路爬上来的，对吧？或者至少和中情局关系密切。"

"或多或少是吧。这不重要，只要他能拿到我们要的数据就好。"

"或多或少，我在战场时认识他这种浑蛋。不论他今天向我们透露多少消息，他绝对会留一手。对他们那种人而言，消息就是本钱，他们不会将所有消息拱手奉上。正如他方才所说，他们将所有信息划分得一清二楚。等他们愿意透露所有消息时，人都死了。"

"能不能别再说这些了？"

"当然没问题……埃莉。"

博斯利用这段时间抽烟并环视光秃秃的白墙，恩斯特并未特意将房间整理成办公室的模样。角落没有悬挂国旗，连张国家元首照片也没有。二十分钟后，恩斯特回来了，此时博斯正抽着剩下的半根烟。经贸发展署副署长两手空空，大步走向办公桌，对博斯说："警探，请你不要抽烟好吗？我不喜欢别人在这种密闭空间抽烟。"

博斯在办公桌角的黑色小碗内捻熄烟蒂。

"抱歉，"他说，"我看到烟灰缸，我以为——"

"警探，那不是烟灰缸，"恩斯特面容严峻地说，"那是有三百年历史的饭碗，我在驻越南之后带回美国的。"

"当时你也从事经贸发展工作吗？"

"抱歉，恩斯特，"埃莉诺插话，"你查了那姓名，有任何结果吗？"

恩斯特冷冷地盯着博斯，久久才移开视线。

"我找到的数据极少，不过也许有帮助。这个吴文平以前在西贡当警察，他是警监……博斯，你也是参与了那场战争的老兵吗？"

"你指的是越战吗？没错。"

"当然是，"恩斯特说，"那么请你告诉我，这信息对你是否有任何意义？"

"意义不大，我大多时间都在丛林里打仗，对西贡印象不深，只去过美国人聚集的酒馆和文身店。这个人是警监，我能想到什么吗？"

"我猜是没有。那么我告诉你吧，吴警监在警局负责的是扫黄和扫黑项目小组。"

博斯思索片刻后说："言下之意，他可能在越战期间和其他人一样贪赃枉法？"

恩斯特问："我看你整日在丛林里打滚，对于西贡警局的运作方式应该不太了解吧？"

"那就有劳你这位专家解释清楚了，搞体制看来是你部门的专长。当时我忙着打仗，活命要紧，哪像有些人高枕无忧呢？"

恩斯特没理会冷嘲热讽，他选择忽视博斯的存在，说话时只看埃莉诺。

"其实很简单，"他说，"当时在黑市从事毒品、色情交易或赌博行业的人必须支付一笔费用，就像是付给赌场庄家的什一税①。交了钱，当地警方就睁一只眼闭一只眼。这笔钱实际上保证了生意不受干扰——至少在有限范围内是这样。他们唯一的顾虑是美国宪兵，当然，我猜这些人也有可能被收买，一直有此流言。无论如何，这个体系持续多年，战争一开始就形成了，直至美国撤军，我猜大概是一九七五年四月三十日，西贡沦陷之时。"

埃莉诺点头并等他继续说下去。

"美国人在越南的军事入侵长达十多年，在那之前是法国人，这是一段长时间的外国势力介入。"

博斯说："几百万。"

"什么？"

"照你这么说，收到的金额肯定高达几百万美元。"

"没错，绝对有，整个时期的总金额可能高达几千万。"

---

① 欧洲中世纪基督教会向教民征收的一种宗教捐税。

埃莉诺问:"吴文平在其中扮演什么角色?"

"是这样的,"恩斯特说,"根据我们的资料,当时西贡警局内部贪污,由名为'三魔头'的三人帮主导或控制。不付钱给他们,就没生意做,事情就这么简单。巧合的是,或者该说不巧的是,西贡警局有三名警监,而他们的辖区正好与'三魔头'的地盘相吻合。一名警监负责扫黄与扫黑项目,一名负责缉毒项目,另一名则负责维持治安。根据我们的资料,这三名警监事实上正是'三魔头'。"

"你一直提到'我们的资料',你指的是经贸发展署的资料吗?你从哪儿取得的这些资料?"

恩斯特再度动手整理桌面,然后冷冷地瞪视博斯:"警探,你来找我要数据,如果你想知道数据源,那么你找错人了。你可以选择相信我的话,也可以不信,这对我毫无影响。"

两人瞪着彼此,没说一句话。

"三人帮呢?"埃莉诺问,"他们后来怎样了?"

恩斯特将目光从博斯身上移开并说:"一九七三年美国从越南撤军之后,三人帮收入来源大大缩减,但正如其他具有前瞻性的商业团体一样,他们早已预见这种趋势并采取了应变措施。当年的情报显示,他们所扮演的角色随时间推移变化极大。二十世纪七十年代初,他们从原本在西贡为毒品交易提供保护的角色,转变为实际涉入交易的。他们通过政界与军界的人脉,当然也包括警力,来巩固地位,成为毒品掮客,经手所有产自越南高地外销至美国的棕色海洛因。"

博斯说:"但持续了没多久。"

"哦,这种事当然长不了。西贡在一九七五年四月沦陷,他们必须离开越南。他们捞了千万美元,据估计每人各赚了一千五百万至一千八百万美元。那些钱在新胡志明市可能用不上,而且他们根本别想活着享福。三人帮必须逃出越南,否则就等着被北越正规军的行刑队枪决吧,所以他们得带着钱逃出来……"

博斯说："他们怎么办到的？"

"那都是黑钱，一个越南警局警监无法赚到也不该拥有的钱，我猜他们完全可以将钱汇到瑞士银行。但是别忘了，我们这会儿谈的是越南文化，他们生于动乱与战争中，连自己国家的银行都不信任。此外，他们带出越南的钱已非钞票。"

埃莉诺不解地问："什么？"

"他们早就换成别的东西了。你们知道一千八百万美元长什么样吗？足以塞满一整个房间。因此他们找到将金钱体积缩小的方法，至少我们觉得是这样。"

博斯说："珠宝。"

"钻石，"恩斯特说，"据说价值一千八百万美元的钻石，装在两个鞋盒内不成问题。"

博斯说："然后再放入保险箱内。"

"有可能，不过请你明白，我不想知道我不需要知道的事。"

"吴文平是其中一位警监，"博斯说，"另外两位是谁？"

"据我了解其中一位名为阮文，据说他已身亡。他从未踏出越南，可能遭其他两人或北越军所害，反正他没逃出越南。沦陷之后，在胡志明市的美国情报人员确认了此事。其他两人倒是成功了，他们来到了美国。两人都有护照，我猜应该是通过人脉关系与金钱获得的，这我就不清楚了……反正其中一位是吴文平，看来你们已发现此人；另一位是阮陈，他与吴文平同时抵达美国。至于他们到美国之后的行踪与所做之事，我就不清楚了，毕竟事隔十五年，一旦他们抵达美国，我们就管不着了。"

"为何你们允许他们进入美国？"

"谁说我们允许了？博斯警探，请你明白，这些信息都是事实发生后才收集到的。"

恩斯特说完立刻起身，看来今天他只肯透露这些内容。

博斯不想回联邦调查局，恩斯特提供的信息如安非他命般令他血液奔腾，他想到外面走走，他想说说话，进行头脑风暴。他们进入电梯后，他按了底层的大厅并告诉埃莉诺他们应该到外面走走。联邦调查局办公室如鱼缸般密闭，此刻他需要广阔的空间。

博斯认为，调查任何案件，信息会缓缓而来，就如沙漏中稳定穿过中央窄孔的沙子；而到了某个时间点，沙漏底部的信息累积较多后，顶部沙子流动的速度似乎加快了，之后就如瀑布般一泻而下。他们正处于这个时间点，梅多斯案、银行盗窃案，整件事开始有了头绪。

他们穿过大厅来到外面的绿草坪上，草坪上八面美国国旗及一面加州州旗在排成半圆形的旗杆上慵懒地随风飘动。今天并没有抗议群众，空气温暖潮湿，不像当季的气候。

"我们非得在外面走吗？"埃莉诺问，"我宁可待在办公室，免得漏接电话，而且你还能喝咖啡。"

"我想抽烟。"

他们往北朝威尔榭大道的方向走去。

博斯说："时间是一九七五年，西贡即将沦陷。吴警监买通他人，带着他分得的钻石逃命。我们不知道他收买了谁，但我们知道他一路受到贵宾级礼遇。大部分人搭船逃难，他搭飞机，从西贡到美国只花了四天时间，一路上有美方民间顾问随行，替他排除种种不便，此人正是梅多斯。他——"

"一路上可能有人陪他，"她说，"你忘了说'可能'。"

"我们又不是在法庭，我以我认为可能发生的方式叙述，行吗？之后如果你不喜欢，也可按你的方式来说。"

她举起双手表示无意争吵，博斯继续。

"所以呢，梅多斯与吴文平同行。一九七五年，当时梅多斯负责难民安全之类的事务，自己也准备离开。他之前在做倒卖海洛因的副业时或许已认识吴文平，或许不认识，我相信两人应该是认识的。实际上梅多斯可能替吴文平跑腿，他或许知道吴文平带了哪些值钱的家当来到美国，或许不知道，我相信他至少略知一二。"

博斯稍微停顿以整理思绪，埃莉诺不情愿地接上话题。

"吴文平带着越南人的习惯来到美国，对于把钱存在银行感到不信赖或者不喜欢。还有另一个问题：他的钱不干不净，不仅未申报、无人知晓，而且是非法所得。他无法申报财富或者在银行进行一般存款，因为如此一来会引起注意而必须解释其来源。因此他将这笔可观的财富存放在尚可接受的地方：银行金库保险箱。我们到底要去哪儿？"

博斯并未回答，他太专注于思考。他们到了威尔榭大道，人行道上方的通行标志闪烁时，他们随人潮前进。两人过马路后转向西边，沿退伍军人公墓外围的树篱行走。博斯接着说：

"所以呢，吴文平将自己那份存入保险箱。他以难民身份开始筑起美国梦，只不过他是荷包满满的难民。与此同时，梅多斯战后回到美国，无法进入现实生活的轨道，无法戒除恶习，并开始进行非法勾当满足所需。但事情不像在西贡那般容易，他被捕了，在牢里蹲了一段时间。之后又数次进出监狱，最后因抢银行触犯了联邦法律，一下被关了好几年。"

他们走到树篱的一个开口处，那里通往一条石砖步道。博斯沿步道而行；之后他们站住了，凝望广阔的墓园，一排排经日晒雨淋而泛白的石碑映衬着海洋般的一大片草坪。高树篱阻隔了外面街道的喧闹嘈杂，突然之间静谧无比。

博斯说："这儿就像个公园。"

"这儿是墓园，"她低语，"我们走吧。"

"你不必压低声音说话，我们在附近走走，这里很安静。"

他沿石砖道走到一棵橡树旁，树荫下是第一次世界大战老兵墓区。埃莉诺有些迟疑但仍跟随其后，她追上他并继续交谈。

"于是梅多斯进了特米诺岛联邦监狱，他在里面听说了查理连这地方。他把自己的情况告诉了那里的老兵兼长官，获得他的支持，得以提前出狱离开特米诺岛。到了查理连，他与两位战地老友取得联系，至少据我们猜测应是如此——富兰克林与德尔加多。不过这三人同时待在该地的时间只有一天。难道你要我相信，他们在这短短一天内构思了整个计划？"

"我不知道，"博斯说，"有可能，但我不太相信，他们有可能在农场重新碰头之后才开始计划。重点是，我们知道他们三人一九七五年时都在西贡，然后又在查理连聚头。之后，梅多斯结束戒毒方案离开农场，表面上找了几份工作，直到假释期结束，然后他辞职，就此消失。"

"直到？"

"直到发生了西部银行盗窃案。他们进入银行金库，一一撬开保险箱，终于找到吴文平的保险箱。或者他们早已得知他的保险箱号码，他们肯定尾随他进入金库以进行事前规划，并查出他存放剩余钻石的地方。我们必须回银行调阅记录，查看这位姓名缩写为 FBI 的艾斯里是否与吴文平同时在金库内待过。我敢打赌答案是肯定的，他看见了吴文平的保险箱号码，因为两人同时在金库内。

"在打劫金库过程中，他们撬开他的保险箱，然后也撬开其他保险箱并搜刮所有财物做幌子。绝妙之处就在于，他们知道吴文平无法报失财物，因为那些东西在法律上根本不存在。他们很清楚，只要他们一并拿走其他财物掩护真正目标——钻石——一切就万无一失，完美至极了。"

"原本是完美的犯罪，"她说，"直到梅多斯典当了有玉海豚装饰的手镯，导致他被杀。这又让我们回到几天前提出的疑问：原因何在？还有另一件事也说不通：假如梅多斯是盗贼之一，为何在得手后还窝在那间烂公寓里？他明明发财了，表现得却不像是个有钱人。"

博斯沉默地走着，并未立即回答。方才与恩斯特见面谈话期间，他已开始猜想这一问题的答案。他思索着梅多斯预付租金的十一个月租期，假如他还活着，则应该在下个星期搬出公寓。他们走过白石碑墓园时，博斯觉得一切似乎都吻合了，沙漏顶部已无任何沙粒，所有沙子都在底部。此时他终于开口：

"因为完美犯罪只完成了一半。他典当手镯，这无异于让尚未完成的计划提前露出马脚，因此他们必须除掉他并拿回手镯。"

她停下脚步，不解地望着他。此刻他们站立在第二次世界大战墓区旁的通行道上。博斯见另一棵橡树根部延伸，挤压着饱受风吹雨打的几座石碑，使其移位、歪斜，犹如正在等待牙医矫正的牙齿。

埃莉诺说："解释一下你刚才的话。"

"他们撬开多个保险箱以掩饰真正目标——吴文平的保险箱内的财物。对吧？"

她点头。他们仍伫立在原处。

"嗯，若要使这障眼法奏效，他们该怎么做呢？将从其他保险箱搜刮来的财物尽数丢弃，使它们永远不出现在市面上。我的意思是他们并非销赃变现，而是将它们丢弃、摧毁，丢到海里或埋在地下，使它们永远不会被发现。因为一旦有珠宝、古币或股票证券出现在市面上被发现，就等于向警方提供了线索，他们会循线而来。"

她说："因此你认为梅多斯之所以被杀，是因为他典当了手镯？"

"不完全是，还有其他关键要素。假如梅多斯能分得吴文平的一部分钻石，为何会在意一只区区几千美元的手镯？他为何过得这么苦？这根本说不通。"

"博斯，我不明白你的意思。"

"我自己也不明白，不过让我们暂时假设一下这种情况：他们——梅多斯和同伙——知道吴文平与另一位警监阮陈的下落，也知道两人携带至美国的钻石分别存放于何处。假定两人将钻石分别存放在两家银行的两个保险箱内，再假定这伙人打算打劫这两个保险箱，他们先打劫了吴文平的银行，而现在他们准备向阮陈的银行下手。"

她点头表示跟上了思路，博斯觉得振奋不已。

"嗯，这些事情需要时间计划。他们必须调整策略，安排在银行连休这三天时间内，因为他们需要时间打开其他保险箱，制造假象，而且他们需要时间挖凿地道。"

他忘了点烟，现在想起来了，便将一根烟放入嘴里，但点烟之前又开始说话。

"你明白我的意思吗？"

她点点头。他点上烟。

"好，那么他们在抢完第一家银行之后、解决第二家银行之前这段时间，最好该怎么做？低调行事，半点风声都不得走漏，丢弃从其他保险箱内盗来当幌子的所有财物，一件都不留，只保留吴文平的钻石。但是他们不能现在出手，这样一来可能会引起注意而坏了第二次行动。事实上，吴文平可能已派人四处打探钻石的下落。我猜他多年来可能小额变卖钻石套现，对于珠宝销赃渠道应该相当熟悉，因此他们也得提防他。"

"这么说来梅多斯坏了规矩，"她说，"他私自留下手镯，他的同伙发现后做掉他，然后闯入当铺偷回手镯。"她摇摇头，赞叹这计划之完美，"假如梅多斯没破坏规矩，这可能仍是一桩完美犯罪。"

博斯点头。他们伫立原地望着彼此，然后环视广阔的墓园。博斯丢下烟蒂踩熄，然后他们同时抬头眺望山丘，看到越战老兵纪念碑墙。

她问："为何纪念碑摆在此地？"

"不知道，那是复制品，只有实物一半大，不是真的大理石。我猜他们把它搬运到全国各地，让无法亲自到华盛顿的民众有机会目睹吧。"

埃莉诺突然屏息并转身面向他。

"博斯，星期一是阵亡将士纪念日。"

"我知道，银行连休两天，有一些则休三天，我们必须找到阮陈。"

她转身准备走回联邦调查局，他看了纪念碑最后一眼。长长的仿大理石纪念碑嵌在山丘上，上面密密麻麻地刻着许多名字。一位身着灰色制服的男子正忙着清扫纪念碑前方的步道，黄檀树飘下的紫色花朵被扫成一堆。

博斯和埃莉诺走出墓园之后才开始交谈，他们沿威尔榭大道往回走，朝联邦大楼方向行进。这时，埃莉诺提出一个问题，博斯也多次思考、仔细推敲过这个问题，就是想不出令人满意的答案。

"为何隔了十五年，现在才行动？"

"我不知道，或许刚好时机成熟吧。天时、地利、人和，至少我这么认为。谁知道呢？或许梅多斯压根忘了吴文平这号人，某天正好在路上看到他，突然灵机一动，想到这个完美计划；又或许那是别人的计划。说不定计划真是那三个人同在查理连那一天想到的。或许我们永远无法知道真正的原因，我们需要知道的是对方如何办到以及涉案者为何人。"

"博斯，假如他们真的又展开行动，开挖新地道，那么我们必须在不到两天内找到他们，我们必须派人到地底下找他们。"他思索着派人进入地道内寻找的方案，成功的概率不大。她曾说过，光是洛杉矶地下就有长达两千四百多公里的地道，即使给他们一个月，可能也找不到窃贼挖凿的地道入口。关键在于阮陈，找到最后一个警监，就能找到银行；找到银行，就能找到窃贼，如此一来也就找到了杀害比利·梅多斯及阿鲨的凶手。

他说："你认为吴文平会向我们透露阮陈的下落吗？"

"他的金库保险箱遭窃却未报失财物，我想他应该不是那种会乖乖和警方合作的人。"

"没错，我们最好先自己想办法找出阮陈，真没办法的话，再联络吴文平。"

"我先从电脑数据开始。"

"好。"

联邦调查局电脑系统，以及该系统可存取的其他电脑网络内并没有阮陈的住址信息。博斯和埃莉诺在车辆管理局、移民局、国税局和社会安全档案内都未找到此人数据。洛杉矶档案数据室的假名档案里没有记录，水电局记录查无此人，选举人或财产税登记册上也没有资料。博斯打电话找赫克特·乌伊拉波纳，确认阮陈与吴文平同日进入美国，但之后全无记录。埃莉诺盯着电脑屏幕上的琥珀色字体，盯了三小时但一无所获，遂关上屏幕。

"什么都没有，"她说，"看来他改用了其他姓名。不过他并未通过合法程序正式改名，至少在美国没有。所有系统内都没有此人数据。"

他们垂头丧气、沉默不语地坐着，博斯喝完杯里最后一口咖啡。下班时间已过，小组办公室显得空荡荡的。鲁克在听完最新进展报告并决定不派人进入地道搜查后回家了。

"你们知道洛杉矶地下的排水道有多长吗？"鲁克方才问道，"下面地道延伸有如高速公路系统，假如这批人真在地底下，任何地方都有可能，我们只能在黑暗中跌跌撞撞。而且敌在暗处，我方人手可能会受伤。"

博斯和埃莉诺知道他说得没错，他们未与他争辩，立即进行寻找阮陈的工作，但是毫无结果。

博斯喝完咖啡后说："看来咱们得找吴文平了。"

"你认为他会合作吗？"她说，"我们一问他阮陈的下落，他肯定会猜到我们知道他们的过去和钻石的事。"

"不知他会有何反应,"他说,"我明天去找他。你饿不饿?"

"我们明天去找他,"她更正他的话,并微笑,"我的确饿了,咱们走吧。"

他们在圣莫尼卡百老汇街的一家烧烤店内用餐,是埃莉诺选的地方;这里靠近她的公寓,因此博斯兴致高昂且心情舒缓。一个三人乐队在角落的木质舞台上演奏着,不过餐厅砖墙使音乐显得刺耳又模糊。餐后博斯与埃莉诺静静享用意式浓缩咖啡,舒适而惬意,博斯感觉两人之间有种难以言喻的温馨。只要看着那双坚定的棕色眼眸,他便觉得自己对坐在眼前的女子一点都不了解,他想穿过那道阻碍;他们已做爱,但他想坠入爱河,他要她。

她似乎总能看穿他心思地问道:"今晚想和我一起回家吗?"

刘易斯和克拉克在百老汇烧烤店对面半个路口远的停车场第二层。刘易斯下车,蹲在护栏边,透过相机观察动静。相机三十厘米的长镜头固定在三脚架上,正对着近百米远处的餐厅大门。他希望代客泊车台旁边门口上方的灯光够亮。他在相机内装了高速底片,但取景器的红点闪烁表示灯光不足,不宜拍照,不过他仍决定一试,他要将他们拍个正着。

"你拍不成的,"克拉克在他背后说,"灯光不够亮。"

"你别打扰我工作,拍不成就拍不成。谁在乎啊?"

"欧文。"

"去他的,他要我们提供更多消息,我就给他,我只不过是听命行事。"

"我们应该到下面那家熟食店附近,取得更好的拍照——"

克拉克听见有脚步声接近,于是住嘴并转身,刘易斯继续盯着镜头,等待拍摄时机。来者是身穿蓝色制服的警卫。

警卫问:"请问两位在这儿做什么?"

克拉克亮出警徽,说:"我们在执勤。"

警卫是个年轻黑人，他走近细看他们的警徽和身份证并举起一只手
稳住警徽。克拉克猛地将警徽抽回。

"老兄，别碰，谁都别想碰我的警徽。"

"上面写着洛杉矶警局，你们向圣莫尼卡警局报备过吗？他们知道你
们在这儿吗？"

"妈的谁在乎啊？少来烦我们。"

克拉克转身。警卫并未离去，于是他又转回去，说："小子，你有什
么事吗？"

"克拉克警探，这个停车场是我的管辖区。我想待在哪儿，就待在
哪儿。"

"你识相点快滚开，否则我——"

克拉克听见相机快门咔嗒一声，然后是自动卷片的声音，他转身面
对正微笑起身的刘易斯。

"我拍到了——将他们拍个正着，"刘易斯边说边起身，"他们上路了，
咱们走。"

刘易斯收起三脚架，迅速进入灰色卡普里斯的副驾驶座，他们今天
没开之前那辆黑色的车。

"再见啦，老兄。"克拉克对警卫说，进入驾驶座。

汽车倒退驶出，迫使警卫跳开闪躲。克拉克笑着看后视镜并开往出
口坡道，他见警卫正对着手持无线对讲机说话。

他说："小家伙，你慢慢说个够吧。"

督察室公务车开到出口收费亭前停下，克拉克递出停车票根和两美
元给里面的收费员。收费员拿了钱之后并未抬起前方作为栅门的黑白条
纹铁管。

收费员说："班森交代我挡住你们。"

克拉克说："什么？妈的，谁是班森？"

"他是警卫，他交代我暂时将你们挡在这儿。"就在此时，两位督察室警官眼瞅着博斯和埃莉诺开过停车场，朝第四街驶去。他们快跟丢了，克拉克在收费员面前亮出警徽：

"我们在执勤，快打开该死的门！"

"他快到了，我得听他吩咐行事，否则饭碗不保。"

克拉克大吼："死呆子，快开门，不然我真让你饭碗不保！"

他踩下油门使引擎隆隆作响，表示要冲过那道门。

"先生，你知道我们为何使用铁管而非薄木片当栅门吗？硬闯的话你的风挡玻璃可能会不保。想怎么做随便你，反正他快到了。"

克拉克从后视镜里看见警卫正走下坡道，气得满脸涨红，他感觉刘易斯握住了他的手臂。

"伙计，冷静点，"刘易斯说，"他们离开餐厅时十指紧扣，咱们不会跟丢的，他们只是回她家。我敢打赌咱们肯定可以在那儿追上他们，否则罚我开车一星期。"

克拉克甩开他的手并深深叹气，之后脸色稍显平静，他说："我才不在乎，妈的，我恨死了这一切。"

博斯在海洋公园大道、埃莉诺公寓对面的路边找到停车位，他停好车但没有立即下车，而是望着她，仍感觉到方才的火苗，但不确定两人的未来如何。她似乎了解他的想法，说不定她自己也有同样的感受。她把手放在他手上，倾身亲吻他，然后低声说："和我进去吧。"

他下车绕到她那一侧。她已下车，他替她关上车门。他们绕过车头，然后站在车旁，等待来车通过。对方开了远光灯，相当刺眼，于是博斯转头望着埃莉诺，是她先注意到那远光灯冲着他们而来。

"博斯？"

"什么事？"

"博斯！"

然后博斯回头看那辆车，发现车灯——事实上是左右两组方形大灯——直射着他们。在短短几秒钟内，博斯立刻明白来车并不打算经过他们身边，而是正对着他们驶来。没时间了，然而那一刻，时间似乎暂停了。博斯觉得一切仿佛以慢动作进行，他转到右边面对埃莉诺，不过她并不需要保护，他们动作一致地跳上博斯车子的前盖。他翻到她上方抱住她，接着他的车遭到撞击，传来金属碎裂的尖锐刺耳声，车身严重倾斜导致两人跌落，一起朝人行道滚去。一簇蓝色火花从博斯眼角闪过，接着他们俩摔到路边石与人行道之间的窄窄的一条草地上。博斯心想安全了，虽饱受惊吓，但暂无性命之忧。

他起身拔枪并用双手稳住，冲着他们来的那辆车并未停下，此时车已在东边近五十米远处，并加速逃离现场。博斯开了一枪，距离太远，子弹无法穿透后车窗玻璃弹开了。他听见身旁的埃莉诺开了两枪，但不见那辆逃逸车辆有任何损伤。

两人没说一句话，先后从两侧上了车。博斯屏住气息转动钥匙，引擎发动后车猛地一下驶离路边。博斯加快车速，抓着方向盘左弯右拐。车的减震悬架好像有点松，他不知车身受损程度如何。正当他想透过侧面后视镜观察后方路况时，才发现后视镜已掉落。他打开车灯，只有副驾驶侧的光束正常亮起。

肇事逃逸车辆至少在他们前方五个街区远的地方，就在海洋公园大道上坡路昙花一现的山丘顶附近。那辆疾驰的车绕过山丘后不见踪影，车灯也从眼前消失。博斯心想，对方准备前往邦迪街，那儿距十号高速公路仅咫尺之遥。如果让对方上了高速公路，他们就别想逮到他了。博斯抓起无线电呼叫，请求支援，但无法提供车辆外形描述，仅能告知追逐方向。

"博斯，他打算上高速公路！"埃莉诺大喊，"你没事吧？"

"没事，你呢？你注意到车型了吗？"

"我没事，只是有点受到惊吓。没看到车型，应该是美国车，呃，方形大灯，车漆颜色我没印象，只觉得黑漆漆一片。假如让他上了高速公路，咱们就别想追到了。"

他们在海洋公园大道上东行，与十号高速公路平行，高速公路入口匝道在北侧，大约八个街区那么远。他们靠近山丘顶时，博斯关闭功能正常的那盏车前大灯。他们绕过山丘时，他见那部未开车灯的肇事逃逸车辆正通过灯光明亮的林肯大道十字路口；没错，对方准备开往邦迪街。博斯在林肯大道左转并将油门踩到底，再次打开车灯。车速加快时，车身发出砰砰的声响，左前轮受损且定位不良。

埃莉诺大喊："你要去哪儿？"

"我要先上高速公路。"

博斯话一说完，高速公路入口标志立即映入眼帘，车右转绕了个大弯开上入口匝道。受损的轮胎仍然撑着，他们从入口匝道进入车流中。

"我们如何认出他？"埃莉诺拉高嗓门说。此时受损轮胎发出的声音更响了，几乎是持续的颤动。

"我不知道，找方形大灯吧。"

邦迪街入口匝道就在前方，但博斯不知他们是否超过了对方，开在那辆车前面，或者对方已开到前方远处。此时有辆车上了入口匝道，驶入车道，是一辆白色进口车。

埃莉诺提高音量说："我觉得不是这辆。"

博斯再度将油门踩到底，直奔前方。他的心脏猛烈跳动，几乎与车轮颤动的速度不相上下，一半是由于飞车追逐带来的刺激，一半是因为自己还活着，而非血肉模糊、不成人形地躺在埃莉诺的公寓前。他两只手分别在十点钟与两点钟方向抓住方向盘，仿佛正紧握缰绳策马疾驰。路况不算拥堵，他们以一百四十五公里的时速前进，两人都在观察被甩在后方的车辆前端，寻找是否有四盏方形大灯或车头右侧受损的迹象。

半分钟后，博斯紧抓方向盘的指关节泛白如骨，此时他们靠近一辆在慢车道以至少一百一十公里时速前进的红褐色福特。博斯从后方绕到旁边超车，埃莉诺双手持枪但保持在车窗下方的位置，以免被车外的人发现，福特车内的白人男子开着车，根本没有回头看或者发现异状。他们超车之后，埃莉诺大喊："两侧方形大灯。"

博斯兴奋地问："是那辆车吗？"

"我没法——我不知道，无法看到右侧是否受损。可能是，那家伙毫无反应。"

此时他们在福特前方，间距不到一辆车。

博斯从车内抓起移动式闪烁警灯，拿出车窗外，放在车顶上，并缓缓地将福特引到路肩。埃莉诺把手伸出车窗，示意对方停车，开车的人遵照指示。博斯紧急刹车，让福特通过并停在路肩上。接着博斯也将车子停上路肩，就在福特后方。两辆车都紧靠路边隔音墙停妥时，博斯发现了问题：他开启远光灯，但仍然只有副驾驶那侧的大灯正常亮起；那辆福特靠墙太近，博斯和埃莉诺无法观察其右侧是否受损。此外，驾驶员坐在车内隐藏在黑暗中。

"该死，"博斯说，"好吧。你先待在车里，等我信号，好吗？"

她说："好。"

博斯用力撞了下车门，门才应声开启。他下车，一手持枪，另一手拿手电筒，伸出手臂用手电筒光束照着前方福特的驾驶员。

马路上车辆呼啸疾驰而过，博斯开始提高音量说话，但一辆柴油车喇叭盖过他声音，另一辆半拖车狂扫而过，掀起的风将他往前一推。博斯再次尝试喊话，示意那个驾驶员伸出双手到车窗外让博斯看见，但对方毫无动静。

博斯再次喊话，发出命令，他保持姿势站立在红褐色福特左后方保险杠边；许久之后，驾驶员终于照办。博斯用手电筒光束来回从后车窗照入车内，并未见其他乘客；他跑向前，将灯光对着驾驶员并命令他缓缓走下车。

男子抗议道："搞什么啊？"他个子很小，皮肤苍白，头发略呈红色，胡子几乎看不见。男子打开车门，双手举起下车。他身穿直排扣白色衬衫搭米黄色长裤，裤子用背带固定。他抬头望着路上的车流，仿佛要招来证人目睹这通勤者的噩梦。

他结结巴巴地说："你可以出示警徽吗？"博斯向前抓住对方，翻过他的身子猛地甩在福特车侧面，把他的头和肩抵在车顶边。博斯一手抓住对方脖子以限制其行动，另一手将枪抵着对方耳际，同时高声喊埃莉诺下车。

"检查车头。"

被博斯紧紧按住的男子发出一声痛苦呻吟，犹如受伤的动物；博斯感觉他在发抖且脖子有些湿黏。博斯的眼神从未离开他半刻，因此不知埃莉诺在什么位置。突然之间，她的声音从背后传来。

"让他走，"她说，"不是他，车头没有受损，我们追错车了。"

Chapter 6

五月二十五日
星期五

　　他们接受了圣莫尼卡警方、加州高速公路巡警、洛杉矶警局以及联邦调查局的轮番讯问，酒驾鉴定小组也前来对博斯进行酒精含量测试，他通过了。到了深夜两点，他坐在洛杉矶西区分局的讯问室里，身心俱疲，不知接下来是不是轮到海岸防卫队或国税局上场了。他和埃莉诺被分开讯问，自三小时前他们抵达这里，他就没再见过她。他因无法在旁保护她免受侦讯者的无谓盘问而觉得有些烦心。此时，分局警督哈维·庞兹进入讯问室，告诉博斯今晚到此结束。博斯看得出庞兹面露不悦，这可不只是因为他大半夜被吵醒。

　　他问："天底下怎么会有这种警察，对方开车想碾过他，他却连车的牌子都没看清？"

　　博斯已习惯那话里有话的语气，今晚所有人发问的口气都是如此。

　　"正如我刚才对那些人说的，当时我忙着保命，无暇顾及别的。"

　　"还有你拦下的那个人，"庞兹插话，"天哪，博斯，你在高速公路上硬生生将他架到路边。路过的那些浑蛋司机纷纷打 911 报警，说是发生绑架案、谋杀案啦，天知道还有什么。你拦下他之前，难道不能先看看车辆右侧进行确认吗？"

"当时根本没办法。警督，这在我们打好的报告上都已写得一清二楚，这些细节我已重复不下十次了。"

庞兹一副根本没听见的样子："而且对方还是个律师。"

"那又怎样？"博斯不耐烦地说，"我们道歉了，误会一场，车看起来一样。而且假如他打算起诉，被告也是联邦调查局，他们钱多啦，你不必担心。"

"不，他会对两方同时提出起诉，妈的，他都开始谈论这事了。而且博斯，现在不是开玩笑的时候。"

"也不是担心我们执勤是否有过失的时候。那些西装笔挺进来讯问我的家伙，没有一个在乎可能有人打算杀害我们，他们只想知道我开枪时距离多远，我是否危及旁人安全，以及我为何在没有足够理由的情况下拦下那辆车。去他妈的！外头有人正打算杀害我和我的搭档。我不觉得那位律师的背带歪了是天大的事，真是抱歉。"

庞兹早已准备好对该论点的反击。

"博斯，就我们掌握的所有证据来看，有可能纯粹是酒驾事件罢了。而且你说'搭档'是什么意思？我们将你外借，调查这桩案子，按日计算。而且今晚过后，我认为这个外借项目应该会被取消。你已花了整整五天时间调查此案，我从鲁克那儿了解到，一点进展也没有。"

"庞兹，那不是酒驾，对方摆明是冲着我们来的。而且我不在乎鲁克对案情进展的看法，这案子我绝对会查到底。说真的，如果你能改变态度，不再阻挠调查，破例相信自己人一次，顺便将督察室那些王八蛋从我身边支开，说不定到时破案功劳有你一份。"

庞兹的眉毛拱起，有如云霄飞车轨道。

"没错，我知道刘易斯和克拉克在跟踪我，"博斯说，"我也知道他们将报告副本交给你。我猜他们应该没告诉你，我和他们的简短对谈吧？

他们在我家外面打盹儿时，正好被我逮个正着。"

庞兹的表情显示他对此一无所知，看来刘易斯和克拉克决定低调处理，不打算对博斯提出申诉。接着博斯心想，不知他与埃莉诺差点被车碾过时，那两位督察室警探人在何处。

庞兹沉默了许久。他就像一条鱼，在博斯丢下的鱼饵周围徘徊，似乎知道鱼饵内有钩子，但盘算着或许有办法吃到鱼饵而不上钩。最后他让博斯简要报告本周调查进度。他上钩了。博斯向庞兹做了简报；虽然庞兹在接下来二十分钟内没说一句话，但博斯见他每次听到鲁克刻意遗漏的事项时，眉毛都会拱起，如高低起伏的云霄飞车。

待博斯叙述完毕，庞兹已不再提及博斯的任务可能被取消一事。然而博斯对这一切深感疲惫，他只想睡觉，但庞兹仍继续提问。

他说："如果联邦调查局不打算派人进入地道，需要我们出马吗？"

博斯看得出来他打算在突击行动时插一脚——假如有的话。如果他派洛杉矶警局人员进入下水道，届时联邦调查局就不能独揽突击行动的功劳，而要分洛杉矶警局一杯羹。如果庞兹能成功给警队争得一些功劳，到时上头肯定对他大加赞赏。

但博斯认为鲁克的想法合理且正确，派人下去可能会不巧遇上歹徒，有生命危险。

"不，"博斯告诉庞兹，"咱们先想办法查出阮陈的下落及财物藏匿地点。据我们猜测，东西可能根本没存放在银行。"

庞兹觉得听够了，于是起身，告诉博斯可自行离去。庞兹朝讯问室门口走去，又停下脚步，说："博斯，我想今晚的事件应该不会给你带来任何问题。在我看来，你当时纯粹是随机应变。那位律师受到一点惊吓，不过他会慢慢平静下来，至少心平气和地接受和解金。"

博斯没说话，也不觉得他的蹩脚笑话好笑。

"对了，"庞兹继续说，"此事发生在埃莉诺探员家门口倒有点棘手，显得不太好。干脆这样吧，咱们就说，你只是打算送她到家门口，好吗？"

"警督，我不在乎别人怎么看，"博斯说，"当时我已经下班了。"

庞兹目视博斯片刻并摇头，仿佛他伸出援手博斯却视而不见，然后他踏出小讯问室的门。

博斯在隔壁讯问室找到独坐于内的埃莉诺，她手肘搁在满是刮痕的木桌上，头趴在手臂上闭眼休息。他进去时，她睁开眼睛并报以微笑。一见她的笑容，他的疲惫、沮丧与怒气一扫而空。那就像小孩与大人斗智胜出时，那种不言而喻的笑容。

她说："结束了吗？"

"嗯，你呢？"

"一个多小时前就结束了，他们想整的是你。"

"老样子，鲁克走了吗？"

"嗯，他先走了，他要我明天每两小时向他报备一次。今晚的事件发生后，他觉得自己对整件事的掌握不够。"

"或者对你的掌握不够。"

"没错，似乎也有那个意思，他想知道咱们在我家做什么。我告诉他，你只是送我到家门口。"

博斯疲倦地在桌子另一边坐下，一根手指伸进烟盒找最后一支烟。他叼着烟，但没有点上。

"鲁克除了吃醋之外还说了什么，他认为谁有可能想除掉我们？"他问，"我们警局的人认为是酒驾，他的看法也是如此吗？"

"他的确提到了酒驾的说法，还询问我是否有爱吃醋的前男友。除此之外，他似乎并不认为此事和我们调查的案件有关。"

"嗯，我倒是没想到前男友的可能，你怎么回答他的？"

"看来你们俩睁眼说瞎话的功力不相上下，"她笑容灿烂地说，"我告诉他，这不关他的事。"

"说得好，那么，这关我的事吗？"

"答案是否定的。"她让他一颗心悬了几秒，然后又补上一句，"我的意思是，没有爱吃醋的前男友。好啦，咱们离开这儿，回到——"她看了手表，"大约四小时前所在的地方吧。"

早在晨光悄悄从玻璃拉门的窗帘缝透进来之前，博斯已在埃莉诺·威什的床上躺了好长时间。他久久无法入眠，最后决定起身到楼下浴室冲澡。之后，他在她的橱柜和冰箱内翻找，开始准备早餐，有咖啡、鸡蛋和肉桂葡萄干贝果，但没找到培根。

他听见楼上洗澡的流水声停止，于是拿了一杯柳橙汁上去，见她正在浴室镜子前。她一丝不挂，正将已分成三缕的厚厚的头发编成辫子。他着迷地望着她技巧娴熟地将头发扎成法式辫子，然后她接过柳橙汁以及博斯深深的一吻。她套上短袍，和他下楼用餐。

之后，博斯打开厨房门，站在门外抽了根烟。

他说："我很高兴没出事。"

"你指的是昨晚在马路上的事？"

"嗯，还好你安然无恙，否则我真不知该如何是好。我知道我们才刚认识，但是……呃，我在乎。你明白吗？"

"我也一样。"

虽然博斯刚冲了澡，但身上的衣服还是像二手车里的烟灰缸一样难闻，片刻后，他表示得先回趟家，换套衣服。埃莉诺要去联邦调查局，看看昨晚那件事的最新进展，并尽可能取得所有吴文平的相关数据。他们约好在威尔克斯大道好莱坞分局碰头，因为那儿距离吴文平的生意地点最近，而且反正博斯也得将那辆受损的公务车交回分局。她送他到门口，两人吻别的样子就像妻子在送先生出门上班。

博斯回到家时，电话答录机并无任何留言，房子也没有遭人闯入的迹象。他刮完胡子，换上干净衣服，驾车驶下山坡，经过尼克斯峡谷后开上威尔克斯大道。他在办公桌前更新调查员日志表格，十点钟埃莉诺抵达分局。小组办公室内坐满了人，大部分男警探纷纷停下手边工作打量她。她在命案组办公桌旁的铁椅上坐下时，满脸尴尬的笑容。

"怎么了？"

她说："没事，只是我宁愿去走比斯卡鲁兹。"她指的是城里的拘留所。

"哈哈！没错，那些家伙盯起女人来连暴露狂都比不上。你要喝杯水吗？"

"不用了，我没事，你忙完了吗？"

"嗯，咱们走吧。"

他们开着博斯的新车，说是新车，其实已有三年车龄，里程数十二万公里。分局车辆管理处的经理——此人在某年的万圣节粗心大意拾起管状炸弹、导致四只手指被炸掉，此后就坐办公室了——表示，这是他所能提供的最好的车了。分局预算紧缩未再购置新车，但修复旧车其实更费钱。博斯发动车子之后发现至少空调功能还算正常。一股徐徐的圣塔安那热风逐渐形成，根据气象预报，周末的假期将异常炎热。

埃莉诺查到吴文平在威尔榭大道附近的佛蒙特大道上有办公室和商店。那一片韩国人经营的商店比越南人的多，不过两者共存。根据埃莉诺找到的有限资料，吴文平掌控着几家商店，从亚洲进口廉价衣物、电器和录像设备，然后转卖到南加州和墨西哥。许多美国游客从墨西哥带回来的以为划算的商品，其实已入境过美国一次了。书面资料显示生意不错，规模并不大，不过仍足以令博斯质疑吴文平是否真的需要那些钻石，或者是否曾拥有过钻石。

吴文平的办公室和影视器材折扣商店所在的大楼为他所有，那地方在二十世纪三十年代是汽车展售场，于多年前改建。建筑物水泥块未经强化，正面外观由宽大的方形景观玻璃构成，遇到稍有规模的地震肯定会倒塌。不过对曾仓皇逃难、躲过兵荒马乱的吴文平而言，地震可能只算是小小的不便。

他们在班尼电子商店马路对面找到停车位之后，博斯告诉埃莉诺待会儿由她负责盘问，至少开始时要这样。博斯表示，他猜吴文平或许宁可和联邦调查局打交道，也不想和当地警察有任何牵扯。他们计划先和他闲聊，之后再询问阮陈下落。博斯并未告诉她，其实他另有打算。

他们下车时，博斯说："看起来不太像银行金库里有满箱钻石的人经营的商店。"

"那是过去式了，"她说，"而且别忘了，他可不能炫耀那笔财富，他必须像一般移民一样，呈现出每日辛苦求温饱的表象。那些钻石——假如真有的话——是这地方的抵押品，保证他的美国梦得以成真，但他必须让别人相信这是白手起家的成功移民故事。"

他们过了马路，博斯说："等一下。"他告诉埃莉诺他忘了通知杰里·埃德加下午代他上法庭一趟。然后他指着吴文平大楼旁边加油站的公共电话并小跑离去，埃莉诺留在原地观望商店橱窗。

博斯打电话给埃德加，但谈话内容完全和法庭无关。

"杰里，我需要你帮我个忙。事情很简单，甚至不用劳你起身。"

埃德加有些犹豫，正如博斯猜测的那样。

"帮什么忙？"

"你不应这么说的，你应该说：'博斯，当然没问题，什么事需要我帮忙？'"

"少来了，博斯，咱们都很清楚周遭眼线多的是，不小心点怎么行？你先告诉我有何需要，我再决定是否能帮上忙。"

"我只需要你在十分钟之后打我传呼机号码，让我待会儿和别人见面时有借口脱身。反正你打我传呼机，等我回电时，你把电话放在一旁几分钟即可；如果我未回电，你隔五分钟再打一次，就这样。"

"就这样？"

"没错，十分钟之后。"

"好的，博斯，"埃德加如释重负地说，"对了，我听说昨晚的事了。好险。据我听来的消息，应该不是酒驾事件，你自个儿小心点。"

"我一向如此，阿鲨案有进展吗？"

"没有，我照你交代的，查了他的小团体。其中两人告诉我，那晚他们和他在一起。我猜他们打算打劫男同性恋。他们表示他上了一辆车，之后他们跟丢了，那是在警方接到报案电话、说他陈尸圆形剧场隧道之前几小时的事。我猜是那辆车里的人做掉了他。"

"有外观描述吗？"

"你指的是车子吗？不太明确。深色，美国轿车，算是新车，大致如此。"

"哪一种车前大灯？"

"呃，我让他们看了车辆索引，他们指认的尾灯形状不同。一人说是圆形，另一人说是长方形。不过车前大灯呢，他们两人都说是——"

"方形大灯，左右两两一组。"

"没错。嘿，博斯，你觉得这正是那辆想撞你和联邦调查局女人的车吗？天哪！我们得见面谈谈。"

"再说吧，别忘了十分钟后呼叫我。"

"十分钟，没问题。"

博斯挂上电话，回到埃莉诺身边，她正透过玻璃橱窗看着店内展示的大型手提收录音机。他们进入店内，婉拒两位店员的服务，绕过一堆装在纸箱里、以五百美元折扣价出售的录像机，向站在收银台后方的女子表示他们要找吴文平。女子面无表情地盯着他们，待埃莉诺亮出警徽和联邦调查员证件，她才说："请稍等。"女子从收银台后方一扇门离去，门上有一个小镜面窗户，令博斯联想起威尔克斯大道分局的讯问室。他看了眼手表，还有八分钟。

从收银台后方那扇门出来的男子大约六十岁，一头银丝白发，虽然个子不高，不过博斯看得出来他年轻时体格壮硕。原本身材宽大下盘扎实，如今旅居国外生活惬意，略显发福。他戴着一副银框眼镜，镜片上有粉红色镀膜，身穿开领式衬衫搭休闲长裤，胸前口袋里塞了不下十支笔，还夹着一个小手电，坠得衣服垂了下来。吴文平看起来相当低调。

"吴先生吗？我是联邦调查局探员埃莉诺·威什，这位是洛杉矶警局的博斯警探，我们想请教几个问题。"

"是。"他一副严肃的表情。

"是关于你租用保险箱的银行遭窃一事。"

"我已向警方报告并无财物损失，只是一些纪念性的东西。"

博斯心想，看来钻石还真有纪念意义呢。他说："吴先生，我们能否到你办公室坐下谈谈？"

"可以，不过我并没有什么损失。你们去查，报告上写了。"

埃莉诺举起手示意吴文平带路。他们随他穿过那扇有镜面窗户的门，进入类似仓库的储物区，数百个装着电子器材的纸箱堆放在延伸至天花板的钢架上。他们穿过储物区，进入一个更小的房间，是一家修理组装店。有个女人坐在工具台前，正捧着一碗汤往嘴边送，他们经过时她并未抬起头。商店后方有两道门，他们一行人从其中一道门进入吴文平的办公室。在这里，吴文平终于脱去了底层的外衣。办公室宽敞奢华，右侧摆着办公桌和两把椅子，左边是L形深色真皮沙发，沙发放在一张东方地毯旁边，地毯上的图案是蓄势待发的三头巨龙。L形沙发与两排书架相对，书架上满是书籍、音响和录像器材，那些设备远比博斯在店内看到的商品高级。博斯心想，应该到他家侦讯他才对，看看他私底下的生活方式，而非他的工作情况。

博斯迅速浏览房间，见办公桌上有一部白色电话。太好了。那是台古董型电话，听筒被架起来，下面有一个拨号盘。吴文平正朝办公桌方向走去，博斯立刻开口。

"吴先生，我们坐沙发好吗？我们希望彼此尽量放松，别太正式。老实说，我们已经坐了一整天办公桌了。"

吴文平耸耸肩，表示坐哪里根本没区别，反正他们已对他造成不便。那是典型的美国人惯用的姿态，博斯认为他表面上假装英文不太流利，是用来阻止警方深入盘问的伎俩。吴文平在沙发一端坐下，埃莉诺和博斯则坐在另一端。

"这办公室真舒适。"博斯边说边环视四周。据他观察，房间内并无其他电话。

吴文平点头，他不打算请他们喝茶或咖啡，也无意与他们闲聊，而是开门见山地说："请问两位有何贵干？"

博斯看着埃莉诺。

她说："吴先生，我们只是想重新追溯案发顺序，你向警方表示这桩银行盗窃案并没有对你造成任何金钱损失。"

"没错，没有损失。"

"的确没错，请问你保险箱内放的是？"

"不重要的东西。"

"不重要的东西？"

"只是一些文件之类的，没有价值，我已经向所有人说过了。"

"是的，我们知道，很抱歉再次打扰你。不过此案尚未侦破，因此我们得回头查看是否有任何遗漏。是否能请你确切说明遗失的是哪些文件？假如我们未来追查到失物，这将有助于我们确认失主身份。"

埃莉诺从皮包里拿出小笔记本和笔。吴文平看着眼前两位访客，从他的表情来看，他不认为这些信息会对案情有所帮助。博斯说："有时看似不起眼的小细节可能——"

博斯的传呼机响起，他从腰间拔下传呼机查看号码显示。他起身环视四周，仿佛首次注意到办公室似的。他心想，不知是否演得太夸张了。

"吴先生，方便借个电话吗？是市内电话。"

吴文平点头，博斯走到办公桌前，倚着桌边拿起话筒。他假装又看了一次传呼机上的号码，然后打电话给埃德加。他背对埃莉诺和吴文平，抬头看着墙壁，仿佛正在欣赏壁上的丝质挂毯。他听见吴文平开始向埃莉诺说明保险箱内遭窃的移民与公民身份文件。博斯将传呼机放入外套口袋，接着拿出一把小刀及从自家电话上取下的 T-9 窃听器和小电池。

"我是博斯，谁找我？"博斯在埃德加接起电话时对着话筒说。埃德加将话筒搁在一旁，博斯接着说："我可以稍等，不过请告诉他我正在进行讯问，什么事这么重要？"

博斯依然背对沙发，吴文平也继续叙述着。这时，博斯稍微往右转，假装将话筒放在左耳边，让吴文平看不见话筒。接着博斯将话筒拿到腹部附近，用小刀撬开听筒盖——同时假装清喉咙——然后拉出声讯接收器。博斯单手将窃听器连上电池——他之前在威尔克斯大道分局车辆管理处等候领车时已练习过，然后用手指将窃听器和电池塞入话筒内。他一边将接收器放回并盖上盖子，一边用力咳嗽以盖过操作的声响。

"好，"博斯对着电话说，"呃，告诉他，我这边结束后会回电给他。谢啦，老兄。"

他将电话放回办公桌上并将小刀放回口袋。他走向沙发，见埃莉诺正在做笔记。她写完之后抬头看博斯，博斯立刻会意，从这一刻起讯问将进入完全不同的方向。

"吴先生，"她说，"你确定保险箱内只有这些东西吗？"

"是，我确定，你为什么问我这么多问题？"

"吴先生，我们知道你的身份，也知道你来美国的经过，我们知道你以前是警官。"

"是又怎样？什么意思？"

"我们还知道——"

"我们知道，"博斯打断她，"吴先生在西贡当警官时收入极高，我们知道你有些工作收受钻石作为报酬。"

"他的话是什么意思？"吴文平指着博斯对埃莉诺说，看来吴文平想以语言障碍作为挡箭牌，他的英语能力似乎随着讯问的进行逐渐退步。

"就是他说的意思，"她回答，"吴警监，我们知道你从越南带来的钻石，知道你将钻石存放在银行保险箱内，我们认为歹徒这次行窃，为的正是那些钻石。"

这消息并未令他感到震惊，他可能早已猜到三分。他不为所动，沉着地说："不是真的。"

"吴先生，我们已摸清你的底细，"博斯说，"我们对你了如指掌，我们知道你在西贡的所作所为。我不知道你现在搞什么生意——表面上看来一切合法，但我们不想知道这些。我们想知道的是谁打劫了那家银行。而他们之所以打劫那家银行，是因为你，他们拿走了你的全部家当。咱们打开天窗说亮话吧，我相信我们现在告诉你的事情，你可能早已自行推断或思考过了。事实上，你甚至可能怀疑背后主谋是你的老搭档阮陈，因为他知道你有多少财产，也可能知道存放地点。你的猜测并不离谱，然而我们不这么认为。事实上，我们认为下一个待宰的肥羊正是他。"

吴文平面容僵硬，看不出有丝毫表情变化。

"吴先生，我们想找阮陈谈谈，"博斯说，"他在哪里？"

吴文平低头，视线穿过茶几玻璃桌面望着桌下地毯上的三头巨龙。他双手交叉放在大腿上，摇着头说："谁是阮陈？"

埃莉诺怒视博斯，试图回到在他插嘴之前她与吴文平之间达成的些许共识。

"吴警监，我们无意对你采取任何司法行动，我们只想制止另一桩金库盗窃案发生。请你帮帮我们好吗？"

吴文平并未回答，他低头看着双手。

"听好了，吴文平，我不知道你在案发后采取了哪些行动，"博斯说，"说不定你已经派人追查了我们也在查的那批人，我不知道。不过我现在就告诉你，你和此事没有关联。所以呢，你可以放心告诉我们阮陈的下落。"

"我不认识这个人。"

"我们是你唯一的希望，我们必须找到阮陈。偷光你财富的那些人，此刻又在地道内伺机而动了，就是现在。假如我们无法在本周末找到阮陈，到时你或他的财富将一个子儿也不剩。"

吴文平依然面无表情，一如博斯所料。埃莉诺起身。

她说："吴先生，你好好考虑吧。"

他们朝门口走时，博斯回头说："我们快没时间了，你的老搭档也一样。"

博斯走出店门，左右张望，确认没车后，跑步穿过佛蒙特大道，来到停车地点。埃莉诺气呼呼地用力踩着步伐走来，博斯上车，在前座下面的地上摸到纳格拉录音机，将它启动，并将录音速度设定为最快。他相信应该不必等太久。他希望店内那些电子设备不会干扰到信号接收。埃莉诺坐上副驾驶，开始数落他。

"你可真行，"她说，"这下咱们别想从他那儿取得任何消息了，他肯定会打电话通知阮陈并且——那是什么鬼东西？"

"我从督察室警探那儿捡来的，他们在我家电话里装了窃听器，督察室惯用的老把戏。"

"然后你顺手将它装在……"她指着街道对面，他点点头。

"博斯，你知道这会对我们造成什么后果吗？我得回去——"

她打开车门，但他侧身将副驾驶座一侧的车门拉上了。

"我知道你不想这么做，但这是我们找到阮陈的唯一方法。吴文平早已决定不漏一点口风，不论我们如何盘问他，结果都一样；你生气归生气，但心里应该很清楚。所以我们只有两个选择：让吴文平警告阮陈，而我们永远不会得知他的下落；或者用这个办法，可能还有机会找到他。至少有可能，反正不久后便知分晓。"

埃莉诺直直地看着前方，径自摇头。

"博斯，我们可能会因此丢了饭碗，你怎么能不征求我的意见呢？"

"正是这个原因，我可能因此丢了饭碗，而你不会有事。因为你并不知情。"

"我绝对不会同意的。整件事看起来分明就是预设的圈套，我引开他的注意力，正好让你在电话上动手脚。"

"的确是预设的圈套，只不过你并不知情。此外，吴文平和阮陈并非我们的调查目标。我们并非收集资料准备对付他们，只是从他们那儿收集资料，此事绝对不会出现在报告上。而且即使他发现窃听器，也无法证明是我装的，上面没有编号，我看过了，督察室那些警探可没笨到使用能让人追踪到来源的装置。你不会有事的，别担心。"

"博斯，我一点也不放心——"

纳格拉录音机上的红灯亮起，有人正在使用吴文平的电话，博斯检查了一下，确定录音带正常转动。

"由你决定，"博斯将录音机放在掌心高高举起，说，"你可以选择将它关闭，我让你来决定。"

她转头看录音机，然后望着博斯。就在这一刻，拨号音响停止，车内一片寂静，接着另一端电话响起。她别过头去。有人接起电话，双方用越南语短暂交谈，接着又是一阵沉默。

然后另一人接起电话，双方开始进行对话，说的也是越南语。博斯听得出来其中一方是吴文平，另一人的声音听起来也是那个年纪，肯定是吴文平和阮陈，这两人又碰在一块儿了。埃莉诺摇摇头，勉强笑了一声。

"太好了，博斯，这会儿咱们该找谁翻译？我们不能让任何人得知此事，太冒险了。"

"我不打算翻译，"他关上录音机并倒带，"拿出你的小笔记本和笔。"

博斯调整录音机至最慢速度，按下播放键。拨号开始时，录音机播放速度极慢，足以让博斯数出拨号盘转动的咔嗒声。博斯对埃莉诺一一说出每个数字，她立即写下，这下他们有了吴文平方才拨打的电话号码。

电话号码的区号是714，是橘郡。博斯再次启动录音机，吴文平与不明男子的对话继续着。他关上录音机，拿起警车内的无线对讲机。他告知警局接线员电话号码，询问该号码登记人的姓名与住址。在电话号码簿查这数据得花几分钟时间，博斯也没闲着，他立即发动汽车，往南朝十号州际公路方向行进，他转上五号州际公路正准备进入橘郡时，接线员回复了。

电话号码登记在威斯敏斯特的一家新富宝塔商店。博斯转头看着埃莉诺，她别过脸去。

他说："那地方是小西贡。"

博斯和埃莉诺在一小时内从吴文平的店铺来到新富宝塔商店。那是一栋购物广场，位于波尔萨大道，英语写的招牌。大楼外面是米白色灰泥粉刷的墙壁，五六间玻璃门店面沿停车场而立，都是一些小商店，大多贩卖不必要的垃圾商品，如电子设备或T恤。购物广场两头各有一家越南餐厅，其中一家餐厅隔壁有扇玻璃门，通往没有橱窗的办公室或店铺。虽然博斯和埃莉诺无法辨认门上的文字，但他们立刻明白那是通往购物广场办公室的门。

博斯说："我们得进去确认那是不是阮陈的地盘，看看他是否在里面以及是否有其他出口。"

埃莉诺提醒他："我们根本不知道他的长相。"

他思索片刻，假如阮陈使用假名，那么进去用真名找他会弄巧成拙。

"我想到一个办法，"埃莉诺说，"你去找公用电话，然后我进入办公室。你拨打从录音里听到的号码，我在里面注意电话是否响起。假如我听见电话响起，那么我们来对地方了，我也会顺便打探一下阮陈踪影和其他出口。"

"里面的电话可能每隔十秒就响一次，"博斯说，"打电话的可能是锅炉房或者什么血汗工厂，你怎么知道是我打的电话？"

她沉默片刻。

"我猜那些人大多不懂英语，或者至少说得不好，"她说，"所以你让对方说英语或请懂英语的人来接电话。一旦懂英语的人接起电话，你就说些话让对方做出我看得见的反应。"

"你的意思是，假如电话在你看得见的地方。"

她耸耸肩，眼神里流露出不满——他一再对她的提议泼冷水。"这是唯一的办法，我们别无选择。动作快点，那儿有公用电话，我们没时间了。"

他驶出停车场，来到四分之一街区外一家卖酒的商店，公用电话亭就在门外。埃莉诺走回新富宝塔，博斯目送她至办公室门口。接着他往电话里投了一枚二十五分的硬币，拨了他在吴文平店铺前写在笔记本上的号码，占线。他往回看办公室门，不见埃莉诺的踪影。他又投了一枚二十五分硬币重拨，还是占线。他迅速重拨两次，终于接通了。在对方接起电话时，他心想可能拨错号码了。

"新富。"一个男子的声音说。博斯心想，是个年轻的亚洲人，大概二十出头，不是阮陈。

博斯问："新富？"

"是，有什么事吗？"

博斯顿时不知如何反应，于是对着电话吹口哨。对方的回应是劈头盖脸一阵臭骂，而博斯一个字也没听懂，然后对方猛地挂上电话。博斯回到车上，驶回购物广场，进入狭窄的停车场。他在里面缓慢绕行，这时埃莉诺与一名男子从玻璃门里出来，亚洲人，此人和吴文平一样，满头灰发，不怒自威的气势，一派从容。他为埃莉诺拉开门，并在她道谢时点头回应。他目送她离去，然后又转身入内。

"博斯，"她上车时说，"你在电话里究竟说了什么？"

"什么都没说，所以是那间办公室吗？"

"嗯，我猜刚才为我开门那人正是咱们的阮先生，他人真好。"

"你用了什么办法，一下子与他成为好朋友？"

"我告诉他，我是房地产公司代表，我一进去就说要找老板。然后银发先生从后面办公室里出来，他自称卜吉米。我说我是日本投资者的商务代表，询问他是否有意愿出售购物广场。他表示没有，他用很流利的英语说：'我只买不卖。'然后送我出来。不过我相信他就是阮陈，他的神态给我那种感觉。"

博斯说："嗯，我也看见了。"然后他拿起车上的无线电，请接线员在全国犯罪情报系统与车辆管理局的系统里查询卜吉米这个名字。

埃莉诺向他描述办公室内部：中央是接待区，后方过道通往四个门，最后一道门装着双保险锁，应该是出口。里面没有女人。除了卜先生之外，有四名男子，其中两个像保镖。卜先生从过道后方中央那扇门走出来时，他们从接待室沙发上起身。

博斯驶出停车场在附近绕圈子，他拐进购物广场后的方巷子，见到停放在建筑物后门旁边的金色加长奔驰。他停下车，看到后门上有双保险锁。

埃莉诺说："那肯定是他的座驾。"

他们决定监视车。博斯继续往前开，驶过奔驰车，来到巷尾停在一个大垃圾箱旁边。他发现行不通，垃圾箱内装满了餐厅倒出来的垃圾，臭气熏天。他将车倒退，完全驶出巷子，停在旁边一条街道上，这样一来两人透过车身右侧的窗户都能观察到奔驰车尾，博斯也能同时望着埃莉诺。

她说："看来我们只好慢慢等了。"

"我猜也是。他接到吴文平的警告之后是否会有反应很难说。又或许去年吴文平被抢之后，他早就采取行动了，而我们现在只是瞎忙一场。"

警方接线员向博斯回复，表示卜吉米驾车记录良好。他住贝弗利山庄，无犯罪记录，此外并无其他资料。

埃莉诺说："我得回公用电话亭。"博斯看着她。"我得向局里报备，我会告知鲁克我们追查到此人，看看他是否能派人抽空打电话到一些银行查查这个名字，看看他是哪家银行的客户。我也打算在房地产登记系统上查查这名字，他说'我只买不卖'，我倒想知道他买了些什么。"

"需要我的话，开一枪让我知道。"博斯说，她笑着打开车门。

"你想吃点东西吗？"她问，"我打算到前面找家餐厅买点外带午餐。"

他说："我只要咖啡。"他二十年没吃越南菜了，他目送她绕过转角，到了商场前方。

她离开后博斯继续看着那辆奔驰车。约莫十分钟后，博斯见一辆车从巷子另一端通过。他一眼看出那是便衣警车，白色福特 LTD，无车轮盖，只有廉价轮毂盖露出同色系的轮圈。距离太远，博斯看不见车内的人。他一边注意奔驰，一边从后视镜里查看那辆福特是否会转过街角前来，但五分钟过去了都没见那车的踪影。

十分钟后，埃莉诺回来了。她提着一个油腻的棕色袋子，拿出一杯咖啡和两个有金鱼图案的装食物的硬纸杯，她说里面是炒螃蟹和米饭，他婉拒了午餐并摇下车窗。她将咖啡递给他，他喝了一口，不禁皱眉。

"这咖啡味道像是在越南煮好后运过来的，"他说，"你联系上鲁克了吗？"

"嗯，他会派人去查查卜吉米，如有任何结果会联系我。他还吩咐奔驰车一发动，我们就立刻通过无线电通知他。"

他们一边留意金色奔驰一边闲聊，两小时飞逝而过。最后博斯表示想开车在附近转转。他没明说的是，他觉得很闷，而且屁股都坐麻了。他还想找找那辆白色福特。

她说："或许我们该打电话看看他是否还在里面，如果他接起电话，咱们立刻挂断，怎么样？"

"假如吴文平已警告他，这通电话一定会打草惊蛇，令他起疑，到时他就更加小心谨慎了。"

他将车开到街角，然后拐入购物广场前方那条路行驶，并未发现任何异状。他绕街区转了一圈，并停在之前的地点，但并未见到那辆福特。

他们一回到那里，埃莉诺的传呼机就响了起来，她再次下车去打电话。博斯专心留意金色奔驰，暂时忘了那辆福特。不过在埃莉诺离去二十分钟之后，他开始紧张。已过下午三点，而卜吉米／阮陈却未像他们预期的那样出门。事情似乎不太对劲，但究竟哪里不对劲？博斯抬头望着前方购物广场的街角，仔细观察并等待埃莉诺绕过灰泥墙出现。这时他突然听见两三记闷响。是枪声吗？他想到埃莉诺，不禁心跳加快、喉头紧缩。或者那是车门关闭的声响？他望向奔驰车，但只见后备厢和尾灯。车附近并没有人，他的目光回到前方街角处，没有埃莉诺的踪影；然后他又回头看那奔驰，发现刹车灯亮起，卜吉米出门了。博斯迅速发动车开到街角，车速之快导致后轮处扬起一阵碎石。他在街角见埃莉诺正沿人行道朝他走来，他按喇叭并示意她加快动作。埃莉诺小跑过来，她一上车，博斯就从后视镜里发现奔驰正驶出巷子，朝他们开来。

"趴下。"他边说边将埃莉诺拉倒在座椅上。

奔驰车从他们身边驶过并开上波尔萨大道，他放开了她。"你搞什么？"她坐起身子质问他。

博斯指着正驶远的奔驰车："他们正好开车出来，你今天去过办公室，会被认出来。对了，你怎么去那么久？"

"他们在找鲁克，他不在办公室。"

博斯发动车子，开始尾随奔驰车并保持约莫两个街区的距离。埃莉诺平稳情绪之后说："他独自出门吗？"

"我不知道，没见他上车，当时我忙着到街角找你。我想我听见了不止一下车门关闭的声音，我很确定。"

"但是你不知道阮陈是否也在车上？"

"没错，我不知道。不过时候不早了，我猜肯定是他。"

博斯明白自己可能中了调虎离山之计，那是监视手册上最常见的圈套。卜吉米，或者阮陈，大可随便派个手下上那辆豪华轿车故意引开他们，以摆脱跟踪。

他说："你打算怎么做，回头吗？"

埃莉诺没有回答。他转头看她。"不，"她说，"继续跟着，别质疑你自己。你说得没错，时候不早了，大部分银行假期前一天都是五点关门，他不得不去一趟，毕竟吴文平警告他了，我想应该是他。"

博斯觉得踏实了一些，奔驰车向西开了一段，然后往北开上金州高速公路，前往洛杉矶。车流缓缓进入市区，然后金色奔驰向西开上圣莫尼卡高速公路，在四点四十分时从罗伯森出口下了高速，准备开往贝弗利山庄。威尔榭大道上银行林立，从市区到海滨沿路皆是。奔驰车转向西方时，博斯心想肯定快到了，他猜阮陈将珠宝存放在自家附近的银行，他赌对了。他稍微放松心情，也终于找到时机询问埃莉诺方才打电话回局里时鲁克怎么说。

"他通过橘郡政府办事处确定卜吉米正是阮陈，他们有假名档案，他在九年前改名。我们早该直接查橘郡的资料，我把小西贡给忘了。还有，即使阮陈当初拥有钻石，可能也早已用光了。根据房地产资料显示，他除了刚才那个购物广场外还拥有另外两处类似的购物中心，一个在蒙特利公园市，另一个在钻石岗。"

博斯告诉自己这不无可能，那些钻石可能作为房地产帝国的抵押品，正如吴文平的情况。他继续紧盯奔驰车并缩短彼此距离，目前那辆车在前方仅一个路口远的地方；交通路况进入高峰时刻，他可不想跟丢了。看着奔驰车的黑色车窗沿着昂贵地段的街道前进，他告诉自己，车正朝钻石而去。

"最精彩的还在后头，"埃莉诺说，"卜先生，也就是阮先生手上有诸多股权，通过一家公司进行掌控。调查专家鲁克查到的数据显示，该公司的名字刚好是'钻石控股公司'。"

他们开过罗迪欧大道进入金融区核心，威尔榭大道两旁的建筑更显庄严气派，仿佛自知比别人奢华高贵。车流速度很慢，在某些地点龟速前进。博斯不希望因为等红灯而跟丢，因此尽量拉近距离，此时间隔只有两辆车那么远。他们接近圣莫尼卡大道，博斯猜测他们准备前往世纪城。博斯看了眼手表，四点五十分。"假如他打算到世纪城的某家银行，我看可能来不及了。"

就在此刻，奔驰车右转驶入停车场。博斯慢下车速来到路边，埃莉诺不发一语地跳下车，走入停车场。博斯在下一路口右转并绕过街区。办公大楼的停车场和车库不断有车辆开出来，从他前方闪过。等他终于绕回停车场时，埃莉诺正站在方才跳下车的那条马路边。他开过去，她从车窗探入车内。

"停车。"她说，同时指着马路对面半条街远的地方。那有一座高层写字楼，底部的半圆形建筑朝街而建，半圆形房子的外壁是玻璃做的。在这个巨大的玻璃空间内部，博斯看到擦得闪闪发亮的不锈钢保险库门。大楼外面的招牌上写着"贝弗利山庄保险金库"。他看着埃莉诺，她面露微笑。

他问："阮陈在车里吗？"

"当然，我怎么可能看错呢？"

他也报以微笑，然后见前方一米处有空位，他向前驶入并停车。

"自我们认为可能有第二次金库盗窃案起，我满脑子想的都是银行的保险库。"埃莉诺·威什说，"博斯，你知道吗？我原本以为可能在储蓄借贷银行。我每星期开车经过此地至少好几回，压根没想过会在这儿。"

他们走下威尔榭大道，站在"贝弗利山庄保险金库"马路对面。事实上她站在他身后，越过他肩膀偷瞄那地方。阮陈——现名卜吉米——之前见过她，他们可不能冒险让他发现她。人行道上挤满了从办公大楼旋转门走出的上班族，他们准备前往停车场，想在周末假期塞车潮到来前领先五分钟上路。

"不过这说得通，"博斯说，"他来美国后不相信银行，正如你那位在国务院任职的朋友所说，因此他找了一家没有银行的金库。这儿就是，但比银行更好，只要客户付得起钱，这些地方无须知道客户身份。由于不是银行，联邦的银行规定用不上，客户可使用字母或数字代码作为身份认证。"

贝弗利山庄保险金库外观与银行类似，实际上却与银行相去甚远。这儿并无存款或支票账户，既无借贷部门也没有收银员。该公司提供的服务从窗外即可一目了然——那擦得闪闪发亮的钢制保险库，提供的是保管值钱财物而非金钱的服务。富商名流将珠宝存放于此，还有他们的皮草与婚前协议书。

而且一切都在光天化日下，在玻璃后方。公司地点位于十四层高的J.C. 股票大楼。除了一楼那个半圆形玻璃屋，其他地方并不显眼。贝弗利山庄保险金库入口处位于大楼侧面的伦肯街上，一个身穿短黄色夹克的墨西哥人站在那儿，随时准备给客人擦车。

方才博斯让埃莉诺先下车并开车绕过街区时，她见阮陈与两位保镖从金色奔驰车上下来并走向保险金库公司。倘若他们认为可能被跟踪了，也没露出半点迹象，他们从未回头查看。其中一位保镖拎着一只钢制手提箱。

"据我观察，至少有一位保镖带着枪，另一位外套太宽大难以判断，"埃莉诺说，"嘿，那是他吗？没错，他在那儿。"

阮陈由一位深蓝色西装专员带进金库，一名保镖提着钢制手提箱紧随其后。博斯见那身材魁梧的男子眼神扫过外面过道，然后阮陈与西装专员穿过金库敞开的门，在门内消失，拎手提箱的男子留在原处等候。博斯和埃莉诺也等候、观望着。大约三分钟后，阮陈从金库出来，西装专员跟随在后，并拿着一个鞋盒那么大的金属保险箱。保镖守着后方，三名男子走出玻璃室，前往另一个地方。

"真不错，私人服务呢，"埃莉诺说，"典型的贝弗利山庄格调，他可能进入贵宾室进行移转。"

"你能找到鲁克并请他派一组人到这儿，在阮陈离去时进行跟踪吗？"博斯问，"打专线电话联系。我们不能使用无线电了，因为地道里那些家伙可能派人在地面上监听警方的频道。"

"言下之意是咱们继续待在金库这儿？"她问。博斯点头。她思索片刻后说："好吧，我去打电话，得知我们找到这地方，他一定很高兴。"

她环顾四周，见下个街角的公交车站旁有公用电话，正准备朝那方向走去，博斯拉住了她的手臂。

"我现在进去看看怎么回事。记住，他们认得你，所以在他们离开之前尽量别露脸。"

"万一他们在联邦调查局后援抵达前就分头行动呢？"

"我打算守着金库，我才不在乎阮陈。你要车钥匙吗？你可以开车跟踪他。"

"不，我也守着金库，和你在一起。"

她转身朝电话走去。博斯穿越威尔榭大道进入保险金库公司，与一个带枪的警卫擦身而过，警卫手里拿着一串钥匙，正走向大门。

"先生，我们要关门了。"警卫说，他傲慢的样子一看就当过警察。

"我只待一小会儿。"博斯回答，但并未停下脚步。

方才领阮陈进入金库的西装专员，此时与其他两位同样年轻的金发男子坐在接待区的古董办公桌旁，地上铺着灰色长毛绒地毯。他原本看着桌上的文件，此时抬头打量博斯，然后对较年轻的那位同事说："葛兰特先生，请为这位先生服务。"

尽管名为葛兰特的男子一脸不情愿，他仍起身绕过办公桌、带着虚假的笑容朝博斯走来。

"先生，您好，"男子说，"您打算开设金库账户吗？"

博斯正准备提问，这时男子伸出手说："我是詹姆斯·葛兰特，您有什么疑问尽管开口，不过时间可能不多了，我们将在几分钟后准备关门，进入周末假期。"

葛兰特拉起袖子看了眼手表，确定关门时间。

"我是哈维·庞兹，"博斯与他握手并说，"你怎么知道我在这儿没有账户？"

"安全保障哪，庞兹先生，本公司提供的是安全保障，我一眼就能认出所有租用金库的客户，埃弗里先生和柏纳先生也是如此。"他稍微转身，向西装专员与另一位销售员点点头，他们也一本正经地点头回应。

博斯故作失望地问："周末不营业吗？"

葛兰特微笑着说："没错，公司根据经验得知，我们的客户都是妥善规划时间、规划生活的人。他们会留出周末进行休闲活动，不像其他人那样赶着处理杂事或在提款机前排队。庞兹先生，我们的客户等级在那之上，我们也一样，您一定不会失望的。"

葛兰特说这话时语带嘲讽。不过他说得没错，这里就像大型法律事务所一样豪华气派，营业时间相同，柜台人员也一样自视甚高。

博斯仔细看了一遍周围，右侧的一间凹室有八道门，博斯见阮陈的两位保镖站在第三道门两侧，博斯对葛兰特微笑并点头。

"嗯，我看到你们处处有保镖。葛兰特先生，我要的正是这种安全保障啊。"

"抱歉，庞兹先生，那些人只是在等候贵宾室内的客户。不过我可以向您保证，本公司的安全防范滴水不漏。先生，您打算租用本公司的金库吗？"

男子迎合讨好的虚假模样不输传销人员，博斯不喜欢他，也不喜欢他的态度。

"安全保障啊，葛兰特先生，我重视的是安全保障。我的确打算租个金库保险箱，不过我得确定这儿里里外外绝对安全才行，你明白我的意思吗？"

"庞兹先生，我当然明白，不过您清楚我们的收费标准吗？"

"葛兰特先生，我不知道，也不在乎。钱不是重点，心里踏实才最重要。你有所不知，上周我的隔壁邻居被偷了，他的房子和前总统就隔了三家，警报器根本阻挡不了那些人，他们偷走了所有值钱财物。我可不想等到那一天，这年头住哪儿都不安全啊。"

"庞兹先生，这真是太糟了！"葛兰特说，语气掩饰不住兴奋之情，"没想到最近贝尔区治安那么差呢。不过对于您的深谋远虑，我是再同意不过了。这样吧，我们到我办公桌坐下来慢慢谈。您想喝咖啡吗，或者来点白兰地？鸡尾酒时间快到了，这是本公司提供的小小服务，一般银行没有的哟。"

然后葛兰特无声地笑着并频频点头，博斯婉拒了，销售员坐下并把椅子往前拉："我为您介绍一下公司的情况，我们不受任何政府单位的控制，我相信您的邻居肯定乐于得知此事。"

他对博斯眨眼，博斯问："邻居？"

"我指的当然是前总统。"博斯点头，葛兰特则继续，"我们提供全方位的安全服务，包括这里以及您的住宅安全，都在服务范围内；如有需要，甚至可以提供武装安全护卫，我们是专业的安全顾问公司。我们——"

"金库保险箱呢？"博斯打断他，他知道阮陈可能随时从贵宾室出来，他希望那时自己已在金库内。

"是的，金库，如您所见，我们的金库展现在全世界眼前。我们将它称为玻璃圈，这可能是我们最引以为豪的安全设计。哪个劫匪会笨到打它的主意呢？它一天二十四小时在威尔榭大道上向世人展示着，高明吧？"

葛兰特笑容灿烂满脸得意，他稍微点头，想让听众表示赞同。

"要是从地下呢？"博斯问，男子的嘴巴又恢复成一条直线。

"庞兹先生，您总不能指望我向您透露我们安全设施的细节吧。不过请您放一百个心，我们的金库绝对坚不可破。说真的，金库地板、墙壁和天花板里都是厚厚的混凝土和钢板，您在本市绝对找不到第二家；而且电子设备之精密，就连在里头——请您原谅我的用词——放个屁都会触发监控声音、动作和热量的报警系统。"

"我可以看看吗？"

"金库吗？"

"当然。"

"当然没问题了。"

葛兰特整理了一下外套并领博斯朝金库走去，一道玻璃墙和防入侵陷阱门将半圆形金库与其他区域分开。葛兰特对着玻璃挥手并说："双层强化玻璃，两片玻璃之间装了震动感应带，让歹徒无机可乘。外面窗户上也有同样的装置，基本上金库由两层两厘米厚的玻璃封住。"

葛兰特再次像模特在竞猜节目里展示奖品一样，指着防入侵检测装置门旁一个箱子一样的装置。箱子大概像办公室饮水机那么大，顶端镶着一个白色塑料圈，圆圈上有一个黑色的手掌轮廓，手指呈张开状。

"若要进入金库，电脑里必须有手的数据。手骨结构，你看着。"

他把手放在黑色轮廓上，机器开始运转，白色塑料圈从内部亮起。一束光从下方扫过塑料圈及葛兰特的手，就像复印机一样。

"X光，"葛兰特说，"比指纹还要精确，而且电脑可在六秒内处理完毕。"

六秒后，机器发出一声短促的蜂鸣，第一道防入侵陷阱门的电子锁应声开启。"您瞧，庞兹先生，您的手就是您在此地的签名，无须用到姓名。您为保险箱设定一个编号，然后我们在档案上建立您的手骨结构数据，之后您只需花六秒即可进入金库。"

此时博斯听见后方传来那个叫埃弗里的职员的声音："哦，龙先生，您看完了吗？"

博斯转头瞥见阮陈从凹室出来，此刻他自己拿着那只手提箱，其中一个保镖则提着保险箱，另一个大块头保镖正看着博斯。博斯回头对葛兰特说："我们进去吧。"

他随葛兰特通过防入侵陷阱门，门随即关上，他们进入由玻璃与白钢围起约两座电话亭大小的空间。尽头处有第二道门，门后站着一个穿制服的警卫。

"这是我们借鉴洛杉矶监狱的一个小细节，"葛兰特说，"前方的门无法开启，除非我们后方的门已关闭且锁上。我们的武装警卫莫利做最后的亲自检查并开启最后一道门。庞兹先生，您瞧，本公司的安全保障是人性与科技兼具的。"他对莫利点点头，对方开启陷阱装置门锁并打开门。博斯与葛兰特踏出小空间，进入金库。博斯并未多费口舌，只是利用了葛兰特的贪婪并随口捏造了贝尔区的住址，就不费吹灰之力穿过了重重安全防线。

"现在我们进去吧。"葛兰特说着做出一个迎宾手势，有如盛情的主人。

金库比博斯想象中大，房间并不宽，不过向前一直延伸至 J.C. 股票大楼，两边的墙上和中间的钢架上全是保险箱。两人沿着左侧的通道往里走，葛兰特解释说中间的保险箱是供有较大存放空间需求的客户使用的。博斯看见中间保险箱的门比两侧墙上的大得多，有些甚至大到人可以直接走进去。葛兰特见博斯盯着那些大保险箱瞧，于是露出笑容。

"皮草，"他说，"貂皮。我们为客户保存昂贵的皮草和礼服等，生意相当不错。贝弗利山庄的女士们换季时会将珍贵衣物存放于此，不仅保值，也能获得心灵的平静。"

博斯对销售员的废话充耳不闻，观察阮陈走入金库，埃弗里跟随在后。阮陈仍拿着手提箱，博斯发现他手腕上戴着一根发亮的金属链——他把手提箱铐在自己手上了。博斯肾上腺素急速攀升。埃弗里来到标着二三七号的敞开的柜门前，并将保险箱轻轻放入。他关上门，将一把钥匙插入门上两个锁孔中的一个；阮陈上前，将自己的钥匙插入另一个锁孔并转动。然后他向埃弗里点头，两人一同走出金库，这期间阮陈未看博斯一眼。

阮陈一走，博斯随即表示已看够了金库，并往外走。他走到双层玻璃前望向外面的威尔榭大道，见阮陈由两个大块头保镖左右护卫着前往奔驰车的停放地点，无人跟踪他们。博斯环视附近但未见埃莉诺的踪影。

"庞兹先生，出了什么事吗？"葛兰特在后面说。

"没错，"博斯说，他把手伸到外套口袋里拿出警徽皮夹，将它高举，好让后方的葛兰特看个清楚。"快给我找经理来。还有，别再叫我庞兹先生了。"

　　刘易斯站在二十四小时营业的达令餐馆旁的电话亭前方。他在街角附近，距贝弗利山庄保险金库约一个路口远。玛丽·格罗索警官方才接起电话，表示立即请副局长欧文来接电话，这会儿已过去一分钟。刘易斯在心里嘀咕着，假如欧文希望他们每小时报告最新进展——而且必须通过陆上电话线，那么他至少要在下属汇报时立刻接起那该死的电话吧。他将话筒换到另一侧，然后翻着外套口袋找东西剔牙。由于手不断摩擦着口袋，他的手腕处有点疼。不过想到被博斯铐住那一幕他就一肚子火，因此刘易斯试着将注意力放在案件调查上。他不清楚一切究竟是怎么回事，也不知博斯与联邦调查局那女人在搞什么，但欧文相信那肯定涉及不法勾当，克拉克也有同感。刘易斯在公用电话旁向自己保证：倘若真是如此，到时候他绝对不会错过给博斯狠狠铐紧手铐的机会。

　　一个眼神恐怖、满头白发的老流浪汉拖着步子来到刘易斯旁边另一台公用电话前，检查投币口是否有零钱，结果没有。他又把手伸向刘易斯正在使用的电话投币口，但这位督察室警探立即将他的手拿开了。

　　刘易斯说："老头，里头就算有钱也是我的。"

　　流浪汉毫不气馁地说："给我个硬币，让我买东西吃，好吗？"

　　刘易斯说："妈的，给我滚蛋！"

　　有个声音说："什么？"

　　"什么？"刘易斯说完立即发现那声音来自话筒，是欧文。"呃，长官，我不是在对您说话。我不知道您接了——呃，是这样的，这儿有个人很麻烦。我——"

"你用那种口气对普通人说话？"

刘易斯把手伸进长裤口袋，抽出一张一美元纸钞，他把钱递给白发老人之后轰苍蝇似的将他赶走。

"刘易斯警探，你还在线吗？"

"是的，长官。抱歉，我已经摆平他了。我想向长官报告，出现重要进展了。"

他希望这句话能让欧文转移注意力，忘记他方才的轻率表现。

欧文说："说吧，博斯仍在你们的视线范围内吗？"

刘易斯松了一口气。

"是的，"他说，"在我向长官报告的同时，克拉克警官继续留意着他的动向。"

"很好，开始说吧。今天星期五，时候不早了，我想在合适的时间回到家。"

接下来十五分钟，刘易斯向欧文汇报了博斯从橘郡跟踪金色奔驰到达贝弗利山庄保险金库的过程。他表示跟踪行动在保险金库停止，看来那里应该是预想中的目的地。

"博斯和联邦调查局那女人这会儿在做什么？"

"他们仍在里面，看来是在询问经理。事情不对劲，原本他们似乎不知道目的地在何处，不过他们到达此处之后，立刻知道猜中了。"

"猜中了什么？"

"我也不清楚，反正就是他们在搞的事。我猜他们跟踪的那人在这儿存放了东西，这栋大楼前方窗户里有个金库，很大的金库。"

"我知道那地方。"

接着欧文沉默许久，刘易斯虽已结束报告，不过他很识相，没有打断长官的思考。他开始做白日梦，想象将博斯双手拉到背后铐上，并押着他走过一大群电视摄影机。

"我不清楚他们的计划,"欧文说,"不过我要你们继续跟着。就算他们今天不回家,也得继续跟着。明白了吗?"

"是的,长官。"

"假如他们让奔驰车自行离开,那么他们的目标肯定是金库,他们会守着金库进行监视,而你们也继续守着他们,进行监视。"

"是的,长官。"刘易斯嘴上这么说,不过仍一头雾水。

接下来十分钟,欧文开始下达指令并对贝弗利山庄保险金库进行猜测,刘易斯抽出小笔记本和笔做速记。欧文在单边对话结束前,把自己家的电话号码给了刘易斯,并说:"未征得我的同意之前,不许擅自行动。你可以随时打这个电话与我联系,白天晚上都行。明白了吗?"

"是的,长官。"刘易斯急切地说。

欧文没再说话便挂断了电话。

博斯在接待区等埃莉诺过来,他一直没向葛兰特和其他销售员做任何解释,那几个人坐在华丽的办公桌前惊愕地张着嘴巴。埃莉诺来到门口时发现门锁上了,她敲门并亮出警徽。警卫放行,她走入接待区。

销售员埃弗里正准备开口时,博斯说:"这位是联邦调查局探员埃莉诺·威什,她和我是一起的,我们打算先到后面那间贵宾室私下谈谈,只要一分钟。如果你们的主管在这儿,最好叫他过来,我们出来时想与他谈谈。"

埃弗里仍有些紧张困惑,指了指第二道门。博斯进入第三道门,埃莉诺跟着进去,他当着三位销售员的面关上门并锁上。

"快告诉我有何进展,我不知道该对他们说些什么。"他压低声音说话,同时查看房内桌椅附近是否有阮陈不慎忘了带走的纸片或其他东西,但并没有。他打开桃花心木办公桌的抽屉,里面有钢笔、铅笔、信封和一沓高级书写纸，此外别无他物。门对面靠墙摆放的小桌上有一台传真机，不过并未启动。

"我们静观其变，"她说话速度很快，"鲁克表示会召集一个地道小组下去查看。他们打算先联系水电局，了解地道的实际情况。这样他们就能推断出最适合进行挖凿的地点，然后从那儿展开行动。博斯，你真的认为就是这地方吗？"

他点点头，本来想微笑，不过他并未这么做。她的兴奋之情也传染给他了。

"他有没有及时派人跟上阮陈？"他问，"对了，这儿的人叫他龙先生。"

此时，有人敲门说："抱歉，打扰了。"博斯与埃莉诺没有理会。

"阮陈，卜吉米，这会儿成了龙先生，"埃莉诺说，"我不知道他们是否跟上了，鲁克表示会尽力而为，我给了他奔驰车牌号码和停放地点，我想我们待会儿才会知道结果。他表示也会派一组人过来参与监视行动，我们八点在马路对面的停车场碰头商量。这儿的人怎么说？"

"我还没向他们透露任何细节。"

外面的人又开始敲门，这次敲得更响。

"那好，咱们去见主管吧。"

原来贝弗利山庄保险金库的所有人和老板，正是埃弗里的父亲——马丁·B.埃弗里三世。他与大部分金库客户一样家世背景显赫，并且希望所有人都知道这一点。他的私人办公室在凹室最里面。办公桌后方挂着一系列裱框照片，证明埃弗里三世也在富人之列，而非光靠富人吃饭的无赖。他的合照对象包括数任美国总统、一两位电影大亨以及英国皇室；其中一张照片是埃弗里三世与威尔士王子的合影，他们穿着全套马球装，只不过埃弗里腰围太粗、下巴松垮，与骑手形象相去甚远。

博斯和埃莉诺向他简要叙述了情况，他立刻持怀疑态度，表示他的金库坚不可破；他们要他省省那套营销废话并要求看金库的设计与运作图。埃弗里三世将六十美元的桌垫一翻，金库设计架构图就贴在后面。从架构图可以清楚地看出，埃弗里三世与他底下那些打扮光鲜的推销员过度吹嘘了金库的安全设备。从金库最外层往内，先是二点三厘米厚的钢板，接着是三十厘米厚的钢筋水泥，然后又是二点三厘米厚的钢板；金库底部与顶部较厚，另有一层六十厘米厚的水泥。和所有金库一样，最令人印象深刻的是厚钢门，不过那只是幌子。X光与防入侵陷阱装置也一样，全都只是幌子，并无实际作用。博斯知道，如果地道抢匪真的在地底下准备行动，那么他们要进入金库绝对不是问题。

埃弗里三世表示，前两晚金库警报器都响了，星期四晚上也响了两次。每次警报响起，贝弗利山庄警局都会打电话到他家进行通知。接着他打电话给儿子埃弗里四世，派他去和警官碰面。然后警官与继承人进入金库，在未发现任何异常之后又重设警报。

埃弗里三世说："我们没想到会有人在金库底下的下水道里。"那语气仿佛"下水道"这个词脏了他的嘴似的，"真是令人难以置信、难以置信哪！"

博斯进一步询问关于金库运作流程与安全设施等细节问题。埃弗里三世丝毫不明白这些问题有什么用，只是平平淡淡地表示这金库和传统银行金库不同，针对时间锁定有个解除设定。他握有密码，可输入电脑解锁系统，清除时间锁定的设定数据，这表示他能随时开启金库。

"我们必须满足客户需求，"他解释道，"如果贝弗利山庄某女士星期日临时打电话来，表示参加慈善舞会需要用头饰，我当然要有办法拿出头饰给她才行，这是我们提供的服务。"

埃莉诺问："你们所有客户都知道周末有这项特殊服务吗？"

"当然不是，"埃弗里三世说，"只有少数极尊贵的客户知道，毕竟收费并不便宜，我们还得动用警卫。"

博斯问："清除设定并开启金库门需要多长时间？"

"很快，我在金库旁的键盘上输入解除锁定的密码，几秒即可完成。接着输入金库开启密码并转动门上的转轮，门就会开启。大约三十秒，或者一分钟，也可能用不了三十秒。"

博斯心想，不够快。阮陈的保险箱位于金库靠近大门的地方，抢匪会锁定那个区域行动。金库门开启时，他们会看见或者听见声音，对他们搞突然袭击不太可行。

一小时之后，博斯与埃莉诺回到车上。他们来到威尔榭大道对面，贝弗利山庄保险金库东边半个街区远处的停车场第二层。从那个角度观察，金库一览无余。他们告别埃弗里三世并选定监视地点之后，看着埃弗里四世与葛兰特拉上巨大的不锈钢金库门，他们转动门上的轮圈并在电脑键盘上输入密码进行锁定；然后保险金库公司内部灯光熄灭，唯有玻璃金库门内的灯光继续亮着。那儿的灯光二十四小时亮着，是该公司提供安全保障的极致展示。

埃莉诺问："你认为他们今晚会进行攻破吗？"

"很难说，缺了梅多斯，他们有可能进度落后。"

他们方才已让埃弗里三世先回家，并请他做好心理准备，可能随时接到电话通知。金库的人都答应了，不过对于埃莉诺与博斯描绘的整个局面仍持怀疑态度。

"看来我们得从地底下逮住他们，"博斯说着用双手握住方向盘，仿佛正在开车，"等到金库门开启，肯定来不及了。"

博斯态度轻松地望向左侧，查看威尔榭大道，他发现一辆装了警车轮子的白色福特停在下个街区的路边。车停在消防栓旁，里面有两个人影。看来他们还不死心，继续在跟踪他。

博斯与埃莉诺站在他的车旁，车停在停车场二层，面对南端护墙。在这一个多小时内，停车场不见人迹，不过单调乏味的水泥密闭空间内尽是废气与刹车组件过热产生的臭气。博斯相信臭味肯定来自他的车，自小西贡起进行跟踪，走走停停的驾驶方式弄惨了这部替代车。他们从这里可以越过威尔榭大道，向西侧半个街区远处观察贝弗利山庄保险金库。威尔榭大道远处的天空彩霞绚烂，夕阳余晖一片深橙。入夜，城市灯光盏盏亮起，车潮逐渐散去。博斯往东望向威尔榭大道，见那辆白色福特仍停在路边，有色风挡玻璃后方依稀可见车内人的身影。

八点钟，三辆车浩浩荡荡地上了斜坡道，最后一辆是贝弗利山庄分局巡逻车；车队穿过空旷的停车场，来到墙边博斯与埃莉诺站立的位置。

博斯说："如果作案者派了人在其中一栋大楼把风，对方一看到这种排场，肯定准备撤销行动了。"

鲁克与其他四人从前面两辆没有标记的车上下来。从服装上博斯看得出来其中三人是联邦调查局探员，第四个人的西装太老旧，而且衣服口袋和博斯一样鼓起。他拿着一个硬纸筒，博斯猜他应是埃莉诺提到的水电局的人。三位贝弗利山庄分局制服警员下了巡逻车，其中一位领子上别有警监徽章，他也拿着一筒卷起的纸。

众人聚集在博斯的车旁并用车盖充当会议桌，鲁克简短介绍众人，请贝弗利山庄分局代表到场是因为此地隶属他们的辖区，鲁克表示这是跨部门礼仪；他们到场的另一个原因是，贝弗利山庄保险金库曾向该分局商业安全小组提交设计图。鲁克表示他们只旁听会议，之后如需该分局支持再请他们出马。联邦调查局两位探员汉伦与胡克将与博斯和埃莉诺共同负责彻夜监视，因为鲁克希望至少从两个不同方向观察保险金库。第三位探员是联邦调查局特警队协调员，最后一位参与会议者是艾德·吉尔森，水电局地底设施组长。

"好，咱们开始拟订作战计划。"鲁克介绍完众人之后宣布。他未询问吉尔森就从他手中取走硬纸筒，从里面倒出一张卷起的蓝图。"这是水电局的本区架构图，上面有所有地下管线设施、地道与涵洞等的确切位置。"

他将那张灰色地图在车盖上摊开，地图上的蓝线有些污迹，三位贝弗利山庄分局警员用手固定住地图另一端。天色暗了，停车场内光线不足，于是名叫海勒的联邦调查局探员举起一支灯笔于蓝图上方，光束明亮且照明区域竟然不小。鲁克从衬衫口袋里拿出笔，将它拉长成指示棒。

"好，我们在……没错……"他还没来得及找到所在位置，吉尔森已伸出手臂至光束内，一根手指点在地图上。鲁克将指示棒放到那个地方。"没错，就在这儿。"他说着给了吉尔森一个"别给老子捣乱"的凶狠眼神，水电局代表磨损的外套底下的肩膀似乎更显低垂。

站在车边的众人凑近车盖，以看清地图上的位置。"贝弗利山庄保险金库在这儿，"鲁克说，"金库实际位置在此。奥洛克警监，让我们看看你的蓝图好吗？"

奥洛克警监身材有如倒金字塔，肩膀宽大，臀部窄小，他将手上蓝图摊开，放在水电局蓝图上方，那是方才埃弗里三世让博斯与埃莉诺看过的蓝图副本。

"金库占地近三百平方米，"奥洛克指着图纸说，"小型私人保险箱沿两旁而立，独立柜则位于中央。如果他们在地底下，有可能从这两条过道的某处上来，因此他们可能破坏的地面范围大概是六平方米。"

"警监，"鲁克说，"麻烦你拿起那张图，让我们看看水电局蓝图，我们可以将突破区锁定在这儿。"他用黄色荧光笔在公共设施图上标出金库地板轮廓。"以此作为导引，我们可以看出地底下最接近此处的设施结构。吉尔森先生，你认为呢？"

吉尔森又倾身靠近车盖，细看公共设施图。博斯也一样，他见到一些粗线条，应是东西向主要下水道管线，"地鼠"专挑这类管线下手。他注意到这些地下管道对应地面的主要街道：威尔榭大道、奥林匹克大道、皮科大道。吉尔森指着威尔榭管道，说管道在地下九米处且大得足以让卡车通行。水电局代表接着用手指沿威尔榭管道往东十个路口指向罗伯森管道，那是南北向主要泄洪管道。他表示从交叉口往南至圣莫尼卡高速公路旁的开放式排水涵洞，只有一点六公里距离，涵洞口大如车库门，大门上只有一把挂锁。

"我猜他们可能从那儿进入地道，"吉尔森说，"接着就像在地面街道行驶一样，从罗伯森管道往上至威尔榭，然后左转，就到了黄线这儿，正是金库所在地，不过我不认为他们会从威尔榭管道开挖地道。"

"是吗？"鲁克说，"原因是？"

"原因是威尔榭管道太忙碌了。"吉尔森说，并意识到车盖周围的九张脸正等着他的答案，"这些地下主要管道里随时有水电局员工巡查，检查裂缝、堵塞之类的问题，而且威尔榭是此区东西向主要管道，就像地面上的威尔榭大道一样，如果有人在墙上钻洞，肯定会被发现。各位明白了吧？"

"假如他们将洞盖住呢？"

"你的意思是，假如他们故技重施，用一年前市区那起盗窃案的手法。没错，这方法可能会再次奏效，在别处有可能，不过在威尔榭管道极有可能被识破，我们现在会特别留意此类情况。而且正如我所说，威尔榭管道随时有施工人员进出。"

众人静静思索着他的话，随着时光一分一秒流逝，汽车引擎逐渐散去热气。

最后鲁克说："吉尔森先生，那么依你之见，他们可能从何处挖凿以进入金库？"

"我们在地底下有各种连接管道，别以为我们水电局的人员地下工作时不会偶尔想起这类天衣无缝的完美犯罪。我和其他人深入讨论过这种事，在报上读到上次那桩案子后更是如此。如果你们真认为他们的目标是那个金库，那么我认为他们仍然会照我所说，从罗伯森往上，然后进入威尔榭管道。不过到了威尔榭管道之后，我认为他们会进入旁边较小的维修地道以免被发现。维修地道是圆形的，宽一到一点五米，空间够大，可以在里面走或搬动器材设备，他们可沿这儿走到主要管道，然后进入街道泄洪排水道和大楼公共设施系统。"

他将手放回灯光下，在水电局地图上指出方才提到的较小管道的路径。

"假如真是如此，"他说，"那么他们会从高速公路旁的涵洞门进入，载着所有设备至威尔榭，然后来到你们的目标区。他们卸下器材，将东西藏在我们所谓的维修地道内，然后将车往回驶出，再步行回到里面，在维修地道内开始动工。说真的，他们可能在那儿动工五六个星期之后，我们才有机会进入那条特定地道。"

博斯仍认为这听起来太简单了。

"其他这些泄洪管道呢？"他问道，并指着地图上的奥林匹克与皮科管道，地图上如格状图案的较小维修地道从这些管道往北朝金库方向延伸。"若是使用这其中一条从金库后方上来，可不可行？"

吉尔森用一根手指抓了抓下嘴唇，说："或许可行，不无可能。不过重点是，这些管道路线不如威尔榭的分支那般靠近金库。明白我的意思吧？假如在这儿挖个三十米就成，他们何必舍近求远挖个上百米呢？"

吉尔森喜欢这种众星捧月的感觉，自己可比眼前这些穿丝质西装和制服的家伙懂得多。他说完往后一靠，一副满足的样子。博斯知道此人可能每个细节都说对了。

"废土处理方式呢？"博斯问他，"这些人挖穿沙石水泥，凿出地道，他们如何处理挖出来的废土？"

"博斯，吉尔森先生又不是侦探，"鲁克说，"我不认为他知道各种细节——"

"简单，"吉尔森说，"主要管道如威尔榭和罗伯森的地面中间有倾角为三度斜坡面处理，那儿随时有水流经，即使干旱时期也大致如此。就算地面上没下雨，地底下仍有水流经过。你可能会惊讶那儿水量还不少呢，水源可能来自水库或商业用水，或两者都有。你们消防队接到火灾报案电话去灭火，你以为他们救援的水从哪儿来？因此我的意思是，假如地道有足够水量，他们即可利用水流处理你所谓的废土。"

汉伦首次开口："肯定有几吨的土吧。"

"不过并非一次出现，你们说他们花了好多天挖凿。废土量每天分散的话，绝对可以被地道水流冲走。假如他们在其中一条维修地道内，他们得想办法让水流经过该地道至主要管道。你们可以查查该区消防栓，假如发现某消防栓漏水或者接到报案有人开启了消防栓，肯定是那批人干的。"

其中一位制服警员凑到奥洛克耳边说话，奥洛克俯身靠近车盖，举起手指至地图上方，然后他往下指着一条蓝线说："前天晚上这儿的消防栓被动了手脚。"

"有人打开消防栓，并用铁剪剪开系住消防栓盖的链子。"方才在警监耳际说悄悄话的警员说，"他们将盖子带走，消防队一小时之后才拿了替代用的盖子到场。"

"那水量可多了，"吉尔森说，"处理废土绝对不成问题。"

他看着博斯微笑，博斯也报以笑容。他乐见拼图一片片拼起，开始有了轮廓。

"在那之前，我想想，是星期六晚上，发生了纵火案，"奥洛克说，"在股票大楼后面伦肯街的一家小精品店。"

吉尔森看着奥洛克在蓝图上指出精品店地点，他自己则指着消防栓地点。"来自这两个地点的水会流入三处马路排水沟集水井，这儿、这儿，和这儿，"他边说边熟练地在灰色纸上移动手指，"这两处集水井将水排放至这条管道，另一处则排放至此。"

调查员们看着那两条下水道，其中一条与威尔榭管道平行，在 J. C. 股票大楼后方；另一条与威尔榭管道垂直，就在大楼隔壁。

埃莉诺说："不管是两条中的哪一条，都有三十米长吧？"

"至少三十米，"吉尔森说，"如果他们笔直往前挖凿的话，可能会碰到地底设施或硬石，从而必须稍微转向。据我了解，挖凿下面任何一条地道应该都会或多或少碰到阻碍。"

特警队专家轻拉鲁克袖口，两人随即走到一旁私下交谈。博斯看着埃莉诺轻声说："他们不打算进入了。"

"什么意思？"

"这儿可不是越南，不能胁迫任何人下去。如果富兰克林、德尔加多及其他人在下面一条管道内，警方不可能神不知鬼不觉地安全进入。对方有优势，他们会知道警方来了。"

她看着他，但没开口。

"这么做并非明智之举，"博斯说，"我们知道对方有武装防卫，而且可能设了陷阱，我们知道他们是杀人凶手。"

鲁克回到众人聚集的车头前，请吉尔森先到联邦调查局公务车内等候，他则和调查员们交代任务。水电局代表低头走回车上，对自己已不再是调查计划的一员感到失望。

"我们不打算进去找他们，"鲁克等吉尔森关上车门后说，"太危险了，他们配有武器和炸药，我们无法出其不意，攻其不备，甚至可能造成我方重大伤亡……因此，我们决定让他们自投罗网。我们让事情顺其自然发展，守株待兔等他们上来，之后再给他们来个措手不及。今晚特警队会到威尔榭管道进行侦察——我们会请吉尔森提供几件水电局制服——并寻找对方的进入点，然后在最佳地点部署守候，那些对我方而言最安全的地点。"

众人一阵沉默，接着马路上传来一声喇叭鸣响，然后奥洛克发言抗议。

"等一下，等一下。"他等待所有人都回头看着他，鲁克除外，他完全不看奥洛克。

"你的意思是，要我们在这儿闲坐，眼睁睁看这些人炸开金库进去撬开几百个保险箱，然后再眼睁睁看着他们撤退吗？"奥洛克说，"我的职责是保护贝弗利山庄的居民财产，而那家金库九成客户可能都是贝弗利山庄居民，恕我无法参与这项行动。"

鲁克收起指示棒放入外套内袋，然后开口，他仍然不看奥洛克。

鲁克说："奥洛克，我们会在记录本上记下你的反对意见，不过我们并未要求你们参与行动。"博斯注意到鲁克不仅未以奥洛克的头衔称呼他，连原本的虚假客套也省了。

"这是联邦政府的行动，"鲁克继续说，"你之所以在这儿，纯粹是跨部门礼仪。此外，如果我猜测正确，他们只会开启一个保险箱。等他们发现保险箱内空无一物，他们会自动取消行动并离开金库。"

奥洛克一脸茫然，显然联邦调查局并未告知他调查行动的诸多细节。博斯见鲁克对他这么不客气，真替他感到难过。

"有些事情此时还无法公开讨论，"鲁克说，"不过我们相信对方的目标只有一个保险箱，我们有理由相信该保险箱目前是空的。歹徒闯入金库并开启该特定保险箱，发现里面没东西之后，他们会紧急撤退，现在我们的任务就是在那一刻做好万全准备。"

博斯对于鲁克的推测有些许怀疑。歹徒真的会立即撤退吗？或者他们会认为开错保险箱，于是继续撬开其他保险箱，试图找到阮陈的钻石？或是搜刮其他保险箱内的财物，希望偷点值钱的东西，免得白忙一场？他并不如鲁克那般肯定，不过他很清楚鲁克也可能只是做做样子，目的是希望奥洛克闪到一旁，别碍事。

"假如他们没撤退呢？"博斯问，"假如他们继续撬开其他保险箱呢？"

"那么我们的周末可就长得很了，"鲁克说，"不等到他们出来不会收工。"

"不论是哪种情况，都会使那大楼停业，"奥洛克说，并指着股票大楼方向，"一旦人们知道坐落于大楼橱窗内的金库被炸开，顾客的信心也荡然无存了，不会有人敢再将财物存放在那儿。"

鲁克瞪着他，一点回应也没有，看来警监在对牛弹琴。

"如果你们能在歹徒闯入之后逮住他们，为何不在歹徒行动之前就动手呢？"奥洛克说，"咱们为何不干脆开启金库，让警笛大作，弄点声响，甚至在大楼前面停一辆巡逻车？让他们知道我们在这儿而且我们知道他们的行动。咱们在他们闯入金库之前先发制人，将他们吓出来。我们逮住他们，而且能挽救大楼生意，即使没逮住他们，也挽救了大楼生意，改天再抓他们也不迟。"

"警监，"鲁克再次假装客套地说，"假如你让他们知道我们在这儿，咱们唯一的胜算——出其不意，攻其不备——也没了，而且会在地道内引起枪战，甚至是在街道上，他们不会在乎谁受害、谁伤亡，包括他们自己，可能还有无辜旁观者。到时我们怎么向大众交代，向我们自己交代，这么做纯粹是为了挽救一家公司的生意？"

鲁克稍等片刻，让对方听进他的话，接着又说："警监，此次行动我不打算在安全上有丝毫让步，我做不到。地底下那些人，他们不会被吓着，而且会毫不犹豫地杀人。据我们所知，他们在这短短一星期内已杀害两人，包括一名目击证人。我们绝对不能让他们逃走，想都别想。"

奥洛克倚着车盖倾身向前并卷起他的蓝图，他一边将橡皮筋套上纸卷，一边说："各位，别搞砸了。如果你们搞砸了，我和本分局绝对会提出严肃批评并公开本次会议讨论内容，晚安。"

他转身走回巡逻车，两位制服警员识相地自动尾随于后，其他人则看着他们离去。待巡逻车驶下坡道时，鲁克说："听见了吧，咱们可不能搞砸，各位有其他意见吗？"

博斯说："若是现在派人进入金库等候他们上来呢？"他脑中闪过这

想法后脱口而出，并未认真思索可行性。

"不行，"特警队代表说，"假如我们派人进入金库，他们只能做困兽之斗，毫无退路。要弟兄们自愿去送死，这我可开不了口。"

"而且歹徒炸开金库时，他们可能受伤，"鲁克补充道，"我们无法掌握歹徒上来的地点或时间。"

博斯点头，他们说得没错。

"一旦我们知道他们已上来之后，是否有办法打开金库进入？"其中一位探员说。博斯记不得他是汉伦还是胡克。

"的确有办法暂时取消金库门的时间锁定，"埃莉诺说，"不过我们得请金库老板埃弗里回到这儿。"

"根据埃弗里的说法，我觉得开启时间太久，"博斯说，"太慢了。埃弗里的确可以解除时间锁定并开启金库，但是等那道两吨重的门旋开，最快也要半分钟。或许不到半分钟，但里面的人仍占上风，这和从地道进行突袭一样冒险。"

"若是使用闪光弹呢？"其中一位探员说，"稍微打开金库门并丢入闪光手榴弹，接着我们再进入，将他们一网打尽。"

鲁克和特警队代表不约而同地摇头。

"有两个原因，"特警队代表说，"假如他们如我们猜测的那样在地道内铺设炸药管线，闪光弹会引爆炸药。咱们就等着看威尔榭大道下陷十米吧，这可不成，到时咱们的报告可写不完喽。"

没人觉得好笑，于是他摸摸鼻子，继续说："再者，金库在玻璃室内，里面形势对我们相当不利。假如他们有探子，我们就死定了。我猜测他们铺设炸药时可能关闭了无线电，不过说不定他们并未关闭无线电，而这位探子会通知他们我们在那儿。他们可能会抢先一步，向我们丢掷炸弹。"

鲁克补充自己的看法："姑且不论是否有探子，一旦我们派特警队进入透明的金库室，对方在电视上即可看到。到时洛杉矶每家电视台派出摄影机在人行道上拍摄，车流一路堵到圣莫尼卡。行动不成，倒成了马戏团杂耍！所以免谈。特警队会跟随吉尔森进入侦察，然后守住高速公路旁的地道出口。我们在那儿守株待兔，一切由我们主导，歹徒自然手到擒来，就这样。"

特警队代表点头同意，鲁克则继续说："从今晚开始，咱们对金库进行全天候监视。我要埃莉诺和博斯负责大楼的金库正面，汉伦和胡克负责伦肯街，注意后门动静。假如你们发现任何风吹草动，必须立即通知我，我将通知特警队待命。可能的话，请使用陆上电话线路，我们不知道他们是否监听了警用调频，你们负责监视的人必须想个代号在无线电上使用。大家听清楚了吗？"

"假如警铃大作呢？"博斯问，"本周警铃已响过三次。"

鲁克思索片刻后说："按平时惯例处理，在门口与前来处理的金库经理埃弗里或其他人碰头，重设警报器，然后送他离开。我会联系奥洛克，通知他在接到警报时派出巡逻警员，不过其他事情由我们处理。"

"埃弗里会接到通知，"埃莉诺说，"他已经知道我们认为金库可能会出事。假如他想开启金库，到里面巡视一圈呢？"

"别让他进去，就这么简单。那是他的金库没错，不过他可能会让自己身陷险境，我们要事先避免。"

鲁克环视众人，大家并无其他问题。

"那就这样了，我要各位在九十分钟内就位。你们准备整晚进行监视的人可以利用这段时间吃饭、上厕所、买咖啡。埃莉诺，使用陆上电话线路在午夜以及上午六点整向我报告进度。明白了吗？"

"明白了。"

鲁克与特警队代表进吉尔森坐着等待的车内，并驶下斜坡道，接着博斯、埃莉诺、汉伦与胡克想出无线电使用代号，他们决定将监视区域的街道名称与市区街道名称互换。他们的想法是，假如有人在监听警用频率，对方会以为他们听到的是市区百老汇大道和第一街地区，而非贝弗利山庄威尔榭大道和伦肯街的监视报告，此外他们也决定在无线电上将金库室称为当铺。此事解决之后，两组调查员各自分头行动，并约好在监视开始时再次会合，汉伦与胡克的车朝斜坡道驶去；从行动计划拟订以来，博斯首次有机会与埃莉诺独处，他询问她的看法。

"我不知道，让他们进入金库之后再回地道内自由乱窜，我不喜欢这个点子，谁知道特警队是否真能滴水不漏地防堵他们。"

"到时便见分晓。"

一辆车从斜坡道上来，朝他们驶来。车灯照得博斯睁不开眼睛，顿时令他想起前一晚冲着他们来的那辆车。不过就在此时，车转弯并停下，是汉伦与胡克。副驾驶一侧的车窗摇下，胡克从车窗递出一包厚牛皮纸信封袋。

"哈里，你的信，"探员说，"刚才忘给你了。今天你们局里有人到联邦调查局送了这包东西，说是你在等这东西，但一直没回威尔克斯大道分局取回。"

博斯接过信封袋，将它拿得远远的，胡克注意到他一脸不安。

"对方叫埃德加，是黑人，他说你们以前是搭档，"胡克说，"他说这东西在你的信箱搁了两天，他心想可能很重要。他正好在西木区带客户看房子，于是决定顺道送东西过来。你觉得这听起来可信吗？"

博斯点头，两位探员再次将车开走。沉甸甸的信封袋被封住，退回地址是位于圣路易的"美国军事记录档案馆"。他撕开信封末端，朝里头一瞧，是厚厚一沓文件档案。

埃莉诺问："是什么东西？"

"梅多斯的档案，我压根忘了曾请他们寄来这资料。那是星期一的事了，当时我还不知道你们已经在调查该案。反正这些资料我都看过了。"

他将信封袋从开着的车窗丢入后座。

她问他："饿吗？"

"至少喝点咖啡吧。"

"我知道有个地方。"

博斯正啜饮着从世纪城后方、皮科大道上的意大利餐厅买来装在塑料杯里的热腾腾的黑咖啡。他已回到威尔榭大道金库对面的停车场二楼，此刻坐在车内。埃莉诺打完电话向鲁克报告进度之后，打开车门上车。

"他们找到那辆吉普车了。"

"在哪儿找到的？"

"鲁克说特警队进入威尔榭泄洪下水道勘察一圈，并未发现有人闯入的迹象或任何地道挖凿口。看来吉尔森说对了，他们应该是躲在其中一条较小的分支管道内。反正呢，后来特警队人员进入高速公路旁下水道集水井下面设陷阱。他们在地道三个出口位置行动时，正好发现吉普车。鲁克说高速公路旁有座停车场，一辆米黄色吉普车停在那儿，后方加挂了盖住的拖车，是他们的车，三辆蓝色全地形机动车就在拖车上。"

"他申请搜查令了？"

"嗯，他已派人去找法官，所以会拿到搜查令，不过他们在行动结束之后才会靠近那辆车。说不定对方的计划是有人从地道内出来取走全地形机动车，或者已在外面的人会出现，将它开进去。"

博斯点头并啜饮咖啡，这做法很聪明。他记起方才自己把抽过的烟放在烟灰缸内，于是将它丢出车窗。

她仿佛看穿了他的想法，说："鲁克表示，据他们观察，吉普车后方并无毛毯。不过假使那确实是把梅多斯尸体拉到水库的吉普车，车上仍会有纤维证物。"

"阿鲨在车门上看到的标记呢？"

"鲁克表示并无标记，不过说不定原本有，而他们将吉普车停放在那儿时撕下了。"

"嗯，"博斯思忖片刻后说，"一切突然这么顺利，你不觉得奇怪吗？"

"我该觉得奇怪吗？"

博斯耸耸肩，他抬头看威尔榭大道，消防栓前方路边已无车辆。他们用完晚餐回来之后，博斯就没再看到那辆白色福特，他确信那是督察室公务车，不知刘易斯和克拉克是否仍在附近或已收工回家。

"博斯，侦办工作做得好，案情自然会有进展，"埃莉诺告诉他，"我的意思是，案情并非突然走好运似的明朗化，不过我认为我们终于对此案有了些掌握，情况比三天前好多了。所以为何要担心事情开始顺利了呢？"

"三天前阿鲨还活着。"

"在你怪罪自己的同时，为何不将那些做了选择导致自己被杀的人也都算进去？博斯，你无法改变那些事情，而且责任也不该由你承担。"

"你说选择是什么意思？阿鲨根本未做任何选择。"

"有，他的确做了选择。既然他选择在街头混，就知道自己有一天可能命丧街头。"

"你不是真的这样想吧，他还是个孩子。"

"我相信天底下的确会有倒霉事发生，我相信干警察的顶多能对半开。有些人赢，有些人输。希望其中有一半的情况是好人赢，博斯，那就是我们。"

博斯喝完杯内咖啡，之后两人沉默地坐着。从他们所在的地方可以清楚地观察金库，金库坐落于在玻璃室中央，有如王座。他心想：在明亮耀眼的灯光下，擦得闪闪发亮的金库公开呈现于世人眼前，仿佛在对全世界说"带我走"。也的确有人正准备那么做，而我们将袖手旁观。

埃莉诺拿起无线电手机，按下传输键两次之后说："百老汇一号呼叫第一街，收到了吗？"

"百老汇，我们收到了。有事吗？"是胡克回复的声音。有严重静电干扰，因为无线电波在该区高楼大厦之间弹跳。

"只是问问情况，你们目前的位置是？"

"我们在当铺前门南方，全无动静。"

"我们在东方，可以看见——"她按下麦克风键关闭通话并看着博斯。"我们忘了给金库起一个行动代号。你有什么点子吗？"

博斯摇头表示没有，不过接着又说："萨克斯管，我在当铺橱窗看过里面吊着萨克斯管，当铺内有许多乐器。"

她再次按下麦克风键加以启动："抱歉，第一街，出了点技术问题。我们在当铺东方，可以看见橱窗内的钢琴，里面没有动静。"

"保持清醒。"

"百老汇收到，结束。"

博斯笑着摇头。

"什么事？"她说，"你笑什么？"

"我在当铺见过许多乐器，钢琴就不晓得了。谁会拿钢琴去典当啊？得有卡车才行，这下咱们的身份暴露了。"他拿起无线电麦克风，但没有按下传输键，说道："呃，第一街，请注意。橱窗内的乐器不是钢琴，是手风琴，我们搞错了。"

她捶打他肩膀，表示钢琴不必再提，接着两人保持着一种令人惬意的静默。大部分警探视跟监工作为苦差事，不过博斯在当差这十五年来，从未排斥过任何一次跟监任务。事实上，在有好搭档陪同的情况下，他还蛮喜欢跟监任务的。他对于好搭档的定义不是对话多，而是无声胜有声，无须说话也能觉得舒服，就表示这搭档对了。博斯接着思索此案并观看来来往往的车流驶过金库，他在脑中回忆从开始到此刻发生过的所有事件，并依发生顺序排列，重回现场，再次聆听对话内容。他发现这样的重新整理有助于他做出下一个决定或采取下一个步骤。此刻，他回想着那起驾车肇事逃逸事件，他反复思索此事，就像舌头在不断戳弄松动的牙齿。他思索着昨晚那辆朝他们直冲而来的车。为什么？当时他们究竟掌握了什么资料，令对方觉得构成严重威胁？杀害一名警察与一名联邦探员之举听来荒唐。为何对方要采取这个行动？接着他的思绪转移到在所有长官问完所有问题之后，他们共度的夜晚。当时埃莉诺吓坏了，比他受到的惊吓更多。他在床上拥着她，有如抚慰饱受惊吓的动物；抱着她，轻抚着她，感受她的气息拂上他的脖子。他们并未做爱，只是互相拥抱着，但感觉更亲密了。

这时她问："你在想昨晚的事吗？"

"你怎么知道？"

"猜的。你的想法是？"

"嗯，我觉得很棒，我觉得我们——"

"我指的是昨晚想杀我们的人，你有什么想法吗？"

"原来如此，我不知道，我想的是之后的事。"

"哦……对了，我还没谢你呢，谢谢你不求回报地陪着我。"

"我该谢你才是。"

"你真好。"

他们再次陷入各自的思绪。博斯的身体倚着车门，头靠车窗，目光专注地锁定金库。威尔榭大道上车流量不多，不过时有车辆经过。人们正准备前往圣莫尼卡大道或罗迪欧大道附近的夜总会，要么就是刚从夜总会出来。

附近的学院大礼堂可能有首映，洛杉矶所有加长型豪华礼车今晚似乎全集中在威尔榭大道上，各个品牌、各种颜色的长型礼车一辆辆优雅地驶过眼前，车身平稳顺畅，宛如漂浮一般，黑色车窗美丽而神秘，有如戴着墨镜的异国女子。博斯心想，这些车正是为这座城而建。

"梅多斯下葬了吗？"

这问题令他感到惊讶，不知她经过了怎样的脑回路才想到这个问题。

"还没，"他回答说，"星期一，在退伍军人公墓。"

"在阵亡将士纪念日举行葬礼，听起来挺合适的。看来一辈子的犯罪记录并未使他失去在这如此神圣的地点入土的资格。"

"没错，他在越南服役，所以他们为他保留了一块地方，那儿可能也有一块我的地方。你为何这么问？"

"不知道，只是随便想想，你会去吗？"

"如果我不用坐在这儿监视金库的话。"

"你真好，我知道他对你有特殊意义，在你生命中的某一刻。"

他没说话，她接着又说："说说黑色回声吧，你那天提到的，你的意思是？"

他头一回，将目光从金库移开，转头面对埃莉诺。她的脸在黑暗中，不过正好一辆车经过，车前大灯照亮车厢内部，他透过车灯见她正注视着自己，他回头观望金库。

"其实没什么好说的，反正我们就将那些难以掌握、无法理解的一切称为黑色回声。"

"难以掌握、无法理解？"

"它没有名字，所以我们想出了这个名称。它是黑暗，是潮湿、空虚，当你独处于地道内，你就会感受到它。在那个地方，你仿佛觉得自己已死且被埋葬于黑暗之中，但你明明活着，而且恐惧不已。黑暗中，你似乎能听见自己喘息的回声，声响之大足以泄露你的行踪，或者至少你会这样认为。我不知道，很难解释。反正就是……黑色回声。"

她静候片刻之后，说："我觉得你打算去参加葬礼很好。"

"你怎么了？"

"什么意思？"

"就是我的字面意思，你说话的方式不太对。自从昨晚之后，你就不太对劲，好像有——我不知道，算了。"

"我自己也不知道。紧张时刻过了，肾上腺素下降后，我猜我可能被吓着了，于是开始思考一些事情。"

博斯点头但一言不发，他的思绪飘回过去。记得有一回，一个步兵连刚经过一场狙击枪战，伤亡惨重，他们碰巧来到一条地道的入口。博斯、梅多斯以及其他两名地鼠哈维斯和汉拉罕，搭直升机被送到附近登陆区降落，然后被领至洞口。他们第一件事就是丢照明烟幕弹——蓝色和红色各一个——至洞内，然后用巨无霸电风扇猛吹烟雾，以找出丛林内其他地洞入口。不久后，烟雾开始如彩带般从近两百米范围内的地面上十几处洞口冒出。烟雾从方才狙击手作为射击位置或出入地道之用的蜘蛛洞口冒出，洞口太多，冒出的烟雾使整片丛林蒙上一层紫云。梅多斯吸了毒情绪正高亢，他将录音带放入随身携带的小型播放器内，开始朝地道口大声播放吉米·亨德里克斯（Jimmy Hendrix）的《紫色迷雾》（*Purple Haze*）。除了梦境之外，这是博斯最清晰的越战记忆。

在那之后，他不再喜欢摇滚乐，摇滚乐摇晃亢奋的节奏无可避免地令他想起越战。

埃莉诺问："你去看过纪念碑吗？"

她无须说明是哪一座。就是那一座，在华盛顿。不过此刻，他想起在联邦大楼旁墓园看见工人置放的那座黑色长型复制品。

"不，"片刻之后他说，"从没见过。"

待丛林烟雾散尽，亨德里克斯录音带也播完后，他们四人进入地道内，步兵连其他人则坐在背包上边吃边等。一小时后，只有博斯和梅多斯回来了。梅多斯对地面上方的军队大喊："请看黑色回声里最令人闻风丧胆的生死弟兄！"黑色回声之名就是这么来的。之后，他们在地道内找到哈维斯和汉拉罕，他们落入尖竹钉陷阱，已经断气了。

埃莉诺说："我住华盛顿时去参观过一次，一九八二年揭幕仪式时我还不敢去。不过多年之后，我终于鼓起勇气前往，想看看我哥的名字。

我心想这么做或许可以让我理清一切，让我明白他为何有此遭遇。"

"有用吗？"

"没有，结果更糟。我好生气，好想讨回公道——假如你明白我的意思的话，我希望替我哥讨回公道。"

车内又是一阵沉默，博斯往杯内倒入更多咖啡。他开始感觉到咖啡因带来的亢奋但无法停止想喝的念头，他的咖啡瘾太重。他见一群醉汉跌跌撞撞地走到金库前方的橱窗，然后停下，其中一人高举双手，仿佛想丈量金库大门究竟有多大，不久之后这群人继续往前走。博斯想着埃莉诺对于失去哥哥的愤怒以及无助感；他想到自己的愤怒，他也有相同的感受，或许程度不同，原因不同。受那场战争波及的所有人都或多或少有这种感受。他从未完全从那些感受中挣脱，也不确定自己是否想这样做，愤怒和悲伤对他而言总比全然空虚好。不知梅多斯是否也有这种感受？空虚。是否由于这个原因，他换了一个又一个工作，施打了一剂又一剂毒品，终于在最后一次任务中将自己消耗殆尽且付出性命？博斯决定去参加梅多斯的葬礼，毕竟自己亏欠他太多。

埃莉诺问："你记得那天向我提起'洋娃娃杀手案'凶手的事吗？"

"嗯，怎么了？"

"你说督察室想把事情搞成是你处决了他，对吧？"

"没错，我跟你说过。他们的确很想，但那站不住脚，最后他们只能以失职处分逼我暂时停职。"

"嗯，我想说的是，即使他们猜测正确，他们还是错了。在我的字典里，那才是真正的正义。你知道那种人，看看'夜袭者'就知道了，他绝对不会被判死刑，除非耗上二十年。"

博斯觉得很不自在，他仅在独处时思考过自己处理洋娃娃杀手案的动机与做法。他从未高声谈论此事，他不明白她提及此事的用意。

她说："我知道即使此事为真，你也绝对无法承认，但我认为你有意或无意地做了决定。你替被他加害的女子讨回公道，或许也是为你的母亲讨回公道。"

博斯闻言深感震惊，转头正准备问她如何得知母亲的事，以及如何推想到母亲与"洋娃娃杀手案"可能有所关联，但他立即想起那些档案，数据肯定就在档案里。他当初申请进警界服务时，必须在表格上注明自己或亲人是否曾为犯罪案件受害者。他在表格上写着，十一岁时母亲在好莱坞大道后巷遭人勒毙，他因此成为孤儿。他无须写下她的职业，地点与遇害方式已说明一切。

博斯恢复冷静后问她用意何在。

"没其他用意，"她说，"我只是……尊重你的做法。换作我，可能也想那么做，我只希望自己够勇敢。"

他转头看她，黑暗笼罩着两人的脸庞。夜已深，再无车灯为他们照亮彼此的脸庞。

"咱们轮流值班，你先睡吧，"他说，"我喝太多咖啡了。"

她未回答，他提议到后备厢拿毯子给她，她婉拒了。

她问："你听过胡佛对正义的说法吗？"

"他可能说过许多话，不过老实说我没印象。"

"他说正义是法治的偶发事件，我想他说得没错。"

她未再说话，不久后他听见她的呼吸变得深沉。偶有车辆驶过，他趁车灯光照入车内的片刻转头看她，她的头枕靠着双手，如婴孩一般熟睡着。博斯摇下车窗，点了根烟。他抽着烟，心想自己是否可能或是否愿意爱上她，而她是否也一样。这想法令他震撼，同时感到些许不安。

Chapter 7

五月二十六日
星期六

　　破晓时分，灰蒙蒙的微弱晨光照入车内。清晨下了一阵绵绵细雨，路面潮湿，贝弗利山庄保险金库窗户下半部蒙上一层雾气。就博斯印象所及，这是几个月来的第一场雨。埃莉诺依然沉睡着，博斯则在观察金库——顶上灯光依然照耀那镀铬抛光钢面。已过早晨六点，博斯忘了得打电话向鲁克报备一事，让埃莉诺一觉睡到天亮。事实上，整晚博斯并未唤醒她好轮到自己睡觉，他一直不觉得累。胡克凌晨三点三十分通过无线电联系，确定这边还有人清醒着，之后再无其他干扰，金库室也毫无动静。一整晚，博斯只想着两件事——埃莉诺·威什以及他看守的金库。

　　他伸手去拿放在仪表板上的杯子，心想即使是冷了的最后一口咖啡也好，不过杯内空空如也，他将空杯扔到前座后方的地面上，这时他注意到放在后座上那包圣路易送来的档案数据。他伸手到后座抓起牛皮信封袋，抽出厚厚的文件，随手翻看并且每隔几秒就抬头看一眼金库。

　　博斯已看过梅多斯的大部分军方档案，不过他很快发现，信封袋内有数份文件并不在埃莉诺给他的联邦调查局数据中。这份数据较为完整，里面有他的从军通知单和健康检查的复印资料，也有在西贡的医疗记录。

梅多斯两次因梅毒就诊，一次因急性压力反应就医。

博斯一页页翻看文件时，一份由路易斯安那州国会议员努能所写的两页信件副本吸引了他的目光，博斯出于好奇开始阅读信件内容。信件写于一九七三年，收件人是在西贡大使馆的梅多斯，信件上盖了国会官印，感谢梅多斯在不久前国会议员于越南进行考察时给予热情招待与帮助，努能提到能在异国巧遇来自新伊比利亚的同乡真是意外惊喜。博斯怀疑那是否真是巧合，梅多斯可能被特别安排负责国会议员安全，两人一见如故，好让议员回华盛顿之后对东南亚美国驻军人员及其士气赞誉有加。这世上没有巧合。

信件第二页恭喜梅多斯事业有成，并提及努能从梅多斯长官处收到的优秀表现报告。博斯继续阅读，信件提到在国会议员停留期间，梅多斯成功阻止了一场非法闯入大使馆饭店的行动，一位名叫鲁克的中尉向国会议员的幕僚巨细靡遗地描述了梅多斯的英雄事迹。博斯感觉心脏下方一震，仿佛血液流淌而出。最后信件以家乡教区的闲谈做结束，然后是国会议员的签名，左下角则打上附注：

> 副本：华盛顿特区美国陆军档案部。越南西贡美国大使馆约翰·H.鲁克中尉。《伊比利亚日报》编辑部

博斯一动也不动地久久盯着第二页，他甚至感觉到恶心反胃的前兆，并抬手擦拭额头。他试图回想是否听过鲁克的中间名字或缩写。他记不得了，但那不重要，毫无疑问肯定是他，这世上没有巧合。

埃莉诺的传呼机响起，有如枪击般惊醒他们两人。她往前坐直，开始在皮包内摸索翻找，终于找到传呼机并关上了恼人的噪声。

她迷迷糊糊地说："哦，天哪，几点了？"

他表示是六点二十分，并且这时才记起他们应在二十分钟前通过陆

上电话线向鲁克报备。他将信件放入文件堆并将文件放回信封袋内，然后将信封袋丢回后座。

埃莉诺说："我得打电话汇报。"

"先给自己几分钟时间清醒一下吧，"博斯迅速回答，"我去打电话，反正我也得去洗手间，顺便买咖啡和水。"

在她没来得及开口反对提议前，他就已打开车门下了车。她说："博斯，你为何让我睡了整晚？"

"我不知道，他的电话号码是？"

"应该由我联络他。"

"让我来，给我号码。"

她给了他号码，他绕过转角稍微走了一段路来到达令二十四小时餐馆。一路上他觉得茫然困惑，对那些随太阳升起出现在路上的乞丐视而不见，同时试图理解鲁克正是内线消息人士的可能。他究竟打的什么主意？博斯实在想不透所有细节。假如鲁克真是内线消息人士，为何允许他们监视金库？难道他希望同党被抓吗？他见到餐厅外面有公用电话。

"你迟到了。"鲁克在电话响了半响后接起，劈头就说。

"我们忘记了。"

"博斯？埃莉诺呢？应该由她打电话才对。"

"鲁克，不劳你操心，她正恪尽职守监视金库。你呢，你在忙什么？"

"我一直在等你们的消息才能进一步行动，你们两个是睡昏头了吗？那儿有什么进展？"

"什么进展也没有，不过这你早就知道了，不是吗？"

电话那端一阵沉默，这时一位老乞丐走进公用电话亭向博斯要钱。博斯将手放在男子胸膛处，用力将他推开。

他对着话筒说："鲁克，你还在吗？"

"你这话什么意思？如果你们未按规定打电话向我报备，我如何得知有何进展？博斯，你说话拐弯抹角的，我实在不明白你的意思。"

"我问你，你是真的派了人到地道出口，还是说那些蓝图、你的指示棒和那位特警队代表纯粹是做戏一场？"

"叫埃莉诺听电话，我不明白你在说些什么。"

"抱歉，她这会儿没法听电话。"

"博斯，我要取消你们的行动，事情不对劲，你整晚执勤，我想你应该——不，我会另外派一批人过去替补，我会打电话通知你的分局警督然后——"

"你认识梅多斯。"

"什么？"

"就像我说的，你认识他。老兄，我有他的档案，他'完整'的档案，不是你交给埃莉诺要她转交给我的动过手脚的版本。你是他在西贡大使馆的长官，我已经知道了。"

又是一阵沉默，然后鲁克说："博斯，当时我是许多人的长官，我并不认识他们所有人。"

博斯摇头。

"鲁克中尉，这听起来令人难以信服，太没说服力了。这比直接承认更糟呢。这样吧，咱们回头见。"

博斯挂上电话，走进达令餐馆点了两杯咖啡和两瓶矿泉水。他站在收款机前方一边等女服务员送上餐点，一边望向窗外，他满脑子都是鲁克。

女服务员将外带餐盒拿到收款机前，他付钱并给了小费，出了餐馆又走回电话亭。

博斯又拨了鲁克电话，他并无其他计划，纯粹想看鲁克是否还在。他在十响之后挂上电话，然后他拨了洛杉矶警局总机号码，请接线员打电话至联邦调查局总机，询问他们是否外派特警队至贝弗利山庄或附近的威尔榭区域展开行动，以及他们是否需要任何后援。博斯趁等待时间深入思索鲁克的盗窃案计划，他打开其中一杯咖啡啜饮着。

接线员回到线上，确认联邦调查局的确派出特警队跟监小组至威尔榭区，但并未要求派出后援。博斯谢过那个人并挂上电话，这会儿博斯大概知道鲁克在打什么算盘了。事实上并无抢匪准备闯入金库，在金库展开的跟监部署根本是虚晃一招。博斯回想起自己尾随阮陈至金库后，却让他自行离去，这么做无异于白白送上第二位警监和他的钻石，让鲁克坐享其成。博斯完全中了他的计。

博斯回到车上时，见埃莉诺正翻阅梅多斯的档案，她尚未翻到国会议员那封信。

她愉快地说：“你去哪儿啦？”

“鲁克问了一大堆问题，”他从她手中拿走梅多斯的档案并说，“我希望你看看里面的一份文件，你上回给我的梅多斯档案来自何处？”

“我不知道，鲁克给的。怎么了？”

他找到信件，一言不发递给她。

“这是什么文件？一九七三年？”

“看了就知道了，这是梅多斯的档案，我请圣路易档案馆复印送来的数据。鲁克请你转交给我的档案内并无这封信，他故意抽走了，你看了就知道。”

他抬头瞥看金库门，并无任何风吹草动，他也不期待会有，然后他看着她阅读信件。她扬起眉毛，目光扫过两页内容，尚未看到名字。

“好吧，上面写着他是英雄之类的，我不明——”她目光来到信件结尾处时，眼睛睁大，“副本交予约翰·鲁克中尉。”

“哎呀，你也遗漏了信件上第一次提及姓名的地方。”

他指着信上提到鲁克是梅多斯长官的句子。

"内线消息人士。依你看，咱们该怎么办？"

"我不知道。你确定吗？这根本无法证明任何事情。"

"假如真是巧合，他应该早就公开表示认识梅多斯，以免日后造成误会，就像我一样，我并未试图隐瞒。他却隐瞒了，因为他不希望别人知道他们两人的关系。我们在电话上交谈时我问了他此事，他撒了谎，他不知道我们有这份档案。"

"这会儿他知道你已经知道了。"

"嗯，我不知道他认为我已知哪些内情，我挂了他电话。重点是，咱们该如何应对？我们可能在此白耗时间，一切都只是做戏，没有人打算攻入金库，他们可能在阮陈领出钻石离开之后就处理掉他了，是我们领着他去送死。"

这时他想起那辆白色福特，或许那是抢匪而非刘易斯和克拉克的车。他们尾随博斯和埃莉诺，因而找到阮陈。

"等等，"埃莉诺说，"我仍有疑问，本周金库警报器响个不停，你如何解释？还有消防栓和纵火案呢？事情肯定如我们原先所想，该发生的肯定会发生吧？"

"我不知道，此刻没有一件事情说得通，或许鲁克准备让同党落入圈套或去送死。"

他们两人凝视前方金库。雨渐歇，此时太阳高挂天空将金库门照得闪闪发亮，埃莉诺终于开口。

"我想我们得找人帮忙，汉伦与胡克正坐在金库另一侧，还有特警队，除非那也是鲁克虚晃一招的把戏。"

博斯告诉她，他已查过特警队跟监行动的虚实，消息确认特警队的确已就位。

她说："那么鲁克究竟在做什么？"

"掌控一切。"

他们讨论了几分钟，决定打电话给贝弗利山庄分局的奥洛克。在那之前，埃莉诺先与汉伦和胡克取得联系，博斯希望他们继续待在原地。

她对着摩托罗拉无线电手机说："你们两位还醒着吗？"

"收到，只是快睡着了。我觉得自己像是奥克兰地震后车卡在天桥上的那家伙。怎么样，有事吗？"

"没事，只是查查状况，前门有动静吗？"

"整晚一点风吹草动也没有。"

她结束通话，之后两人一阵沉默。博斯转身正准备下车打电话给奥洛克，又停下动作回头看她。

他说："你知道他死了吧。"

"谁死了？"

"卡在天桥上车内的那家伙。"

就在此时，远方的一股力量忽然使车辆轻轻摇晃，可只感觉到了震动，不闻声响，犹如地震第一次晃动带来的冲击，之后再无震动。不过在一两秒之后，警报响起，警铃声大作，显然是来自贝弗利山庄保险金库公司。博斯笔直地坐着凝视金库室，看不出有歹徒闯入迹象，无线电立即传来汉伦的声音："我们听见警铃响起，咱们的行动计划是？"

博斯和埃莉诺皆未立即回答无线电呼叫，他们错愕地看着金库，鲁克竟然送同党步入圈套，至少表面上如此。

"他妈的，"博斯说，"他们进去了！"

博斯说："要汉伦和胡克先按兵不动，等我们收到命令。"

埃莉诺说："请问谁会下命令？"

博斯没有回答，他正思索着金库内此刻的情况，为何鲁克领着自己人步入圈套？

"他肯定来不及警告他们，说钻石已不在里面且我们在上面，"他说，

“想想看，二十四小时前我们根本不知道这地方，也不清楚究竟怎么回事，或许等我们发现时已经太迟，他们已经深入地道了。”

埃莉诺说：“所以他们仍照原计划行动。”

“如果他们事前功课做得好，知道阮陈的保险箱号码，肯定会先炸开那个保险箱。他们会发现保险箱内空无一物，接下来怎么办？分道扬镳，或者撬开更多保险箱，直到捞够本了才走？”

“我认为他们会分道扬镳，”她回答，“我认为他们打开阮陈的保险箱后发现没钻石，肯定料到出事了，当然立即逃命。”

“那么我们时间不多了，根据我的猜测，他们会在金库里面准备就绪，但他们会等我们重设警报器且离开现场之后再动手钻开保险箱；我们可以稍微延迟重设警报器的动作，但假如时间拖得太长他们可能会起疑心撤退，在地道内与我方人员决一死战。”

他下车并回头看埃莉诺。

“使用无线电要他们先按兵不动，然后联络你们的特警队人员，通知他们，我们认为歹徒可能已经在金库内。”

“他们会想知道为何不是由鲁克通知他们。”

“随便诌个理由，就说你不知道他的行踪。”

“你上哪儿去？”

“和接到警报的巡逻警员碰头，我会请他们通知奥洛克到场。”

他砰地关上车门，走下停车场斜坡道，埃莉诺使用无线电进行呼叫。

博斯朝贝弗利山庄保险金库方向前进，同时拿出警徽皮夹折叠起来，挂在外套胸前口袋上。他绕过玻璃金库室转角，小跑步至前方阶梯，这时贝弗利山庄分局巡逻车正停上路边，警车灯光闪烁但未鸣警笛，两位巡逻警员下车，从车门 PVC 人造皮革架上抽出警棍插入腰带扣环内。博斯自我介绍，告知对方自己的任务，并请他们尽快传达信息给奥洛克。其中一名警员表示已通知金库经理埃弗里前来重设警报器，警方则负责查看现场确定无异状，一切照惯例进行。他们表示这是本周第三次接到这里的警报，和经理都快混熟了。他们也表示收到上级命令，在接到警报前来巡逻时，必须打电话至奥洛克住处向他报告，不论多晚都一样。

"你的意思是，这几次我们接到警报前来巡逻，其实都是假警报吗？"名为翁雄的警员说。

"我们不确定，"博斯说，"不过我们希望以假警报的情况处理。经理接到通知前来，你们共同重设警报器，之后大家即可离去。好吗？放轻松，一切照常进行。"

"没问题。"另一位警员说，他的胸前口袋上方铜制名牌上写着强森。他握着固定在腰带上的警棍，小跑回巡逻车联络奥洛克。

翁雄说："埃弗里先生来了。"

一辆白色凯迪拉克平稳地在贝弗利山庄分局警车后方路边停住，埃弗里三世身穿休闲衫搭纯棉格纹休闲裤，下车走上前来。他认出博斯，喊了他的名字。

"有人闯入了吗？"

"埃弗里先生，我们认为可能有点状况，不过尚无法确定，我们需要时间查清楚。我们想请你打开办公室并入内绕一圈，照平常的做法，就像本周前几次警报响起时那样，然后重设警报并再次锁上。"

"就这样？万一——"

"埃弗里先生，我们希望你上车离开，就像前几次那样。不过这次请你绕过转角到达令餐馆，进去喝杯咖啡，之后我可能过去通知你实际情况，或者再请你来一趟。我希望你放轻松，不论这里出现什么状况，我们都能应付得来。我们还有其他支援人手，不过表面上我们希望做出这只是假警报的样子。"

"我明白了。"埃弗里边说边从口袋里拿出一个钥匙圈。他走到前门，将门打开。"对了，正在响的不是金库警铃，而是外部警铃，由金库室窗户上的震动触发。我分辨得出来，因为警铃音调不同。”

博斯猜测地道抢匪已解除金库警报系统，并不知外部警报器是独立分开的系统。

翁雄与埃弗里进入，博斯跟随在后。博斯站在入口处寻找烟雾，但未见任何烟雾，他试图嗅出无烟火药的气味，但也没有任何发现，此时强森进入。博斯将手放到唇上做出嘘声手势，提醒警官别隔着警报铃声大喊。强森点头，凑到博斯耳边，用手挡住嘴低声表示，奥洛克会在二十分钟内抵达，他住河谷区。博斯点头，希望他赶得上。

警铃停了，埃弗里与翁雄走出埃弗里的办公室，进入大厅，强森与博斯在那儿等候。翁雄看着博斯并摇头，表示并无任何异常状况。

博斯问：“你通常会进入金库室检查吗？”

埃弗里说：“我们只四处看看。”他继续走到 X 光机前将它启动，并解释机器需要五十秒时间暖机，众人在这段时间内保持沉默。最后埃弗里把手放在读取器上，机器进行读取，认可手掌骨头结构，接着防入侵陷阱装置第一道门锁应声开启。

“由于金库室内没有工作人员配合，我必须在第二道门解除锁定，”埃弗里说，“各位，我们进入后请各位别看我输密码。”

四人进入窄小的防入侵陷阱装置内，埃弗里在第二道门的密码锁上按下一组数字。门应声开启，众人进入金库室，里面放眼望去只见钢铁与玻璃。博斯站在金库门附近聆听但不闻任何声响，他走到玻璃墙前眺望威尔榭大道，见埃莉诺在对面停车场二楼车内。他的注意力又回到埃弗里身上，埃弗里走到他身边，仿佛也想眺望窗外，不过却偷偷靠上前。他低声耳语：“记得，我可以打开金库。”

博斯看着他摇头，然后说：“不，我不想那么做，太危险了，咱们出去吧。”

埃弗里一脸困惑，博斯则径自走开。五分钟后，贝弗利山庄保险金库再次锁上。两位警员回巡逻车继续值班，埃弗里离去，博斯走回停车场。此刻街道渐显繁忙，白日喧嚣已然开始。停车场满是车辆和废气的臭味。博斯上了车，埃莉诺表示汉伦、胡克与特警队正在待命，他转告她奥洛克已上路。

博斯思索着地道内抢匪多久之后才会认为已经安全而开始钻凿？奥洛克十分钟后才会抵达，还要好长一段时间。

她说："他到了之后，咱们怎么做？"

"这是他的辖区，由他决定，"他说，"我们让他了解情况，然后依他的决定行事。我们让他知道我方行动出了纰漏，这会儿不知该相信谁，至少不能相信行动负责人。"

之后他们沉默着坐了片刻，博斯抽了支烟，埃莉诺对此未置一词，她似乎想事情想得入神，一脸不解的表情。两人坐立难安，每隔三十秒左右就看一次表。

刘易斯一直等到所跟踪的那辆凯迪拉克往北驶离威尔榭大道。那辆车一离开贝弗利山庄保险金库，刘易斯立即从车内拿起蓝色紧急警示灯放到仪表板上。他闪动警示灯，不过凯迪拉克已准备在达令餐馆前方停车。刘易斯下车，走向凯迪拉克车，他在半途中碰到埃弗里。

埃弗里说："警官，有事吗？"

"是警探，"刘易斯说着并亮出警徽皮夹，"洛杉矶警局督察室。先生，我必须询问你几个问题。我们正针对哈里·博斯警探进行一桩调查，你方才在贝弗利山庄保险金库与他交谈过。"

"你所谓的'我们'是谁？"

"我让我的搭档留在威尔榭大道，请他留意你的金库公司。我希望你上我的车，我们谈个几分钟，我必须知道出了什么事。"

"那位博斯警探——嘿，我怎么知道你真的是警探？"

"你又怎么知道他是？先生，重点是我们已跟踪监视博斯警探一星期了，我们知道就算他不违法也会与令警局难堪的行动有关。目前我们尚未确知行动内容，这正是我们需要你的缘故。请你上车好吗？"

埃弗里试探性地朝督察室公务车踏出两步，然后似乎决定"去他的"，他迅速走向副驾驶一侧并上车。埃弗里自我介绍是贝弗利山庄保险金库所有人，并简短地告诉刘易斯自己与博斯和埃莉诺两次见面的谈话内容。刘易斯聆听但未置一词，之后打开车门。"请在这儿等着，我马上回来。"

刘易斯快步走向威尔榭大道，他站在街角片刻，显然在找人，然后煞有介事地看了下手表。之后他回到车上并滑入驾驶座。在威尔榭大道上，克拉克在一家店门前等候并观察金库。他注意到刘易斯的信号，于是故作悠闲地踱步回到车上。

克拉克爬上后座时，刘易斯说："埃弗里先生表示博斯要他到达令餐馆等候，还说金库内可能有人会从地底爬上来。"

克拉克问："博斯是否提到自己打算怎么做？"

埃弗里说："一句都没提。"

众人沉默地思索着，刘易斯想不明白。假如博斯居心不良，这会儿究竟在搞什么鬼？他继续深入分析，终于想通了：假如博斯与金库盗窃案有关，那么由他在外面负责发号施令，这局面简直再完美不过。他可以扰乱行动重心，将所有人力故意派到错误地点，好让金库内的党羽安全地从相反方向离去。

"大家被他牵着鼻子走了。"刘易斯不像是对着车内其他两人说话，倒像是在自言自语。

克拉克问："被谁，博斯吗？"

"他在操控整桩盗窃案，我们束手无策，只能旁观，我们无法进入金库。我们进入地底下也没用，因为我们不知对方行进的路线。而且他已将联邦调查局特警组支开到高速公路旁。他们在等候抢匪，问题是抢匪根本不会出现！该死！"

"等一下，等一下，"埃弗里说，"金库是可以进去的。"

刘易斯在座位上整个人转身看着埃弗里。金库所有人表示，联邦银行的规定并不适用于贝弗利山庄保险金库，因为它不是银行，他还向他们提到他有电脑密码可开启金库。

刘易斯问："你是否告诉过博斯这种事？"

"昨天和今天都说过。"

"他早就知道了吗？"

"不，他似乎有些惊讶。他详细询问开启金库需要多长时间以及我如何操作之类的问题。今天我们接到警报通知，我问了他是否该打开金库。他说不要，他只要我们离开。"

"该死，"刘易斯兴奋地说，"我最好打电话给欧文。"

他跳下车，小跑到达令餐馆前方的公用电话旁。他拨了欧文家里的电话，无人应答。他又拨了办公室电话，只找到值班警官。他请该警官用公用电话号码传呼欧文。然后他等了五分钟，在公用电话前来回踱步，担心时间一分一秒流逝。公用电话半响未响，他使用旁边另一台电话再次联络值班警官，确定是否已传呼欧文。对方表示确已传呼，刘易斯决定不能再等，他必须亲自做出这关键性的决定，然后成为破案功臣。他离开那排公用电话，回到车上。

克拉克问："他怎么说？"

刘易斯说："咱们进去！"他发动汽车。

警方无线电嗒嗒两声之后传来汉伦的声音。

"呼叫百老汇，我们第一街这儿出现访客。"

博斯抓起无线电。

"第一街，请说明情况，百老汇大道这里并无任何人影。"

"我们这边出现三位白人男性，他们有钥匙。看来其中一位是稍早和你碰头的男子，年纪有点大，穿格纹裤。"

是埃弗里。博斯将麦克风拿到嘴边，顿时迟疑，不确定该说什么。他对埃莉诺说："怎么办？"她没说话，和博斯一样仔细观看金库室旁的街道，不见任何人影。

"呃，第一街，"博斯对着麦克风说，"你们是否见到任何车辆？"

"没有，"汉伦回复道，"他们从小巷出来，走到我们这边，车肯定停在那儿。我们过去看看吗？"

"不，先按兵不动。"

"现在他们进去了，已不在视线范围内，请指示。"

他转身面对埃莉诺并扬起眉毛。会是谁呢？

她说："请他们描述与埃弗里同行那两人的外表。"

他照做。

"白人男性，"汉伦开始，"一号与二号都穿着皱巴巴的西装、白衬衫，都是三十出头的年纪。一号是红发，身材矮壮，约莫身高一米七，体重八十公斤；二号为深棕发色，身材较瘦。不知道，直觉告诉我他们可能是警察。"

埃莉诺说："是卡通片里那两只喜鹊——叽叽与喳喳吗？"

"刘易斯和克拉克，肯定是他们，错不了。"

"他们在这儿做什么？"

博斯也想知道，埃莉诺从他手中拿走了无线电。

"第一街？"

无线电嗒了一声回应。

"我们有理由相信那两位穿西装男子的是洛杉矶警局警官，请待命。"

"看，他们在那儿。"博斯说，这时三人身影进入金库室的光亮内。

他打开手套箱，抓起一副望远镜。

他对焦时，埃莉诺问："他们在做什么？"

"埃弗里正在金库旁的袖珍键盘前，看样子正准备打开那该死的玩意。"

博斯透过望远镜见埃弗里离开电脑面板，走到金库门镀铬转轮前。他见刘易斯稍微转身瞥看街道，朝停车场的方向眺望，博斯似乎瞧见他脸上挂着一丝微笑。接着他透过望远镜见刘易斯从手臂下方的枪套里拔出武器。克拉克也照做。埃弗里开始转动转轮，有如船长驾驶着泰坦尼克号。

"那些蠢蛋，他们准备打开金库！"

博斯跳下车开始跑下斜坡道，边跑边从枪套内拔出枪。他瞥看威尔榭大道，在零星车流中找到缝隙，飞也似的过了马路，埃莉诺就在后方不远处。

博斯仍在约二十米外，他知道来不及了。埃弗里已停止转动转轮，博斯见他使尽全力往后拉，金库门缓缓开启，博斯听见后方埃莉诺的声音。

"不！"她大喊，"埃弗里，不！"

但博斯知道双层玻璃门使金库室内完全静音。埃弗里无法听见她的呼喊，而刘易斯与克拉克即使听见也不会停下动作。

接下来发生的事对博斯而言有如电影，有如在电视上调低音量看老电影一般。随着金库门缓缓开启，里面缝隙般的黑暗逐渐扩大，画面呈现一种轻飘飘如在水下的质感，一种慢动作般的必然。博斯觉得自己犹如身在朝错误方向行进的人行道上，任凭他怎么跑都无法缩短距离。他的目光持续锁定金库门，那黑暗缝隙越开越大，然后刘易斯的身影进入博斯视线范围且朝开启中的金库门前进。接下来一瞬间，刘易斯被某种看不见的力量猛地往后推开，他的双手飞扬高举，枪撞到天花板后无声落地；他的身体朝金库相反方向往后弹出时，背部与头部爆裂，鲜血喷溅于后方玻璃墙上。刘易斯被猛地甩离金库门时，博斯见那暗处内枪火闪烁，接着子弹无声射击，双层玻璃上出现蜘蛛网般的裂痕。刘易斯往后踩入一片摇摇欲坠的玻璃板，撞穿玻璃后跌落，摔在外面的人行道上。

此时金库半开，射击者的射击范围更为宽广。对方机枪的猛烈炮火转而对准克拉克，克拉克毫无掩护，惊吓不已，目瞪口呆。这时博斯听见枪声了，他见克拉克试图跳离火线，但徒劳无功；他同样被子弹冲击力往后弹开，他的身体砰地撞上埃弗里，两人在抛光的大理石地板上跌作一团。

金库内枪火止息。

博斯穿越玻璃墙破碎的开口，爬行过大理石与玻璃粉尘，同时望向金库内，见到一个模糊的人影跳入地板上的洞口内。男子的动作引得金库内水泥粉尘与烟雾一阵飞旋，接着男子如魔术师般转眼消失于烟尘之中。然后，在更深处的黑暗中，第二名男子进入由门口框起的视线内。他横跨一步至地板上的洞旁，左右晃动 M16 突击步枪做掩护。博斯认出他是待过查理连的亚特·富兰克林。

M16 步枪的黑暗枪口朝博斯而来，博斯手腕抵着冰冷的地板，双手稳住手枪进行射击。富兰克林也同时射击，他的子弹偏高，博斯听见后方又有玻璃碎裂。博斯朝金库内又开了两枪，他听见其中一发咻地从钢门弹开，另一发打中富兰克林右胸上侧。富兰克林中弹，向后倒在地板上，不过随即一个翻身，头朝前穿过地板洞口逃走了。博斯将手枪固定于金库门口位置等待其他人出现。不过之后再无任何动静，只听见左侧地面处传来克拉克与埃弗里的呛咳、哀号声。博斯起身但枪口仍瞄准金库。此时埃莉诺爬入金库内，贝雷塔手枪在手，接着博斯与埃莉诺如狙击手般分别从门两侧朝金库低身前进。门右侧钢墙上的电脑袖珍键盘旁有个灯光控制开关，博斯打开开关，明亮光线流泻入金库内部。他对埃莉诺点头，她先进入，然后他随行在后。里面空无一人。

博斯出来后迅速走向克拉克与埃弗里，两人仍倒在地上。埃弗里正说着："天哪，天哪！"克拉克双手抓着自己的喉咙，快喘不过气来；他满脸涨红，眼下博斯甚至觉得他快要掐死自己了。他横躺在埃弗里身上，他的血也流到了埃弗里身上。

"埃莉诺，"博斯大喊，"呼叫后援和救护车，告诉特警队，对方出现了，至少两人，配备自动武器。"

他将克拉克从埃弗里身上拉开，抓住他的肩膀，将他拉到金库的火线范围外。督察室警探克拉克下颈部中了一枪，鲜血自他指尖渗流而出且嘴角有血染的小泡沫；他胸腔积血，全身颤抖，接近休克状态，他正徘徊在垂死边缘。博斯转身回到埃弗里身边，埃弗里的胸膛和脖子上沾了血。

"埃弗里，你中弹了吗？"

"嗯，呃……呃，呃，我想应该……我不知道。"他硬挤出一丝声音。

博斯跪在他身旁，迅速检查他的身体和染血衣物。他并未中弹，博斯告诉他。博斯回到原本是双层玻璃窗的地方，低头看着躺在外面人行道上的刘易斯。他已气绝，子弹以一道弧线横扫过他全身，从右臀、腹部、左胸至额头中央偏左处都有弹孔伤痕。他在撞上玻璃之前就已断气，他双眼张开，望向虚无。

此时埃莉诺从大厅进入。

她说："后援快到了。"

她脸颊泛红，呼吸几乎与埃弗里同样急促。她似乎无法控制眼珠转动，飞快地来回扫过室内。

博斯说："后援抵达之后，请你转告他们如果进入地道内，请他们注意里面有一位是我方警官，不是坏人。"

"你在说些什么？"

"我要下去。我打中其中一人，我不知道对方伤得多重，那是富兰克林；另一人早他一步进入地道，应是德尔加多。我希望特警队知道我在下面，告诉他们我穿西装，被我赶到下面那两人穿黑色工作服。"

博斯打开手枪取出三发空弹壳，从口袋里拿出子弹再次填装。远方传来警笛鸣响，他听见砰的一声重击，于是目光穿过玻璃墙与大厅，见联邦调查局探员汉伦正以枪托敲击前方玻璃门。汉伦从那角度无法看到金库室玻璃墙已碎裂，博斯示意他绕过来。

"博斯，等等，"埃莉诺说，"你不能这么做，对方有自动武器，咱们等后援抵达之后再共商对策。"

他走向金库门并说："对方已早我们一步，我必须下去。记得通知他们，我在下面。"

他与她擦肩而过，踏入金库并按下灯光开关。他从炸开的洞口边缘往下望。大约二点五米深。底部有碎水泥块和钢筋，他发现那里有血迹以及一把手电筒。

光线太亮了。假如他们在下面等他，他岂不成了待宰羔羊？博斯退回至金库门后方。他肩膀抵着金库门，缓缓将沉重的厚钢门板关上。

此刻博斯听见警笛声靠近，他望向街道，见一辆救护车与两辆警车从威尔榭大道上前来。胡克所搭乘的那辆没有标志的车嘎吱刹住，停在前方，他拔枪下车。金库门关了一半后终于顺着自身重量缓缓移动，博斯倏地转身绕过门，回到金库内。在金库门慢慢关上而光线逐渐暗淡时，他站在炸开的洞口边缘。他发现自己以往也曾多次面临这种悬而未决的时刻，在边缘处、入口处的时刻总是最令他感到胆战心惊。他从洞口落到地道那一刻将毫无抵抗能力，假如富兰克林与德尔加多正在下方等着收拾他，他们不会失望的。

"博斯！"他听见埃莉诺呼唤他，无法理解她的声音如何穿过此刻只有纸片般薄的金库门缝到他耳际。"博斯，小心哪！下面可能不止两个人！"

她的声音在钢铁室内回荡。他低头望入洞内先熟悉方向，在门啪嗒一声关上、四周仅剩黑暗时，他纵身一跳。

博斯到了下方碎石堆时，立即低身用史密斯－威尔森手枪对着黑暗开了一枪，然后迅速扑倒在地道底部。这是战地诀窍，在敌人开枪之前先开枪。但是根本没人在等着他，没人开枪反击。地道内静悄悄的，只听见上方大理石地板上与金库外面传来遥远的跑步声响。这时他想起方才忘了告知埃莉诺，他会开第一枪。

他拿出打火机并伸长手臂远离身体，然后点亮打火机，这又是一项战地诀窍。然后他拾起地上的手电筒，开启电源并环视四周。他发现刚才是对着地道尽头开了枪，抢匪挖凿至金库的地道往相反方向延伸，朝西，而非他们前一晚在查看蓝图时所预设的朝东方向。这表示他们并未从吉尔森猜测的泄洪管道进入，并非从威尔榭，而是可能从南边的奥林匹克或皮科，又或者北边的圣莫尼卡进入。博斯明白当时水电局代表以及其他探员和警察都被鲁克克巧妙误导了，一切都不会如他们计划或预期的那般，博斯必须孤军奋战了。他将光束照向地道黑暗的咽喉深处，地道往下倾斜，接着又往上，因此能见度仅约十米。地道往西行，特警队小组在南边与东边等候，这下是白费功夫了。

他将手电筒拿在右侧稍远的地方，开始爬下通道。地道由上到下的高度不超过一米，宽度可能有九十米。他缓缓前进，枪拿在用来爬行的那一只手上。空气中有无烟火药的气味，蓝烟悬浮于手电筒的光束中，令博斯想起"紫色迷雾"。热气与恐惧令他汗流不止。他每走两三米就停下脚步，用外套袖子拭去眼前的汗水。他未脱下西装外套，因为不希望与方才提供给埃莉诺的自身描述有所差异，否则稍后跟着他进入地道的警方人员将无法辨识他的身份，他可不想被自己人杀了。

地道左弯右拐的距离近五十米，致使博斯乱了方位，有一处地道甚至挖于设施管线之下。他偶尔听见外面车流辘辘，使地道听起来宛如在呼吸。每隔近十米就有一根插在挖于地道墙上凹口内的蜡烛燃烧着，他留意脚下沙石碎块之间是否有自动引爆线，由此发现一道血迹。

他缓慢前进几分钟后，关上手电筒蹲下休息，并试着控制呼吸声，但他似乎无法吸入足够的空气。他阖眼片刻，再次睁开时发现前方弯弧处出现一道暗淡灯光。那光线太稳定，不可能是烛光。他开始缓缓行进，手电筒保持在关闭状态。他绕过转弯后，地道变宽了，是一间斗室。他心想，在地道挖凿期间，这地方的高度足够让身体直立，而且宽度可住人。

那光线来自一盏煤油灯，灯放在该地下室角落里一个移动冰箱上方。那儿还有两张铺盖卷、一台携带式瓦斯炉以及一个携带式化学剂马桶。他看见两个防毒面罩和两个背包，背包内装有食物和配备。还有装满垃圾的数个塑料袋。这是露营室，与埃莉诺确信西部银行一案抢匪挖凿地道进入银行金库时所使用的小室一样。博斯看了所有配备并思索着方才埃莉诺提醒他对方可能不止两人的话。但她错了，所有配备都只有两份。

地道继续往露营室另一面延伸，那儿又有个近一米宽的洞。博斯熄了煤油灯以免从后方被照出影子，然后爬入通道内。此处墙上并无蜡烛。他偶尔使用手电筒，打开电源摸清方向后随即关上，接着在黑暗中爬行短暂的距离。他时而停下脚步，屏气聆听，车流声似乎更遥远了，此外并无其他声响。过了露营室十五米后，地道来到尽头再无去处，不过博斯见地上有一个圆形轮廓，那是一片圆形胶合板，上面有层尘土覆盖，二十年前他会称这是地鼠洞。他后退，蹲下来细看那块圆板子，看样子应该不是陷阱。事实上，他根本没想到这儿会有陷阱；假如地道抢匪在这入口动了手脚，目的应是防止他人进入而非跑出，炸药应该会在圆板这一面。话虽如此，他仍谨慎地拿出钥匙圈小刀，小心地沿圆板周围画了一圈，然后将它提起约一厘米。他将灯光照入缝隙内，未见胶合板底面有任何线路或附着物，然后他将板子掀起，并无子弹打来。他爬到洞口边，见下方有另一条地道。他抓着手电筒将手臂伸入洞口下方并打开光束，来回扫动光束，随时准备应对不可避免的枪战，但依然无人出现。他见下方通道相当圆，平滑水泥上覆着黑色菌藻，水泥弯弧底部有道涓涓细流，是泄洪排水涵洞。

他从洞口往下跳，踩在稀泥上顿时失去重心，滑了一跤跌在地上。他撑起身子，透过手电筒光线开始在黑稀泥中寻找行迹。这儿并无血迹，不过菌藻上有刮擦痕迹，可能是步行途中鞋子寻找支撑点时留下的。那刮擦痕迹与细水流向相同，博斯朝那方向前进。

至此博斯已失去方向感，不过他相信自己正在朝北走。他关上手电筒，缓缓行进六米。待他再打开手电筒时，发现除了刮擦痕迹之外，排水管弧墙上约三点钟方向有一个模糊的血手印，再往前半米多在五点钟方向又有另一个血手印。博斯猜富兰克林正严重失血，就快体力不支，他曾停在此处检查伤口，看来他就在前方不远处。

博斯向前进，尽量压低呼吸声。排水管内气味犹如湿毛巾，空气潮湿得连皮肤上都形成一层湿气，附近某处传来隆隆车流声，也可听见警笛声响。他感觉排水管一直往下斜，细水流因此能持续流动，他越来越深入地底。他一路沿排水管底部前进，时而滑跤擦伤，膝盖上的伤口流出了血，隐隐作痛。

博斯在约莫三十米之后停下，打开手电筒且依然将它拿得远远的，另一手则握枪随时做好准备。前方弧墙上又见血迹，他关上手电筒时，注意到前方黑暗有了变化，此时透着灰蒙蒙如拂晓般的暗淡光线。看来这条管线即将到达尽头，或者可能与某个通道相连，而那个通道有微弱的光线射入。这时他听见流水声，与他两膝之间的涓流相比，那水量听来相当充沛，想必有条河流就在不远处。

他无声地缓缓前进至那暗淡光线边缘，他爬行的排水管原来是一条长通道的侧边通口。他身处支流上，大通道地板上依稀可见有水流经过，水流在黑暗中闪着银光。博斯无法判断水流深浅，可能不到十厘米，也可能将近一米。

他蹲在边缘，先聆听在水流声之外是否有其他声音。他未听见其他声音，于是缓缓将上身往前挪动，低头向下看着大通道。水往他左边流，他先朝那方向看，见水泥通道的暗淡轮廓逐渐向右弯，偶有微弱光线从天花板上的孔往下流泄。他猜这光线来自上方九米处检修人员进出孔上的排水孔，这是主要管道——艾德·吉尔森会这么说。至于究竟是哪一条，他不知道，也不在乎了，没有蓝图告诉他该往何处去或该怎么做。

他接着转头望向上游，一看不得了，立即像缩头乌龟般往后一缩。有个黑色身影倚着通道内墙，而且博斯见到两只橘色眼珠在黑暗中发光，正瞪着他。

博斯丝毫未动且几乎整整一分钟未呼吸。汗水滴入眼中有些刺痛。他阖眼，但听不见任何声音，唯有黑暗中的流水声。然后他缓缓回到边缘处，终于又看到那黑色形体。他并未移动，用有如拍摄快照时看着闪光灯的漠然眼神回瞪博斯。博斯将手电筒拿到角落边并打开电源，他在光束中见到富兰克林瘫在墙边；他的M16步枪挂在胸前，但双手已无力地垂入水中，连枪管末端也浸入水里。富兰克林戴着面罩，不过博斯几秒之后发现那不是面罩，而是头戴式夜视镜。

"富兰克林，结束了，"博斯喊着，"我是警察，投降吧。"

对方并未应答，博斯也不指望他会。他再次上下扫视主要管道，然后纵身跳入水中。水深仅及脚踝，他继续将枪与光线对准那个一动也不动的人影，不过他相信用不着武器，富兰克林已经断气。博斯见血仍从他胸膛伤口处渗流而下至黑色 T 恤前方，然后血混入水流中被带走。博斯触摸他颈部，发现已无脉搏。他将手枪插回枪套内，将 M16 步枪绕过死者头部拿下。然后他将夜视镜从尸体上拉下，戴在自己头上。

他望向漫长通道其中一端，然后又望着另一端。有如看着老旧黑白电视机画面，不过白色与灰色部分有琥珀渐层。他戴了夜视镜刚开始不太适应，不过有了夜视镜能见度较佳，因此他继续戴着。

接着他检查富兰克林黑色工作裤大腿处的工具口袋，找到一包湿透的烟与火柴，还有一个补充弹匣，博斯将弹匣放入外套口袋，他还找到一张折起的湿纸片，上面蓝色墨水褪色而模糊。他小心摊开纸张，看得出来是手绘地图，上面无任何名称标示，只有模糊不清的蓝线，中央附近有一方盒，博斯猜那代表金库，蓝线则代表排水地道。他将纸片拿在手中翻来覆去，就是无法理解那条路线。沿方盒前方有一道画得最粗的延伸线条，他猜那可能是威尔榭或奥林匹克大道，与它交叉的其他线条则是纵向街道如罗伯森、杜赫尼及瑞克斯福特，等等；更多横直交叉线延伸到页缘，然后有个画了叉的圆圈，那是出口点。

博斯断定地图对他毫无用处，因为他压根不知身在何处也不知方才朝哪个方向前进。他将它丢入水中，望着它漂走。那一刻他决定跟着水流方向走，反正至少是个选择。

博斯涉水而行，随水流方向前进，他猜应是朝西。黑水在墙边卷成橘色旋涡。水覆过脚踝，鞋子进水了，他的步伐变得沉重而不稳。

他思索着鲁克如何巧妙愚弄了所有人，吉普车和全地形机动车在高速公路附近被发现根本不重要，那不过是幌子罢了，是鲁克和他的抢匪声东击西之计。鲁克前一晚在拟订作战计划时误导了所有人，这会儿特警队小组部署就绪，准备给抢匪来场接待会，问题是不会有人出席。

他在通道里寻找行进痕迹，但一无所获，水冲走了一切。墙上漆有标记，甚至有帮派涂鸦，但那一道道涂写说不定早已存在数年。他一一看过去，但未辨认出任何记号或方向标志。这一次，"汉赛尔"与"格蕾特尔"并未沿途做记号供辨识之用。

此时车流声更显嘈杂且光线更明亮了，博斯翻起夜视镜，见阴影般的圆锥形蓝光束每隔三十米左右从上方检修人员进出孔与排水孔投射而下。不久后他来到一处地底交叉口，他所在的管道水流与前方交会的管道水流汇合溅起水花，博斯沿着墙边爬行，缓缓于角落探头观望，他未发现任何人也不闻任何声响，他不知该朝哪个方向前进。德尔加多可能选择前方三个方向其中之一，博斯决定沿新通道往右，因为他相信那是与特警队部署地点相反的方向。

他进入新地道踏出不到三步，就听到前方传来沉重低语。

"亚特，你行不行啊？快点，动作要快，亚特！"

博斯停住。声音来自前方近二十米处。但他看不见任何人。他知道是头上戴的夜视镜——橘色眼珠——使他免于步入埋伏，但这掩饰撑不了多久，假如他更靠近，德尔加多会发现他根本不是富兰克林。

"亚特！"那嘶哑声音再次传来，"动作快！"

"来了。"博斯低声说，他往前踏出一步但本能感觉到并未奏效。德尔加多肯定发现了，他立即向前扑倒且同时举起 M16 步枪。

博斯见前方一团黑影移到左侧，接着是枪火闪烁，枪声在水泥地道内传来，震耳欲聋。博斯立即反击，手指紧扣扳机直至听见弹匣耗空为止。他耳内嗡嗡作响，不过仍听见德尔加多——假如真是他的话——也停止了射击。博斯听见他将新弹匣啪地放入武器内，接着传来在干燥的地面上跑步的声音。德尔加多自前方另一通道逃跑，博斯跳起尾随在后，一边从借来的枪里拉出空弹匣并补充弹药。

博斯行进二十多米后来到一条支流管道，直径约一点五米，博斯必须往上一步才能进入。管道底部边缘有黑菌藻但并无水流经过，他发现 M16 步枪的一个空弹匣被丢在烂泥上。

博斯追对了地道，但已听不见德尔加多的脚步声，他开始在管道内加快步伐。地面稍微倾斜，经过约三十秒后，他来到装了格栅的排水孔下方近十米处的一个有照明的连接室，该管道向连接室的另一面继续延伸。博斯别无选择，只能依循管道前进，这回管道持续往下斜。他继续往前走了近五十米，才发现这管道衔接至较大通道——主要管道，他听见前方传来水流声。

待博斯发现跑得太快时，要停住已来不及了。他失去重心，朝通道口滑行，立即意识到自己追赶德尔加多却反被将了一军。博斯将脚跟踩入黑烂泥想停住，却是徒劳，接着他脚在前且双臂拍打着滑入新通道。

说来奇怪，他觉得子弹仿佛先穿入了他的右肩，之后他才听见枪声。感觉像是有钩子从绳上方回旋而下，嵌入他右肩，然后硬是将他一把往后拉倒。

他松开手上的枪，仿佛被往后击退三十米。不过当然没有，通道地板上五厘米高的水如水墙般撞上他后脑勺。夜视镜飞落，他从容且疏离地看着星火如拱形般自上方划过，子弹打入墙壁又弹开。

待他回神时仿佛已隔数小时，不过他立即明白其实只有几秒。枪声仍在地道内回荡，他闻到无烟火药的气味，再次听见跑步声，心想对方应该是离他远去，他如此希望。

黑暗中的博斯在水里翻滚并伸手寻找 M16 步枪与夜视镜，片刻后他选择放弃，打算拔自己的枪，但枪套内空空如也。他坐起身，倚着墙靠着，发现右手已没有知觉。子弹打入他的肩膀关节，整只手臂从肩膀伤口到无反应的手部都隐隐作痛。他感觉血在衬衫下流淌，流过胸腔与手臂。温血与在他大腿周围绕流的冷水形成对比。

博斯意识到自己正努力吸气，于是试着调节呼吸。他快休克了，他自己也知道，但无计可施。

就在此时，那跑远的脚步声忽然停下。博斯屏气聆听，他为何停下脚步？他明明自由了呀。博斯双脚在地道底部如剪刀似的夹扫，希望能扫到其中一把枪，但毫无所获；而且地道内黑漆漆一片，根本看不见枪落在何处，此外手电筒也掉了。

这时有声音传来，距离太远听不清楚，不过可以确认有人在说话，然后又有第二个人的声音，是两名男子，博斯想听出谈话内容但没办法。第二个声音突然变得尖锐，然后是一声枪响，接着又是一枪。博斯心想，两声枪响间隔太久，不是 M16 步枪。

博斯正思索此事的重要性，此时又听见涉水而行的脚步声。不久后，他听见那脚步声正穿过黑暗，朝他而来。

朝博斯而来的脚步声从容不迫、不疾不徐，对方步伐平稳，目标明确，犹如正走上红毯的新娘。博斯瘫坐墙边，双脚再次在水中烂泥里唰唰扫动，指望找到一把枪。

枪已不知去向，他虚弱疲惫，毫无抵抗能力。原本隐隐作痛的手臂此时进一步转为抽痛。他右手依然毫无知觉，于是以左手压住肩膀撕裂的伤口。此时他全身严重颤抖，身体接近休克状态，他知道不久后他将陷入昏迷且不会醒来。

此时博斯见地道中有一小束光朝他而来，他张着嘴定定地望着那灯光，已逐渐失去肌肉控制功能。片刻后，那踏水而来的步伐停在他面前，那光悬于他脸上方有如太阳，是灯笔的光，不过仍太亮了；他无法看清后方的人，不过无妨，博斯很清楚那是谁的脸，握住灯笔的是谁的手，以及另一只手拿的是什么东西。

"告诉我，"他嘶哑低语，不知自己喉咙竟如此干涩，"你的灯笔和指示棒是成套的吗？"

鲁克将灯束照低到地上。博斯环视四周，见 M16 步枪与他自己的手枪并排躺在对面墙边的水中，距离太远了够不着。他注意到鲁克身穿黑色工作服并塞入橡胶靴内，正拿着另一把 M16 指着他。

博斯说："你杀了德尔加多。"是事实陈述而非问句。

鲁克未开口，他举起步枪。

"接下来你打算杀警察，是吗？"

"这是我全身而退的唯一选择，如此一来，别人会以为德尔加多先用这玩意解决了你。"他高举 M16 步枪，"然后我解决他，我成了英雄。"

博斯不知是否该提到埃莉诺，这可能会令她陷入险境，不过也可能会救他一命。

"鲁克，你别做梦了，"最后他说，"埃莉诺已经知情，我告诉她了，梅多斯档案里有封信，信里提到你和他的关联，她可能已告诉地面上所有人了。你趁早放弃，替我呼叫救援吧。假如你带我离开这儿，情况对你更有利。老兄，我快休克了。"

博斯虽不太肯定，不过似乎看到鲁克脸色稍微转变，他的眼神变了。他的眼睛仍睁着，不过仿佛已停止注视外物而仅注视着自己的内心世界。接着眼神又恢复正常，继续盯着博斯，眼中毫无同情只有厌恶。博斯双脚踩在烂泥里，一鼓作气想抵着墙撑起身体。不过他才往上几厘米，鲁克就倾身轻而易举地将他推回原地。

"他妈的别想轻举妄动，你以为我会带你离开这儿？算算你害我们损失了五六百万美元，阮陈保险箱内的财物肯定值那么多钱，不过我永远无法得知了。你搞砸了完美犯罪计划，休想离开此地。"

博斯无力地垂着头，下巴贴在胸膛上，眼睛向上卷入眼睑内，昏昏欲睡，不过正努力挣扎着，呻吟但不发一语。

"整个计划中唯一可能出差错的只有你。结果呢？这唯一的概率竟然成真了。你他妈的真是墨菲定律的活见证！"

博斯忍痛硬是抬头望着鲁克，之后，他没受伤的那只手从肩膀伤口上滑落，他再无力气举手压住伤口。

"什么？"他用尽全力说，"什……么意思……概率？"

"我的意思是巧合。博斯，当初由你收到传呼去处理梅多斯的案子，这并非计划的一部分。你相信这该死的巧合吗？真不知这概率有多大。想想看，梅多斯被放在我们知道他之前待过的排水管内。我们原本希望他数天后才被发现，然后勘查人员再花个两三天通过指纹查出他的身份。与此同时，警方会认为这不过是吸毒过量致死的寻常案子，没什么大不了的，就此结案。毕竟那家伙有吸毒案底，不无可能嘛。

"但结果呢？这小子发现尸体竟然他妈的立即报案！"他摇摇头，"然后接到传呼的好死不死竟然是认识那具尸体的臭警察，他在大约两秒内就辨认出死者身份。原来臭警察和死者碰巧是他妈的越战战友，妈的我都不相信这狗屁。博斯，你就这么搞砸了一切。还有你自己悲惨的生活……嘿，你还能听见我说话吗？"

博斯感觉枪管将他下巴往上托起。

"还能听见我说话吗？"鲁克重复，然后将枪管一下戳入博斯右肩，一阵剧痛令博斯眼冒金星，痛楚从手臂往下延伸经由胸膛直达私处。博斯痛得呻吟，用力吸气，然后左手慢动作一挥想抓住枪，但力道与速度都不够，他只抓到空气。他硬是吞回呕吐感，感觉汗珠流经湿透的头发。

"老兄，你看起来不太舒服呢，"鲁克说，"我想或许根本不必我动手，或许我的伙伴德尔加多第一枪就搞定你了。"

那剧痛令博斯回过神来，痛楚贯穿全身，令他暂时有些清醒，他已开始感觉到逐渐失去意识。FBI探员鲁克继续靠上前来，博斯抬头张望，注意到他工作服的胸膛与腰间悬着片状物，原来他将工作服反穿。博斯突然回想起一事：他记得阿鲨提及见到将尸体拖入水库排水管内那男子腰间环着空的工具腰带。那是鲁克，那晚他也将工作服反穿，因为背上印着 FBI 字样，他不想冒险让别人看见了。虽然此时知晓此事已于事无补，不过博斯对于能厘清这疑点仍感到开心。

鲁克问："你死到临头笑什么笑？"

鲁克抬脚踢了博斯的肩膀，不过博斯早已做好准备。他用左手抓住鲁克的脚跟，向上并往外推。鲁克另一只脚在光滑的菌藻地面上失去重心向前滑去，他啪的一声仰倒在地，顿时水花四溅，但他并未如博斯所望丢了枪，仅仅如此。博斯半认真地想抓住武器，但鲁克轻而易举将他的手指从枪管扳开并将他推抵墙边。博斯侧身在水中呕吐，感觉一股血再次从肩膀溢出流下手臂。方才是他最后一搏，这下子他再也没辙了。

鲁克从水中爬起，他靠近博斯，将枪杆指着博斯的额头："你知道吗，梅多斯经常告诉我黑色回声的事，那些狗屁。博斯，这会儿你落得这种下场，就是这样了。"

"为何他非死不可？"博斯低声说，"为何梅多斯非死不可？"

鲁克后退并左右张望后才开口。

"你很清楚原因，他在越南成事不足败事有余，回美国还是一样，所以他得死。"鲁克似乎在脑海中回忆往事，然后嫌恶地摇头，"一切本来很完美，就是他坏了事，他私下留了那手镯，镶玉海豚的金手镯。"

鲁克望向黑暗地道，凝视着那里，脸上闪过怅然的表情。"那就够了，"他说，"整桩计划必须所有人配合才行，结果天杀的梅多斯竟然给我捅娄子。"

他摇摇头，看来仍对死者怀恨在心，静默不语。在那一刻，博斯似乎听见远处传来脚步声，他不确定是真的听见还是纯粹是想象力作祟。他故意在水中移动左脚，不足以引起鲁克开枪，不过那喷溅水声足以盖过脚步声，假如他们真在远处的话。

"他私下留了手镯，"博斯说，"就这样？"

"那就够了，"鲁克愤愤地说，"一件东西都不准出现。难道你不明白吗？这就是计划完美之处，一件东西都不准出现。我们丢弃钻石之外的所有东西，钻石则保留至完成第二桩行动为止。但那笨蛋竟等不到第二桩行动完成，他当了那条便宜手镯，换钱买毒品。

"我在警方的当铺报告上发现了，没错，在西部银行行动之后，我们到洛杉矶警局要求他们传送每月当铺清单，让我们也能查阅清单。我们联邦调查局开始收到报告，最后我认出了那条手镯，因为我特别留意了它，窃盗组人员必须搜寻上千件物品，而我单找那一件。

"我知道有人私藏那手镯，许多人报失的财物根本不在我们自金库拿走的东西之列，典型的保险欺诈。但我知道那条海豚手镯真的存在。那位老太太……哭哭啼啼表示手镯是丈夫送的礼物，对她有不凡的纪念价值。当时还是我本人询问了她，我知道她所说属实。因此我知道其中一个参与地道行动的人私藏了那条手镯。"

博斯心想，让他继续说。他说得越多，我活着离开此地的概率就越大。活着离开此地。活着离开此地！有人来啦，我的手臂啦啦啦……他精神错乱地狂笑，因此再次呕吐。鲁克没搭理他，径自继续说着："我一开始就猜准是梅多斯。一朝吸毒……你也知道下场如何。因此手镯出现时，我第一个找他。"

此时鲁克陷入沉思，博斯双脚继续在水中拨动着发出声音。此时他似乎觉得水是温的，而从身侧流下的血才是冰冷的。

鲁克终于又开口："博斯，我真不知该谢你还是杀你，这回你害我们损失数百万美元；不过话又说回来，既然地道行动其中三人已死，这下子我可以分得更多，加加减减或许正好扯平呢。"

博斯几乎无法再保持清醒了，他深感疲惫无助且没了斗志，他慢慢失去警觉。即使他此时奋力举起手垂落在撕裂的肩膀伤口上，也完全无痛觉，他无法让自己恢复清醒。他失神地想着在双腿周围缓缓流动的水，他觉得水好温暖，身体却好冰冷。他想躺下来，让水如毯子般覆盖身体，他想没入水中而眠。但某处传来一个声音要他撑住，他想起克拉克掐住自己脖子的情景，想起那鲜血直流，他看着鲁克手中的光束，决定再试一次。

"为何隔这么久？"他气若游丝地问，"阮陈和吴文平来美国这么久了，为何现在才动手？"

"博斯，这问题没有答案，有时正好时机成熟罢了。就像哈雷彗星，它每隔七十几年来一次。反正事情就这么凑成了。当初我帮助他们将钻石带来美国，替他们打点好在美国的一切，我拿到优渥酬劳，并没有其他念头。然后呢，就在某一天，当年深植的种子开始冒出土来，想想既然能拿，为什么不拿呢？所以我们就拿了。所以我就拿了！这就是原因。"

鲁克脸上出现志得意满的笑容，他再次将枪口对准博斯的脸。博斯只能眼睁睁看着，别无他法。

"博斯，我没时间了，你也一样。"

鲁克双手稳住枪，双脚叉开与肩同宽。在那最后一刻，博斯阖上双眼。他不去想任何事情，只想着脚边的水，如此温暖，有如毛毯。他听见砰砰两声枪响，回声在水泥地道中如雷贯耳。他挣扎着睁开眼，见鲁克靠在对面墙边，双手高举在空中，一只手持 M16 步枪，另一只手拿灯笔。枪啪嗒一声落入水中，接着灯笔也掉落了。灯笔漂在水上，灯泡仍亮着，它投射出涡旋光影于天花板且缓缓随水流漂走。

鲁克一言不发，他从墙边缓缓往下瘫倒同时望向右方——博斯猜测那儿应是枪响来源——并在墙上留下一道由上而下的模糊血迹。在微暗光线下，博斯见他脸上露出惊讶的表情，然后是了然的眼神。不久后，他和博斯一样瘫坐墙边，水在他双脚周围流动，最后眼睛不再注视任何事物。

　　此时博斯再也无法集中注意力，一切都变得模糊了，他想开口提问，嘴巴却拼凑不出半个字。地道出现另一道光，他似乎听见一个声音，女人的声音，告诉他一切都没事了。然后他似乎看见埃莉诺·威什的脸庞，时而清晰，时而模糊，然后一切陷入墨般的漆黑。最后，那黑暗占据了他所有视线。

Chapter 8

五月二十七日
星期日

　　博斯梦到丛林。梅多斯在那儿，博斯相簿里所有士兵都在那儿。他们环立于叶子覆盖的壕沟底部的孔洞周围。在他们上方，丛林树梢顶端悬着灰雾，空气静止且温暖。博斯拿相机拍摄地鼠们，梅多斯表示打算进入地道内，从光天化日之下进入幽深黑暗之中。他透过相机镜头看着博斯说："哈伊罗尼穆斯，别忘了你的承诺。"

　　博斯说："和无名氏押韵。"

　　博斯还没来得及让梅多斯别走，他就已跳入洞内消失无踪。博斯冲到边缘往下探，但什么都看不见，唯有墨般的黑暗。一张张脸庞变得清晰，然后又倏地隐入黑暗之中，那是梅多斯、鲁克、刘易斯和克拉克。接着他听见后方传来声音，他认得那声音，但找不到对应的脸庞。

　　"博斯，醒醒啊，我得和你谈谈。"

　　然后博斯意识到肩膀传来一阵刺骨的痛，剧痛从手肘延伸到脖子。有人轻敲他左手，轻轻拍着，他睁开眼，是杰里·埃德加。

　　"你醒了，这就对了，"埃德加说，"我时间不多，门口看守的人表示他们可能随时抵达，而且他快交班了，我想赶在长官们抵达之前先和你谈谈。我本来昨天就想来，但这地方挤满了西装笔挺的联邦调查局探员，而且我听说你整天昏迷，神志还不太清醒。"

博斯只是望着他。

"通常在这种情况下，"埃德加说，"最好是表示什么都不记得了，随他们去猜测。我的意思是，你中枪了，他们总不能说你说谎不记得任何事情吧。身体受到极度创伤时，大脑会关闭，我在书上看过这种说法。"

此时博斯明白自己身在医院，于是开始环视四周。他注意到五六只插了花的花瓶，而且病房内有股甜腻的臭味，他也注意到自己的胸膛与腰间绑上了限制行动的束带。

"你在马丁·路德·金医院，呃，医生说你已脱离险境，不会有事了。不过他们仍得在你手臂上动点手术。"埃德加压低声音说悄悄话，"我偷偷溜进来的，我想护士正好交班。在门口负责看守的警察是威尔榭辖区的巡逻警员，他正打算卖房子，肯定听说了卖房子是我的副业，所以让我通行。我告诉他，假如他让我进来五分钟，我只抽他两个百分点的佣金。"

博斯仍未说话，他不确定是否有办法开口，他觉得仿佛飘在一层空气上。他无法专心聆听埃德加的话语，他提到的百分比是什么意思？而且他为何在华兹附近的马丁·路德·金－德鲁医学中心？他记得在陷入昏迷之前人在贝弗利山庄，在地道内。按理说加州大学洛杉矶分校医学中心或希达西奈医学中心更近一些。

"反正呢，"埃德加继续说着，"我只是希望在联邦调查局那些西装笔挺的探员到此想办法整垮你之前，让你先尽量了解整个情况：鲁克死了，刘易斯死了，克拉克情况不乐观，还在加护病房插管靠机器延长生命，而且听说他们让他继续呼吸纯粹是为了取用他的器官。一旦需要器官移植的人排好队，他们就会拔掉呼吸器。想想看接收那浑蛋的心脏或眼球或其他器官是什么滋味？反正呢，如我所说，你应该不会有事。不论如何，你那只手臂肯定能让你拿到百分之八十的伤残津贴，绝对没问题，因公差遇险，这下子你吃穿不愁啦。"

他对博斯微笑，博斯则茫然地望着他。博斯喉咙很干，终于试着开口说话时声音也很沙哑。

"马丁·路德·金？"

声音有些虚弱，不过勉强还可以。埃德加从床侧茶几上的水壶里倒了一杯水递给他，博斯松开束带，坐起身喝水，立即感到一阵恶心感如波浪般袭来，埃德加并未注意到。

"这儿堪称刀枪俱乐部，帮派分子械斗火并之后，伤兵就送来这儿。本郡处理枪伤就属这家医院最在行，比加州大学洛杉矶分校那些雅痞医生好多了。这家医院训练的是军医，以应付战争伤亡之需。对了，他们是开直升机送你过来的。"

"几点了？"

"星期日早晨七点多，你昏迷一天了。"

然后博斯记起埃莉诺，最后出现在地道的是她吗？埃德加似乎读出了他的想法，最近大家似乎都能猜到他的想法。

"你的女搭档没事，你和她成了瞩目的焦点，英雄呢。"

英雄。博斯咀嚼着这词。片刻后，埃德加说："我得闪人了，假如他们得知我先和你谈过，我肯定会被调职到牛顿分局。"

博斯点头，大部分警察不会介意到牛顿分局，该分局枪击案多的是，但房地产捐客杰里·埃德加可没兴趣。

"谁会来？"

"我猜应该是基本成员吧，督察室、警官涉及枪击案处理小组、联邦调查局，还有贝弗利山庄分局。我想大家仍在猜测地道内究竟发生了什么事，而他们这下子只能听你和埃莉诺的说辞，他们可能想确定你们两人说辞是否相符。所以我说嘛，告诉他们你什么都不记得了，毕竟你中枪了嘛，你是受伤警官哪，而且是因公差遇险，你有权不记得任何事发经过。"

"你对事发经过有多少了解？"

"警局口风可紧了，一点风声都没有。我一听说出事了，立即赶到现场，当时庞兹已在场。他一见到我，立即命令我离开。去他妈的警督，他啥都不肯说，所以我只知道报上写的内容。都是些狗屁废话，昨晚电视台根本在状况外，今天早上《洛杉矶时报》的报道也少得可怜。看来警局和联邦调查局联手，准备让所有人当英雄。"

"所有人？"

"嗯，鲁克、刘易斯和克拉克——他们都算在职捐躯。"

"埃莉诺那么说的？"

"不，报道上没有她。我的意思是，他们并未引用她的话。我怀疑他们要她暂时不对外发表言论，直到调查结束为止。"

"官方说法又是如何？"

"根据《洛杉矶时报》报道，警局表示刘易斯、克拉克和你都是联邦调查局在金库部署的跟监小组人员。我知道那是谎言，因为你绝对不会让那两个可笑的家伙接近你的行动，此外他们是督察室人员。我想《洛杉矶时报》也知道另有内情，你认识的那位记者布雷莫昨天打电话找我，想探我口风，但我什么都没说。一旦我的名字出现在这案子的报道中，我恐怕会被调职到比牛顿分局更糟的地方，假如有那种地方的话。"

"嗯。"博斯说，他别开头不去看旧搭档，有些沮丧，他的手臂似乎因此痛得更严重了。

"博斯，就这样了，"半分钟后埃德加说，"我最好闪人了。我不知道他们何时到，但他们肯定会来。你自个儿小心，照我说的去做就对了，装失忆，然后拿百分之八十的伤残津贴，给他们好看。"

　　埃德加手指指着太阳穴并点头，博斯心不在焉地点头，之后埃德加离去，博斯见一位制服警官坐在门外椅子上。

　　须臾，博斯拿起床边栏杆上的电话。他听不见拨号音，于是按了护士铃。几分钟后，一位护士进来告诉他电话功能已取消，是洛杉矶警局的命令。他要求看报纸，她再度摇头，情况一样。

　　这下子他更沮丧了，他知道发生这种事会让洛杉矶警局和联邦调查局的公共形象面临严重考验，但他不明白此事如何隐瞒得了，牵涉的部门和人员太多了，他们无法一手遮天。难道他们会笨到一试吗？

　　他松开横越胸膛的束带，试着完全坐直。这使他感到晕眩，受伤的手臂尖叫着不想被乱动。他觉得恶心感袭来，于是伸手拿了床头茶几上的不锈钢盆。那感觉退去，不过这唤醒了前一天早上他与鲁克在地道内的记忆；他开始记起鲁克的谈话片段，他试着将新信息与原本已知的信息组合。然后他想起在西部银行案中被盗的钻石，不知警方是否已寻获钻石。于何处寻获？尽管他佩服盗窃案计划之缜密，却无法对幕后首脑鲁克感到钦佩。

　　博斯感觉疲倦感如乌云蔽日般席卷而来，他往后躺在枕头上，在昏昏沉沉睡去之前，他想到的最后一件事是鲁克在地道内对他说的话。鲁克提到既然梅多斯、富兰克林和德尔加多都死了，他可以分得更多。就在此刻，在博斯缓缓进入梅多斯之前跳入的那丛林黑洞之前，他终于明白鲁克的话语背后的完整意义。

　　坐在访客椅上的男子穿戴价值八百元美金的细条纹西装、金色袖扣和缟玛瑙尾戒，但博斯一眼便看穿了他。

　　"督察室，对吧？"博斯说着并打了个哈欠，"从梦中醒来，却直接进入噩梦啊！"

　　男子吓了一跳，他根本没看见博斯睁开眼睛，他没说话便即起身离开了病房。博斯再次打哈欠并环视病房寻找时钟，没有时钟。他再次松开胸膛上的束带，试着坐起身。这回他感觉好多了，无晕眩感，亦无恶心感。他转头看窗台上和柜子上的鲜花摆设。看来在他沉睡的这段时间，鲜花数量似乎有所增加。不知其中是否有埃莉诺送来的花。她来探望过他了吗？他们可能不会让她进来。

不久后，细条纹西装男子回来了，他带了一台录音机并领着四名西装笔挺的人进来，一位是警督比尔·海利——洛杉矶警局警官涉及枪击案处理小组组长，一位是副局长伊凡·欧文——督察室组长，博斯猜测另外两人是联邦调查局探员。

"早知道有这么多贵客等着见我，我应该设闹钟的，"博斯说，"但是这儿既没闹钟，电话也不通，而且也没电视或报纸可看。"

"博斯，你知道我是谁，"欧文说，并转身介绍其他人，"你也认识海利，这两位是联邦调查局的史东探员与福森探员。"

欧文看着细条纹西装男子并朝床头茶几点头，男子步上前，将录音机放在桌上，手指放在录音键上并回头看欧文。博斯看着他说："你连被介绍的资格都没有啊？"

细条纹西装男子没搭理他，其他人也一样。

欧文说："博斯，我想迅速处理完此事，没兴趣听你耍嘴皮子。"他绷紧大块下颚肌肉并对细条纹西装男子点头，录音机启动。欧文冷冷地说了日期与时间，是上午十一点半。博斯只睡了几小时，不过他觉得比方才埃德加来探病时状态好多了。

然后欧文附上在场所有人姓名，这次也提到细条纹西装男子姓名，克里福·盖文二世。去掉二世，他的名字和警局某位次级长官一模一样。博斯心想，二世注定走这条路而且被安插在了一个好职位上，他在欧文麾下效力肯定会迅速升迁。

"咱们从头开始，"欧文说，"博斯警探，你从头到尾告诉我们事发经过，从你介入那一刻开始。"

"你有几天时间？"

欧文走到录音机前按下暂停键。

"博斯，"他说，"我们都知道你自以为聪明，但是我们今天没兴趣听你闲扯淡。我只暂停录音机一次，就这么一次。如有第二次，我保证你的警徽在星期二一早就会被装进玻璃块里。之所以得拖到星期二，纯粹是因为明天是假日。之后你也别指望因公遇险获得退休金了，我保证你一块钱都拿不到。"

他指的是警局禁止退休警员保留警徽的做法，有关当局不喜欢退休警员拿着警徽到处炫耀，借机勒索、吃霸王餐、要求免费住宿等等，可以说是后患无穷。所以如果退休警员想保留警徽，办法是：贴心地将警徽装在树脂玻璃块内，上面还有装饰时钟。方形树脂玻璃块边长三十厘米，体积太大了，装不进口袋里。

欧文点头，盖文二世再次按下录音键，博斯据实叙述，未遗漏任何细节，而且中途只在盖文二世将录音带换面时才暂时停顿。众人偶尔提问，不过大多时候仅听他叙述。欧文想知道博斯在马里布码头丢了什么东西到海里，博斯几乎根本不记得了，没有人写笔记，他们只听着他叙述。他在一个半小时之后终于说完了，此时欧文看着盖文二世并点头，盖文二世停下录音机。

博斯确定众人无其他问题之后发问。

"你们在鲁克家有何发现？"

欧文说："那不关你的事。"

"你这话没道理，事关命案调查。鲁克是凶手，他向我坦白了。"

"你负责的案子已转派给别人了。"

博斯气得不说话，他环视病房，注意到其他人包括盖文二世都不看他。

欧文说："我想说的是，在你中伤因公殉职的警官同僚之前，请你确定你知道事实，而且请你确定你有证据支撑那些事实，我们可不希望好人被抹黑了。"

博斯再也忍不住了。

"你以为你们真的可以一手遮天吗？你手下那两个成事不足败事有余的蠢材呢？你如何解释他们的种种作为？他们先在我电话装了窃听器，接着搞砸了他妈的跟监行动，甚至赔上自己的性命，这会儿你却想将他们塑造成英雄。你想唬谁啊？"

"博斯警探，事情都已解释清楚了，轮不到你操心，而且反驳警局或联邦调查局的公开说法也不是你该扮演的角色。博斯警探，这是命令。倘若你向媒体透露此事，那将是你最后一天当洛杉矶警局警探。"

此时轮到博斯无法正视他们，他凝望桌上的花说道："那么为何煞有介事地录音，要我发表陈述，又带了这一大堆人马来？假如你根本没兴趣知道事实，这么做有何意义？"

"警探，我们当然想知道事实，看来你搞混了，事实和我们选择告诉社会大众的内容是两码事；不过就大众观点而言，我和联邦调查局保证我们会完成你的调查并适时采取适当行动。"

"听起来真可悲。"

"你也一样，博斯警探，你也一样。"欧文在床侧倾身逼近，近到博斯可以闻到他的口臭，"博斯警探，这是你可以掌握自己未来命运的罕见机会。假如你做出正确抉择，说不定有机会回重案组。或者呢，你也可以选择拿起电话——没错，我会请护士接通线路——然后联络你三流报社的那些朋友。不过假如你那么做，最好顺便问问报社是否打算雇用前命案组警探。"

之后五人离去，留博斯自个儿生闷气。他坐起身，正准备用未受伤的那只手臂扫倒床头几上的雏菊花瓶，这时门又开了，欧文又回到病房内。他独自前来，没有录音机。

"博斯警探，我们私下谈谈，我告诉其他人我忘了将这东西交给你。"

他从外套口袋抽出一张慰问卡，将它直立于窗台上。卡片正面是一身材火辣的女警，嘴巴说着："早日康复，不然……"博斯得看卡片内容才知道笑点。

"我没忘，我只是想私下和你说几句话。"他沉默地站在床尾边，博斯终于点头，"博斯警探，你很能干，这谁都知道，不过这并不表示你是个好警察。你拒绝成为大家庭的一分子，这不太好，我可得保护这警局哪。对我而言，这是世界上最重要的事了，而保护警局最好的方式不外乎是控制舆论，让大家都满意。因此呢，假如这意味着我们得发布几则正面新闻稿，举行盛大葬礼，邀请市长、电视台和高阶长官们到场，我们也绝对会做到，保护警局比两个笨警察出纰漏的事实重要多了。

"联邦调查局的情况也一样，与其要他们公开批评自家人鲁克而尊严扫地，他们宁可先拿你开刀。所以我的意思是，守则第一条，你必须先认同群体，群体才会接受你。"

"这根本是狗屁，你也知道。"

"不，我不知道，老实说你也不知道。我问你一件事，你以为在'洋娃娃杀手枪击案'中，刘易斯与克拉克为何停止调查？你以为是谁下令调回他们？"

欧文见博斯沉默不语，于是点头："没错，我们得做出决定。究竟让我们的警探被卷入媒体报道、面临刑事指控比较好，还是悄悄将他降级调职更为恰当？"他让话语悬在空中几秒，然后继续，"还有另一件事，刘易斯与克拉克上星期来找我，说了你将他们铐在树上的事，过程相当暴力，但是他们却乐得像是和橄榄球队相处了一晚的高中啦啦队长似的。

这下子他们有你的把柄，而且准备立即交出报告。他们——"

"他们有我的把柄，我也有他们的把柄。"

"不，听我说完。他们来找我，说了你提到电话窃听器一事。问题是你错了，在你电话里装窃听器的并不是他们，我查过了。所以我才说，他们有你的把柄。"

"不是他们是——"博斯话说了一半止住了，他知道答案了。

"我要他们暂缓几天，先静观其变，别轻举妄动。但事情只要一扯上你，那两人就无法乖乖听命行事，他们决定拦下埃弗里并要求他开启金库的做法确实逾越分寸，他们也付出代价了。"

"联邦调查局呢，窃听器一事他们有何说法？"

"我不知道，也不想问。假如我真的问了，他们会说：'什么窃听器？'这你也知道。"

博斯点头，立即对此人感到厌烦，一个想法硬是想挤入他的脑海，他却不想让它进入。他别开头不看欧文，转头望着窗户，欧文再次嘱咐他在做任何事之前先替警局着想，然后走出病房。博斯确定欧文已在走廊上走远时，立即以左臂猛地扫落那雏菊花瓶，花瓶摔落翻滚至病房一角。花瓶是塑料材质，没破，除了花落一地且满地板是水之外，并无其他损坏。貂脸长相的盖文二世探头进来查看情况，随即又离去。他未开口，但博斯现在知道督察室派人守在走廊，是为了保护他吗？或是为了保护警局？博斯不确定，他再也无法确定任何事情了。

博斯将餐盘原封不动推开，上面摆了医院伙食，包括火鸡肉块佐浓稠酱汁、玉米、地瓜、硬邦邦的面包卷以及鲜奶油呈松垮状的草莓蛋糕。

"吃下那些东西，我看你也别想出院啦。"

他抬头一看，是埃莉诺。她微笑着站在敞开的门口。他也报以笑容，他无法克制自己。

"我知道。"

"你好吗?"

"还可以,我会慢慢康复,以后可能无法再做单杠引体向上了,不过还可以忍受。你呢,你好吗?"

"我很好。"她说。她的微笑令他毫无招架能力。"他们今天榨过你啦?"

"没错!榨得彻彻底底。我的好警局里的翘楚精英,还有你的几位朋友,一整个早上没让我喘息过。来,这边有椅子。"

她绕过床,但继续站在椅子旁。她环视四周并微微蹙眉,仿佛她熟悉这病房因而知道有事情不对劲似的。

"他们也找过我了。昨晚,他们坚持与你先谈过之后才让我见你,这是命令,不希望我们一同捏造事发经过。不过我猜我们两人的叙述应该大致相同,至少他们今天和你谈过之后,未再找我,他们说就这样了。"

"他们找到钻石了?"

"我没听说,不过他们不太想让我知道新消息。他们今天派了两批人马处理此案,我被排除在外。目前我只能处理文书,直到情况缓和且枪击案处理小组结束调查为止。他们可能还在搜鲁克住处。"

"阮陈与吴文平呢,他们是否和警方合作?"

"不,他们一个字也不肯说,我从参与侦讯的朋友那儿得知这消息。提到钻石,他们一问三不知,他们可能召集了自家兵马也在寻宝呢。"

"你猜宝藏可能藏在何处?"

"博斯,我不知道。经过这整件事,我简直不知该如何反应,做何感想了。"

他知道那也包括她对他的想法,他没说话,片刻后,沉默令人觉得拘束，不甚自在。

"埃莉诺，这究竟怎么回事？欧文告诉我，刘易斯与克拉克拦下埃弗里，但我只知道这么多，我不明白。"

"他们整晚观望我们监看金库，他们肯定以为我们负责把风。假设你是坏警察的话——就像他们的想法一样——其他人可能也会得到相同结论。因此，他们看着你将埃弗里支开并将两名警员遣走之后，他们以为猜中了你的计划。他们在达令餐馆抓了埃弗里，埃弗里告诉他们你前一天到过金库以及那一星期里发生过的所有警报事件，然后又脱口而出表示你不希望他开启金库。

"然后他们说：'你的意思是，你可以打开金库？'下一秒他们已偷偷摸摸准备进入金库。

"没错，他们梦想当英雄，同时将坏警察与抢匪一网打尽。计划不赖，结果倒是挺惨的。"

"可怜的蠢蛋。"

"的确是。"

眼看又是一阵沉默，埃莉诺立即开口。

"呃，我只是想看看你好不好。"

他点头。

"然后……告诉你——"

他心想，分手就在这一刻了。

"我已经决定辞职，打算离开联邦调查局。"

"那……你有何打算？"

"博斯，我不知道，不过我会离开洛杉矶。我有一点钱，打算先旅游一阵子再思索未来。"

"埃莉诺，为什么？"

"我不——这很难解释。但是所发生的这一切，一切与工作有关的事都错得离谱。经过这次事件，我可能无法再回到小组办公室继续工作了。"

"你会回洛杉矶吗？"

她低头看双手，然后再次环视四周。

"我不知道，博斯，对不起。这似乎——我不知道，此刻我对一切事情感到困惑。"

"什么事情？"

"我不知道，我们之间，所发生的事，一切。"

沉默再次填满整个房间，寂静震耳欲聋，令人无法忍受；博斯真希望护士甚至盖文二世此时能探头进来看看一切是否没事。他迫切想来支烟，他发现这是今天头一回想到抽烟。此时埃莉诺低头看着脚，他则别过头望着未碰的食物。他挑了面包卷，拿在手中开始如棒球般上下丢掷。须臾，埃莉诺目光扫过病房第三次，仍未找到她在寻找之物，博斯不明白。

"你没收到我送的鲜花？"

"鲜花？"

"嗯，我送了雏菊，就像你家后面山坡上长的那种花，我在这儿没看到雏菊。"

博斯心想，雏菊，正是他用手臂掀翻的那瓶花。他妈的我的烟在哪儿，他真想大叫。

"可能晚一点会送来吧，他们一天只到病房递送一次。"

她皱眉。

"我想问你，"博斯说，"假如鲁克知道我们已找到第二个金库而且正在监视，假如他知道我们看着阮陈进入金库清空保险箱，他为何不撤离地道内的人手？这一点我着实想不通。为何他让整件事继续进行？"

她缓缓摇头说："我不知道，或许……呃，我想或许他希望他们丧命。他很清楚那些人的底细，或许他知道一旦发生枪战他们会丧命。如此一来，没了他们，他可以一个人独占第一桩盗窃案劫来的钻石。"

"嗯，但是你知道吗，我这一整天不断记起事情，记起我们在地道内的情景，那些画面在我脑海中不断出现。我记得他并未提到可以一个人独占钻石。他说的是，如今梅多斯与其他两人已死，这下子他可分得更多。他仍用'分'这个字眼，仿佛还得与另一人平分似的。"

她扬起眉毛："或许吧，不过这只是语法问题。"

"或许吧。"

"我得走了，你知道还得在医院待多久吗？"

"院方没说，不过我明天可能会自己提前出院，打算去退伍军人公墓参加梅多斯的葬礼。"

"在阵亡将士纪念日举办丧礼，听起来很恰当。"

"想和我一道去吗？"

"嗯，不了。我不想再和梅多斯先生有任何瓜葛……不过呢，明天我会在联邦调查局，清空我的办公桌，还得写案件报告交接给其他探员。如果你想找我，欢迎你来。我会为你煮咖啡，就像以前那样。不过呢，事实上我不认为他们会这么快让你出院。枪伤毕竟是枪伤，你需要休息，需要时间康复。"

博斯说："当然。"他知道她在向他道别。

"好，那就这样了，再见。"

她倾身与他吻别，他知道这一吻也结束了两人之间的一切。她几乎已走到门口，他才睁开眼睛。

"最后一件事，"他说，她在门口转身回头看他，"埃莉诺，当时我与鲁克在地道里，你是如何找到我的？"

她有些迟疑，然后眉毛再次扬起。

"呃，我与汉伦进入地道，不过我们出了手工挖凿的地道之后即分头行动，他朝第一条管道方向前进，我从另一方向前进。结果是我抽中了上签，我发现血迹，然后找到已无生命迹象的富兰克林。之后我算是好运，听见枪响，然后是说话声，大多是鲁克的声音，我循声前进。为何你现在要想这些事情？"

"不知道，只是突然想到，你救了我一命。"

他们凝视彼此。她的手握在门把上，门微微拉开，正好让博斯越过她看见盖文二世仍坐在走廊椅子上。

"我满心感谢。"

她轻轻嘘了一声，要他别客气。"你不用谢我。"

"别辞职。"

门缝消失，他看不见盖文二世了。她沉默地站在那儿。

"别走。"

"我一定得走，博斯，再见了。"

此时她将门完全拉开。

"再见了。"她说完随即离去。

博斯接下来一小时静躺在病床上。他想着两个人：埃莉诺·威什与约翰·鲁克。他久久闭着眼，思忖着鲁克中枪倒于黑水中时的面部表情。博斯心想，倘若是他也会惊愕，不过鲁克的表情还有他不明白的其他含意，某种认清与了然的已知表情——并非由于死亡之故，而是出于另一种秘密认知。

不久后他起身，沿着床试探地走了几步。他身体仍感到虚弱，但经过三十六小时的睡眠，他再也无法继续躺着。他稳住身体，受伤的肩膀适应地心引力稍微痛了一阵之后，他开始沿着床来回踱步。他身上穿着医院的淡绿色袍子，并非那种会令他感到羞辱的背后敞开的罩衫。他光脚绕着房间轻轻步行，偶尔停下脚步看着随花送来的卡片内容。警察工会送了一束花，其他花束来自一些他认识但不特别熟悉的警察，一位旧搭档的遗孀，他的公会律师以及另一位迁居恩塞纳达的旧搭档。

他看完花之后走到门边，微微打开门从门缝一瞧，见盖文二世仍坐在原处阅读一本警察配备目录。博斯将门完全拉开，盖文的头扬起，见到博斯后立即啪地合上杂志，将它放入脚边公文包内，一言不发。

"克里福——你不介意我直呼你的名字吧，请问你在这儿做什么？我有生命危险吗？"

年轻警察没说话，博斯在走廊左右张望，发现从走廊一路到护士站约十五米的范围内空无一人，他看到自己的病房门号是三一三。

"警探，请你回房，"最后盖文说，"我在这儿的用意纯粹是防止媒体闯入病房。副局长认为他们可能会想办法进去采访你，我的工作就是防止他们进入，免得你受到干扰。"

"万一他们背着你们，"博斯动作夸张地在走廊上左右张望确定无其他人听见，"打电话来呢？"

盖文大声叹气且继续不看博斯。他说："我们已请护士监控来电，只准转接家人来电，但我听说你没有家人，因此呢，来电一概不转接。"

"那位联邦调查局女探员如何通过的你这关？"

"是欧文批准了，我才让她进去的。请你回房。"

"当然没问题。"

博斯坐在床上，试着在脑海里重复案发经过。他越想越坐立难安，觉得待在医院病床上简直是在浪费时间。他觉得案件即将另有突破，而他正逐步接近。警探的工作是沿证据所构成的线索路径前进，沿途一一加以检视并带走证据。到了路径终点，篮子内收集的东西将决定破案与否。博斯的篮子满满的，但他开始相信遗漏了某些东西。他有何遗漏？鲁克最后对他说了些什么？他说的不多，但意义重大，还有他脸上表情，是惊愕。但为何惊愕？是子弹令他感到震惊吗？或者是因子弹来源与枪手身份而感到惊愕？博斯认为有可能两者皆是，假使是其中一个因素，又代表什么？

鲁克提到由于梅多斯、富兰克林与德尔加多已死，他可分得的钱更多了，这说法依然令博斯纳闷。他试着假设自己是鲁克。假如他的所有同伙都死了，他突然成为第一桩金库盗窃案的唯一受益者，他会说："我可分得的钱更多了？"还是会直接说："钱全是我的了！"博斯直觉自己会选第二项，除非他还得和其他人瓜分钱财。

博斯必须有所行动，他必须离开病房。他并未遭到软禁，不过他知道假如离开，盖文会跟踪他并向欧文报告。他拿起电话，发现线路已接通，正如欧文所应允的那样。好，既然不能接听来电，打电话出去总可以吧。

他起身检查衣柜。他的衣物在里面，至少剩下的衣物在里面。鞋子、袜子和裤子，就这样。裤子膝盖处有磨损痕迹，不过院方已洗净熨好。他的外套和衬衫可能在急诊室被剪刀剪开，有可能已被丢弃或进了证物袋。他拿起仅有的衣服开始穿，穿好后将袍子扎入裤内。他的模样真够土的，不过没办法，只好到外头再买衣服了。

他将受伤的手臂往上举至胸前，感觉肩膀的痛楚已减轻，因此他开始将皮带绕到肩膀作为悬臂带。不过这样走出医院实在太引人注目了，他想了想决定作罢，又将皮带系回裤子上。他拉出床头小桌抽屉，找到皮夹和警徽，但没有枪。

他准备就绪，拿起床头茶几上的电话，拨了总机，找三楼护士站。一女子接起电话，博斯自称是警局副局长伊凡·欧文："请找盖文警探，他是我的手下，就坐在走廊椅子上，麻烦你找他听电话，我得和他谈谈。"

博斯将电话放在床上，轻声走到门边。他稍微拉开门，透过门缝见盖文坐在椅子上又在翻阅目录。博斯听见护士喊他接电话的声音，然后盖文起身。博斯等待十秒后才探头查看走廊，盖文仍朝护士站方向走。博斯踏出病房，开始静悄悄地往反方向走。

经过近十米之后，博斯来到走廊交叉口，选了左边。他走到电梯前，上面写着"医院工作人员专用电梯"，他按了电梯键。电梯抵达，是不锈钢电梯，假木纹饰面，里面后方有另一道门，大得足以推进两张病床。他按了一楼按键，门关上，他的枪伤疗程已经结束。

电梯到达急诊室，博斯经过急诊室出了医院，步入黑夜之中。在前往好莱坞分局的出租车上，他请司机中途停车让他到提款机取钱，然后在药妆店买了便宜的马球衫、一包烟和打火机以及一些棉花、干净绷带和悬臂带。悬臂带颜色为海军蓝。参加葬礼正好。

博斯在威尔克斯大道的警局前付钱给出租车司机，从前门进入，他知道如此一来被认出或遇到熟人交谈的机会较少。坐在柜台后的是他不认识的菜鸟以及上回替阿鲨订比萨的那位痘疤脸童军小子。博斯亮出警徽，一言不发走了进去。侦查处漆黑一片且空无一人，星期日夜晚通常如此，即使在好莱坞也一样。博斯将桌灯夹在命案组办公桌的位置上，他仅打开桌灯而未点亮办公室天花板灯，免得值班室巡逻警官好奇前来查探。博斯不想回答任何问题，即使是制服警员的好意询问。

他先到办公室后方煮了一壶咖啡，然后进入一间讯问室换上新的马球衫。他将医院罩衫拉掉时，肩膀传来阵阵的灼热痛楚，如箭般穿透胸膛下至手臂。他坐在椅子上检查绷带是否渗出了血迹。并没有。他小心翼翼套上新马球衫——他选了特大号——因此穿衣时不那么疼了。马球衫左胸上有青山艳阳海景图案及"天使之城"字样。博斯套上悬臂带时遮住图样，并调整悬臂带将手臂紧紧固定，贴着胸膛。

他换好衣服时，咖啡也煮好了。他端了一杯热腾腾的咖啡到办公桌上，点了支烟，从档案抽屉里抽出梅多斯案命案记录与其他档案。他看着档案，不知从何入手，也不知自己想找到什么。他开始翻阅所有档案，希望发现异常。他想找出任何疑点：之前没注意过的某人的姓名，某人陈述的前后矛盾，任何之前被认为不重要而被搁置一旁但现在可能对他另有意义的细节。

他迅速扫视自己的报告，因为仍记得其中大部分内容，接着他重看了梅多斯的从军档案，那是联邦调查局送来的简略版。他不知道圣路易送来的那份详细记录如今在何处，只记得前一天早晨他跑向金库，将它留在车内。此时他也才想起，不知道车在何处。

博斯在从军档案上未发现任何异样，他继续翻看放在活页夹后面的其他文件时，天花板灯亮起，巡逻老警员彼德森进入。他手拿一份羁押报告朝打字机方向走去，坐下时才注意到博斯。他闻到烟味与咖啡香气，于是环视四周，发现绑着悬臂带的警探。

"博斯！你好吗？他们这么早让你出院哪，大伙儿听说你情况严重。"

"小意思啦，不比你周末夜巡逻逮捕不男不女违法分子时被指甲抓伤来得惨。中枪至少不必担心感染艾滋病啊！"

"这还用你说。"彼德森自然地揉了揉脖子——一块被一名感染 HIV 病毒的变性妓女指甲抓伤的疤痕依然可见。巡逻老警员两年内战战兢兢，每三个月接受一次检查，结果并未染上病毒，这在警局成了噩梦般的传奇故事，可能也是之后警局拘留所内娼妓人数减半的唯一原因。警察再也不想逮捕他们，除非涉及命案调查。

彼德森说："博斯，无论如何，我很遗憾事情演变成这样。我听说第二名警察不久前成了'代号七'，一场枪战倒了两名警察和一名联邦调查局探员，还有你的手臂也受了重伤，这可能创下本市纪录了吧。你介意我倒杯咖啡吗？"

博斯指向咖啡壶要他别客气，他没听说克拉克已经挂了。代号七，

意思是退役，永远退役了。他依然无法替那两名督察室警探感到遗憾，
这倒使他替自己感到遗憾。看来自己是彻彻底底的铁石心肠了，他不再
对任何人心生怜悯，甚至搞砸任务丢了性命的可怜蠢蛋也一样。

"警局口风可紧了，"彼德森边倒咖啡边说，"不过我在报上看到他们
的姓名时心想：'嘿，我知道这两个家伙嘛。'刘易斯和克拉克，他们是
督察室的人，和银行根本没关系。他们被称为探险队队员，喜欢到处刺
探，老想找警察麻烦。我想大家都知道那才是他们的真面目，只有电视
台和《洛杉矶时报》不知道。不过呢，说来也真奇怪，不知他们当时在
那儿做什么呢。"

博斯没有上钩，彼德森和其他警察恐怕得通过其他消息来源才能打
听到在贝弗利山庄保险金库的实际事发经过。事实上，他开始怀疑彼德
森是否真有羁押报告要打，或者其实是柜台菜鸟散布消息表示博斯在侦
查处，众人遂派巡逻老警员来探他口风。

彼德森满头银丝，在警局内被视为老警察，但事实上只比博斯年长
几岁。他在大道辖区值勤二十年且负责夜班巡逻，这足以使白发提早出
现。博斯喜欢彼德森，他是马路消息的万事通，大道上一旦出现命案，
博斯大多得向他询问消息，听听他的网民有何说法，而他通常也尽力
配合。

博斯只敷衍地说："嗯，的确奇怪。"

"你在写枪击报告吗？"彼德森在打字机前坐定位之后问，他见博斯
未回答，于是又说，"你还有烟吗？"

博斯起身，拿了一整包烟到彼德森身旁。他将烟放在巡逻警察前方
的打字机上，并表示整包烟都是他的了。这下子彼德森总算开窍，不是
博斯存心给他难堪，但他不想谈枪击事件经过，更不想谈督察室警察在
现场的原因。

之后彼德森开始使用打字机打报告，博斯也回头继续看命案报告，

他看完后毫无所获，坐在那儿，听着打字机咔嗒响，抽着烟，试图思索着是否还有其他办法。看来没有了。

他决定打电话回家听录音机留言。他拿起桌上的电话，想想又挂上了，他猜自己的电话可能会被监听，于是绕过桌子走到杰里·埃德加的位置用他的电话。他进入录音机留言，按了密码，听取十二通留言。前九通是警察和一些老朋友的留言，希望他早日康复，最后三通则是他的医师、欧文与庞兹的留言。

"博斯先生，我是麦凯纳医师，你私自离开医院，真是太不明智也太危险了，这可能对你的身体造成更严重的伤害。如果你听到留言，烦请回到医院，我们目前替你保留床位。如果你不回来，我无法再医治你或视你为我的病人，麻烦你了，谢谢。"

欧文与庞兹倒不那么担心他的身体健康。

欧文留言说道："我不知道你身在何处，也不知道你在胡搞什么，但你最好只是不喜欢医院伙食才离开。博斯警探，仔细想想我对你说的话，别犯下我们两人都会感到遗憾的错误。"

欧文没浪费时间表明身份，也不需要。庞兹也一样，他的留言是最后一通，和上一通留言唱同调。

"博斯，听到留言立即打电话到我家。我得知你已离开医院，我得和你谈谈。博斯，你听清楚，我不许你再继续进行任何与星期六枪击案有关的调查，打电话给我。"

博斯挂上电话，他不打算打电话给他们，至少不是现在。他坐在埃德加的位置上，注意到桌上有张便条纸，上面写着维若妮卡·涅斯——阿鲨的母亲，还写了电话号码。埃德加肯定打了电话告知她儿子的死讯。博斯想象她接起电话，以为只是另一个变态客人，没想到竟是警察打电话来报死讯。

这令博斯想起上回在警局和少年的谈话内容，他尚未将录音带誊写成文字报告。他决定再听一遍录音带内容，于是回到自己的位置，从抽屉里拿出录音机，录音带却不在里面，他想起自己已将录音带交给埃莉诺。他走到用品柜前，试着回想上次讯问是否可能还保留在备用录音带上。备用录音带录完时会自动倒带重录，与阿鲨的问答对话内容可能还完整地保留在备用录音带上——这要视星期二录完讯问之后，讯问室录音系统重复使用的频率而定。

博斯从录音机内拿出该卷录音带回到办公桌旁，他将带子放入自己的携带式录音机内，插上耳机，倒带至开始处。他播放几秒以确定是否听见自己、阿鲨或埃莉诺的声音，然后往前快转约十秒。他重复这动作几分钟后，终于在带子后半段找到了讯问阿鲨的录音内容。

当他找到后立即又倒带，从头听起对话内容，他倒带太多，结果听了半分钟另一段讯问的结尾，然后才听见阿鲨的声音。

"你看什么看？"

"没什么，"是埃莉诺的声音，"只是不知道你是否认识我。我觉得你有点眼熟，我不知道自己方才盯着你瞧。"

"什么？我怎么可能认识你？我没犯过联邦罪，怎么可能认识——"

"算了，我只是觉得你有点眼熟，只是想知道你是否认出我了，我们等博斯警探进来再开始吧。"

"嗯，好。酷毙了。"

接着录音带里一片静默。博斯听得一头雾水。然后他明白方才听见的是他进入讯问室前的录音内容。

她究竟在做什么？此时录音带的静默结束，博斯听见自己的声音。

"阿鲨，我们打算录下谈话内容，这有助于我们之后整理。如我所说，你并非嫌疑犯，因此你——"

博斯停下录音带，倒带回到少年与埃莉诺的对话内容。他又听了一次，然后又一次，他每次听都觉得心脏宛如受到重击；他双手冒汗，手指在录音带按键上按错了数次。最后他扯下耳机，将它们甩到桌上。

他说："该死！"

彼德森停止打字，回头看他。

Chapter 9

五月二十八日
星期一，阵亡将士纪念日

博斯抵达西木区退伍军人公墓时，正好已过午夜。

他在威尔克斯大道分局车辆管理处领了新车，驶经埃莉诺·威什的公寓。屋内未开灯，他觉得自己有如被女友甩了之后暗中来到对方家查看的青少年。虽然他单独前来，但仍感到尴尬。他不知倘若灯亮起，他会怎么做。之后他继续往东朝墓园方向前进，同时想着埃莉诺，想着她如何于公于私都背叛了他。

他开始假设，埃莉诺询问阿鲨是否认识她，是因为坐在那部将梅多斯尸体弃置水库的吉普车上的人正是她，她想确定少年是否明白这一点以及是否认出了她，但少年并没有。接着阿鲨——在博斯加入讯问之后——表示见到车上有两人，他认为应该是男人。他表示身形较小的那个人留在吉普车副驾驶座上，完全没帮同伙处理尸体。看来阿鲨的失误原本能让他保住一命，但博斯知道自己建议给阿鲨催眠，等于宣判了他的死刑。埃莉诺将博斯的建议传达给鲁克，鲁克知道不能冒险。

接下来问题是，为什么。最终答案当然是金钱，但博斯不相信埃莉诺的目的只有钱，肯定还有其他原因。所有其他涉案者——梅多斯、富兰克林、德尔加多和鲁克皆与越战有关联，而且也对两个目标——吴文平与阮陈有直接了解。埃莉诺如何牵涉其中？博斯想到她哥哥在越南丧命。他是她与其他人搭上线的关键人物？他记得她提到哥哥名字是迈克，但她并未提及他死亡的原因与时间，博斯没让她说；当时她分明想提，此刻博斯真后悔阻止了她。她提到纪念碑以及纪念碑如何改变了她。她究竟看到了什么，竟有如此转变？纪念碑那面墙究竟对她说了什么她原本不知道的事？

他驶入塞普尔韦达大道旁的墓园，上行至横越入口的碎石道路上紧闭的黑色大铁门。博斯下车走上前，发现门以铁链和挂锁锁住。他从黑色铁条之间观望，见碎石路上方近三十米处有间小石块屋，他见拉上窗帘的窗户透着电视屏幕蓝光。博斯回到车上启动警笛，让警笛大作，直到窗帘后方灯光亮起。片刻后墓园管理员出来拿着手电筒朝大门走，博斯则拿出警徽皮夹并翻开拿在铁条之间。男子身穿黑裤和淡蓝色衬衫，衬衫上有锡制徽章。

他问："你是警察吗？"

博斯心想，不是警察，难不成是安利推销员吗？他说："洛杉矶警局，请你开门。"

管理员将手电筒照在他的警徽与身份证上，博斯透过灯光看见男子脸上的白色络腮胡，并闻到淡淡的波本酒味与汗臭味。

"警官，有什么事吗？"

"是警探，我正在调查一桩命案，请问怎么称呼？"

"我叫克斯特。命案？我们这儿死人很多没错，不过这些案子都结了，应该可以这么说。"

"克斯特先生，我没时间说明详情；我只是想看一下越战纪念碑，周末假期在此展示的复制品。"

"你的手臂怎么了，还有你的搭档呢？你们警察不都是两人一组行动吗？"

"克斯特先生，我受伤了，我的搭档负责调查此案其他细节。你在里面那间小房子里看太多电视了，警匪片和现实不一样。"

博斯虽然笑着说最后一句话，但已对这老警卫感到厌烦。克斯特转头看墓园小屋，然后又回头看博斯。

"你看见了里面的电视屏幕光线，对吧？我猜到了。呃，这是联邦土地，我不知道是否能在未收到准许的情况下打开——"

"克斯特，你听清楚了，我知道你是公务员，美国可能自杜鲁门当总统起就不曾开除过公务员，不过假如你现在故意刁难我，我保证让你吃不了兜着走。我会在星期二一大早立即递出你在值班时间内喝酒的起诉单。所以咱们省点事吧。你开门，我就不烦你，我只需看一下那面墙。"

博斯弄响门上的铁链催促他，克斯特眼神迟钝地望着锁，然后从皮带间捞出一串钥匙打开大门。

博斯说："麻烦你了。"

"我仍觉得不太妥当，"克斯特气呼呼地说，"那黑色纪念碑石怎么可能和命案扯上关系？"

博斯说："很难说。"他开始往回走，突然记起曾读过的纪念碑相关事项，于是又转过身去，"有本册子，册子上注明了墙上所列姓名，可参考册子找出姓名位置。册子在纪念碑那儿吗？"

博斯在暗淡光线下依然可见克斯特满脸困惑。他说："我不知道有什么册子，只知道美国公园管理处人员将那东西运来这儿竖起，之前先用挖土机在山丘上清出空地。他们派了一个人在正常开放时间内负责留守，你要找册子得问他。别问我他人在何处，我连他叫什么都不知道。你会待很久，还是我暂时让门开着？"

"最好锁上，我要离开时会通知你。"老警卫将门拉开之后，博斯开车进入并往上驶至山丘附近的碎石停车场。博斯见那座立于山丘切口的墙面微微发光，四周幽暗无光，空无人迹，他从车上拿了手电筒往斜坡走去。

他先用光束来回照射估算墙面大小。大约二十米长，两边尾端逐渐缩小，然后他走近以看清上面所刻姓名。突然有一股感觉攫住了他，是畏惧。他明白自己并不想看这些姓名。他将会见到许多熟识者的姓名；更糟的是，他可能会见到之前没料到会在此处出现的士兵姓名，他挥动着手电筒灯光，看见一个木质台架，架子顶部倾斜且有水平突出的部分以撑住书册，有如教堂的读经架。他走向前，却发现架子上空无一物，公园管理处人员肯定为了安全起见将名册带走了。博斯转身回看墙面，远处末端逐渐缩小隐入黑暗之中。他看了看口袋里的烟，发现还剩将近一整包。他向自己承认，他早料到事情会是如此。他没有选择，只能一一看过所有姓名，他来之前即已料到。他点了支烟，将灯束照在墙面第一排姓名上。

四小时之后，他终于看到一个认识的姓名，不是埃莉诺的哥哥迈克·斯卡利特，而是戴瑞斯·柯曼。博斯在第一步兵团认识了柯曼，柯曼是博斯不仅认识且熟识的第一个被炸死的战友。大家都喊他凯克，因为他手臂上用刀刻了凯克字样的文身，而且他并非死于敌人之手——当时一位二十二岁的美军中尉在"铁三角"区空袭行动中给错了地形图方位坐标，导致他丧命。

博斯伸手至墙面，用手指抚过那已逝大兵的姓名字母，他在电视和电影上见别人这么做过。他在脑海中想象柯曼将大麻卷烟塞在耳后、坐在背包上吃罐装巧克力蛋糕的画面，他常和别人换取蛋糕，大麻烟令他时时渴望巧克力甜食。

之后博斯继续看其他姓名，唯有点烟时停下，最后整包烟都抽完了。又过了将近四小时后，他陆续见到认识且已知战死沙场的三十多位士兵的姓名。他原本担心在墙上看见意料之外的姓名，幸好还没有，是他多虑了，但有其他因素令他感到沮丧。他发现一小张照片塞在纪念碑假大理石板之间的缝隙中，照片上一位身穿制服的男子向全世界展露带着骄傲且灿烂的笑容。现在他成了墙上的一个姓名。博斯将照片拿在手中并将它翻面一看，上面写着："乔治，我们想念你的笑容，我们深深爱你，妈妈和泰瑞。"

博斯小心翼翼地将照片塞回缝隙中，深觉自己侵犯了他人隐私。博斯想着乔治，他并不认识对方，却毫无来由地感到悲伤。片刻后，他继续向前。

最后他看完总数五万八千一百三十二个姓名，独缺迈克·斯卡利特的名字，正如他所料。博斯仰望天空。东边渐露曙光，一阵微风从西北方徐徐吹来。南边，越过墓园树梢上方，联邦大楼阴森耸立，宛如巨大的黑暗墓碑。博斯感到迷失，他不知自己为何来到此地，也不知此刻发现之事实是否具有任何意义。迈克·斯卡利特还活着吗？此人真的存在吗？埃莉诺提到去看了纪念碑，而且她的话语听来那般真实可信。这一切如何说得通？手电筒光线变得微弱，电池快没电了，他关上电源。

博斯回到停在墓园停车场的车，上车睡了几小时。待他醒来时，太阳已高挂天空，这时他才头一回注意到墓园草坪上的旗海，每一个墓冢旁都有醒目的小塑料星条旗插在木杆上。他发动车子，缓缓沿墓园小径前进，寻找梅多斯的安葬地点。

地点并不难找，四辆配备微波天线的厢型车紧挨在蜿蜒进入墓园西北区的一条小径旁，那儿还聚集了其他车辆，是媒体，博斯没料到电视台摄影机和记者们会全部出动。不过他一见到大批媒体，立即明白他忘了假日新闻不多，而地道盗窃案——这是媒体冠上的名称——仍是热门话题，摄影机吸血鬼们需要拍摄新的画面供晚间新闻播报之用。

他决定待在车内，看着四部摄影机拍摄在梅多斯灰棺木前举行的简短告别式。告别式由一位牧师主持，牧师的衣服皱巴巴的，可能刚从市区某传教会赶来。在此并无真正为梅多斯哀悼的人，只有零星几位美国海外退伍军人协会的专业哀悼者，由三人组成的仪队立正站在一旁。

仪式结束后，牧师脚踩踏板装置使棺木缓缓下降，摄影机一哄而上抢着拍摄。之后，新闻小组分散到墓位周围不同地点拍摄记者的现场报道。他们分散成半圆形，如此一来，拍摄角度可让观众以为该台记者独家采访了葬礼。博斯认出其中几位是以前曾将麦克风凑到他面前的记者，然后他注意到原本以为是专业哀悼者的其中一人，其实是《洛杉矶时报》记者布雷莫。布雷莫转身离开墓冢，正朝沿通道停放的一辆车走去，博斯待布雷莫几乎走到他车旁才摇下车窗喊住他。

"博斯，我以为你在医院。"

"我决定过来一趟，没想到会是这种马戏团场面。你们这些人难道没事可做吗？"

"嘿，我不是和他们一道的，我可不搞团战。"

"什么？"

"意思是电视台记者蜂拥而上的采访场面。你呢，你在这儿做什么？我没想到你这么早出院。"

"我偷溜了，上车吧，咱们绕一圈。"然后博斯指着电视台记者说，"要是让他们发现我在这儿，我们就别想脱身了。"

布雷莫绕过车身上了副驾驶座，博斯开往墓园西区方向。他在一棵枝叶繁茂的橡木树荫下停车，越战纪念碑就在视野内。一些人在纪念碑前方缓缓走动，大多为男性，大多独自一人。他们皆静默地望着黑色碑石，其中几人身穿剪去袖子的旧美军工作服外套。

布雷莫问："你看过报纸或电视对此事的报道了吗？"

"还没，不过我听说了官方公布的内容。"

"然后呢？"

"狗屁，至少大部分是。"

"你想告诉我吗？"

"条件是不能让他们追查到我身上。"

布雷莫点头，他们已认识多年，博斯无须要求布雷莫允诺，布雷莫也无须解释不列入记录陈述、背景陈述与不得公开发言人身份陈述之差异。他们之前彼此提供可信与可靠信息，已建立起互信。

"你应该查三件事，"博斯说，"没有人询问刘易斯与克拉克一事，他们并非我的跟监行动的一部分。他们是督察室的人，替欧文跑腿。一旦你提到这一点，可继续加强火力深入探讨并说明他们究竟为何在那儿。"

"他们究竟为何在那儿？"

"这你得问别人了，我知道你在局里有其他消息来源。"

布雷莫在又长又薄的线圈笔记本上写着——那种笔记本总会让人一眼看穿记者身份，他边写边点头。

"第二，取得鲁克葬礼的消息。葬礼可能在州外举行，在足够远的地方，使本地媒体不会大费周章派记者去采访。不过还是请你派个记者去，而且请记者带摄影机，他可能会是唯一到场的记者，而且仪式安排可能和今天情况类似，如此一来你应该能猜出些许端倪了。"

布雷莫原本写着笔记，闻言惊讶地抬头："你的意思是，不会有盛大的英雄葬礼？难道鲁克涉及此案，或者他搞砸了一切？天哪，联邦调查局，还有我们媒体，将他吹捧得有如约翰·韦恩再世！"

"没错，嗯，你们在他死后替他建构了新身份，不过我猜你应该也有办法戳破他的新身份。"

博斯望着他片刻，思索着该透露多少内情以及哪些内情可以透露。有那么一刻，他气得真想不顾后果或欧文的警告对布雷莫公开一切。但他没那么做，他恢复自制。

布雷莫问："第三件事呢？"

"调阅梅多斯、鲁克、富兰克林与德尔加多的从军记录，你会发现其中的关联。他们同一时期待在越南，也在同一单位，这整件事就是从那儿开始的。你查完这一大堆数据后打电话给我，我或许可补充不足之处。"

然后博斯突然对警局和联邦调查局联手营造的假象感到厌烦，他一再想起少年阿鲨的死状——他平躺着，头以不自然的角度仰起的模样惨不忍睹，还有那摊血。而他们却想抹除此事，仿佛这毫不重要似的。

"还有第四件事，"他说，"有个少年。"

博斯说完阿鲨一事之后，发动汽车沿原车道将布雷莫送回他停放车辆的地方。电视台记者已悉数离开墓园，一名男子正驾着小型推土机将土推入梅多斯之墓，另一人倚着铲子在一旁观看。

博斯边看着墓地工人边说："你这篇报道刊登之后，我可能得另找工作了。"

"我不会提及消息来源是你。此外，待我拿到军方记录，数据全都在上面了。然后我会想办法套警局发言人承认这件事属实，如此一来即可写成消息出自他们。之后我在文章结尾处写：'哈里·博斯警探拒绝发言。'你觉得如何？"

"你这篇报道刊登之后，我可能还是得另找工作。"

布雷莫久久看着他。

"你不去墓前看看？"

"我会的，等你走了之后。"

"我要走了。"他打开车门下车，然后又探头到车内，"谢啦，博斯，这篇报道肯定精彩，到时候许多人等着丢官了。"

博斯看着记者，忧伤地摇头，他说："不，他们不会的。"

布雷莫不自在地望着他，博斯挥手算是与他道别。记者关上车门，走到自己的车上。博斯对布雷莫并无过度期待，对方并非为了替弱者发不平之鸣或为大众担起监督之责，他只想拿到其他记者没有的独家新闻。布雷莫想的是这一点，以及之后可能随之而来的书约、电视影集等等，借此名利双收，膨胀自我形象，那才是驱使他的动力，有别于博斯因感到气愤不平而向他透露实情的情况。博斯深知这一点，也坦然接受，事情本来就是如此。

他对自己说："不会有人因此丢官的，从来没有。"

他看着墓地工人完成工作，不久后，他下车走到墓前。一面国旗插在柔软的红土里，旁边放着一小束花，是海外退伍军人协会送的花。博斯凝望此景，不知该有何感受，或许该有某种感伤或不舍之情，这回梅多斯会永远待在地下了。但博斯毫无感觉，他看着墓冢，不久后抬头望向联邦大楼，朝那个方向走去。他自觉有如孤魂，从墓地出来想讨回公道，或只是想复仇。

即使埃莉诺·威什见来者是博斯而心生诧异，也丝毫未表露于外，博斯方才在一楼向警卫亮了警徽，对方即挥手请他前往电梯。假日无柜台人员值班，因此他自行按了门铃。是埃莉诺来开的门，她身穿褪色牛仔裤搭白色上衣，皮带上没有枪。

"博斯，我就猜你可能会来，你去参加葬礼了吗？"

他点头。她让门敞开，但他似乎无意进去。她久久凝视着他，纳闷地眉毛微皱，那模样娇俏可人。"嗯，你打算进来，或者想在那儿站一整天？"

"或许我们可以到外面走走，私下谈谈。"

"我得拿通行卡，待会儿才进得来。"她回头准备走去拿，又停住了，"我猜你可能还没听到消息，因为他们尚未公布。他们找到钻石了。"

"什么？"

"没错，他们追踪鲁克找到了杭亭顿海滩某公共储物箱出租公司，他们在某处找到了收据。他们今早拿到法院搜查令，刚打开储物箱。我刚从无线电扫描仪听到消息，听说有数百颗钻石，我们得请人估价。博斯，我们猜对了，是钻石，你猜对了。他们也在第二个储物箱里找到其他所有东西，鲁克并未销毁抢来的财物。我们会将财物归还给保险箱失主。届时联邦调查局会举办记者会，不过我猜他们可能不会提到储物箱租用者身份。"

他光点头没说话，她从门口进去了。博斯走到电梯前，按了按钮然后等她。她出来时拿了皮包，这时他才意识到自己没带枪，有那么一刻他竟有些担心，不禁暗自为此感到尴尬。他们下楼时皆保持沉默，两人出了大楼走在人行道上，朝威尔榭方向前进时仍一言不发。博斯一再思忖着该如何拿捏语句，亦不知寻获钻石一事是否具有任何意义。她似乎在等他先开口，却又对沉默感到不自在。

她终于先开口："我喜欢这条蓝色悬臂带。对了，你还好吧？我真讶异他们这么早让你出院。"

"我自己离开了，我还好。"他停下，放了支烟到嘴里。他刚在大厅自动贩卖机买了一包。他用打火机点了烟。

她说："我觉得此时辞职是好时机，远离这一切混乱，重新开始。"

他没搭理她，径自深深吸了一口烟。

"埃莉诺，说说你哥的事。"

"我哥？我告诉过你了。"

"我知道，我想再听一次，我想知道他后来怎么了，以及你去华盛顿参观那面墙的经过。你说那次经历改变了你对事情的观感。原因何在？"

他们来到威尔榭。博斯指向街道对面，他们过了马路，走向墓园。"我的车停在这儿，待会儿开车送你回去。"

"我之前说过了不喜欢墓园。"

"谁喜欢呢？"

他们从树篱开口处进入，车流声被隔绝在外。大片绿茵草坪、白色碑石与美国国旗映入眼帘。

"我的故事和其他成千上万人的故事一样，"她说，"我哥去从军，之后没回来，就这样，至于去参观纪念碑则让我内心充满许多不同的感觉。"

"愤怒？"

"没错，的确有。"

"痛恨？"

"没错，我猜应该是。我不知道，那是很私人的情绪。博斯，怎么了？这和其他……事情有何关联？"

他们走在碎石车道上，旁边是一排排白色碑石，博斯正领她走向那座纪念碑复制品。

"你说你父亲是职业军人，他知道你哥哥出事经过的细节吗？"

"他知道，但他和我妈从未对我明说相关细节。我的意思是，他们只说他很快就回来，而且我收到一封他的来信，他在信上说就快回来了。就在一个星期之后，他们却说他遇害了，他永远不会回来了。博斯，你问这些事情让我觉得……你有何目的？我不明白。"

"埃莉诺，你当然明白。"

她停下脚步，低头无言望着地面。博斯见她脸色显得有些苍白且带着了然的表情，正如他向家属通知死讯时，死者母亲或妻子的表情。无须告诉她们亲人已死，她们一开门即了然于心。此时，埃莉诺的面部表情显示她知道博斯已经知道了她的秘密，她不看他，眺望向远方，她的目光落在那座在艳阳高照下闪闪发亮的黑色纪念碑。

"你故意带我来看纪念碑，对吧？"

"我大可请你带我去看你哥哥的姓名所在，不过你我皆知上面并无他的姓名。"

"没有……的确没有。"

她一见纪念碑就被震慑住了，博斯从她的表情可见那种顽强抗拒已消失，她不想再守着秘密。

他说："说吧。"

"我的确有哥哥，他也的确过世了。博斯，我从未对你撒谎，我从未说过他在越南丧命。我说他永远不会回家了，的确如此，这是事实。不过他是在洛杉矶丧命的，在回家途中，当时是一九七三年。"

往事似乎令她想得入神了，然后她又回过神来。

"真是不可思议。我的意思是，在越战保住了性命，却在回家途中丧命，这根本说不通。他回到美国后先在洛杉矶停留两天，之后准备到华盛顿参加我们为他举行的英雄返国欢迎仪式，而且我父亲已在五角大楼替他安排了优渥且安全的工作。谁也没料到他们竟在好莱坞妓院找到了他，针仍插在他的手臂上，是海洛因。"

她抬头望着博斯的脸庞，然后又别开脸。

"表面上是这样，但事实真相并非如此。法医鉴定死因为施打毒品过量，但他是遭人谋杀，正如同多年之后梅多斯的遭遇。不过我哥的案子被草草结案，梅多斯案原本也应是如此，结果却没有。"

博斯心想她可能要开始哭了，他得让她回到正题说完整件事。

"埃莉诺，这是怎么回事？此事与梅多斯有何关联？"

"没有关联。"她说，然后回头望着来时的路。

她说谎，他知道有关联。他内心有不安的感觉，觉得整件事绕着她打转。他想起她请人送到他病房的雏菊，他们在她公寓里播放的音乐，她在地道中成功找到他的经过，太多巧合了。

"关联可多了，"他说，"这都是你计划的一部分。"

"不，博斯，不是的。"

"埃莉诺，你怎么知道我家后面山丘上种了雏菊？"

"我去你家时见——"

"你是晚上去找的我。记得吗？后廊下方黑漆一片，你不可能看见任何东西。"他给她些许时间想透彻，"埃莉诺，你之前就去过我家，就在我忙着安排阿鲨落脚处的时候。之后那晚你来找我，根本不是有意拜访，而是测试，那通打来没说话即挂断的电话也一样，那是你，因为是你在我电话里装了窃听器。这整件事真是……事到如今，你为何不直接告诉我呢？"

她点头但未看他，他目光无法离开她。她稍微调整情绪后开始诉说：

"你生命中是否曾有过很重要的人或事，那是你整个人的中心，是你存在的根本？对我而言，那是我哥。我哥为国捐躯，我用这种方式接受他已死的事实。我让此事与他变得比生命更重要，他成为我心中的英雄，那是我存在的根本，我细心呵护。我在它周围筑起硬壳，以我的崇敬灌溉它，让它越长越大，之后成为我生命中的一大部分，它长成大树，庇荫我的生命。然后突然有一天它却消失了，事实原来是假的，那棵树就这样被砍倒，再也没有庇荫，只剩下刺眼的阳光。"

她静默片刻，博斯端详她。她似乎顿时变得脆弱不堪，他真想在她倒下之前拉把椅子让她坐下。她手抱另一只手肘，手指放到唇间。他突然明白了她的意思。

"你一直不知情，是吗？"博斯说，"你爸妈……没有人告诉你事实真相。"

她点头。"我爸妈说他是英雄，我一直到长大都如此相信。他们保护我，他们说谎。但是他们怎知未来有一天会竖起纪念碑，所有人的姓名都在上面……除了我哥。"

她停住了，但他没催她。

"几年前某天我去参观纪念碑，我还以为出错了。那儿有本册子，姓名索引名册，我找了又找，就是没列他的姓名，没有迈克·斯卡利特。我对公园管理处人员大吼：'你们怎可以在名册上漏写了姓名？'接下来一整天，我在墙上看了一个又一个姓名，所有姓名我都看了，我想让他们知道错得多离谱。但是……他的姓名也不在墙上。我无法——你知道花了将近十五年深信一件事，围绕着唯一一个闪亮的事实建构信仰，结果却……却发现它其实一直如癌细胞般在内心扩大吗？"

博斯替她拭去脸颊上的泪水，他将脸庞靠近她。

"所以你怎么做了？"

她把手握成拳放在唇间，关节泛白。博斯注意到走道不远处有张公园长凳，他搭着她的肩领她前去。

"这整件事，"他们坐下后他说，"埃莉诺，我不明白，这整件事。你是——你想向谁报仇？"

"我只想讨回公道。不是报仇也不是报复。"

"有差别吗？"

她没回答。

"告诉我后来的经过。"

"我找我父母对质，他们终于告诉我洛杉矶的事。我在老家翻找他寄来的所有东西，找到了一封信，是他写的最后一封。当初的信仍放在老家，我自己收起来了，原本都忘了。信在这儿。"

她打开皮包，拿出皮夹，博斯在她皮包内瞥见手枪的柄和把手。她打开皮夹，拿出一张对折的横隔线笔记本纸，她轻巧地摊开纸张让他看信，他并未碰触。

埃莉：

　　我退伍在即，就快尝到软壳蟹的滋味喽。我大约两星期后到家。我得先在洛杉矶停留几天，赚点钱。哈哈！我有个计划（不过你可别告诉老头）。我帮人送一件"外交"包裹到洛杉矶，不过说不定有更好的办法处理这件事。我回去又得为"战争机器"工作了，在那之前我们或许可以再去一次波可诺山。我知道你对我工作的看法，不过我没法对老头说不。反正到时再看情况如何了。有件事倒是肯定的，那就是我很开心要离开这地方了。我在丛林待了六个星期才得以休假到西贡这儿。我不想回去，所以我以得痢疾为由请求接受治疗。（你问问老头什么是痢疾吧！哈哈。）我只要到本地餐厅吃点东西，就会出现症状。好吧，先这样了。我很平安，很快就回家了，你准备从车棚里拿出螃蟹笼子吧。

想念你的，

迈克

她小心翼翼地将信折起收好。

博斯问："老头？"

"我爸。"

"了解。"

她回复时一副泰然自若的模样，又摆出博斯第一天见到她时的强硬表情，她的目光从他脸庞转移到胸膛，再到蓝色悬臂带中的手臂。

"埃莉诺，我身上没监听器，"他说，"我自己来的，是我自己想知道。"

"我不是在看监听器，"她说，"我知道你不会那么做。我在想你的手臂。博斯，如果你现在对我还有些许信任，还有办法对我有所信任，请你相信我，我无意伤害任何人。

"真的……我只希望那些人失去所有，仅仅如此。去看了纪念碑那天之后，我四处通过关系打听询问，终于得知我哥丧命的经过。我向所有人打听，包括国务院的恩斯特、五角大楼、我父亲，终于知道了哥哥出事的真相。"

她在他眼中搜寻，不过他试图不让眼神透露内心想法。

"结果呢？"

"结果就像恩斯特告诉我们的，在越战尾声，那三名警监——三人帮——积极参与运输海洛因到美国的交易，其中一条管道是鲁克和他在美国大使馆的宪兵手下，包括梅多斯、德尔加多与富兰克林。他们在西贡酒吧找即将退伍的美国大兵，招揽他们：带一件外交包裹过海关即可拿到数千美元的酬劳，简单得很。他们可以安排，让大兵暂时取得信使身份，送他们上飞机，有人会在洛杉矶等包裹。我哥迈克就是被招揽的其中一位士兵……但他另有计划。谁都猜得到所携包裹的内容物，因此他可能打算到美国之后私下改卖给其他人以拿到较高收益。我不知他计划得多详细或者打算如何执行，不过那不重要，反正他们发现了，然后他们杀了他。"

"他们是谁？"

"我不知道。替警监们工作的人。替鲁克工作的人。任务完美完成，由于他丧命的方法与地点之故，军方、他的家人、所有人都不想张扬，因此案件迅速处理完毕，就这样。"

博斯坐在她身旁听她继续叙述，让她一次说完这困扰她多年的陈年往事而未中途打断。

她说她第一个找到的是鲁克，令她惊讶的是，他竟在联邦调查局工作。于是她申请调职，从华盛顿调到他的小组。她的姓氏与哥哥不同，因此鲁克不知道她的真实身份。之后，她轻松地在监狱找到梅多斯、富兰克林与德尔加多的下落，那些人的行踪极易掌握。

"鲁克是关键人物,"她说,"我在他身上下功夫,或许可以说是我诱惑他上钩参与这计划。"

博斯感觉内心对她仅存的情意在此刻被撕碎。

"我清楚地暗示打算干一票,我知道他会心动,因为他已贪污多年,而且很贪婪。有一晚他告诉我钻石的事,向我透露他帮这两人携带装满钻石的盒子离开西贡的经过,是阮陈与吴文平。自此计划整件事易如反掌,鲁克招揽其他三人并以不具名方式动用了一些关系,让他们得以提早离开查理连。那是一桩完美计划,而且鲁克以为是他的点子,完美之处就在这儿。最终,我会与宝藏一起消失,吴文平与阮陈一辈子收藏与搜刮的财富会被洗劫一空,而其他四人会尝到干完生命中最大一票之后财富到手又飞走的滋味,那会是伤害他们的最好方式……但是不该有局外人受伤的……事情就这么发生了。"

博斯说:"梅多斯拿了手镯。"

"没错,梅多斯拿了手镯。我在洛杉矶警局送来的典当物品清单上看到了手镯,虽然警局列出典当物品清单是例行公事,但我慌了,那些清单会被送到郡内各警局盗窃组。我心想某个警员可能会注意到手镯,接着梅多斯被捕并供出一切。我告诉鲁克,他也慌了。他等他们已大致挖好第二条地道后,他连同其他两人向梅多斯摊牌,我不在场。"

她目光锁定在远方某处。她的声音再无任何情绪,平淡无起伏。博斯无须催促她。她继续说了下去。

"我不在场,"她重复道,"鲁克打电话给我。他说梅多斯已死,而且死前不肯交出当铺收据。他说他会动点手脚,弄成像是施打毒品过量的样子。那混账竟然说,他知道之前有人那么做过,很久以前的事了,而且成功躲过刑责。他不知道,他说的正是我哥的遭遇。他提到那件事时,我知道我做对了……

"反正呢,他需要我的帮助。他们搜了梅多斯住处,找不到当铺收据。这表示德尔加多与富兰克林得闯入当铺拿回手镯，而鲁克希望我帮忙处理梅多斯的尸体，他不知该怎么做。"

她表示从梅多斯档案得知他在水库附近曾有非法逗留被捕的记录，她轻易地说服鲁克那儿是弃尸的好地点。

"不过我也知道水库是好莱坞分局辖区，我知道即使不是由你接到警局电话前去处理，你至少也会听说，而且在梅多斯身份确认之后，你可能会留意。没错，我知道你与梅多斯的关系。到了这时，我知道鲁克已失去自制力，你算是我的安全阀，万一我需要让整个计划瓦解，就得靠你了，这次我无法再让鲁克逃过法律制裁。"

她目光扫过一座座碑石，心不在焉地举起手然后又放在大腿上，算是默然接受这结果。

"我们将梅多斯放到吉普车上并盖上毯子，鲁克又回他住处搜最后一次。我待在外面。后备厢有支撬胎棒，我拿它打了梅多斯的手指，如此一来警察或法医会知道是他杀。铁棒打在手指上那声响，我记得好清楚。骨头啪的一声碎裂，我甚至以为鲁克可能听见……"

博斯问："阿鲨呢？"

"阿鲨。"她略带愁思地说着，仿佛首次道出那名字。

"在讯问之后，我告诉鲁克，阿鲨在水库并未看见我们的脸，他甚至以为坐在吉普车内的我是男人。但是我犯了错，我提到我们讨论过要催眠他，即使我阻止了你，也相信你不会背着我对他进行催眠，但鲁克不相信，所以他对阿鲨下了毒手。后来我们接到通知到了现场，我见到他，之后我……"

她欲言又止，但博斯想知道一切。

"之后你怎么样？"

"后来我向鲁克摊牌，我表示打算中止一切，因为他已失去自制力，滥杀无辜。他告诉我没法中止，富兰克林与德尔加多在地道内，联络不上，他们将 C-4 炸药带入地道后就关闭了无线电，因为那炸药太不稳定了。他说假如我想中止行动，会有更多人丧命。第二天晚上我和你差点被车撞死，我敢肯定那是鲁克干的。"

她表示之后两人心照不宣地互不信赖且彼此怀疑，贝弗利山庄保险金库盗窃案按原计划继续进行，鲁克则成功阻止了博斯与其他人进入地下中止行动。他不得不让富兰克林与德尔加多完成地道行动，即使阮陈的保险箱内已无钻石，而且他也无法冒险进入地道警告他们。

最后埃莉诺尾随博斯进入地道杀了鲁克，结束一切；鲁克瘫倒在地道黑水中时，眼睛瞪视着她。

她平静地说："这就是整件事的经过。"

"我车停在这边，"博斯在长凳上起身说着，"我送你回去吧。"

他们在车道上找到博斯的车，他注意到她在上车之前，目光流连于刚整理好的梅多斯之墓。不知棺木入土之时，她是否在联邦大楼上观看？博斯驶往出口时说："为何你无法放手？你哥的遭遇发生在另一个时空。事隔多年，为何你无法放手？"

"你不知道我自问了这问题多少次，一直找不到答案，至今依然如此。"

他们在威尔榭等红灯，博斯不知接下来该如何。她一如往常读出他的心思，感觉到他的犹豫不决。

"博斯，你准备逮捕我归案吗？你可能很难找到支撑的证据。所有人都死了。说不定别人会以为你也是涉案者之一。你赌得起吗？"

他没说话，绿灯亮了，他开到联邦大楼前，在插满旗帜的花园旁的路边停下。

她说："假如这对你有任何意义的话，我想告诉你，我们之间发生的事并非计划的一部分。我知道你无法得知这是否属实，但我想告诉你——"

"别说,"他说,"请你别说。"

两人之间一阵尴尬的沉默。

"你就这样放我走?"

"埃莉诺,我想由你自己投案对你最好,请律师陪同你去投案。告诉他们,你和那些命案毫无关联,告诉他们你哥的遭遇。他们明白事理,而且也不想张扬免得引起丑闻,联邦检察长可能让你以低于命案的其他罪行认罪,联邦调查局也会赞同。"

"假如我不去投案呢?你会通知他们吗?"

"不会。正如你所说,我牵涉太深了,他们绝对不会相信我单方面的说辞。"

他思索许久,接下来他想说的话,他必须确信自己能说到做到,否则干脆不说。

"不,我不会通知他们……不过假如我隔几天仍未听到你投案的消息,我会通知吴文平与阮陈。我无须向他们证明,只要我提供足够事实,他们会知道我所言属实。接下来你知道他们会怎么做吗?他们会假装不懂我在胡扯些什么,然后轰我出门。埃莉诺,之后他们不会放过你,他们会想讨回公道,正如你替你哥讨回公道那样。"

"博斯,你真的会那么做?"

"我说到做到,我给你两天时间,然后我会通知他们。"

她表情难过地凝视着他,无言地问他为什么。

博斯说:"总得有人为阿鲨之死负责。"

她别过头,手放在车门把手上,望向车窗外在圣塔安那微风中飘扬的旗海。她未回头看他即说:"所以是我错估你了。"

"如果你指的是'洋娃娃杀手案',答案是,没错,你错估我了。"

她回头看他,带着略显无力的淡淡笑容打开车门,然后她迅速倾身亲吻了他的脸颊。"再见了,哈里·博斯。"

　　然后她下车，站在风中望向车内看着他，她稍微迟疑后关上车门。博斯将车开走时瞥了后视镜一眼，见她仍伫立原地。她站在路旁低头望着，仿佛掉了东西在下水沟里。之后，他未再回头看。

尾　声

　　阵亡将士纪念日隔天上午，哈里·博斯回到马丁·路德·金医院。他的医师严厉责骂了他，而且似乎带着变态的折磨快感——至少博斯这么认为——撕去他自行贴在肩膀上的绷带，接着使用生理盐水清理伤口，引来一阵刺痛感。他在医院休养了两天，然后躺入手术室进行肌肉缝合手术，将被子弹从骨头处撕裂开的肌肉缝起来。

　　他手术完等待复原，第二天护士助手拿了前一天的《洛杉矶时报》让他打发时间。布雷莫的报道登在头版，在文章所附照片中，一位牧师站在纽约州雪城墓园一个孤零零的棺木前。那是联邦调查局探员约翰·鲁克之棺。博斯从照片中看得出来，相比之下梅多斯的葬礼有更多哀悼者——尽管其中还有媒体记者。不过博斯在浏览过文章前几段发现内容与埃莉诺无关后就将头版丢到一旁，改看体育新闻。

　　第二天有人来访，警督哈维·庞兹要博斯在康复之后到好莱坞分局命案组报到归队。庞兹表示此事两人皆无选择余地，命令来自总局，他无话可说，对报上文章也只字未提。博斯笑着点头，接受这个消息，不想透露内心的想法或感觉。

　　庞兹又说："当然啦，前提是在你获得医师同意出院之后，得通过警局体能测验。"

博斯说："那当然。"

"博斯，你也知道，有些警官宁可选择伤残津贴，提早退休领个百分之八十退休金。你大可在私人公司谋职，肯定如鱼得水，而且那也是你应得的。"

哈，博斯心想，原来这才是你此行的目的。

"警督，警局希望我这么做吗？"他问，"你负责来传话吗？"

"当然不是，博斯，警局当然希望你自己决定啊，我只是比较哪个情况对你更有利罢了，说不定可以考虑考虑呢。私家征信市场在二十世纪九十年代大幅增长，这年头谁信得过谁？现代人结婚之前，对方背景——包括医疗记录、经济状况、情史等——都私下请人调查得一清二楚呢。"

"听起来并非本人专长。"

"言下之意是你打算回命案组了？"

"我一通过体能测验就会立即归队。"

第二天又有另一位访客，这倒是他算准了会出现的人。她是联邦检察署派来的检察官，姓查维斯，想知道阿鲨遇害那晚的经过。于是博斯知道埃莉诺·威什已投案。

他告诉检察官，当时他与埃莉诺在一起，确认她不在犯罪现场。查维斯表示必须先行确认，才能开始讨论和解条件。她又问了几个案件相关的问题，然后从访客椅起身准备离开。

博斯问："她会受到何等处分？"

"警探，我无法讨论此事。"

"不列入记录，可以谈吗？"

"不列入记录，她显然得离开一阵子，不过可能不会太久。照目前情势来看，可以低调处理此事。她自首且雇请了优秀律师，而且看来她并未直接涉及命案。如果你问我，我认为情况对她相当有利。她认罪，顶多在加州特哈查比监狱服刑两年半。"

博斯点头，查维斯离去。

博斯第二天也离开医院，请假在家静养六个星期，之后归队，回威尔克斯大道分局执勤。某天他回到伍德·威尔森路的家中时，发现信箱内有张黄色的信函通知单。他拿通知单到邮局领回一件又宽又平、以棕色纸包装的包裹。他回到家才打开包裹，是埃莉诺·威什寄的，但未署名，不过他知道是她。他撕开包装纸和塑料气泡膜，见里面是爱德华·霍珀的《夜游者》裱框复制画，那是他与她共度第一晚时在她家沙发上方所见的画作。

博斯将画挂在门厅，偶尔进门时会停下脚步细看，特别是在筋疲力尽的一天或一夜工作之后。那幅画总能吸引住他，且不时勾起他对埃莉诺·威什的回忆。那黑暗、荒凉的孤寂，独坐一隅的男子，脸转向阴影处。我是画中那男子——每次哈里·博斯看这幅画时，总如是想。

THE BLACK ECHO by MICHAEL CONNELLY

Copyright: © 1993 BY MICHAEL CONNELLY
This edition arranged with PHILIP G. SPITZER LITERARY AGENCY
through Big Apple Agency, Inc., Labuan, Malaysia.
Simplified Chinese edition copyright:
2020 China South Booky Culture Media Co., Ltd
All rights reserved.

本书译稿由联经出版事业公司授权出版。

著作权合同登记号：图字 18-2019-183

图书在版编目（CIP）数据

黑色回声 /（美）迈克尔·康奈利著；陈静芳译
. -- 长沙：湖南文艺出版社，2020.8
书名原文：The Black Echo
ISBN 978-7-5404-9464-3

Ⅰ.①黑… Ⅱ.①迈… ②陈… Ⅲ.①侦探小说—美
国—现代 Ⅳ.① I712.45

中国版本图书馆 CIP 数据核字（2020）第 107686 号

上架建议：外国文学·悬疑惊悚

HEISE HUISHENG
黑色回声

作 者：[美] 迈克尔·康奈利（Michael Connelly）
译 者：陈静芳
出 版 人：曾赛丰
责任编辑：薛 健 刘诗哲
监 制：吴文娟
策划编辑：黄 琰
特约编辑：陈晓梦
版权支持：辛 艳
营销编辑：闵 婕
封面设计：梁秋晨
版式设计：梁秋晨
出 版：湖南文艺出版社
 （长沙市雨花区东二环一段 508 号 邮编：410014）
网 址：www.hnwy.net
印 刷：北京天宇万达印刷有限公司
经 销：新华书店
开 本：875mm×1270mm 1/32
字 数：326 千字
印 张：12.25
版 次：2020 年 8 月第 1 版
印 次：2020 年 8 月第 1 次印刷
书 号：ISBN 978-7-5404-9464-3
定 价：55.00 元

若有质量问题，请致电质量监督电话：010-59096394
团购电话：010-59320018